Scandalous Desires
by Elizabeth Hoyt

淑《しと》やかに燃える口づけを

エリザベス・ホイト
川村ともみ［訳］

ライムブックス

淑《しと》やかに燃える口づけを

主要登場人物

サイレンス・ホリングブルック……………未亡人。兄の経営する孤児院を手伝う
ミッキー・オコーナー…………………盗賊団の首領
ウィンター・メークピース……………サイレンスの兄
コンコード……………………………サイレンスの兄
エイサ…………………………………サイレンスの兄
テンペランス…………………………サイレンスの姉
ヘロ・リーディング…………………孤児院の後援者
メアリー・ダーリン…………………孤児院で面倒を見ている赤ん坊
チャーリー・グレイディ……………ジンの製造業者。ミッキーの仇敵
ハリー…………………………………ミッキーの手下
バート…………………………………ミッキーの手下
ブラン…………………………………ミッキーの手下
フィオニューラ………………………ミッキーの屋敷のメイド

1

昔々、ある王様が海のそばのある小さな国をおさめておりました。王様には息子はありませんでしたが、三人の甥《おい》がいました。いちばん年若い甥は〝賢者ジョン《クレバー・ジョン》〟と呼ばれていました。

『賢者ジョン』

一七三八年四月
イングランド、ロンドン

狼は残虐な生き物だ。高潔な精神など持ちあわせていないし、情に流されて哀れみをかけるようなまねはしない。だから、うまく人間に化けた狼と対峙したときは、こちらが怯えているところを見せても無駄だ。それよりはしっかりと背筋を伸ばし、顎をあげ、相手を見くだす態度を取ったほうがずっといい。

サイレンス・ホリングブルックはそう自分に言い聞かせ、テムズ川を縄張りとする悪名高き盗賊〝チャーミング〟・ミッキー・オコーナーに目をやった。彼は本物の狼よりもっと恐ろしく見えた。

ミッキー・オコーナーがほほえんだ。

サイレンスは唾をのみこんだ。

豪奢な部屋の奥にある金箔の施された赤いビロード張りの玉座に、ミッキー・オコーナーはいかにも盗賊王らしくゆったりと座っていた。床は多色使いのモザイク模様の大理石で、室内には盗んだ品々がところ狭しと置かれている。いくつもの旅行用の大きな収納箱からあふれだした毛皮や絹、たくさんの梱包用の木枠に詰まった紅茶やスパイス、世界中から集められた数々の財宝。どれもみな、ロンドンの埠頭に入る商船から奪った品物だ。そういった贅沢品に囲まれていると、サイレンスは自分がなにかを懇願するために王に拝謁しているような気分になった。


あのときと同じだ。

ミッキー・オコーナーはかたわらにいる少年が差しだしたトレーから菓子をひとつ取りあげ、指輪をはめた長い指でそれをつまんだまま、サイレンスを見た。大きくて官能的な口元に愉快そうな笑みを浮かべている。「その美しく輝くはしばみ色の瞳にお目にかかれるのはいつでも大歓迎だよ、ミセス・ホリングブルック。それにしても、今日はいったいどういう風の吹きまわしでわたしに会いに来てくれたのだ？」

相手の慇懃《いんぎん》無礼な口調に負けまいと、サイレンスはいっそう背筋を伸ばした。

「理由はよくおわかりのはずよ」

ミッキー・オコーナーは優雅に両眉をあげた。「そうなのか？」

チャーミング・ミッキーの手下で、サイレンスを部屋まで案内したハリーが、気まずそうに体をもじもじ動かした。ハリーは体格がよく、鼻がつぶれている。荒っぽい人生を送ってきたのだろう。だが、そんな男性が明らかにミッキー・オコーナーのことを恐れていた。

「おい」ハリーがサイレンスにささやいた。「御頭《おかしら》を怒らせるんじゃない」

ミッキー・オコーナーは菓子を口に放りこみ、つかの間、まぶたを閉じてその味を堪能した。端整な顔立ちをしている、とサイレンスは思った。腹立たしい相手だが、ハンサムなのは認めざるをえない。豊かな黒いまつげ、うるんだような濃い茶色の瞳、オリーブ色のなめらかな頰、それに……笑うと両頰にえくぼができ、邪悪な悪魔のようにも、無邪気な少年のようにも見える。もしルネサンス期の画家が魅惑的な悪魔を描きたいと思ったら、きっとミッキー・オコーナーをモデルに選ぶだろう。

サイレンスはひとつ大きく息を吸った。たしかにミッキー・オコーナーは悪魔に負けず劣らずたちの悪い人間かもしれないが、一年前のあのとき、わたしは勇気を出して彼に立ち向かい、そして生き延びた。無傷というわけにはいかなかったけれど。

「メアリー・ダーリンを返してちょうだい」

菓子をのみこみながら、彼は気だるそうに目を開けた。「誰のことだ？」

もう我慢できないわ！　サイレンスは怒りで顔を赤くし、引きとめようとするハリーの手を振り払うと、玉座がのった台座へとつかつかと歩み寄った。「ふざけないで。メアリー・ダーリンよ。あの子にはわたししかいない。わたしのことを母親だと思っているのよ。それをあなたが孤児院から連れ去ったんじゃないの。今すぐに返してちょうだい！」

一気に怒りをぶちまけ、気がつくと肩で息をしながら、ミッキー・オコーナーの顔に指を突きつけていた。自分の指先が相手の鼻に触れんばかりの近さにあるのを見て、サイレンスは一瞬凍りついた。部屋にいる誰もが息をのんだ。顔から笑みの消えたミッキー・オコーナーは、とてつもなく恐ろしく見えた。

サイレンスは指をおろした。

盗賊王は捕食動物のようにしなやかな身のこなしで長い手足を伸ばし、ゆっくりと立ちあがった。腿のなかほどまで届く、よく磨きあげられたブーツが、靴音を響かせ台座から床におりた。サイレンスはその場に踏みとどまった。ここであとずされば負けを認めるような気がしたし、それになにより足に根が生えたみたいに体が動かなかった。レモンと乳香の香りがして、ミッキー・オコーナーが派手なひだ飾りのついたシャツの前をはだけたまま、日に焼けた裸の胸をサイレンスの鼻先にくっつけんばかりに近づいた。だが、彼女は挑むように相手の顔を見据えた。

ミッキー・オコーナーは体をかがめ、サイレンスの耳たぶに唇がつくほど顔を寄せてささやいた。「最初からそう言ってくれれば、わたしにもよくわかったものを」

サイレンスは唖然《あぜん》とした。盗賊王は体を伸ばし、こちらを見つめたまま、指をぱちんと鳴らした。

ドアが開いたのに気づき、彼女は相手の奥底の知れない目から視線を引きはがした。そして一瞬でミッキー・オコーナーのことなど忘れた。サイレンスにとってこの世でいちばんかけがえのない赤ん坊を、メイドが抱いて入ってきたからだ。

「マムー！」メアリー・ダーリンは声をあげ、メイドの腕のなかで暴れた。「マムー！　マムー！　だっこ！」

サイレンスは駆け寄り、はしゃぎすぎてメイドの腕から落ちそうになっているメアリーを抱きあげた。「いらっしゃい。いい子ね」赤ん坊はぽっちゃりした柔らかい腕で、サイレンスの首根っこにしがみついた。

ミルクの匂いのする体に顔をうずめると涙がこみあげた。この子がさらわれたと知ったときは、もう二度と会えないのではないかと思い、心臓が縮みあがったものだ。

「マムー」メアリーがふうっと息を吐いて腕をほどき、サイレンスの頰をぴたぴたと叩《たた》いた。

サイレンスは赤ん坊の頭をなで、カールした黒髪をつかみ、半日前と変わりがないか確かめた。この六時間というもの、生きた心地がしなかった。もう二度とあんな思いはしたくない。

男性の咳払いにはっとして、自分がどこにいるのか思いだした。

赤ん坊をしっかりと抱きしめ、盗賊王のほうを振り返った。「ありがとう。あの……この子を返してくれて本当に感謝しているわ。なんとお礼を言えばいいのかわからないほどよ」

相手の表情をうかがいながら、あとずさりした。「では……わたしはこれで帰るから――」

ミッキー・オコーナーがほほえんだ。「どうぞ好きにしてくれ。だが、赤ん坊は置いていくんだ」

サイレンスは顔をこわばらせた。「あなたにそんなことを言う権利はないわ」

盗賊王は片眉をつりあげ、腕を伸ばしてメアリーの髪に触れた。赤ん坊の頭に比べると、その手はひどく大きく見えた。「そうか？　だが、この子はわたしの娘だぞ」

「めっ！」メアリーが茶色の目で、ミッキー・オコーナーの同じ色の目をにらんだ。カールした黒髪に縁取られた赤ん坊の顔は、彼を小さな女の子にしたらまさにこんなふうだろうという目鼻立ちをしている。

恐ろしくそっくりだ。

サイレンスは唾をのみこんだ。メアリー・ダーリンは一年ほど前、サイレンスの家の玄関先に捨てられていた子供だ。兄のウィンターが孤児院〈恵まれない赤子と捨て子のための家〉を運営しているため、そのことを知っている誰かが置いていったのだろうとそのときは思った。だが、本当はもっと別の理由があったのかもしれない。永遠にこの子を失うのではないかという恐怖心から、サイレンスはいっそう強く赤ん坊を抱きしめた。

「わたしの家の前に置き去りにしたくせに」

ミッキー・オコーナーは首をかしげ、皮肉のまじった愉快そうな表情をした。「あれはきみに預けたのだ」

「どうして?」サイレンスは力なく尋ねた。「なぜわたしに?」

「それは……」ミッキー・オコーナーが手をおろした。「きみほど純粋な人にはお目にかかったことがないからだ」

サイレンスは困惑して眉根を寄せた。彼の話は筋が通らないし、それに要点から外れている。「あなたはこの子を愛していないわ」

「そのとおり。だが、きみが愛しているのだからそれでかまわない」

彼女は息ができなかった。「この子を連れて帰らせてちょうだい」

「だめだ」

メアリーが体をばたばたさせてむずかった。「おんり!」

サイレンスは赤ん坊を床におろした。戦利品の詰まった旅行用の収納箱につかまり立ちしているメアリーは、とても小さく、かけがえのない存在に見えた。

「どうしてわたしを放っておいてくれないの? もう充分でしょうに」

「いや、まだまだだ」ミッキー・オコーナーの手が伸びてきたのを、サイレンスは目で見るというより肌で感じた。メアリーにそうしたように、わたしの髪に触れようとしているのかもしれない。

彼が手をおろした。

サイレンスは顔をそむけて、その手をよけた。

「いったいどういうつもりなの?」サイレンスは腕を組み、赤ん坊に注意を払いながら盗賊王を見据えた。

ミッキー・オコーナーは肩をすくめた。そのせいで襟元がさらにはだけ、たくましい肩があらわになった。「わたしのような立場の人間は、残念ながら敵が多い。いたいけな幼子が相手だろうが、容赦なく命を奪おうとする野蛮な輩《やから》だ」

「どうして今になって、わたしからこの子を取りあげるの？」彼女は尋ねた。「新しい敵が現れたから？」

盗賊王はまた口元に笑みを浮かべたが、今度はそこに愉快そうな表情はなかった。「いいや、昔からの敵だ。けれども、ちょっとした成り行きで一カ月ほど前から目に余るようになった。早いうちに決着をつけるつもりではいるのだが、もしその前に赤ん坊が敵に見つかったら……」

サイレンスはぞっとして、大きな箱から黒い毛皮を引っぱりだしているメアリーに目をやった。「ひどいわ。この子を危険にさらすなんて」

「そんなまねはしていない。だからきみに預けたんだ」

「だったら、わたしのもとにいれば安全だったわけよね」彼女は必死だった。「いったいなにが変わったの？」

「敵がきみと赤ん坊の存在を突きとめた」

サイレンスは驚いて目をあげ、相手の顔が間近にあるのに気づいて当惑した。部屋は広く、菓子がのったトレーを持っている少年とハリーを除けば、手下たちは玉座のまわりに座っている。彼はこの話をほかの人間に聞かれたくないのだろうか？
「お願いよ」サイレンスは小声で頼んだ。「メアリーを返してちょうだい。この子にとって
あなたは知らない人だし、あなたになついてもいない。もし本当に危険が迫っているのなら、
護衛をつけてくれればいいわ。どうか自分の家にいさせてやって。少しは人の情けというも
のがわかるのなら、あなただって、それがいちばんだと感じるはずよ」
「ミセス・ホリングブルック」ミッキー・オコーナーは顔を傾けた。長い黒髪が広い肩で揺
れた。「いいかげんに察したらどうだ？　わたしには人情などというものはないんだよ。だ
めだ、危険が去るまで赤ん坊はこの家に置いておく。ここなら手下もいるし、わたしもみず
から目を光らせることができるからな」
「でも、この子はわたしを母親だと思っているわ」声を落としたまま訴える。「そのわたし
から引き離すなんて――」
「なにを勘違いしているんだ？」ミッキー・オコーナーはわざとらしく心外だという顔をし
た。「わたしはただ、赤ん坊はこの家に置いておくと言っただけだ。一緒にいたければ、き
みがここに来ればいい」
　サイレンスは息をのみ、それを吐きだすことができなくなった。「わたしにあなたの家で
暮らせと言うの？」
　ミッキー・オコーナーは、ようやく芸を覚えた飼い犬を見るような顔でにっこりした。
「それしか方法はないだろう？」

「無理に決まっているでしょう」彼女は声をひそめたまま、怒りをあらわにした。「そんなことをしたら世間はわたしを……」

「きみを……なんだ？」ミッキー・オコーナーが片眉をつりあげ、目を輝かせた。

サイレンスは唾をのみこんだ。「わたしをあなたの情婦だと思うわ」

彼は軽く舌を打ち鳴らした。「ああ、それは困ったものだな。なんといっても、きみのこのあたりでの評判は真っ白な雪のように汚れがないからな」

サイレンスは思わずこぶしを握りしめ、片手をあげかけた。できるものなら一発お見舞いして、ミッキー・オコーナーの顔から底意地の悪い笑みを消してやりたかった。

ふと、その彼の顔が真面目なものになり、巣穴から出てくる野兎を待ち受ける狼のような鋭い目でサイレンスを見た。

彼女は震えながら手をおろした。

ミッキー・オコーナーはがっかりしたように肩をすくめた。「まあ、どちらにしても、きみをここに住まわせるのはいろいろと面倒だしな。そうしなくて正解だ」

と言うと、これで話は終わったというようにくるりと背を向け、玉座のほうへのんびりと戻りはじめた。もうサイレンスへの興味は失せてしまったかに見えた。

怒りと悲しみ、そしてメアリーへの愛情が渦を巻き、サイレンスは一瞬で決断を下した。

「ミッキー・オコーナー！」

相手は足を止め、振り返りもせず、小馬鹿にしたような口調で応えた。「なんだ？」

「ここで暮らすわ」
勝利は蜜の味がする。ミックはそう思い、未亡人に背を向けたままほくそえんだ。彼女はまるで、薄汚れた羽を怒りに逆立てた鳥のようだ。激高するあまり、その小さな足に網が絡まったことには気づいてさえいないだろう。それにしても、彼女をおびき寄せるのはなんとたやすかったことか。あの赤ん坊を連れ去るだけで、のこのことこの御殿へやってきた。

ミックは振り返り、さも驚いたという顔をしてみせた。「今、ここで暮らすと言ったのか？本気か、ミセス・ホリングブルック？」

盗賊王の屋敷にいるというのに、彼女はひるみもせずに顎をつんとあげている。馬鹿なやつだ。それにしても、なんと変わった女だろう。たしかに美人ではある。そうでなければ、もう一度関わろうなどという気にはならなかった。だが、わたしの好みではない。彼女は女性としての魅力をひけらかそうとしないのだ。襟ぐりの広いドレスを着て胸の膨らみを見せびらかしたり、片目をつむってみせたりしない。まったく男に媚《こび》を売らないのだ。女の武器を封じこめて鍵をかけている。それが見ていて苛立たしい。

しかし、同時に興味も覚える。どうしたらその鍵を開け、本当の姿を引きだせるか試してみたくなる。

ミックは改めてサイレンス・ホリングブルックの姿を眺めた。質素な黒いドレスの裾には泥がはね、ショールと縁なし帽子は擦り切れているが、彼女の目は挑むようにこちらを見据えている。ああ、なんと大きくて印象的なはしばみ色の目だろう。金色がかった茶色と、若草色と、それにいくらか青灰色がまじっている。いかにも男の夢に出てきそうな顔だ。こういう女の夢を見ると、男は汗をかいて目が覚め、下腹部のこわばりに気づいて寂しさを覚える。どういうわけか、こうして彼女を見ていると、まだほんの小さな子供だったころ、あの男からしょっちゅう聞かされた幽霊話を思いだす。わたしは夕食を与えられず、背中を鞭打《むち》たれ、空腹と痛みに泣きながら、それを聞いたものだ。いつも女の幽霊の話だった。真夜中に水を滴らせながら、今は亡き愛する人を探しまわっている女たちの。

今にして思えば美しい話だったのかもしれない。だが、あの当時はそんなことを感じる余裕はなかった。なにしろ翌朝になってもたまらなく腹が空いていたし、背中はひりひりと痛みが残っているような状況だったからだ。

「ええ」ミセス・ホリングブルックは堂々と顔をあげた。「ここで暮らすわ。メアリーの世話をするために。それだけよ」

ミックは思わず頬が緩みそうになったが、たぐいまれなる意志の力で裁判官のごとき厳粛な表情を保った。「ほかにどんな理由があるというのだ？」

ミセス・ホリングブルックの青白い頬に赤みが差し、まなざしがきつくなった。ミックは体がうずいた。「ほかの理由なんてないに決まっているじゃないの！」

「本当に？」ミックは一歩詰め寄り、相手が逃げださないかどうか確かめた。彼女を挑発するのは愉快だが、ただ楽しみのためだけにこんなことをしているわけではない。ミセス・ホリングブルックをどうしてもここに住まわせる必要があるのだ。それで彼女の命が助かるかもしれないのだから。

彼女はその場を動かなかった。「もちろんよ、ミスター・オコーナー」

「ミッキーと呼んでくれ」

「ミスター・オコーナー」ミセス・ホリングブルックは目を細めて怖い顔をした。「わたしがセントジャイルズでどう思われていようが、実際、わたしたちのあいだになにもなかったという事実はお互いによくわかっているはずよ。どうかそれを忘れないでちょうだい」

彼女は血の気のない唇を震わせながらも、小さな顎をつんとあげ、はしばみ色の目でミックを見据えていた。なんと勇敢な女性だろう。これがほかの男なら、磁器のごとく美しい女性の心を地面に叩きつけて割るようなまねをしたことに罪の意識を感じて、後悔の念さえ覚えるかもしれない。

ほかの男なら、だ。

だが、わたしは罪の意識も、後悔の念も、いや、それを言うなら魂さえも、一六年前に失った。

ミックはひとかけらの良心の呵責さえ感じることなくうっすらと笑みを浮かべ、自分が手ひどい目に遭わせた女性に対して嘘をついた。「ああ、肝に銘じておこう」

こちらのしらじらしい口調を感じとったらしく、彼女は唇を引き結んだ。「さっき、早いうちに決着をつけるつもりだと言ったわよね」

ミックは興味を覚えて首を傾けた。いったいなにを言いだすつもりだろう？「ああ、たしかにそう言った」

「あなたがその敵をなんとかしたら、メアリーに危険は及ばなくなるのよね？」

彼は黙って相手を見つめたまま、辛抱強く次の言葉を待った。

ミセス・ホリングブルックは自分を奮いたたせるように、ひとつ大きく息を吸いこんだ。

「そうなったら……つまり事態がおさまり、もうこの子が狙われることもなくなったら……わたしはここを出ていきたいの」

「もちろん、いいとも」ミックは応じた。

「メアリーと一緒に」

この女は頭がどうかしているのか？「その子はわたしの実の娘だ」彼は静かに言った。「ロンドンでただひとり血のつながった相手でもある。まあ、ほかにもどこかにいるかもしれないがね。それをこの愛想のいい父親から引き離そうというのか？」

「愛していないと言ったじゃない」せっかく冗談めいた口を利いてみせたのに、ミセス・ホリングブルックはそれを無視した。「わたしなら、愛情に満ちた家庭でこの子を育てられるわ。人の情というものを感じさせてやることができるのよ」

さて、先ほど人情などというものはないと認めてしまったし、これはいったいどうしたものか。ミックは唇の端をゆがめ、旅行用の大きな収納箱からはみだした毛皮をいじっている赤ん坊を見おろした。まさにわたしと同じ髪の色をしている。そういえば、わたしの母親もこんな髪の色だった。だが、そんなことを思っても、わたしの胸は少しも痛まない。ミックはミセス・ホリングブルックのほうへ顔を戻した。「危険が過ぎ去ったかどうかの判断はわたしが下す。そのときが来たら……いいだろう、その赤ん坊を連れていくがいい」

彼女は詰めていた息を小さく吐きだした。本当はまだ納得がいかないのだろう。わたしが時期を明らかにしなかったからだ。しかし、赤ん坊は渡すと言ったのだから、それで充分ではないか。

「それでいいわ。じゃあ、わたしはこの子と一緒に荷物を取りに行ってきます。用意ができたら、すぐに戻ってくるから――」

「それはだめだ」ミックはあきれて首を振った。セントジャイルズがどれほど危険な界隈《かいわい》か、わたしが知らないとでも思っているのか？「赤ん坊は置いていくんだ。きみはなんでも好きなものを取りに帰ってかまわない。ただし、うちの者をふたりばかり用心棒として連れていけ」

すべてが思いどおりにいくわけではないということを彼女は学ぶべきだ。ミセス・ホリングブルックはやがて唇を引き結ぶと、黙ったままうなずいて、愛《いと》おしそうに赤ん坊の頭にキスをした。「ちょっとだけ待っていてね」

そしてまっすぐにドアのほうへ向かった。

その怒りに大きく揺れる腰をミックはしばらく愛《め》でたあと、ハリーに向かって顎を振り、ついていけと命じた。ハリーは額を押さえ、ミセス・ホリングブルックのあとを追った。相方のバートと一緒に彼女を家まで送り届け、ここへ連れ戻すのが彼の役目だ。

足元から甲高い声が聞こえた。ミセス・ホリングブルックが出ていくのを見て、赤ん坊が顔を真っ赤にしている。ミックはいやな予感がした。

赤ん坊が金切り声をあげて泣きだした。


「わざわざ家まで送ってくれなくても結構よ」サイレンスは苛立ちを覚え、低い声でふたりに文句を言った。

「御頭が行けと言ったら、おれたちはそうするまでだ」ハリーがぼんやりと応えた。

ハリーはサイレンスの二倍はあろうかという大きな歩幅で、まるで散歩でもしているようにのんびりとあとをついてきた。胸板の厚みで着古した茶色の上着はボタンが引きつれ、首に巻いた真っ赤な襟巻きが肩のあたりで揺れている。鼻がつぶれてひしゃげた顔に、その赤い襟巻きはまったく似合わなかった。なんといっても、負けの込んだボクサーのような風体の男なのだ。三角帽を斜めにかぶり、春先の冷たく湿った風など気づきもしないという顔で歩いている。

相方のほうはそういうわけにはいかなかった。

「おい、おれたちがいなけりゃ、誰が御殿を守るってんだ？」深緑色の上着を着たバートが、亀のように首をすくめてぼやいた。バートは相方より頭半分ほど背が低く、みすぼらしいかつらの上から大きな灰色の襟巻きをぐるぐるに巻いているせいで、奇妙なほど頭が大きく見える。「昼間っから女のケツについて歩いてる場合じゃないぞ」

「御殿は大丈夫だ。人手はいくらもあるし、ボブもいる」ハリーが答えた。

「ボブだと！」バートは吐き捨てるように言った。「あんなやつ、厨房だって守れるもんか」

「酔っ払ってさえいなけりゃ頼りになるやつだ」

「でも、あいつはいつもぐでんぐでんだ」

「それは言いすぎだぞ」ハリーがサイレンスのほうへ顔を向けた。「バートは午後のお茶にありつけなかったせいで、かりかりしてるんだ。いつもはもっと穏やかなやつなんだけどな」

サイレンスは穏やかなはずのバートへ目をやった。前歯が二本欠けた隙間から唾を吐いている。通りがかった雑種犬に、その唾がかかりそうになった。お茶を飲もうが飲むまいが、常にこんな調子なのだろう。だが、それを口に出すのはやめておいた。なぜかはわからないが、ハリーはわたしのことを気遣ってくれる。だから今はその関係を壊したくない。チャーミング・ミッキー・オコーナーの家で暮らすのなら、少しでも味方になってくれる人が欲しいからだ。

ああ、どうしよう。サイレンスはセントジャイルズの小汚い通りを歩きながら、今さらながら自分の下した決断の重さをひしひしと感じた。セントジャイルズでいちばん評判の悪い悪党の家で生活すると約束してしまった。一年以上ものあいだ憎みつづけ、そして恐れつづけていた男と同じ屋根の下で暮らすなんて。どうせわたしの評判などすでに地に落ちてはいるけれど、それでも一年かけて周囲からの信頼を取り戻そうと努力してきたのに。それがすべて水の泡になってしまう。でも、ほかにどんな選択肢があるというの？　メアリーのためなら、たとえ火のなかだろうが水のなかだろうが歩いてみせるわ。

サイレンスは体の震えを覚え、マントの前をかきあわせた。ミッキー・オコーナーはわたしを傷つけたことはない。心はともかく、体には指一本触れなかった。それに、今はハリーという味方もいる。あとはなんとかしてあの男や手下たちとは関わらないように努め、その敵とやらの脅威がなくなるのを待つだけだ。

なるべく早く、その日が来ますように。

細い裏道に入ると、〈恵まれない赤子と捨て子のための家〉のそれほど傷んでいないドアが見えた。以前の施設は一年ほど前に焼失してしまったため、ここは仮の宿だ。今は新しい建物を建てているところだが、諸般の事情により完成が遅れている。

サイレンスが近づくと、ドアが勢いよく開いた。

「メアリー・ダーリンは？」孤児院でもっとも頼りになるメイドのネル・ジョーンズが、期待に満ちた顔で戸口に現れた。だが、赤ん坊の姿がないのを見て、すぐに薄いブルーの目を曇らせた。顔が赤くなり、ひと筋垂れたブロンドの髪が耳元で小刻みに揺れている。ネルがこんなに動揺するのは、それほどメアリー・ダーリンのことを心配していた証拠だろう。

「見つけたわ」サイレンスは急いで答えた。「でも、いろいろとあって……。とにかく長い話なの」

「そちらの方々はどちら様です？」ネルはうさんくさそうにハリーとバートを見た。

「お宅の奥さんを送り届けに来た紳士さ」ハリーは古びた三角帽を持ちあげて薄くなった茶色い髪の頭を見せ、いかつい体格のわりには優雅にお辞儀をしてみせた。

ネルは小馬鹿にするように鼻を鳴らしたが、それほど大きな音ではなかった。「だったら、なかへどうぞ」

孤児院の玄関はただでさえ狭いというのに、そこへふたりの男が入ると、窮屈なばかりか息苦しくさえ感じられた。

ネルは非難するような目で男たちをじろりと見たあと、好奇心に駆られてうろついている少年のほうへ顔を向けた。「ジョセフ・ティンボックス、こちらのおふたりを台所へお連れして、メアリー・ウィットサンにお茶を出すように言ってちょうだい」

「おやまあ、なんとご親切なことで」ハリーが満面に笑みを浮かべた。

ネルがつられてほほえまないように必死で顔をしかめているのを見て、サイレンスは少し驚いた。

「なにか物がなくなったりしないか、よく見張っているんだよ」ネルはぶっきらぼうにつけ加えた。「あたしは台所にあるものなら、酢のシェイカーまで全部ちゃんと頭に入っているんだからね」

ハリーは自分の胸に手をあてた。「相棒がスプーン一本盗まないように、このおれ様がちゃんと目を光らせているよ」

バートが憤慨したように鼻を鳴らした。ジョセフ・ティンボックスはふたりを奥へ案内した。

「ハリー」サイレンスは階段をのぼりながら、彼の背中へ声をかけた。「メアリーのことが心配だから、すぐに向こうへ戻るわ」

「どこへ戻るんです？」サイレンスについて階段をのぼりかけたネルが尋ねた。

「ミッキー・オコーナーの家よ」

「そんな……」ネルは驚いた。「さっきの伝言を読んだあと、奥様はミッキー・オコーナーの住まいに行ってらしたんですか？　あの悪魔に会いに？」

今朝、サイレンスが買い物から戻ると、メアリーがいなくなっていた。孤児院の全員——二八人の子供たちと三人のメイドとひとりの男性使用人——が総出ですぐさま探したが、赤ん坊は見つからなかった。そこへ思いがけない人物から謎めいた伝言が届いたのだ。

「ええ。あれはミスター・オコーナーからだったの。わたしが欲しがっているものを持っていると書かれていたわ」サイレンスは息を切らせながら建物の最上階まで階段をのぼり、赤ん坊と一緒に使っている屋根裏部屋に入った。「彼はメアリーの父親なのよ」

「なんですって？」ネルもようやく階段をのぼりきり、サイレンスの腕に手をかけた。「いつからそれをご存じだったんです？」

サイレンスは唇を噛んだ。「だいぶ前から、そうじゃないかと思っていたの。あの子に〝崇拝者〟がいたことを覚えてる？　ほら、ときどき玄関先にメアリーへの贈り物が置かれていたでしょう？」

「もちろん覚えてますとも」ネルは狭いベッドに座りこみ、心配に顔をゆがめた。

「二カ月ほど前、もうすぐクリスマスというころに届けられた贈り物の箱のなかに、ひと房の黒髪が入っていたの」サイレンスはベッドの下から旅行用の大きな箱型の鞄《かばん》を取りだし、腰を伸ばしてネルを見た。「メアリーの髪の色と同じだったわ」

「奥様はそれを見て、贈り主はミッキー・オコーナーだろうと思われたわけですか」

「確信はなかったの」サイレンスは肩をすくめた。「でも、多分そうだろうという気がしたわ。去年の秋には二度ばかり、彼がわたしとメアリー・ダーリンを見ていたことがあったし」

「だけどミッキー・オコーナーが父親なら、なんで自分の子を奥様の家の前に置いていったりしたんです？」

「あの子を敵から守るためだと彼は言っていたわ」サイレンスは箱型の鞄に服を詰めはじめた。「わたしに預けておけば、敵の目から隠しておけると思ったんでしょう。あるいは、ただのおもしろ半分だったのかもしれないけれど」

ネルはめまいがしたとでもいうように頭を振った。「でも、あの子にだって母親がいるでしょうに。母親が子供にそんなふうにすることに同意するとは思えませんよ」

サイレンスは壁にかかった赤ん坊の服に手を伸ばしたまま凍りつき、振り返ってネルを見た。「どうしよう。たしかにそうだわ。でも、彼は母親のことはいっさい口にしなかったのよ」

「もう亡くなっているのかもしれませんね」ネルは眉根を寄せた。「ミッキー・オコーナーは結婚していたんでしょうか。そういう噂は聞いたことがありませんけど、なんといっても謎だらけの悪党ですから」

「さあ、どうかしらね」サイレンスは震える手で赤ん坊の服を取り、それをきれいにたたんで鞄に入れ、蓋を閉じた。「とにかく、わたしはしばらく彼の家で暮らすわ」

「なんですって？」ネルは驚いてベッドから飛びあがった。

サイレンスは鞄に鍵をかけた。「メアリーが敵に狙われているらしいの。危険だから家の外には出さないと彼に言われてしまったわ。あの子の世話をするには、わたしが彼の家に行くしかないのよ」

ネルは納得できないという顔をしながらも、大きな箱型の鞄の片端を持った。「でも、あんなことをされたというのに――」

「どうしようもないの」ふたりは一緒に鞄を運びながら戸口へ向かった。

「孤児院のこともありますし――」

「たしかにそうだわ」サイレンスは思わず足を止め、動揺してネルを見た。

メアリーのことで頭がいっぱいだったので、自分の行動が孤児院に与える影響にまで考えが及ばなかった。昨年、〈恵まれない赤子と捨て子のための家〉には何人か貴族女性の支援者ができた。孤児院の経営は彼女たちからの寄付金に頼っているのが現状だ。だが、貴族女性は体面や体裁を重んじる。もし、わたしが結婚もせずに男性の家で暮らしていることを知られたら……。しかも、その相手は悪名高い盗賊王だ。

サイレンスは目を見開いた。「わたしがどこへ行ったかは内緒にしておいてちょうだい。誰かに訊かれたら、田舎にいる病気のおばの看病に行ったと言えばいいわ」

「ミスター・メークピースには？」ネルが尋ねた。ふたりは階段をおりはじめた。「旦那様にはなんと言えばいいんです？」

サイレンスは足をもつれさせ、鞄を取り落としそうになった。そうだ、兄の反対をどうやってかわそう？　サイレンスの兄であるウィンター・メークピースは〈恵まれない赤子と捨て子のための家〉を経営するかたわら、学校の校長を務め、今は仕事でオックスフォードへ出かけている。今朝、メアリーを探すときはウィンターの不在を嘆いたサイレンスだったが、今は兄が留守であることに心の底からほっとした。ウィンターはいたって穏やかな性格ながらも、サイレンスがミッキー・オコーナーの家に行くと知ったら、迷わず妹を部屋に閉じこめて鍵をかけるだろう。

それを考えただけでも、サイレンスの足取りは速まった。「いやな役目を押しつけて本当に申しわけないんだけど、兄にはあなたから説明してくれる？　わたしは兄の帰りを待っていられないから。少しでも早くメアリーのところへ行ってあげたいの」

「ええ、いいですとも」ネルは勇敢にも快諾した。

サイレンスは短くほほえんだ。「兄はあなたを責めたりしないから」

「ぜひそう願いたいものですね」

階段をおりきるころには、重い荷物を運んだことと、こみあげる不安の両方で、サイレンスは汗をかいていた。ウィンターはまだ数日は帰ってこないとわかっているのに、台所のドアが開いたときには思わずびくっとした。

「運ぼうか？」ハリーはパンを片手に台所から出てくると、箱型の鞄の片端の取っ手を持ち、軽々と肩にかつぎあげた。

ネルは両手を腰に置いて背筋を伸ばし、きつい目でハリーをにらんだ。「うちの奥様の大切な荷物を落とすんじゃないわよ」

「そんなへまはしないさ」ハリーはあっさりと応じた。それを聞いて、相方のバートがふんと鼻を鳴らした。

ネルはサイレンスのほうを見て、顔をくしゃくしゃにした。「おかわいそうに」そしてエプロンで顔を覆い、しゃくりあげるように泣きだした。

「大丈夫よ、ネル。心配しないで」サイレンスは慰めの言葉をかけた。

だが、本心では自分も不安に押しつぶされそうになり、涙がこみあげた。この孤児院で一年近く暮らし、昨年の秋にはここで夫の死を聞かされ、子供たちと関わることで自分が〝妻〟という役割より大きな存在になれることを知った。自分の力で生きていくことを覚え、ほかの人々の役に立てることに喜びを感じてきたのだ。それなのに、こんな形で急にここを出ていこうとしている。まるで大地が足元から崩れ落ちていくようだ。これで当分のあいだ、わたしに家はない。それを言うなら、夫が亡くなって以来、ずっと心のどこかでそう感じてきたのだけれど。今のわたしに残されているのはメアリーだけだ。

「必ず帰ってくるわ」本当にそんな日は来るのだろうか？

ネルはエプロンをおろした。顔に血がのぼり、頬が涙で濡れ、まとめたブロンドの髪からほつれ毛が落ちている。ネルはつかつかとハリーに歩み寄り、彼の胸に指を突きたてた。

「ちゃんと奥様を守らないと承知しないわよ、このうどの大木。わかった？　奥様を髪の毛一本でも傷つけたら、あたしがあんたに復讐してやるから」

もちろん、それは馬鹿げた脅しだった。なんといっても、ハリーのほうがネルよりはるかに体が大きいのだ。サイレンスは目をしばたたき、バートは顔をしかめた。だが、ハリーはいたって真面目な表情のまま、大きな手でネルの小さな手を取り、その指を開かせ、自分の広い胸にあてさせた。ちょうど心臓のあたりに。

「心配しなくてもいい」彼は言った。「任せてくれ」

三人は外に出た。スカートが風で押しつけられ、脚に絡みついた。サイレンスは新しい生活に向かって一歩を踏みだした。

〝ホワイトチャペルの司祭〟の異名をとるチャーリー・グレイディは大型ジョッキにビールを注《つ》いだ。ホワイトチャペル地区で販売されるジンの製造を一手に担い、イーストエンドにまでその勢力を伸ばしている男が、じつはビールを好むというのは、他人の目には奇異に映ることだろう。だが、チャーリーはビール好きだ。だからビールを飲む。それに、たとえそれが奇妙だと思ったところで、面と向かって彼に言うような愚か者はこのあたりにはいない。

「なにかわかったか？」錫《すず》製のジョッキのなかでビールの泡がおさまるのをチャーリーは待った。顔をあげなくても、テーブルの前に立っているフレディが足元に視線を落としているのはわかっている。

「やつは赤ん坊を自分の屋敷に移しました」フレディは喧嘩っ早い男で、見た目よりは頭がいいが、口は達者ではない。

チャーリーは唇の片端で笑った。「チャーミング・ミッキーというのは勘の鋭い男だな。おれが本気で赤ん坊に手を出すつもりだと気づいたらしい。だから、わざわざ手元に引き寄せたのだろう」

フレディがもぞもぞと体を動かした。「もうひとつ」

「なんだ？」

「女がひとり、やつに会いに来ました」

チャーリーは唾を吐くような奇妙な音を立てて笑った。「そんなのはよくあることだ」

彼が顔をあげると、フレディは慌てて視線をそらした。

あばただらけの顔が赤くなった。「それが、いつも来るようなたぐいじゃないんで」

「どこが違うんだ？」

「例の孤児院に住んでるんです。つまり、まともな女ってことです。赤ん坊の面倒を見ています」

チャーリーは首をかしげた。そのせいで頬と首の左側にある古傷が引きつれた。「それはおもしろい。やつはそういう女は相手にしないんじゃなかったのか?」

余計なことは言わないほうが身のためだと察したらしく、フレディは黙りこんだ。チャーリーはビールをひと口飲んだ。苦味のある炭酸が喉を滑り落ちた。

ジョッキをテーブルに置き、左手でふたつのさいころをつまみあげた。さいころは昔から愛用しているもので、目のくぼみは色が剝《は》げ落ち、角は摩耗して丸くなり、手によくなじんだ。チャーリーはそれを二度ばかり転がした。テーブルは布が張られていなかったが、さいころはほとんど音を立てなかった。

二と三の目が出た。足すと五だ。五は縁起のよい数であり、ときには最高の数にもなりうる。どちらに転がるかは状況しだいだ。

昨年の秋、チャーリーはセントジャイルズに縄張りを広げる計画を推し進めたが、ひとりの馬鹿な貴族が自分の製造所を爆破させ、チャーリーの手下の多くを巻き添えにした。だが、この半年でこちらもまた力をつけた。

それに、今は別の楽しみもできた。

「あの女は今じゃ墓の下だ。つまり、もう邪魔者はいないというわけだ」チャーリーは骨を削ってつくったさいころを眺めた。それはにやりと笑っているように見えた。「もうやつに勝てる見込みはない。せいぜい自分の女を大事にしておくことだな」

顔をあげると、フレディが怯えた目で顔をそむけた。

「その孤児院の女がやつにとってどれほどの存在なのか、あとはこっちが送りこんだ間者からの報告を待つとしよう」

もちろん、宮殿のそばには大きくて美しい庭園がありました。王様は毎日、庭園を散歩し、果物のなる木々を見まわりました。王様にとっては誇らしくもあり、楽しみでもある木々だったのです。そのため、ある朝、お気に入りのサクランボの木の下にその種がたくさん落ちているのを見たときには、ひどくショックを受けました。

『賢者ジョン』

2

日が暮れるころ、サイレンスとハリーとバートの三人は、盗賊王の豪華な御殿に戻った。玄関に入るなり、赤ん坊の甲高い泣き声が聞こえた。

あれは怒っているときの泣き方だわ。

ハリーに待てと止められたが、サイレンスはかまわずに階段を一段飛ばしで駆けあがった。その勢いで両開きのドアを押し開け、痩せたボブの前を駆け抜ける。ミッキー・オコーナーが部屋の真ん中で、泣き叫ぶメアリーを両手で抱えていた。

そんな持ち方をしているからいけないのよ！　父親はまるで臭い尿瓶《しびん》でも突きだすように、

両腕を伸ばして娘を持っていた。

「この子になにをしたの！」サイレンスは赤ん坊を奪いとった。

メアリーはサイレンスを見て泣き叫ぶのはやめたが、それでもまだ涙は止まらず、小さな顔を真っ赤にはらし、肩を震わせながらしゃくりあげていた。ずいぶん長いあいだ泣いたまま放っておかれたのだろう。

サイレンスは赤ん坊の濡れた頬にキスし、優しい言葉であやしたあと、盗賊王をにらみつけた。

ミッキー・オコーナーは両手をあげた。「そんな顔で見るな。わたしはなにもしていない。誰も赤ん坊が泣くのを止められなかったんだ！」

サイレンスはメアリーの耳をふさいだ。

彼が顔をしかめた。せっかくの魅力的な顔立ちが台なしだ。「きみが部屋を出ていったとたんに、ぎゃあぎゃあと泣きだしたんだ。難聴になるかと思ったぞ」

「きっとここにいるのがいやなのよ」サイレンスはまだ涙が止まらないメアリーの頭に手を置き、そっと抱きしめた。「あなたのことも嫌いなのかもしれないわ」

ミッキー・オコーナーは鼻を鳴らした。「わたしのほうは間違いなく、その赤ん坊にうんざりしている」

サイレンスは唖然とした。「あなた、父親でしょう！」

「だからどうした？」彼は口元に皮肉な表情を浮かべた。「その子の母親は娼婦だった。わたしは一週間でその女に飽きた。赤ん坊の存在を知ったのは女が死んだあとだ。わたしが父親だという書きつけが残されていたのだ。売春宿の女主人がやってきて、赤ん坊を押しつけたあげくに、わたしから一ギニーを巻きあげていった。なんといっても相手は娼婦だ。本当にわたしの子かどうかなんてわかるものか」

その冷たい言葉にサイレンスは衝撃を受け、メアリーの柔らかい巻き毛をそっとなでた。この子になんの愛情も感じていないのだろうか？「本気でそんなふうに考えているの？」

「わたしがどう考えようが、きみの知ったことではないだろう」彼は顔をそむけ、片方の肩をすくめた。「実の子であろうがなかろうが、わたしが娘を愛していようがいまいが、そんなことはどうでもいい。その赤ん坊はわたしのものだ。それを忘れるな。いいから、おとなしくついてこい。部屋へ案内してやろう」

自分の命令には従うのが当然だとでも思っているのか、ミッキー・オコーナーは彼女の返事も待たずにさっさと歩きだした。サイレンスはためらった。できるものなら、こんな屋敷の奥へなど足を踏み入れたくない。だが、うとうとと眠りかけているメアリーをこのままにしておくわけにもいかず、しぶしぶその恐ろしい男性のあとに続いた。ハリーとバートもついてきた。

ミッキー・オコーナーは両開きのドアのほうへ向かった。御頭を立ちどまらせるわけにはいかないとばかりに、ボブが戸口に駆け寄ってドアを開ける。そんな手下に目をくれることもなく、盗賊王は部屋を出た。サイレンスはボブに会釈をして通り過ぎた。

短い廊下を進むと屋敷の奥に通じるドアがあり、そこにも体の大きな見張りの男性が立っていた。白い大理石の床はそこで終わっていたが、だからといって屋敷の奥が質素な造りになっているというわけではなかった。壁は蜜蠟《みつろう》で艶《つや》出しされた板張りで、曲線を描く模様があり、床には分厚い絨毯《じゅうたん》が敷かれている。ミッキー・オコーナーは階段をのぼった。サイレンスは息を切らせながらあとに続き、こみあげる不安を抑えこもうとした。以前にも、彼のあとについてこの階段をのぼったことがある。そのときはまともな状態で帰ることができなかった。

盗賊王の靴音と壁板の蜜蠟の匂いに忌まわしい記憶が呼び起こされ、洪水のように押し寄せてきた。

一年前、船長を務めていた夫のウィリアムは、船荷が盗難に遭ったことで窮地に陥った。盗んだのはミッキー・オコーナーだった。

世間知らずだったサイレンスは、愛する夫のために勇気を振り絞って盗賊王に会いに行き、船荷を返してほしいと懇願した。慈悲を求めて狼の前にわが身を投げだしたようなものだ。狼には慈悲の心などないということを忘れていたのだ。

ミッキー・オコーナーは、自分と一夜をともにしたら船荷は返却しようと言った。そして玉座から立ちあがり、部屋を出ると、まさに先ほどの廊下を通って、この階段をのぼったのだった。

そのときのサイレンスは恐慌をきたしかけていた。貞節を守り、善良に生きてきたのに、こんな悪党とベッドをともにしなくてはいけないのかと思ったからだ。ミッキー・オコーナーは贅をつくした広い寝室にサイレンスを連れていくと、暖炉のそばに座らせ、夕食を運ばせた。それは見たこともない上等な食事で、トレーには高級そうな肉と、温室栽培の果物と、菓子がのっていた。食べろと言われたので口に運んだが、砂を嚙んでいるような味しかしなかった。

夕食が終わると、ミッキー・オコーナーは彼女にベッドに横たわれと命じ、自分もシャツを脱いだ。だが……そのあとはサイレンスを無視して、暖炉のそばで新聞を読みはじめた。上半身は裸のままだ。そんな状況に耐えきれなくなり、サイレンスは体を起こした。「わたしをどうするつもりなの？」

彼はわざとらしく驚いたふりをした。暖炉の炎に照らされた顔は悪魔のように見えた。「別にどうするつもりもない。なにを想像していたんだ？」

「だったら、どうしてわたしをこの部屋に連れてきたの？」

ミッキー・オコーナーの顔に邪悪な笑みが浮かんだ。狼がこれから獲物の喉を引き裂こうというときに浮かべる笑みだ。「明日、ご亭主の腕のなかに戻ったら、今夜のことをなんと言いわけするつもりだ？」

「言いわけですって？　そんなの必要ないわ。正直に話すまでよ。あなたと一緒に食事をしたけれど、それ以上のことはなにもなかったって」

「さて、信じてもらえるかな？」

「もちろんよ！」サイレンスは怒った。「夫はわたしのことを愛しているわ」

ミッキー・オコーナーはうなずいた。「それが本当なら、ご亭主はきみを信じるはずだ」

これは呪いの言葉だった。馬鹿げたほど豪華なベッドに座り、悪魔のような男性に魂を売らなくてもすむのだとわかって安堵を覚えつつも、サイレンスはいやな予感に体が震えた。

翌朝、ミッキー・オコーナーに命じられるままに、彼女は胸の膨らみが見えそうなほどドレスの前をはだけ、髪をおろし、ほつれ毛を顔に垂らした。そして、その格好のまま通りを歩くことを約束させられた。

たった今、盗賊王のベッドから出てきた娼婦のように。

それはこれまでの人生にないほどつらいことだったが、家路につく娼婦たちから口汚く罵られても、我慢して家までの道を歩いた。通りの端で姉のテンペランスが待っていた。妹が帰ってこないので、ひと晩中、心配していたのだろう。サイレンスは姉の腕のなかでくずおれた。これで恐ろしい呪いは解けたと思って……。

だが、それでことはすまなかった。最悪の事態はそのあとにやってきた。ミッキー・オコーナーとのあいだになにもなかったということを、兄のウィンターも、姉のテンペランスも、街角に店を構える肉屋も、住まいのあるワッピング地区の人々も、信じてくれなかった。

誰ひとりとして。

夫のウィリアムも同じだった。誰もがサイレンスはミッキー・オコーナーの慰み物にされたと思っていた。最後となる航海に出る日、夫は顔をそむけたままだった。まるで妻など目にするのも恥だというように。あるいは妻に責められているとでもいうように。結局、半年後に船は海に沈んで夫は他界することになるのだが、あの最後の日、愛する人が家を出ていくのを見送りながら、サイレンスはミッキー・オコーナーの言葉を思いだしていた。

〝それが本当なら、ご亭主はきみを信じるはずだ〟

サイレンスはわれに返り、目をしばたたいた。ちょうど見覚えのある金箔を貼ったドアのある階を通り過ぎるところだった。ミッキー・オコーナーはもうひとつ上の階までのぼり、いちばん手前のドアを大げさな身ぶりで開けた。そこは上品にしつらえられた寝室だった。壁はピンク色で白い縁取りがあり、部屋の隅にあるベッドには花柄の刺繍《ししゅう》を施した上掛けがかかっている。その隣に、明らかに子供用とわかる手すりのついたベッドがあった。暖炉の前には長椅子があり、くつろげるようになっている。ハリーがベッドわきに旅行用の大きな箱型の鞄を置き、バートは廊下にある椅子に座った。

とにかく落ち着いた居心地のよさそうな部屋だった。こんな悪の巣窟《そうくつ》には似つかわしくない。

サイレンスはミッキー・オコーナーのほうを向き、顔をしかめた。「いつもはどういう方がこの部屋を使っているの？」

ミッキー・オコーナーは暖炉にもたれかかり、彼女が室内を見まわすのを眺めていた。

「なぜそんなことを訊くんだ？　わたしがおのれの欲望のために乙女を囲っているとでも思ったのか？」

サイレンスは顔が赤くなった。「ちらりと思っただけよ」

「だったら心配するな。ここはきみと赤ん坊のためだけに用意させた部屋だ」彼は片眉をあげた。「なにかほかにはあるか?」

「あの……いえ」

「では、あとは好きにくつろいでくれたまえ。晩餐は八時。時間厳守だ。食堂へはハリーが案内する」ミッキー・オコーナーは暖炉から離れ、振り返りもせずに部屋を出ていった。

ドアが閉まるのをサイレンスは啞然として見ていた。「なんて身勝手な人なの!」

小さなため息が聞こえた。ふと見ると、子供用のベッドのそばに、まだ少女とも言えるほど年若い女性が座っていた。今日、最初にこの屋敷を訪れたとき、メアリー・ダーリンを抱いて玉座のある部屋に入ってきたメイドだ。

サイレンスの背後にいたハリーが、岩がこすれるような音を出して咳払いをした。「フィオニューラだ。ずっと赤ん坊の世話をしてきたメイドなんだ」

「奥様」フィオニューラは膝が半分しか曲がっていないようなぎこちないお辞儀をした。きれいな顔立ちの娘だ。まだ一八歳にもなっていないだろう。色白の顔にはそばかすがあり、赤みがかったブロンドの髪がピンからほつれて顔にかかっている。

「フィオニューラ、ミセス・ホリングブルックが赤ん坊と一緒にこの部屋をお使いになる」ハリーが言った。「御頭の命令だ。奥様のお世話をしろ」

フィオニューラは黙ったまま縮こまってそれを聞いていた。

奇妙な沈黙のあと、ハリーが言った。「ああ……じゃあ、おれたちはもう行くから、ミセス・ホリングブルック。おれとバートであんたの面倒を見ろと御頭から言われている。なにか欲しいものがあったら、なんでも言ってくれ。おれたちは廊下にいる」

その言葉どおり、ハリーは部屋を出ていった。

ふたりが姿を消したドアを見て、サイレンスは顔をしかめた。「ときどき思うんだけど、男の人って威張ればいいと思っているんだから本当に馬鹿よね」

フィオニューラが驚いたようにくすくすと笑い、慌てて手で口を押さえた。

サイレンスはきまりが悪くなり、フィオニューラにほほえんだ。ミッキー・オコーナーが独裁的なのは、このメイドのせいではない。

「赤ちゃん、泣きすぎて疲れたみたいですね」フィオニューラはサイレンスの腕に抱かれているメアリーを見た。彼女の話し方にはアイルランド訛《なま》りがある。

「そうね」サイレンスは小声で応えると、赤ん坊をそっと子供用のベッドに寝かせ、目を覚まさないか様子を見た。

メアリーはよほど泣き疲れていたらしく、ぐっすりと眠っていた。

サイレンスは体を起こして暖炉のそばへ行き、メイドを手招きした。「今日はあなたがこの子の世話をしてくれていたの？」

「はい」フィオニューラが恥ずかしそうに答える。「無理やりここへ連れてこられたものだから、もう大泣きしていました。それにしてもかわいい赤ちゃんですね。旦那様にそっくり」

「ええ、そうね」サイレンスはしぶしぶ認め、長椅子に座りこんだ。朝、メアリー・ダーリンが誘拐されたとわかったときからいっときも休んでいないため、疲労で手足が重い。「ここはあなたのお部屋だったの？」

フィオニューラが目を見開いた。「とんでもございません。わたしの知るかぎり、これまで誰もこの寝室をお使いになった方はいらっしゃいません。わたしたちメイドのベッドは屋根裏部屋にあります。でも、今日からはここの隣のお部屋で寝るようにと、旦那様から言われております」彼女は壁にあるドアを指さした。

「まあ、そうなの？」サイレンスは長椅子から立ちあがり、そのドアを開けてみた。そこは簡易ベッドがひとつようやくおさまる程度の大きさの部屋で、壁には物をかけるための釘が何本か打たれていた。こちらの寝室よりはるかに質素だ。サイレンスは長椅子に戻ると、ふたたび腰をおろし、好奇心を覚えてメイドに尋ねた。「いつからこの屋敷で働いているの？」

「一カ月ほど前からです」フィオニューラは急に顔を赤らめた。「あの……友人がこの家で暮らしているものですから」

サイレンスはその様子を見て、〝友人〟とは男性に違いないと思った。「ハリーのことじゃないわよね？」

フィオニューラは思わず笑った。「まさか！」

「では、ミスター・オコーナー？」どういうわけか、胸がずきんと痛んだ。彼は自分の愛人を見張りに寄こしたのかしら。

「違います!」メイドは答えた。「旦那様がお遊びになる相手は、みなさん、もっとお美しくて華やかな方々ばかりです。わたしなど足元にも及びません」

「そう」サイレンスは旅行用の鞄からささやかな荷物を出そうと立ちあがった。

ふいに自分の置かれた現実に圧倒され、気が重くなった。わたしは悪魔のような男性に身を預けてしまった。女性を〝遊ぶ相手〟としか思っていない人だ。こんな状況はメアリー・ダーリンにとっても、わたしにとってもいいわけがない。またしても不利な立場に立たされている。一瞬、恐怖がこみあげ、サイレンスは息ができなくなった。

「どうかなさいましたか?」フィオニューラがためらいがちに尋ねた。

サイレンスは顔をあげた。メイドが心配そうな表情でこちらを見ている。「いいえ、なんでもないわ。ちょっと疲れているだけよ」

靴下を片づけながら、サイレンスは心に誓った。またミッキー・オコーナーの御殿に来てしまったけれど、今度は同じ過ちは繰り返さない。ひと筋縄ではいかない女だということを見せてやるわ。

彼の思いどおりになどなるものですか。

あの未亡人がこの御殿にいると思うと、背中に奇妙な感覚が這いのぼるのを感じながら、ミックは黙ってテーブルに大きな地図を広げた。

おかしなものだ。わたしは去年から、サイレンス・ホリングブルックをここへ連れてくるための策を弄《ろう》していた。この屋敷に住まわせ、自分の支配下に置きたいと思ったのだ。最初はただの気まぐれからはじまった。欲深い売春宿の女主人が泣きじゃくる赤ん坊を連れてきたとき、あの子をホワイトチャペルの司祭から隠さなくてはいけないと考えた。そのときに思いついたのだ。そうだ、ミセス・ホリングブルックに預ければいいではないか、と。彼女ほどまっとうに生きている女性はいない。夫の船荷を返してほしいと懇願しに来たとき、彼女は心根の美しさという刃でわたしに切りつけた。だから、わたしはその刃を自分のものにしたかった。わたし自身はそんな人間になれそうもないから、代わりに彼女を手に入れたいと願ったのだ。自分が傷つけた相手にわが子を育てさせるとは、なんという皮肉だろう。母性を利用してサイレンスを自分とは決して縁の切れない関係に持ちこめたことに、わたしはいたく満足した。

そしてようやく当初の望みどおり、彼女をこの屋敷に住まわせることができた。本当なら、もっと勝利の喜びを味わってしかるべきではないのか？

それなのに、どういうわけかわたしは背中に奇妙な感覚を覚えている。

「ミセス・ホリングブルックは満足そうでしたよ」ハリーは〝満足〟という言葉がぴったりくるかどうか考えこむように、その大きくて醜い顔をしかめた。「フィオニューラが一緒にいます」

ミックはハリーをじろりとにらんだあと、テーブルに置かれた地図に目をやった。噂によれば、この金箔で装飾を施されたテーブルは王室のためにつくられたものらしい。だが、ある船長が〝十分の一税（教会が収穫物の一割を教区民から徴収した税）〟とミックが名づけた賄賂《わいろ》を出すのを拒んだため、奪いとってやったのだ。そう思うと、これが自分の作戦室にあることがいっそう小気味よかった。

「ひとりで置いてきたのか？」ミックは鋭い口調で尋ねた。サイレンスはわたしの御殿にいる。わたしにとっては彼女もまた、守るべきお宝だ。

「いえ」ハリーが慌てて答えた。「バートが見張っています」

「それならいい」ミックは低い声で応じた。「おまえたちのどちらかは必ずそばにいるようにしろ。ちゃんと護衛するんだぞ」ミックはテーブルに両手をついて地図を眺めた。「おまえが言っているのはどの埠頭だ？」部屋のなかにいるもうひとりの男に尋ねる。

「下流にあるやつです」ブラン・カバナーが指さした。「所有者は首までどっぷり借金につかっているとか。だから安値で手放すと思います」

普段は世慣れたふりをしている男だが、今日はやけに熱くなっていた。ブランはもう六年ほどミックのところにいる。きれいな顔をした若者で、年齢は二〇歳ぐらいだろう。明るいブルーの目をし、赤褐色の髪をうしろでひとつに束ねている。若い娘にたいそうもてるが、本人はそれをうっとうしく思っていた。誇り高い若者なのだ。

だが、今日のようになにか計画を思いついたときは態度が変わる。

ミックはブランが指し示した地点をじっくり眺めた。「その埠頭をどうするんだ？」

「買いとって、使用料で稼ぐんです」ブランは即座に答えた。どうやらじっくりと考えた計画のようだ。「将来は高値で売ってもいいと思います。不景気のときのための保険ですよ」

「ふむ」ミックは考えた。ブランには話していないけれど、そういうときのための用意はある。「保険という考え方は好きだ」

ブランが期待に満ちた笑みを浮かべた。「だったら買いますか?」

ミックはため息をついた。この若者をがっかりさせたくはないが、仕事となれば話は別だ。「埠頭を経営するには管理者や事務員を雇わなくてはいけないからな。そっちのほうが金がかかるかもしれない」

ブランは不服そうな顔をした。いまだに感情を隠すということができないらしい。「急がないと、ほかのやつに買われてしまいますよ。そうなったら、この先何年も次の物件は出てこないかもしれないじゃないですか」

「しかし、慌てて飛びつくと、無駄金を使うことにもなりかねないぞ」ミックは言った。「なかなかいい計画だとは思うが、少し考えさせてくれ」

「でも――」

ミックは首を振り、厳しい顔で若者を見た。「今はほかに片づけなくてはいけないこともある。司祭の件だ」

ブランは顔をそむけた。「それが御頭のお考えなら」

「そうだ、それがわたしの考えだ」ミックは穏やかに応じ、地図を巻いた。「なにかわかったか？」

ブランがため息をついた。「孤児院のまわりに司祭の手下がうようよいました。さっさと赤ん坊を連れだしておいてよかったと思います」

「そいつらに隠れようという気はないのか？」

「ええ」ブランは答えた。「堂々としたもんですよ。四、五人ずつ固まって、これ見よがしにセントジャイルズの通りを歩いていました」

「気に入らないな。セントジャイルズはわたしの縄張りだ。早々に追いだしてやる」ミックは首を伸ばした。「そもそも、司祭はなぜ赤ん坊のことを知ったのだ？　それが気になるところだ」

「そりゃあ、御頭がうちの者に赤ん坊を見張らせていたからですよ」ブランが指摘した。

ミックは顔をあげて目を細めた。

なるほどというようにハリーがうなずく。「だから、司祭んとこの手下に気づかれたわけか」

ミックはうめいた。おのれの判断が誤っていたせいで、自分の娘が孤児院にいることを敵に気づかれたのだとは思いたくない。もしかすると身内に内通者がいるのではないか？

「ということは、その赤ん坊がこの御殿にいることも知られているわけだな？」ミックはゆっくりと尋ねた。

ブランが厳しい顔でうなずく。

ミックはため息をついた。「まあ、もともと隠すつもりはなかったことだ。司祭にしたところで、赤ん坊を奪うにはここを襲うしかないとなれば躊躇《ちゅうちょ》するだろう」ブランのほうを見る。「司祭はどうしている?」

「大勢の護衛に囲まれています」ブランは答えた。「御頭より守りは固いですよ。やつに近づくのは至難の業だと思いますけどね」

「いや、あきらめるつもりはない」ミックは言った。「冬も終わりに近づいている。司祭の持っている製造所はそろそろ穀物がつきかけているはずだ。どこから穀物を仕入れているのか調べさせろ。相手に金を握らせ、司祭との取り引きをやめさせるんだ」

「わかりました」ブランはしばらくためらったあと、言わなくてもよいことを口にした。「それにしても、どうしてそんなに司祭と敵対しているんです? あっちはジンを密造し、こっちは埠頭を仕切ってる。利害が絡むことはないでしょうに」

ミックのまぶたに悲しげな茶色い目が浮かび、耳に明るいアイルランド訛りの声が聞こえた。〝いい子ね、ミッキー〟――。

彼は顔をゆがめ、その記憶をわきに押しやった。「原因は個人的なことだ。おまえは知らなくていい」

ミックが地図を片づけるのを見ながら、ブランは顔をしかめた。「その個人的なことのために、おれらは司祭の対応に時間を割いてるんですよ。稼ぎにもならないのに」

「わかっている」ミックはうなずいた。「わたしだって、こんなことはさっさと終わらせたい。だが、相手はわたしと違って分別がなくてね」

「だったら、殺《や》っちまえばいいんですよ」ブランは明るいブルーの瞳でミックを見た。その目は若く、そして冷酷だった。

「できるものならそうするさ。しかし、おまえの言ったように敵は守りを固めている」ミックは指でテーブルをこつこつと叩きながらしばらく考え、決断を下した。「面倒だが、やはり少々まわりくどい方法を取るしかなさそうだな。司祭の製造所に入る穀物のルートを絶つんだ。それと、やつの手下をひとり残らずセントジャイルズから追いだせ」

ブランがうなずいた。「わかりました」

ミックは片眉をつりあげた。命令を下されたというのに、この若者はまだなにか思うところがあるという顔をしている。「なんだ、言ってみろ」

「ミセス・ホリングブルックのことです」ブランは口元をゆがめた。「赤ん坊をここに連れてきたのはわかります。御頭が自分の子だと思ってるんだから。でも、あの女は？　どうしてそんなに手元に置いておきたがるんです？」やっかいなだけなのに」

ミックは険しい顔をした。「これは悪かったな。おまえに説明しなきゃいけない義務があるとは思わなかったものでね」

ブランは顔を真っ赤にし、右目の下をぴくりと痙攣《けいれん》させると、そのまま背を向けて部屋を出ていった。

部屋の隅で壁にもたれていたハリーがもぞもぞした。「あいつはまだ若い。だから、こらえ性がないんですよ」

「わかっている」ミックはつぶやいた。

「でも、頭のいいやつです」ハリーは少し考えこんだ。「いささかせっかちなところはありますけど」

目に冷ややかな色を浮かべ、ミックは話の続きを待った。

ハリーが背筋を伸ばした。「ブランはミセス・ホリングブルックのことが気に入らなくてあんなことを口走ったんだろうけど、やつの言い分にも一理あると思いますよ。彼女をここに住まわせるのは本当に得策でしょうかね」

ふいにミックのなかに強い感情がこみあげた。サイレンスはわたしのものだ。だから手元に置く。それを誰にも邪魔させはしない。

「わたしに意見しようというのか？」

大男はたじろいだように見えたが、それでも引きさがらなかった。

「おれは御頭に物申したことなんてありませんよ。でも、今回ばかりはちょっと……。ミセス・ホリングブルックは優しい女です。無愛想な物言いでそれを隠してますけどね。本物のレディだし、それにもろい一面がある。御頭は去年、彼女をこっぴどく傷つけています。もう一度、いたぶるようなまねをする必要があるんですか？」

ミックは自分が手にしている書類に目を落とした。思わず力を込めて握りしめたせいで、書類はくしゃくしゃになっている。涙をためたはしばみ色の目がまぶたをよぎった。

「珍しいことに、今夜のわたしはすこぶる機嫌がいい。そうでなければ、ハリー、おまえにそんな口は利かせなかった」

「わかってます、御頭」

「いいだろう。だったら、そのくだらない質問に答えてやろう」ミックはハリーを見据えた。「先週、御殿の玄関前に打ち捨てられていた若い女を覚えているな？」

「もちろん」

「あの女はその数日前にわたしを訪ねてきた。ただし、ベッドはともにしていない」ミックはかすれた声で言い、遺体で横たわっていた女性の姿を思いだした。遺体の顔は焼けただれていた。くそっ。わたしの目の黒いうちは、サイレンス・ホリングブルックをあんな目に遭わせるわけにはいかない。「わたしに……気にかけている女がいるとわかったら、やつはなにをすると思う？」

ハリーは落ち着かない様子で顔をそむけた。遺体を見つけたのはハリーなのだ。

「わかりました。でも、司祭は御頭が彼女を気にかけていることは知らんでしょうに」

「さあ、どうかな」おそらく相手は気づいているだろうと考え、ミックは表情を引きしめた。「赤ん坊の身は安全だと思っていたが、やつの手下は孤児院のそばをうろついていた」

ハリーが気の重そうな顔で頭を振った。

「もう知っているかもしれないし、そうではなくともすぐに感づくだろう。やつは馬鹿ではない。だからこそ、ミセス・ホリングブルックをこの御殿にかくまっておく必要があるのだ」ミックは穏やかに尋ねた。「まだなにか言いたいことはあるか?」

ハリーはごくりと唾をのみこんだ。「いいえ」

「それはよかった」ミックはうなずいた。「そうだ、ハリー」

すでにドアに向かいかけていたハリーが足を止めた。「なんです?」

ミックは薄い笑みを浮かべた。「言っておくが、彼女をいたぶるつもりなどないからな」

それを聞いてもハリーは表情を明るくすることなく、醜い顔をしかめたまま作戦室を出ていった。

ミックは短く毒づいて、ベルベット張りの長椅子に座りこんだ。サイレンスをこの屋敷に引き入れる方法はないかと何カ月ものあいだ策を練り、ようやく望みがかなったというのに、どういうわけか心の底から喜ぶことができなかった。なにか言葉にならない感情が胸に引っかかり、勝ち誇った気分になれないのだ。彼は鼻を鳴らした。馬鹿馬鹿しい。盗賊王ともあろう者が、いったいどんな感情を抱くというのだ? わたしはサイレンス・ホリングブルックを手に入れた。しっかりと自分の支配下に置いたのだ。あとはのんびり彼女を眺めながら、なぜこんなに肌がざわざわするのか、なぜ檻《おり》に捕らわれた狼のように落ち着かない気分になるのか、ゆっくり考えればいいことだ。昨晩ベッドをともにした女の顔は思いだせないというのに、あの大きなはしばみ色の目を忘れることはできず、もう何カ月ものあいだ、彼女の夢に悩まされている。

ミックはぶつぶつとひとり言を口にしながら、ベルを鳴らして金庫番のペッパーを呼んだ。

ペッパーは頭のはげかかった機転の利く男で、すぐに作戦室へやってきた。そして一時間あまり、船や建設資材についてしゃべりつづけた。ミックは辛抱強くそれを聞いていたが、しまいには頭が痛くなってきた。やがてはたと気づいた。今、ペッパーからなにを聞いたのかと誰かに尋ねられても、わたしは答えられないぞ。

ミックはため息をつき、金庫番をさがらせた。そうして顔と手を洗い、食堂へ向かった。この盗賊王は屋敷にいる者全員で晩餐をとることを好んだため、おのずと食堂は広く、いつもがやがやと賑《にぎ》やかだった。だが、今夜はミックが食堂に足を踏み入れると会話がやみ、しんと静かになった。

彼はテーブルを見まわした。若いブランとメイドのフィオニューラが並んで座り、その向かい側で金庫番のペッパーが空っぽの皿の上に本を広げていた。テーブルの端では夜伽《よとぎ》の相手をさせている女がふたりくすくすと笑い、それを目の前にいるブランがとがめるようににらんでいる。長いテーブルの反対側の端に、夜の仕事に入る前の十数人の手下たちが固まっていた。強面《こわもて》の男どもばかりだが、誰ひとりミックと目を合わせようとはしない。菓子を給仕する少年のトリスさえもが、すでにミックの席のうしろに置かれた椅子に控えていた。

全員、集まっている。ただひとり、ミセス・ホリングブルックを除いては。

ミックはフィオニューラのそばへ寄った。「彼女は？」

フィオニューラが震えた。「来られないとおっしゃってました」

ミックはメイドの耳元にかがみこみ、静かに尋ねた。「来られないのか、それとも来る気がないのか、どちらだ?」

フィオニューラは言葉に詰まったが、気力を振り絞るようにして答えた。「おいでになる気がないのだと思います」

怒りがこみあげ、ミックはひとつ息を吸いこんだ。そのままくるりと背を向けて、ひと言も発せずに食堂を出た。晩餐時に食堂に来ないなどということは、相手が誰であれ許さない。それをミセス・ホリングブルックに思い知らせてやる。

サイレンスがちょうど赤ん坊に夕食を食べさせ終えたとき、ミッキー・オコーナーがノックもせずに寝室へ入ってきた。彼女は驚いて顔をあげ、相手の険しい表情を見て身をこわばらせた。

メアリーが父親とそっくりな表情で顔をしかめた。「めっ!」

ミッキー・オコーナーは娘にちらりと目をやり、サイレンスのほうを向いた。「夕食の時間だ。知らなかったのか」

サイレンスはつんと顎をあげた。「知っているわ。フィオニューラが教えてくれたもの」

「だったら、なぜ食堂へおりてきてみんなと一緒に食事をしようとしない?」不自然なほど優しい口調だった。

盗賊王は首をかしげたまま、まるで相手の息遣いまでも聞きとろうとするようにじっとしている。

サイレンスは緊張し、思わず唇をなめた。二度と彼の言いなりにはならないと決めたのだ。食事をともにしないのは、ささやかな抵抗にすぎないかもしれない。だけど、今のわたしにはそれぐらいしか彼に逆らう術《すべ》がない。「ここでメアリーと一緒に食べたいの」

「この屋敷で暮らしている者は、全員そろって食堂で晩餐をとることに決まっている」

彼女はまた顎をあげた。「あら、そう」

「わかったら、立て」

あまりにも強い命令口調だったため、サイレンスは思わず立ちあがりそうになった。気を静めようとゆっくり息を吐き、メアリーを膝からおろした。メアリーは長椅子につかまりながら、よちよちと歩きだした。

サイレンスは盗賊王を見据えた。「いやよ」

「なんだと？」

聞こえなかったはずはない。サイレンスは返事をせず、代わりに腕を組んだ。そうしていれば手の震えを隠すこともできたからだ。

ミッキー・オコーナーがじろりと彼女をにらんだ。端整な顔に怒りと、そして動物がなにかに興味を持ったときのような表情が浮かんだ。「なぜだ？」

速まる鼓動を抑えようと、サイレンスは息を吸いこんだ。「さあ、なぜかしら。盗賊と一緒に食事をするのがいやなのかもしれない。あなたとテーブルをともにするのはまっぴらごめんだと思っているからかもしれない。それとも、自分の部屋で静かに食べるのが好きなだけかも。どうだっていいことでしょう。とにかく、あなたに従うつもりはないわ」

ミッキー・オコーナーは身動きひとつしなかった。サイレンスは今にも襲いかかられそうな気がして息を詰めた。盗賊王の太腿は背後から暖炉の炎に照らされ、ズボンをはいていても筋肉質であることが見てとれる。両手はわきにおろしてこぶしを握り、たくましい肩が隆起していた。顔はまったくの無表情だ。いつ見てもきれいな顔だ、とサイレンスは思った。美しくて、そして危険な顔立ち。

「いいだろう、ミセス・ホリングブルック」ミッキー・オコーナーはようやく口を開いた。「好きにしたまえ。だが、わたしと晩餐をともにしないのなら、ここに食事は運ばせない」

サイレンスは怒りのあまり、口を開いたまま言葉も出なかった。「わが子にひもじい思いをさせるつもりなの？」

彼はまさかというように片腕を広げた。暖炉の炎で指輪がきらめく。「そんなことは言っていない。赤ん坊の食事はいくらでも用意させよう。しかし、きみの分はない。せいぜい空きっ腹を楽しんでくれたまえ」

そう言い捨て、盗賊王は寝室を出ていった。

なによ、あれではまるで独裁者じゃないの！　サイレンスは啞然としてドアをにらんだ。本気でわたしを飢えさせるつもりではないわよね？　いえ、彼ならやりかねないわ。未開部族の王様のような人だもの。この屋敷のなかではなんでも好き勝手にできると思っているのよ。小さなトレーにのっているメアリーの食器に目が行った。小さく切ったチーズがいくつかと、柔らかく煮込んだリンゴがほんの少しばかり残っている。それを食べようかとも思ったが、メアリーは寝る前になにか少し口にしたがることがあるのを思いだし、やめておいた。赤ん坊から食べ物を奪うようなまねはできない。

苛立ちに駆られ、ため息をついた。だいたい、わたしがどこで食事をしようが、彼には関係ないじゃないの。そんなことまで、どうしていちいちうるさく指図したがるの？　大勢の手下や美しい女性たちに囲まれていたら、どうせわたしがいるかどうかなど気づきもしないくせに。結局のところ、わたしを支配したいだけなんだわ。食堂に来させたがるのは、自分がわたしを意のままにしているところを見せびらかしたいだけなのよ。ときには思いどおりにならないこともあると知るのは、あの独裁者のような人にとってはいいことだわ。

それに、まさか本当にわたしを飢え死にさせたりはしないわよ、そうでしょう？

不安を覚えながら、サイレンスはメアリーの寝る支度をした。メアリーは顔と手を洗われたときと、清潔なシュミーズを着せられたときに軽くむずかったが、あとはずっと機嫌がよく、寝る前の手遊びをしている最中であくびをするようになり、ベッドに寝かせたころには眠りかけていた。サイレンスはかたわらに座り、黙って赤ん坊の背中をなでた。メアリーはこぶしを口元に寄せ、唇をすぼめて眠りについた。

サイレンスはしみじみとその顔を眺めた。この年ごろの赤ん坊は起きていると聞き分けがないが、眠っていると天使そのものだ。この子を失わずにすんで本当によかった……。そう思うと息が詰まり、彼女は赤ん坊の赤みを帯びた小さな頬にキスをした。

暖炉の近くに置かれたトレーのそばへ寄った。チーズは手遊びの前にメアリーが食べてしまったが、柔らかく煮込んだリンゴはひと口だけ残っていた。サイレンスは胃のあたりをなでた。昼間は必死にメアリーを探していたせいで昼食をとりそこねた。こんなときにミッキー・オコーナーに逆らったのは間違いだったかもしれない。

深皿に手を伸ばしたちょうどそのとき、ドアが開いた。サイレンスはさっと手を引き、うしろめたさを感じて振り返った。メイドのフィオニューラが入ってきた。

「あの……」サイレンスのびくっとした様子を見て、フィオニューラは謝った。「すみません、驚かせるつもりはなかったんです」

「いいのよ」サイレンスは大きく息を吸いこんだ。「そろそろ寝ようと思っていたところなの」

「そうですね」フィオニューラは遠慮がちに応えた。「そのトレー、お片づけします」

メイドはトレーを戸口へ持っていき、廊下にいる誰かに手渡した。

「ありがとう」サイレンスはがっかりしながら礼を述べた。

「ほかになにかご用はありませんでしょうか」

「なにもないと思うけど……」

その言葉をさえぎるようにフィオニューラが続けた。「そうでした、きれいな布をお持ちしたんです。体をお拭きになりたいでしょう？　ここにあるものは赤ちゃんのために使われるだろうと思ったものですから」

フィオニューラはサイレンスに近づき、巻いた布を手渡した。それを受けとったサイレンスは、なかになにか入っていることに気づいた。問いかけるような顔をすると、フィオニューラは目を見開いてそれを制し、少し開いたままのドアのほうを見た。

「ほかになにもご用がなければ、今夜はこれでさがらせていただきます」

「ええ」サイレンスは慌てて布の包みをテーブルに置いた。「お疲れさま」

メイドは続き部屋の寝室に入った。サイレンスは廊下のドアに近寄った。バートが壁際に置いた椅子に座ってこちらを見ていた。

サイレンスは会釈をした。「おやすみなさい、ミスター……ミスター・バート」

バートは顔をしかめたまま、しぶしぶうなずいた。

彼女はしっかりとドアを閉めた。あれはいったいなんなの？　護衛をしているというより、わたしがうろつかないように見張っているみたいだわ。サイレンスはやれやれと頭を振り、先ほどテーブルに置いた布の包みをそっと開いた。まっさらの布にシードケーキとローストビーフがひと切れずつ入っていた。それを見てお腹が鳴った。メイドがこんなことをしていると知ったら、ミッキー・オコーナーはどれほど怒るかわからない。明日、フィオニューラにはちゃんと話さなくちゃ。わたしのために危ない橋は渡らないでちょうだいと。だけど、とりあえず今は、せっかく持ってきてくれたのだから……。

シードケーキとローストビーフを食べ終え、ベッドわきのテーブルに置かれた水差しの水を飲んだ。できるだけ体をきれいに拭いたあと、ろうそくの火を消して、暗闇のなかで衣服を脱いだ。そしてシュミーズ姿になると、天蓋のついた大きなベッドに潜りこんだ。

なかなか眠りにつくことができず、いつまでもぼんやりと真っ暗な宙を見つめていた。今朝はいつものようにばたばたと起きだしたというのに、今は家族や友人と離れ、こんなところに横たわっている。メアリーの小さな寝息が聞こえた。でも、この子を守るためなら、どんなことだって我慢してみせるわ。

それになにがあろうとも、絶対にミッキー・オコーナーと同じテーブルにはつかない。


ミックは真夜中に目が覚めた。男が昼のあいだの勇敢な行為を忘れ、自分の魂はまだこのうら寂しい現世をさまよっているのかと考えるような時間帯だ。暗闇を見つめ、左右に眠る女たちの寝息を聞きながら、今しがた見た夢のことを考えた。

はしばみ色の目から大粒の涙がこぼれていた。悲しげな瞳に、とがめるような表情をして。おかしなものだ。一年前のあの夜、彼女は泣かなかった。それなのに、なぜこんな夢を見るのだろう。わたしは何人もの人間を殺してきたし、そのなかには少年のような若者も多くいた。そんな長らく地獄に捕らわれている男たちが夢に出てくるというのなら、まだわかる。だが、いまだこの世に生きている女性の、そのときどきによって色の変わる瞳が、どうしてわたしの夢に取りつくのだ？

望んでそうなったわけではないが、彼女はもはやわたしの一部だ。母親を除けば、これほどひとりの女性を身近に感じたことはない。ミックの心はつかの間、過去へと飛んだ。それが現在へ戻ってきたとき、ふいに両隣で眠っている女たちから立ちのぼる体温と性交の香りに吐き気を覚えた。ミックはそっと体を起こし、ベッドをおりてズボンをはいた。そして寝室を抜けだし、サイレンスの部屋へ向かった。ハリーが見張りについていたが、ミックを見てもなにも言わなかった。ミックはそっと寝室の取っ手をまわした。命じたとおり蝶番《ちょうつがい》にはきちんと油が差されているらしく、ドアはきしむことなく開いた。

こちらの寝室のほうが狭いというのに、ミックの部屋のように空気はこもっておらず、新鮮な匂いがした。赤ん坊のぐっすり眠る寝息と、それに比べるとゆっくりとした長い寝息が聞こえる。ミックはベッドのそばへ寄った。暗闇のなかでも上掛けを持ちあげる薄い膨らみが見てとれた。それを眺めていると、どういうわけか心が落ち着いた。彼女はわたしの屋敷で眠っている。どんな駆け引きを仕掛けてくるつもりかは知らないが、結果はただひとつだ。

わたしは彼女を手放すつもりはない。永遠に。

王様は大変お怒りになり、三人の甥を呼ぶと、大きな声でこうおっしゃいました。「わたしのサクランボを盗み食いした犯人を見つけた者は、次の王にしてやろう」甥たちは顔を見あわせ、それぞれが武器を手に取ると、サクランボの木の下に陣取り、夜の見張りにつきました。

『賢者ジョン』

3

翌日の午後二時を過ぎたころ、サイレンスはその日三度目となる食べ物を受けとった。しかも、思いがけない相手からだった。

「他言無用だ」バートはぶっきらぼうに言い、唇に人差し指をあてた。あまりにさっさと出ていってしまったため、礼を言う暇もなかった。

ミッキー・オコーナーの手下や使用人が次々と食べ物を持ってきてくれることにとまどい、サイレンスは目をしばたたいた。まさか彼らが盗賊王に隠れて、こんなことをするとは思わなかった。身内の者がこっそり自分の命令に逆らっていると知ったら、ミッキー・オコーナーはどうするだろう?

サイレンスは頭を振り、バートが手に押しつけていった油のついたハンカチを開いた。なかにはクルミが三個と、つぶれた鳩肉のパイと、崩れたピンク色のアイシングがかかったケーキが入っていた。さっきはフィオニューラからハムとマフィン、ハリーから季節外れのスモモと鴨の手羽をもらった。

廊下側のドアが開きかけたのに気づき、サイレンスはバートからもらった食べ物を慌てて枕の下に押しこんだ。ミッキー・オコーナーが来たのかと思って振り返ったところ、そこにいたのはもっと若い男性だった。ミッキー・オコーナーにひけをとらないほどのハンサムだが、盗賊王に比べるとやや背が低く、年齢は二〇歳くらいで、生真面目そうに見えた。

若者のほうも、人がいるのを見て驚いた様子だった。「あの……フィオニューラは?」

「あなたは……彼女のお友達ね?」サイレンスは尋ねた。

顔を赤らめると、若者は少年のように見えた。

「わたしはミセス・ホリングブルックよ」彼女は相手の緊張を解こうと自己紹介をした。

「フィオニューラは赤ちゃんの沐浴のために、お湯を取りに行っているの」

若者はそっけなくうなずいた。「じゃあ、いいです」

「すぐに戻ってくると思うわ」サイレンスは引きとめた。若者はひどく落ち着かない様子だった。「しばらく待っていたら?」

「あの……」若者は目をしばたたき、サイレンスの背後を見た。「でも——」

ふいに若者は彼女のうしろにまわりこみ、メアリーを抱きあげた。「暖炉は危ないよ、お嬢ちゃん。かわいいお指が火傷する」

「まあ！」メアリーが暖炉に近づいたことにサイレンスは気づいていなかった。狭い部屋に閉じこめられていることに飽きたらしく、今日の午後はやたらと活発に部屋のなかを動きまわっていたのだ。

彼女は感謝を込めて若者を見た。「ありがとう。あの……お名前は？」

「ブラン」若者は赤ん坊にほほえんだ。「ブラン・カバナーです」

普段、メアリーは人見知りをするのだが、今日は物珍しそうに若者を見ていた。

たしかにブランのほほえみはとびきりすてきだ。「あなたのことが好きみたいね」

「ええ」ブランはポケットから紐を取りだし、両端を結んで輪にすると、器用にあやとりをして赤ん坊に見せた。「おれ、子供の扱いは得意なんです。うちはきょうだいが多かったもので、昔はよく弟や妹の面倒を見ていたんです」

「あなたはアイルランド人なの？」ブランのアイルランド訛りは、フィオニューラやミッキー・オコーナーに負けないほど強い。

ブランは用心深くサイレンスを見た。赤褐色の髪が額に垂れた。「生まれと育ちはロンドンですけど、両親はアイルランドの出身です。父親はここロンドンのスピタルフィールズ地区で職工をしていました」

「ご両親は今、どうして――」そう尋ねかけたとき、フィオニューラが湯気の立つケトルを持って部屋に入ってきた。

フィオニューラはブランを見て立ちどまり、顔を赤らめた。「あら、来てたの?」

「今夜は仕事があるんだ」ブランはメアリーを長椅子におろし、あやとりを持たせた。「それを言っておこうと思って」

フィオニューラが眉をひそめ、心配そうな顔をした。「また司祭絡みなの?」

ブランは顔をしかめ、サイレンスを見た。

「司祭って?」サイレンスは尋ね、ふたりの顔を交互に見た。「盗賊が聖職者と仕事をしているの?」

「そうじゃないんです」ブランが慌てて答える。「〝ホワイトチャペルの司祭〟は聖職者なんかじゃありません。やつはジンの密造者で……」サイレンスの耳を汚してはいけないと思っているのか、ブランは言葉を探している様子だった。

「悪人です」フィオニューラがそう言い、十字を切った。「悪魔みたいな男なんです」

その恐ろしげな口調にサイレンスはぞっとして、長椅子の上で楽しそうに遊んでいる赤ん坊に目をやった。「その人がミスター・オコーナーの敵なのね? メアリーを傷つけるかもしれない相手というのは、その人なんでしょう?」

返事はなかったが、ブランが険しい顔でちらりと赤ん坊に目をやったのを見て、サイレンスはやはりそうなのだと察した。

「だったら、もう行ったほうがいいわ」フィオニューラが小さな声で言った。

ブランはうなずき、黙ったまま寝室を出ていった。

サイレンスはため息をついて、メアリーを抱きあげた。じつは、メアリーが危険にさらされているというのはミッキー・オコーナーの作り話ではないかとひそかに疑っていた。どうしてそんなことをするのかはわからないが、サイレンスとメアリーをこの屋敷に住まわせるために彼が策を弄したのではないかという気がしていたのだ。でも、その小さな疑念は消え失せた。フィオニューラの怯えた表情は本物だったし、司祭のことを話すときのブランの口調は真剣だった。その司祭というのがどんな人物なのかはわからないし、どれほどの脅威なのかも想像がつかないけれど、実在の人物であるのは間違いない。

ミッキー・オコーナーはたしかに横暴で尊大な盗賊だが、少なくともわたしたちの命を脅かしたりはしない。サイレンスはため息をつき、沐浴のためにメアリーの服を脱がせはじめた。そして、ふとあることに思いいたった。「ブランはいい人ね」

「はい」フィオニューラは洗面器に湯を入れながら顔を赤らめ、肘で温度を確かめた。

「それに、とてもハンサムだわ」サイレンスはメイドの様子をうかがいながら言った。

フィオニューラがはっとして腕を引き、そのせいで湯が床に飛び散った。メイドはしばらく床の水たまりをじっと見つめたあと、不安そうに上目遣いでサイレンスを見た。

「わたしじゃ釣りあいませんよね」

サイレンスは目をぱちぱちさせた。ちょっとからかおうと思っただけで、傷つける気などなかったのだ。「そんなつもりで言ったわけではないの」

「でも、本当にそうなんです」フィオニューラは力なく言った。「あんなに青い目をしているし、顔だってハンサムだし。ときどき、ほかの女の子たちが見とれているんです。そうするとわたし、その子たちの髪の毛をひんむしってやりたくなっちゃって」

「そういうとき、彼は女の子たちのほうを振り返るの?」サイレンスは洗面器に赤ん坊を座らせた。

「そんなことはありませんけど」フィオニューラが自信なさげに答える。

「だったら心配することはないわ」サイレンスは赤ん坊の背中を洗った。メアリーは先ほどブランからもらったあやとりの紐を水につけ、それを腹に垂らして遊んでいた。「彼はあなたのことをきれいだと思っているわよ」

フィオニューラは不安そうに唇を噛んでいたが、ふと思いだしたように顔を輝かせ、エプロンのポケットから包みを取りだした。

「食べ物を持ってきたんです」そうささやいて、サイレンスに包みを手渡す。

「ありがとう」サイレンスは明るく応え、今日四度目となる差し入れを受けとった。三度目の昼食にしようかしら。それともちょっと早い夕食?　ミッキー・オコーナーはわたしを飢えさせようとしているのに、このままでは逆に太ってしまいそうだわ。

それにしても、彼は本当に気づいていないのかしら。サイレンスはあることを考えてぞっとした。

手下や使用人たちが自分に逆らっていると知ったら、彼はどんな罰を下すだろう?

翌朝、ウィンター・メークピースは筋肉痛にうめきながら目を覚ました。室内は暗く、まだ夜も明けていなかったが、午前五時半だということはわかっていた。毎朝その時刻に目覚める癖がついているからだ。狭いベッドで体を起こすと、太腿と尻に痛みが走った。昨日は丸一日、馬に乗っていたせいだ。

暮らしているのは孤児院だし、小さな子供やあまりよくしつけられているとは言いがたい少年たちを教えている学校は目と鼻の先にあるため、普段は馬に乗ることなどない。だが、今回はオックスフォードに用事があったので、老いぼれた馬を一頭借り、それに乗って旅行をするはめになった。ウィンターは太腿を軽くさすると、意を決して立ちあがり、痛みは忘れることにした。筋肉痛などたいしたことではないし、放っておけばいずれは治る。

洗面器の水で顔を洗おうと頭をさげた。屋根裏部屋を寝室として使っているため、そうしないと傾斜した天井に頭をぶつけてしまうからだ。狭くて、いびつな形をした部屋だが、もう何カ月もここで暮らしているので、真っ暗でもどこにもぶつからずに動きまわれるようになった。

白いシャツ、黒いベスト、黒いズボン、黒い上着という服装に着替えると、窓を開け、洗面器の水を通りに捨てた。空はいくらか白んで薄い朝焼けが広がり、セントジャイルズのごちゃごちゃとした屋根が影絵のように見えた。ウィンターはその景色にちらりと目をやり、すぐに窓をしっかり閉めると、ろうそくに火をつけた。これから一時間ほど、小さな机で仕事をするのだ。授業の準備があるし、国内外の哲学者や宗教家たちと書簡のやりとりをしているため、その手紙を読んだり、返事を書いたりもしなくてはいけない。オックスフォードへ行ったのも、じつは死の床にある古い知人の哲学者を訪ねたのだった。

空がすっかり明るくなったころ、ウィンターは立ちあがって伸びをし、ろうそくの火を消した。水差しを手に取り、寝室を出て鍵をかけ、妹のサイレンスの寝室の前で足を止めた。ドアの下から明かりが漏れていない。まだ眠っているのだろう。声をかけようかとも思ったが、やめておいた。眠れるときは眠っておいたほうがいい。

階下へおりていくと、階段が折れ曲がった踊り場で、妙にびくびくしている子供に出くわした。

ウィンターはその子の首根っこをつかんだ。教職に就いた早い段階で、〝子供はまず捕まえてから質問すべし〟ということを経験的に学んでいた。「ジョセフ・ティンボックス、朝食のテーブルについている時間だろう?」

ジョセフは首根っこをつかまれた上着にそばかすの浮いた顔をうずめたまま、目をぐるりとまわしてウィンターを見あげた。「今、行くところだったんです」

「そうなのか?」ウィンターは怪しんだ。水差しを床に置き、ジョセフが隠そうとした物をすばやくつかみあげた。「これでなにをするつもりだ?」

目の前にぶらさげられた革製のパチンコを見て、ジョセフはいかにも〝ぼくはなにも知りません〟という顔で目を見開いた。「階段に落ちてたんです。本当です」

ウィンターは片眉をあげ、少年の顔をじっと見た。

ジョセフが目をそらした。

「ジョセフ」ウィンターは静かに話しかけた。「ぼくが嘘を許さないことはおまえもよくわかっているだろう？　言葉は大切にしなくてはいけない宝物なんだよ。たとえどんなに貧しい服装をしている人にとってもね。言葉を軽く扱ってはいけない。それは愚かな人間のすることだ。その人は卑怯者でもある。さあ、正直に話してごらん。このパチンコはおまえのものか？」

少年はごくりと唾をのみこんだ。「はい、そうです」

「おまえがこんなもので遊んでいたのは残念だ」ウィンターは穏やかに続けた。「だが、本当のことを話してくれたのは嬉しい。残念だったほうの罰として、台所の火床の灰をきれいにかきだして、周囲の煤《すす》をこそぎ落としなさい」

「そんな！」ジョセフは抵抗しかけたが、ウィンターに見据えられ、あとの言葉をのみこんだ。「わかりました」

「よろしい」ウィンターはパチンコをポケットに入れると、水差しを取りあげ、先に階段をおりるよう少年を促した。

ふたりは黙っていたが、階段をおりきったところでジョセフが口を開いた。

「あの……」

「なんだい？」ウィンターは少年を見た。ジョセフは落ち着かなげに体を左右に揺らしている。

「ごめんなさい」

「人間は誰でも過ちを犯すものだ」ウィンターは優しく言った。「間違ったことをしたと気づいたとき、そのあとどういう行動を取るかによって、人は正直者かそうでないかに分かれるんだよ」

ジョセフは眉間にしわを寄せて聞いていたが、すぐに明るい顔になった。「わかりました」

台所へ向かう少年の足取りは、いつもの軽やかな調子に戻った。

そのうしろをついていきながら、ウィンターは思わず口元に笑みを浮かべた。ジョセフとこういう話をするのは今回が初めてではないし、最後にもならないだろう。だが、根はいい子なのだ。

台所は明るく、子供たちのしゃべり声で賑やかだった。この人数を収容するにはいささか狭い空間に、男児用と女児用の長いテーブルがふたつ据えられている。ジョセフは男児用のテーブルに行き、長いベンチにぴょんと座った。

「おはようございます、ミスター・メークピース」メイドのアリスが足を止めて挨拶した。

「おはよう、アリス」ウィンターは持ってきた水差しを差しだした。

「まあ、ありがとうございます。これで階段をのぼる手間が省けましたわ」アリスはやつれた顔でにっこりしたが、子供のひとりが牛乳をこぼしたのに気づき、慌ててそちらへ飛んでいった。

「ほら、子供たち！」使用人のなかで最年長のネル・ジョーンズが大声を出した。「ミスター・メークピースに朝のご挨拶をしなさい」

「おはようございます、ミスター・メークピース」子供たちは声をそろえて挨拶した。

「おはよう、みんな」ウィンターはベンチに腰をおろした。

ネルが粥《ポリッジ》とティーポットを運んできた。

「ありがとう」ウィンターは礼を言い、熱い紅茶をひと口すすった。ふとテーブルに目をやると、黒髪の少年が眠そうな顔で鼻をほじっていた。「ヒーリー・プットマン、昨晩はあまり眠れなかったのかい？」

〈恵まれない赤子と捨て子のための家〉の子供たちは、男児は全員がジョセフ、女児は全員がメアリーという名前をつけられている。だが、この少年だけは例外だった。ほかの子供たちとは違い、ヒーリー・プットマンはもう立派に口の利ける四歳という年齢になってから、この孤児院に引きとられた。入所のとき、自分の名前をそのまま使いたいと言ったため、彼の気持ちを尊重したのだ。

ウィンターに声をかけられ、ヒーリーは慌てて鼻から手を離した。「いいえ」

隣に座っている年上の少年がヒーリーをつついた。

ヒーリーが隣をじろりとにらむ。

「ミスター・メークピース！」年上の少年が声をあげた。

「ちゃんと眠れました！」ヒーリーがそれをさえぎった。「ただ、ちょっと夢を見ただけです」

子供たちが朝食の席で夢の話をするのはよくあることなので、ウィンターは淡々と応じた。

「ほう」

ヒーリーはめげずに続けた。「蛙の夢です。でかかったんです。牛くらいあって……」

夢のなかの蛙の大きさを示そうと、少年は両腕を広げ、隣の少年のポリッジが入った深皿を危うく引っくり返しそうになった。

ウィンターは慣れた手つきでその深皿を押さえた。

年上のほうの少年が反論した。「そんなでかい蛙がいるもんか。そんなこと、みんな知ってるやい」

ウィンターは穏やかに諭した。「ジョセフ・スミス、蛙の大きさのことで意見があるのなら、もっと礼儀正しい言い方があるんじゃないかい？」

ふたりの少年が考えこんだため、ウィンターはとりあえずポリッジをひと口食べることができた。

ジョセフ・スミスが先ほどの言葉を言い直した。「蛙は牛ほど大きくはならないと思うよ」

ヒーリーが応える。「でも、ぼくの夢のなかではそうだったんだ」

それで問題は解決した。

女の子のひとりが甲高い声をあげた。ウィンターは女児たちのテーブルへ顔を向け、サイレンスがまだ来ていないことに気づいた。

「そろそろ妹を起こしてきてくれないか？」

ネルが目をそらしてうつむいた。ウィンターはなにかがおかしいと感じた。「あの……そのことでお話が……」

「なんだい？」ウィンターは話しづらそうにしているメイドを促した。

ネルはぎゅっと目をつぶった。「ミセス・ホリングブルックはおいでになりません」

ウィンターは目をしばたたいた。「なんだって？」

「おととい、出ていかれました」ネルが早口で答える。こんな役目は早く終わらせたいと思っているようだ。「メアリー・ダーリンも一緒です」

子供たちが黙りこんだ。危険が近づいたり、興奮する出来事が起きたりすると、子供というものは動物的な勘を働かせる。

「どこに行ったんだ？」ウィンターは静かに尋ねた。

ネルは唾をのみこんだ。「チャーミング・ミッキー・オコーナーのところです」

メアリー・ダーリンが朝食のポリッジを食べ終わるころ、遠くで男性の怒鳴り声が聞こえた。フィオニューラが顔をあげた。サイレンスは最後のひとさじを赤ん坊の口に運んでいるときだった。メアリーはもう食事に興味をなくしたらしく、差しだされたスプーンを無視して、ねばねばする深皿に指を突っこんでいた。

サイレンスは赤ん坊の肩をぽんぽんと叩いた。「メアリー、ほら、食べてしまってちょうだい」

また怒鳴り声が聞こえた。そこには聞き覚えのある声がまじっていた。

サイレンスはぞっとして、スプーンを置くとドアへ急いだ。

「だめです。部屋を出たりしたら――」フィオニューラが止めたが、サイレンスはかまわずにドアを開けた。

バートが怖い顔でこちらを見た。

「誰が来ているの？」サイレンスは勢いこんで尋ねた。

バートが口を開きかけたときには、彼女はすでに駆けだしていた。

「おい、待て！」バートが怒鳴る。

サイレンスは階段を駆けおりながら、階下の沈黙を不気味に感じた。あの声は兄に違いない。いったい兄になにをしたの？

一階におり、ドアを次々と通り抜けたところで、大きな背中にぶつかりそうになった。

その背中のわきを通り過ぎ、手下たちに兄が取り囲まれているのが目に入ったとき、背後からミッキー・オコーナーの胸に引き寄せられ、腰に両手を添えられた。

サイレンスははっとして息をのんだ。ふいに乳香の匂いに包まれた。晩餐のことで口論になったのは一昨日だが、それから一日会わなかっただけで、彼がどれほど強い存在感を放つ男性なのか忘れていた。

ウィンターが唇を引き結んだ。「妹から手を離せ」

「ぜひとも仰せのとおりにしたいところだが……」ミッキー・オコーナーは小馬鹿にするように間延びした口調で言った。胸の鼓動がサイレンスの背中に伝わってきた。「こちらのレディから直接そうおっしゃってもらわないことには、ご意向に添えかねるな」

ウィンターは妹のほうを見た。「言ってやれ」

サイレンスはごくりと唾をのみこんだ。兄がひどく怒っているのがわかったからだ。いつもの地味な服装に黒色の丸い帽子をかぶり、両わきでこぶしを握りしめている。ほかの兄についてもそうなのだが、サイレンスはウィンターがかつらをかぶらず、茶色い髪をうしろで簡素に束ねているほうが好きだ。ミッキー・オコーナーの手下たちは滑稽なくらい強面に見える。だが、そんな男たちが守りを固めている屋敷に兄は入りこみ、これほど奥まで進んできたのだ。

おそらく兄が発している静かな威厳に気圧《けお》され、男たちは押しとどめることができなかったのだろう。

サイレンスは盗賊王の腕のなかで向きを変え、顔をあげた。距離が近いせいで、黒いまつげの一本一本や、目尻に刻まれたかすかなしわまでよく見えた。

「兄と話をさせてちょうだい」

ミッキー・オコーナーは鋭く目を細めた。彼女の申し出が気に入らないらしい。

「お願い」サイレンスはささやいた。

「きみがそう望むなら」ミッキー・オコーナーは両腕を広げ、サイレンスの頭越しに言った。

「ミスター・メークピース、五分やろう。図書室で、この愛らしい妹君と話をするがいい」

屋敷に図書室があるの？ このいかにも男性的な盗賊王がうつむいて埃っぽい本を読んでいるところを、サイレンスは思わず頭に描いた。

だが、図書室のなかを見せられたとたんに、そのイメージは吹き飛んだ。ミッキー・オコーナーの図書室は想像をはるかに超えていた。それほど広い部屋ではないが、ペルシャ絨毯の敷かれた床から紫檀《したん》の天井まで、空間のすべてが驚きだった。明らかに略奪してきた船荷と思われる古代の彫像がいくつも並んでいる。いちばん手前は、女神ディアナが驚き、猟犬たちが飛びあがっている姿のものだ。ひげを生やした偉人の胸像もある。それになにより、本のすばらしさといったら！ いたるところに開いた書籍が飾られ、そこにはさまざまな挿し絵が載っている。異国の動物を描いた大きな本もあれば、小さな祈禱書《きとうしょ》もある。金箔を用いた繊細な装飾はまさに圧巻だ。

「すばらしいわ」サイレンスは畏敬の念に打たれてため息をついた。「こんな図書室、見たことある？」そして眉根を寄せた。「座り心地のいい椅子があれば、もっとすてきなんだけど」

「今は図書室より、おまえのことを話したい気分なんだが」ウィンターが淡々と言った。

サイレンスは顔を赤らめ、兄のほうを見た。心配そうな顔で、茶色のまっすぐな眉をひそめている。

彼女はひとつ大きく息を吸い、いつもの癖で朝から身につけているエプロンを手でなで、今ごろになってそのエプロンが少し曲がっていることに気づいた。

「急に孤児院を出たりしてごめんなさい。ひどく心配をかけたわね」

「ああ、心配した」ウィンターはそっけなく応えた。

サイレンスは唇を噛んだ。

「無理やり拘束されているのか？」

「違うわ」

兄がうなずく。「ぼくはすぐにかっとなるほうではない。もしそうだったら、髪の毛をかきむしりすぎて、今ごろは髪がなくなっていただろう。だから言葉を替えてもう一度訊く。この屋敷で暮らすことにしたのはミッキー・オコーナーに強要されたからか？」

口調こそ柔らかいものの、そこには深い意味が込められていた。前回サイレンスがここから帰ったときの姿を、ウィンターは見ている。妹が精神的に傷ついたことを知っているのだ。それに、それ以上の想像もしているのだろう。

「彼はメアリー・ダーリンの父親なの」サイレンスは打ち明けた。

ウィンターがいぶかしげに片眉をあげた。

「彼には敵がいて、そのせいでメアリーが危険にさらされているらしいわ。だからあの子をここに置いておきたいんですって。赤ん坊の世話をしたければ、わたしもここにいていいと言われたの」

ウィンターはまぶたを閉じ、悲しそうな表情で目を開けた。「もし本当に彼がメアリーの父親なら、おまえはあの子のことをあきらめるしかないぞ」

「いやよ！」サイレンスは唾をのみこんで、声を落とした。「そうじゃないの。彼は約束してくれたわ。危険がなくなったら、わたしにメアリーを返してくれるって。わかってちょうだい。いずれはあの子を堂々と連れ帰ることができるのよ」

「ミッキー・オコーナーを信用するのは難しい」

「でも……」

ウィンターはサイレンスに近寄り、そっと肘に手を添えた。「彼はおまえをもてあそんでいるだけだ。単におもしろくてそうしているだけかもしれないし、なにかもっとひどいことを企んでいるのかもしれない。どちらにしても、ひとつたしかなことがある。彼は自分のことしか考えていないぞ。おまえや赤ん坊のことなんてどうでもいいと思っているのは間違いない」

「だから、なおさらあの子のそばにいてやりたいのよ」サイレンスはささやいた。「あの子を愛しているの。お腹を痛めた子と同じだと思っているわ。たとえ引きとれる望みがなくても、あの子をひとりでここに置いていくわけにはいかない。でも、今はたとえわずかでも希望があるの。だから、それにすがりつきたいのよ」

「ここにいれば、世間から陰口を叩かれるぞ」

「どうせ、もういろいろ言われているわ」

「それもこれも、すべてあいつのせいだ」ウィンターは声を荒らげたり、感情をむきだしにしたりするような人間ではないが、彼の口から放たれたその〝あいつ〟という響きには嫌悪感があらわになっていた。

サイレンスは目を大きく見開いた。兄がミッキー・オコーナーを嫌っているのは知っていたけれど、これほどだとは思わなかったわ。

「兄さん――」

「あいつのせいで、おまえは世間から白い目で見られるようになるだろう。ひいては孤児院も立ちゆかなくなるんだ。おまえは自分のことはどうでもいいと思っているのかもしれないが、それだったらせめて孤児院のことを考えてくれないか」

サイレンスは兄に対してすまなく思い、目をつぶった。わたしはウィンターを落胆させ、信頼を裏切っている。それでも……。「ごめんなさい。孤児院のことは本当に申しわけないと思っているわ。でも、メアリーのことはあきらめられない。わたしにはもう、あの子しか残されていないの」

「そうか」ウィンターは妹に背を向け、本棚の前へ行き、豪華な装丁の背表紙をにらみつけた。

つかの間、沈黙のときが流れた。

サイレンスは唇を噛み、兄の背中を見た。これが決定的な亀裂になってしまうのだろうか。ウィンターはいちばん下の兄で、年が近く、仲よくしてきたのに……。

ウィンターがわずかに肩を落とした。「おまえにとってメアリーがどれほど大切な存在なのかはわかっている。去年はつらいことも悲しいこともあったが、おまえは赤ん坊のおかげで元気を取り戻した。ほかにあの子のそばにいる方法がないのなら、ここにとどまるのも仕方がないだろう」

サイレンスはため息をつき、礼を言おうと口を開きかけた。

ウィンターが振り返り、普段は穏やかな目に激しい感情をたたえて彼女を見た。

「だが、おまえがあの男のせいでどれほど傷ついたか、ぼくは知っている。首に縄をつけて連れ戻すようなまねはしないが、だからといって手放しで賛成しているわけでもないぞ。ミッキー・オコーナーは危険な男だ」

背後で手が打ち鳴らされ、兄妹の会話は中断された。

サイレンスは振り返った。

ミッキー・オコーナーが狭い戸口にもたれかかっていた。「お褒めの言葉、嬉しいね。いたく胸を打たれたよ」

ウィンターは微動だにしなかった。隣にいたサイレンスは、どういうわけか兄が相手につかみかかりたい衝動を必死で抑えているように感じた。きっと気のせいだろう。兄ほど暴力に無縁の人はいないのだから。

それでも念のため、彼女はウィンターの腕に手をかけた。「やめて、お願い」

「心配するな。おまえが望まないことはしない」ウィンターは盗賊王を見据えたまま、妹に言った。「今日はこのまま帰る。だが、次に来たときはおまえを連れ戻すからな。身の危険を感じたら、すぐに連絡をくれ。昼でも夜でもかまわない。必ず助けに来る」

「ありがとう」サイレンスはおとなしくウィンターの言葉を受け入れた。ここは兄を立てておいたほうがいいと思ったからだ。

ミッキー・オコーナーがからかうような目でサイレンスを見た。

幸いにもウィンターはそれに気づかないまま、妹の頬にキスをしてささやいた。「いつでも迎えに来るから」

彼女はうなずいた。涙がこみあげそうになり、返事をすることができなかった。優しい兄だとは思っていたが、これほどわたしを愛してくれていたなんて。今日の行動を見ればそれがわかる。わたしのために盗賊王の屋敷へ乗りこんできたのだから。サイレンスは兄の愛情の深さを悟り、今まで持っていることさえ知らなかったものを手放さなくてはいけないような喪失感に襲われた。その兄が今、黙って引きさがろうとしている。わたしがそうしてくれと頼んだために。わたしのことを心の底から大切に思ってくれているあかしだ。

「うちの者に玄関まで送らせよう、メークピース」ミッキー・オコーナーが言った。「途中で迷子になるといけないからな」

ウィンターが盗賊王のほうを向いた。ふたりが無言でにらみあうのを、サイレンスは息を詰めて見守った。

やがてウィンターは部屋を出ていった。

彼女はミッキー・オコーナーをにらんだ。「どうして兄をあおったりしたの？　そんな必要はなかったのに」

「そうなのか？」彼は戸口を離れ、のんびりとした足取りで近づいてきた。

「ええ」サイレンスは顔をしかめた。「わたしとあなたのあいだで話はついている。約束を破るつもりはないわ。兄はわたしのことを心配しているだけよ。それなのにあんな挑発するようなことをしたら、余計な口論になるだけだわ」

盗賊王は肩をすくめた。「そこがきみとわたしで意見の食い違うところでね。彼は頑固な男だ。こちらの流儀を通しておかないと、あっという間にきみを持っていかれる」

兄が頑固ですって？　どこをどう取ったら、そんなふうに見えるの？　サイレンスは頭を振った。男の人というのは、ときどきおかしなことを言うものだ。ミッキー・オコーナーは分厚い彩色地図帳の背表紙を人差し指でなでた。指にはめたいくつもの指輪が光を反射して輝いた。

「あなたがこういった図書室を持っているとは思わなかったわ」

彼は眉をつりあげ、さも愉快げに冷笑した。「野蛮な盗賊にこんな洗練された図書室は似つかわしくないということか？」

「違うわ」本心を見透かされ、サイレンスは慌てて否定した。「そうではなくて、つまり……」

相手が女神ディアナの裸体像の胸を指先でなぞるのを見て、彼女の声はしぼんだ。

ミッキー・オコーナーが急に振り返った。「つまり、なんだ？」

見ていたことに気づかれ、サイレンスは顔が赤くなったが、それでも目はそらさなかった。兄は盗賊王を相手にしてもひるまなかった。だから、わたしも負けはしない。「こんな部屋は必要ないでしょうに」

「どういう意味だ？」

彼女は漠然と感じていることを言葉にした。「玉座のある部屋も豪勢だけど、あれには目的があるわ。あなたはあの部屋で訪問者を迎える。あの豪奢な造りや高価な品々は、相手を威圧するためのものよ。でも、この図書室は……」

「なんだ？」

「誰かに見せびらかすための部屋じゃないわ」

ミッキー・オコーナーが首をかしげ、サイレンスをじろじろと眺めた。

「おもしろいことを言う女だな。だったら、なんのための部屋なのか、聞かせていただけないかね」

「それがわからないから不思議なのよ」彼女は言った。「なんのためにこの図書室をつくったの？」

単刀直入に尋ねられ、ミッキー・オコーナーは不意打ちを食らったみたいな顔をした。しばらくサイレンスを眺め、迷うそぶりを見せたあと、心を決めたように彩色地図帳の前を離れ、別の大型本のほうへ向かった。その本が開かれるのを、彼女は興味深く見守った。そこには外国のものとおぼしき樹木に留まっている黄金虫が描かれていた。鮮やかな色彩を施され、今にも本のなかから這いだしてきそうに見える。

彼はそのページの端を指で軽くなぞった。「もう八年ほど前になるかな。西インド諸島から来た船にあった収納箱に、ちょうどこんなふうな本が入っていたんだ」

「つまり盗んだというわけね」サイレンスは容赦なく言い捨てた。

ミッキー・オコーナーは白い歯をのぞかせて、にやりとした。「西インド諸島で大規模農園を営む経営者のものだったらしい。大勢の奴隷を使って砂糖を製造させ、さんざんもうけているようなやつだ。そう、わたしはその収納箱を盗んだ。だが、それで胸が痛んで眠れないことは一度もなかったね」

サイレンスは黄金虫の描かれた本に視線を戻した。盗みは嫌いだが、奴隷を使うような人間はもっと許せない。「わかったわ。あなたは八年ほど前に、こんなふうな本を見つけたわけね」

「そうだ」盗賊王も黄金虫に目を戻した。「収納箱に本が入っていたので開いてみた。そして度肝を抜かれた。そこにはたくさんの蝶が描かれていたのさ。わたしはそれまで蝶というものを見たことがなかった。そういうものが飛び交っているような界隈で育ったわけじゃないからな」そのときの絵が目の前に見えているのか、彼は愛おしそうにページをなでた。「その本を見て、わたしは神を信じてもいいかもしれないと思ったんだ」

サイレンスは言葉を失った。自分もロンドン育ちだが、公園にはたびたび行ったし、ときにはグリニッジなどほかの町まで出かけたりもしたので、蝶はよく見かけた。それどころか餌づけされた鹿や、さまざまな野鳥や、美しい庭園や、色とりどりの花も見てきた。蝶を見たことがないなんて、どんな少年時代を送ってきたのだろう?

「どこで育ったの?」彼女は静かに尋ねた。

「セントジャイルズさ」ミッキー・オコーナーはまだページをなでている。「このすぐ近くだ」

サイレンスは幼いころの彼を想像してみた。さぞや美しくて、身のこなしがしなやかな少年だったことだろう。そう思うと心が沈んだ。セントジャイルズでは、美しい容姿の少年はつらい運命をたどることが多い。「ご家族と一緒に暮らしていたの?」

「母親と……それに男とだ」

彼女は眉をひそめた。男とは父親のことだろうか? それとも赤の他人? 訊いてみようかと思ったが、ちらりと相手に目をやり、無難な質問に変えた。「ご両親は今もセントジャイルズにいらっしゃるの?」

ミッキー・オコーナーは皮肉な表情を浮かべ、挿し絵のある大型本を閉じた。どうやら答える気はないようだ。

いちいち腹立たしい人だわ。サイレンスは室内を見まわした。「どこにあるの?」

「なにが?」

本であふれた棚を指さす。「その蝶の本よ」

彼は首を振った。「ここにはない」

「だったらどこに――」

「きみはうるさいほどの知りたがり屋だな」盗賊王は大型本を棚に戻した。サイレンスは苛立ちを覚え、ひとつ大きく息を吸った。「たいそうなうぬぼれだな」「いったいわたしになにを求めているの？」

ミッキー・オコーナーは表情のない顔で振り返った。「たいそうなうぬぼれだな」

ごまかそうったって、そうはいかないわよ。サイレンスは一歩前に出た。相手はあとずさりするようなそぶりを見せた。「そもそも、どうしてメアリーをうちの玄関前に置き去りにしたのよ。わたしを巻きこむ必要なんてまったくなかったのに。いったいなにを企んでいるの？」

彼は目をそむけ、険しい表情をした。「わたしはただ、きみと赤ん坊を守りたいだけだ。だからおとなしく部屋にこもっていろ」

なんて言い草かしら。サイレンスは冗談じゃないという顔で目を見開いた。「あなたにはわたしが人形にでも見えるの？」

盗賊王はひとつまばたきをした。濃いまつげの動くさまが印象的だ。「いや。とても美しい女性に見えるよ。きみを玩具扱いしているつもりはない」

急に親密な口調でそう言われ、彼女は唖然として口を開いた。

その困惑した表情を見て、ミッキー・オコーナーの口元に悩ましい笑みがこぼれた。

「今夜は晩餐の時間がいつもより早い。七時にお出ましいただけたら光栄だ」

サイレンスは身をこわばらせた。そんな手には乗るものですか。「あなたと一緒に食事をするつもりはありませんから」

彼の顔から一瞬にして笑みが消え、代わりにぞっとするほど恐ろしい表情が現れた。「だったら勝手に絶食していろ。そのうちにいやでも気が変わるだろうからな」

そう言うと、くるりと背を向け、大股で図書室を出ていった。

4

ところが奇妙なことが起きました。夕闇が迫るころ、三人の甥たちはこっくりこっくりと船を漕ぎはじめ、ついには眠りこんでしまったのです。朝、目覚めたときには、夜間のことはなにひとつ覚えていませんでした。三人はきまり悪さを覚えながら王様のところへ行き、盗み食いをした犯人を捕まえられなかったことを報告しました。そのとき賢者ジョンがふと髪に手をやると、明るい緑色の羽根が頭から落ちました。

『賢者ジョン』

「いけませんわ」フィオニューラが押し殺した声で言った。

「そんなこと、誰が決めたの？」サイレンスは平然とした顔で応え、廊下に首を突きだして左右を確かめた。ハリーはまだ朝食をとっているはずだし、バートは使用人を呼びにやった。だが、ほんの数分でどちらかの見張りが戻ってくるだろう。

「旦那様です」フィオニューラは声をひそめたまま訴えた。「みなさんと一緒にお食事をとるまでは、部屋から出てはいけないとおっしゃいました」

サイレンスは軽く鼻を鳴らした。「ミッキー・オコーナーは別にわたしのご主人様というわけではないわ」

「そうかもしれませんけど、旦那様は命令を無視されることに慣れてらっしゃいません」

「だったら、さぞや驚くでしょうね」

サイレンスは赤ん坊を抱いたまま部屋を抜けだし、バートがおりた階段とは反対方向へ進んだ。そして、落ち着こうと廊下の角で深呼吸をしたところだった。

そこを誰かに背中を触れられ、思わず小さな悲鳴をあげたのだった。

「どこに行かれるんです？」フィオニューラがささやいた。

「さあ」あてはなかった。「ただ、ずっとあの部屋にこもっていたら、メアリーがかわいそうよ。居間にでも行こうかしら」

フィオニューラが首をかしげた。「このお屋敷に居間らしき部屋はないと思いますよ。旦那様は居間でくつろがれたりはしませんから。大きなお屋敷を構えていても、貴族ではありませんし」

「じゃあ、図書室がいいわ。一階下にあったもの」サイレンスは心配顔でフィオニューラを見た。「あなたを巻き添えにはしたくないわ。縛りましょうか？　わたしが力ずくでそうしたことにすればいいでしょう」

フィオニューラは目をぐるりとまわした。「そんな話、誰が信じると思います？」

そのとき、背後で怒れる雄牛のような怒声がした。「しまった！」バートがサイレンスの不在に気づいたらしい。

サイレンスはびくっとしたものの、歩調は緩めなかった。

メアリーがサイレンスの肩越しにうしろを見て、腕のなかで跳ねた。「バート!」

階段まで来たとき、バートに追いつかれた。

「ここにいたのか」彼は肩で息をしていた。「どこへ行くつもりだ」

「図書室よ」サイレンスは明るく答え、階段をおりはじめた。

バートが冷笑した。「図書室は作戦室の向こう隣だ。たどりつけるものか」

それを聞き、サイレンスは鼓動が速くなった。だが、足を止めることはなく、そのまま廊下を進んだ。ミッキー・オコーナーに見つかるかもしれないのは覚悟のうえだ。そんなことで引きさがるつもりはない。自由を奪われてなるものですか。部屋に閉じこめられ、彼の気が向いたときだけ駒《こま》のように扱われるのはまっぴらごめんだ。それに——。

力強い手に腰をつかまれ、サイレンスは驚いて悲鳴をあげた。メアリーを抱いたまま、体が宙に浮いた。

「ミセス・ホリングブルックがなぜこんなところにいるんだ!」背後でとても冷静とは言いがたい声が響いた。

サイレンスは首をめぐらせてうしろを見た。ミッキー・オコーナーが両腕を伸ばして彼女を持ちあげていた。サイレンスは息をのみ、慌ててまた前を向いた。フィオニューラはすくみあがり、バートは陸《おか》に打ちあげられた魚のように口をぱくぱくさせている。

「バートやフィオニューラに怒らないで」サイレンスは思わずふたりをかばった。「いけないのはわたしだから——」

「当然だ」ミッキー・オコーナーはぴしゃりと言った。「赤ん坊を連れていけ」

フィオニューラが慌てて駆け寄り、あっという間にメアリーを抱きとった。

サイレンスは顔をしかめた。「だって——」

「静かにするんだ」盗賊王はささやいた。どういうわけか、先ほどのバートの怒声より凄《すご》みが利いている。

サイレンスはさらに高く持ちあげられ、気がつくと彼の肩にかつがれていた。屈辱的な格好だ。暴れて肩からずり落ちないように、片手で尻を押さえられている。

「おろしてちょうだい」頭に血がのぼっているにしては、極めて冷静に言うことができた。

盗賊王は返事すらせず、向きを変えて廊下を戻った。

「ミスター・オコーナー！」硬い背中に鼻をぶつけないためには、相手の腰に両手でつかまってバランスを取るしかなかった。

彼は片腕で軽々とサイレンスをかついだまま、ひと言も発することなく階段をあがった。なにかひとり言をつぶやくような声が聞こえた。

悪態をついたのかもしれない。

サイレンスは息が詰まった。手下やメイドの前で彼に恥をかかせたのだから、今度こそ暴力を振るわれるかもしれない。でも、覚悟は決まっている。どんなことになっても絶対に妥協はしない。

反抗心と恐怖感に包まれたまま、ベッドに投げおろされた。柔らかいマットレスに体が跳ね、サイレンスは紅潮した顔にかかった髪を払った。なんとしても毅然とした態度でのぞんでみせる。

まだ普通に息ができないまま、相手を見あげた。

ミッキー・オコーナーが脚を開き、腕組みをしてこちらを見おろしていた。「いったいなにをしていた？」

彼女は顎をあげた。「歩いていただけよ」

盗賊王は腰をかがめ、サイレンスの顔をのぞきこんだ。「部屋でおとなしくしていろと命じたはずだ」

「だからなに？」サイレンスは下唇をなめた。

ミッキー・オコーナーはその唇をじろりと見やり、顔に視線を戻した。「この屋敷でわたしの命令に逆らうことは許さん！」

彼女は口を利けるかどうか自信がなかった。頰に息がかかるほど、ミッキー・オコーナーの顔が近づいている。相手のほうがはるかに体が大きいし、もちろん力も強い。

だが、それでもサイレンスはひるまなかった。「じゃあ、あなたの言葉を無視するのはわたしが初めてというわけね」

相手の小鼻が膨らんだのを見て、思わず息をのんだ。

ミッキー・オコーナーは突然体を起こし、足音も荒く戸口へ向かった。そして力任せにドアを開け、彼女をにらんだ。「絶対にこの部屋を出るんじゃない。今度さっきのようなまねをしたら、とことん後悔させてやるぞ」

ドアが勢いよく閉まり、その衝撃で壁が揺れた。

サイレンスは詰めていた息を吐きだし、ベッドに倒れこんだ。まるで雷鳴のとどろく嵐を切り抜けたような気分だった。だが、愉快でもあった。

貧乏でか弱い未亡人が、ロンドンでもっとも恐れられている盗賊王をやりこめたのだから。

なんという強情な女だ！　ミックは足を踏み鳴らしながら階段へ向かい、メイドが置きっぱなしにしたバケツを見つけて蹴り飛ばした。バケツが盛大な音を立てて転がるのを見て少しは気が晴れたが、それでもサイレンス・ホリングブルックへの怒りはおさまらなかった。どうして彼女は部屋でおとなしくしていないんだ？　なぜ、いちいちわたしに逆らおうとする？　いったいどう罰すればいいのかさっぱりわからない。肉体的な痛みを与えるのは論外だが、その手が使えないとなると……。

階段をおりきったところで足を止め、壁にかかった小さな絵画を見あげた。聖母マリアと子供の絵で、ふたりのうしろには金色の光の輪が描かれている。今日の聖母マリアは心なしか顔色が悪く、いくらかやつれて、とがめるような表情をしていた。あの未亡人のせいだ。まだここに来て二日しか経っていないというのに、さんざん屋敷内の秩序を乱している。

背後で咳払いが聞こえた。

「なんだ、ハリー」ミックは振り向きもせず、ぞんざいに尋ねた。

「邪魔してすみません。ミセス・ホリングブルックが部屋を抜けだしたことでバートが怒ってまして、それでちょいと思ったんですが――」

ミックは一度だけ首を振った。「今、彼女の話は聞きたくない」

「でも……」

「まだほかになにかあるのか?」

「ブランが気にしていました。御頭はいつ〈アレグザンダー号〉の船主に話をつけに行くんだろうって」

ミックは振り返った。「晩餐がすんでからだ。だが、真夜中までには行く。やつが眠くなったころを狙うつもりだ。あいつは前回の十分の一税を払わなかったことをわたしが忘れているとでも思って、あのでかい屋敷で油断しているだろうからな」

ハリーは口をすぼめた。「ですが、あの男だって馬鹿じゃないんだから、見張りくらい置いてるでしょうに」

「わかっているさ」ミックは廊下を進みはじめた。「だからパットとショーンとブランを連れていくんだ」

「それで足りますかね?」ハリーは足早についてきた。

「寝室で待ち伏せをしようと思っている」ミックは自分の部屋のドアを開けた。「そろそろ寝ようと自室に戻ったら四人の男が武装して待っていたとなれば、やつも度肝を抜かれて降参するだろう」

彼は寝室に入り、ぴたりと足を止めた。ミックのベッドは巨大だ。成人男性の太腿ほどあろうかという太さの四柱が立っており、ふたりの女性を、いや、その気になれば三人を同衾《どうきん》させてもゆっくりとくつろげるだけの広さがある。誰が寝ても小さく見せてしまうベッドなのだが、その犬だけは別格だった。犬はいくつもの枕を使い、白っぽい腹を見せて仰向けに寝転がり、四肢を宙に浮かせ、大きな顔を横に向けてだらりと舌を出していた。

「どうしてラッドがここにいる?」ミックは抑えた口調で尋ねた。

自分の名前が呼ばれたことに気づいたのか、ラッドは寝転がったまま豚のように小さな目を開け、鞭のごとく細い尻尾をベッドカバーに打ちつけて、嬉しそうな顔をした。

「それは……」ハリーは耳のうしろをぽりぽりとかいた。「中庭で寂しそうにしてたもんで、ちょっと家のなかに入れてやろうかと思いまして……」

「おりろ!」ミックは犬に向かって怒鳴った。

ラッドの変わり身は速かった。一瞬で三角形の耳をうしろに垂らし、心配そうに目を細めると、くるりと回転してうつ伏せになり、ベッドの端のほうへずるずる這っていった。

「足についているのは泥か?」

ハリーはちらりと犬の足に目をやり、今、気がついたという顔で答えた。「ああ、そうみたいですね」

「こら！」ラッドがベッドから滑りおりるのを見て、ミックは怒鳴った。犬はこれでもう謝罪はすんだと思ったのか、そもそもミックに叱られていたことを忘れてしまったのか、子羊のように部屋のなかを跳ねまわった。

「わたしが飼っているわけでもないのに」ラッドは片脚をだらしなくわきに出して座り、舌を出して機嫌よくミックを見あげた。本当のご主人様であるハリーのことは完全に無視している。

「御頭のことが好きみたいですぜ」ハリーがにこやかに言った。

「わたしは嫌いだ」ミックはぶっきらぼうに応えた。「さっさとそいつを中庭に放りだして、メイドにベッドをきれいにさせろ」

「はいはい」そう言ったものの、ハリーはその場を動かず、わざとらしく咳払いをした。

「ミセス・ホリングブルックのことはどうします？」

ミックは鋭く振り返った。「なんの話だ？」

ハリーはまばたきをした。「赤ん坊と一緒に家のなかを歩きまわるのを認めてやったら、彼女もちっとは閉塞感が減るんじゃないかと思いまして」

ミックは大きく鼻を鳴らした。ラッドがぴくっと頭をもたげる。「わたしの言うことを聞くようになるまで、部屋から出ることは許さない」

「ってことは、彼女、今夜も食堂におりてこないんですか？」ハリーは探るように尋ねた。

「急に気が変わらないかぎり無理だろうな」苦々しく答えた。「とにかく、わたしと同じテーブルにつく気になるまでは、あの頑固な女とやんちゃな赤ん坊は部屋に閉じこめておけ。運んでいいのは赤ん坊の食事だけだ」

ハリーは上を向き、天井を眺めた。

「なにが言いたい?」ミックは鋭く問いただした。

「女ってやつを扱うときには、男がちょっとばかし親切にしてやると、うまくいくこともあるなあと思いましてね」

「女王を泊めてもいいような寝室を与えているじゃないか」ミックは静かながら凄みを利かせた口調で反論した。

「まあ、そうですが……」

「それになんでも好きにさせている」

「そいつはちょっと……」ハリーが疑わしげな顔をした。

ミックは片腕を広げた。「わたしが求めているのは、ただ一緒に晩餐をとることだけだ。それにほかの女なら、わたしに盾突いたりはしない」

「それは、ほかの女ってのがみんな娼婦か召使いばかりだからですよ」ハリーは分別臭く言ったあと、そっと一歩うしろにさがった。「ミセス・ホリングブルックは、そのどっちでもありませんからね」

ミックは言葉を失い、ハリーをじろりとにらんだ。どうしてわたしは手下に言いわけなどしているんだ? こんなことは初めてだ。望みどおりサイレンス・ホリングブルックをこの屋敷に引き入れたというのに、彼女が来てからというもの、どういうわけか事が思うように運ばない。

「なぜ彼女はここの暮らしに満足しないんだ？」ミックはつぶやいた。

ハリーは広い肩をすくめた。「そりゃあ多分、ミセス・ホリングブルックが女だからでしょう。女心ってのは、男のそれとはまた違いますからね」

「かまわん。やはり部屋から出すな」ミックは命じた。「この屋敷ではわたしに従わなければならないということを教えてやる」

ハリーとラッドが、どちらも同じように充血した茶色の目に悲しそうな表情を浮かべてミックを見た。

ミックは苛立って戸口を指さした。「さっさと出ていけ！」

ハリーとラッドはドアのほうへ向かった。

「犬は外に出しておくんだぞ！」ミックは追いうちをかけるように怒鳴った。

その夜、サイレンスは自室で怒り狂っていた。

「こんなふうに部屋に閉じこめるなんて、これではまるで囚人扱いじゃないの。彼にこんなことをする権利はないわ」

「ここは旦那様のお屋敷ですから」一日中、サイレンスから愚痴を聞かされていたというのに、フィオニューラは苛立ちを見せることもなく穏やかに落ち着いていた。

サイレンスは顔をしかめた。「八つあたりしてごめんなさいね。でも、こんなやり方はなんというか……まるで中世みたいだわ。時代遅れもいいところよ。いったい彼は自分を何様だと思っているの？　神様かなにかのつもりなのかしら」

「いいえ」フィオニューラは根気強く答えた。「旦那様はご自分を神様だとも、どこかの王子様だとも、イスラム教の国の君主《スルタン》だとも思ってはいらっしゃいません」

「でも、傲慢なことに変わりはないわ」サイレンスは窓辺へ行った。窓にはかわいらしい薔薇の柄のカーテンがかかっている。窓を板で覆っているという事実を隠すためだろう。板の隙間に目をやると、眼下の通りがほんの少しだけ見えた。「もう、信じられない。わたしの気が変になってもかまわないというなら、それでもいいわ。だけど、自分の子供がいるのよ！」

その言葉に応じるように、メアリーがむずかった。もう部屋には物珍しいものもなく、今日の午後は暖炉に近づこうとして何度も注意され、ベッドの下に潜りこんで二度ばかり救出された。今は夕食を食べ終わった皿とスプーンで遊んでいるが、いかにも不機嫌だ。

ポリッジの入っていた空っぽの皿を見て、サイレンスの腹が鳴った。フィオニューラには、もう食べ物は持ってこないでと言ってある。今朝、ミッキー・オコーナーと盛大にやりあったあとで、これ以上こっそり食料を受けとるようなまねはできなかった。フィオニューラとバートとハリーには、すでにさんざん迷惑をかけたのだから。

「一緒に食堂でお食事をされてはいかがですか？」フィオニューラがおずおずと言った。

サイレンスは思わずきついまなざしになった。「彼があの命令口調を直さないかぎり、それは絶対にいやよ」

フィオニューラが首をすくめた。

「ああ、ごめんなさい」サイレンスは顔をしかめた。ミッキー・オコーナーが横暴なのは、この年若いメイドのせいではない。

サイレンスは自分の体を抱いた。わたしはここで暮らすことに同意した。けれど、この屋敷でわたしにはなんの力もない。せめて食事のテーブルに同席するのを拒むのが、今の自分にできる唯一の抵抗だ。

「これ以上、我慢できないわ」彼女は意を決してドアへ向かった。

「待ってください」フィオニューラがメアリーを抱きあげ、慌ててあとを追った。

「どうした？」廊下の椅子に座っていたハリーが立ちあがった。バートはいなかった。今朝からまだ一度も顔を見ていない。サイレンスに部屋を抜けだされた罰として、謹慎でも食らっているのかもしれない。

「独裁者と話をしてくるわ」サイレンスは決然とした態度でふたりに宣言し、呼びとめる隙も与えずに階段をおりた。

そして覚悟を決めてミッキー・オコーナーの寝室のドアを勢いよく開けたものの、誰もいないのを見てがっかりした。

「旦那様はお仕事で外出中です」フィオニューラがメアリーを抱いたまま、肩で息をしながら追いかけてきた。「晩餐のとき、そんな話をしてらっしゃいました。さあ、お部屋に戻りましょう。こんなところにいたら叱られます」

　だがサイレンスの目は寝室に釘づけになり、彼女は動くことができなかった。一年前の夜、ここに連れてこられた。この広くて贅沢な部屋で、食事を与えられ、あの大きなベッドに入るよう命じられたのだ。それからミッキー・オコーナーはレースのついた上等なシャツのボタンを外しはじめた。その長くて優雅な指から目を離すことができず、不安で喉がからからになったのを覚えている。盗賊王は目に冷笑を浮かべながら、シャツの前をはだけ、腕をあげ、袖《そで》を引き抜き――。

　ふいにベッドでなにかが動き、サイレンスは悲鳴をあげそうになった。「なんなの、あれは！」

　フィオニューラが寝室をのぞきこんだ。「ラッド！　ベッドからおりなさい！」

　巨大な犬が頭をもたげ、小さな目で不安そうにこちらを見ている。そして不器用にベッドから飛びおりると、ふたりのほうに向かってきた。

　サイレンスはうしろにさがり、いざとなれば閉められるようにドアに手をかけた。「危なくないの？」

「全然」ハリーが答える。「ラッドが乱暴にしてるところなんか見たことがない。もっとも、スープをとった骨には荒っぽくしゃぶりつくがね」

「でも、この巨体なのよ」サイレンスは心配になった。ラッドは薄茶色の汚れた犬で、顔は大きいくせに耳は小さくて垂れている。わき腹の骨が浮いて見えるが、筋肉はしっかりついているようだ。ふと疑問がわいた。「ミスター・オコーナーはペットをかわいがるような人だったの？」

フィオニューラが鼻の頭にしわを寄せた。「ラッドはペットと呼べるかどうか……。勝手に居ついているんです」

ハリーが咳払いをした。「おれの犬なんだ」

「それなのにミスター・オコーナーのベッドで寝ているの？」それはおかしいとサイレンスが思ったとき、当然そうなるだろうと予想できたことが起きた。メアリーが犬に気づいたのだ。

「わんわん！」犬はしゃぎで暴れたため、フィオニューラは赤ん坊を床におろした。ラッドがサイレンスのわきをまわり、メアリーのほうへ進んだ。

「だめ！」サイレンスは犬の首根っこをつかもうと腕を伸ばした。しかしラッドは首輪をつけていなかった。

わずかに手が届かず、犬はメアリーの前で立ちどまり、赤ん坊を見おろして遠慮がちに尻尾を振った。

メアリーはきゃっきゃっと声をあげて笑い、両手で犬の鼻先をつかんだ。「わんわん！」

「大変」サイレンスは腕を伸ばしたまま息をのんだ。万が一のときには、犬につかみかかってでもメアリーから引き離さなくては……。彼女は鼻にしわを寄せた。それにしても臭い犬だこと。

ラッドはさっきより大きく尻尾を振りながら、じっとしていた。メアリーは小さな手で犬のたるんだ頬をつかんだ。ラッドがぞっとするほど大きな舌で、赤ん坊の顎をぺろりとなめた。

「ほら、大丈夫だろ？」ハリーが誇らしげに言う。

「そのようね」サイレンスは認めた。「おとなしい犬だということはわかったけれど、ちょっとは洗ってあげたらどう？　臭すぎるわ」

「いつもは中庭にいますからね」フィオニューラが説明した。

「だったら、どうして今はミスター・オコーナーの寝室にいるの？」

「旦那様のことが大好きなんです」フィオニューラは肩をすくめた。「闘牛場から助けだしたのはハリーだっていうのに」

そのとおりだというようにハリーがうなずいた。

「牛攻めの犬だったの？」サイレンスはぞっとした。牛攻めとは雄牛と犬を闘わせる見世物で、ロンドンの貧困層には人気があるが、彼女はかねてから残酷な興行だと思っていた。

「牛攻め用に繁殖させた犬だったんでさ」ハリーが説明した。「でも、向いてなくてね。牛を怖がったらしい。処分するために川に捨てられそうになっていたところを、おれがもらい受けたんだ」

「まあ」サイレンスは小さな声を漏らした。たしかにラッドは大きくて、醜くて、臭い犬だけど、殺すなんてひどすぎる。どれほど不細工な生き物だろうが、命は大切にするべきだ。

彼女の心を読んだかのように、ラッドが腰をおろし、尻尾を振った。

サイレンスは犬の背中をなでた。「どんないきさつでここに来たかはわかったけれど、そんなことより、とにかく体を洗ってやったらどう？」

「これでやつは十分の一税を払うようになりますかね？」夜道でブランが尋ねた。

ミック、ブラン、パット、ショーンの四人は御殿に帰るところだった。すれ違う人々は、誰もが四人をあからさまに避けた。

「ああ、大丈夫だ」ミックは今夜の首尾にいたく満足していた。

〈アレグザンダー号〉の船主は丸々と太った大柄な男で、頬の肉が垂れていた。ただでさえ血色が悪いというのに、寝室へ入ってきて侵入者がいるのを見たとたん病的なほど真っ青になり、怯えた少女のように観葉植物にしがみついたまま、ミックの言うことに対してすべて勢いよく首を縦に振った。

「じゃあ、これで決着がついたわけですね」ブランが言った。

「いや、そういうわけにはいかない」ミックは応えた。四人は道を曲がり、路地に入った。もうすぐ御殿だ。どうも先ほどから誰かにつけられているような気がする。だが、路地なら本当に尾行されていれば相手がわかるだろうし、背後には手下もいるから心強い。ミックは腕を曲げ、袖のなかに隠した鞘《さや》に入ったナイフの感触を確かめた。「たしかに十分の一税は払うと約束させたが、いつまでも出ししぶるとどういうことになるかわからせる必要がある。だから、次にやつの船が入港したら、襲撃して荷を奪う」

「わかりました」ブランはうなずいた。

突然、天から人影が降ってきて、四人の前に着地した。

「なんだ!」ショーンが後方に飛びのいた。

ミックはナイフを引き抜き、ほかにも敵はいないかとすばやく周囲を見まわした。数メートルうしろでふたつの人影が路地に入ってきた。前後に注意を払いながら、彼は建物の壁際に寄った。

前方の人影が立ちあがった。ミックは目をすがめた。男は道化師のようなまだら模様の服を着て、羽根飾りのあるつばの広い帽子をかぶり、顔の上半分を黒い仮面で隠していた。やけに高い鉤鼻《かぎばな》をしている。

手には剣を持っていた。

「セントジャイルズの亡霊だ」パットがつぶやき、十字を切った。

「こんなところでお目にかかれるとは光栄だな」ミックはのんびりと言った。迷信深いパットは本当に亡霊だと思っているのかもしれないが、自分にはただの人間にしか見えない。

「だが、そこにいられると邪魔でね」

セントジャイルズの亡霊は顔を傾け、鋭い目でこちらを見た。

ミックは目を細めた。「なんの用だ?」

亡霊は笑みを浮かべ、自分自身の目を指さすと、その人差し指をゆっくりとミックに向けた。言わんとするところは明らかだ。

「くそくらえだ」ミックは相手に飛びかかった。

セントジャイルズの亡霊は信じがたいほど高く跳びあがり、二階の窓の手すりをつかむと、曲芸師のように軽々と窓枠にのり、そのまま建物の壁をのぼっていった。

「すげえ」ショーンがため息をついた。「神業みたいにどこでものぼるという噂は本当だったんだな」

「馬鹿馬鹿しい」ブランが反論した。「ちゃんと訓練すれば、誰だってあれくらいのことはできるさ」

ショーンは疑わしそうな顔をした。「おれには無理だぞ」

「おれもできない」パットが二歩ほどうしろにさがり、建物を見あげた。「たとえ命がかかっていても、あんなに高くは跳びあがれないもんな。まるで羽が生えてるみたいだった」

「本当にな」ショーンの口調には、あがめるような響きさえ感じられた。「亡霊じゃないってんなら、よっぽど身軽なやつだな。御頭をにらみつけていたように見えましたけど？」

「いや、違うと思う」

ミックは短く答え、背後を見た。先ほどのふたつの人影は、いつの間にかいなくなっていた。セントジャイルズの亡霊を目にして、姿を隠したのだろう。ミックは背筋がぞっとした。自分が襲われるのは戦えばすむことだ。だが、わたしには別の弱点がある。

そして、ホワイトチャペルの司祭はそれをよく知っている。

ミックはブランを見た。「明日、ミセス・ホリングブルックと赤ん坊を別の部屋に移すぞ」

ブランが黙ってうなずいた。

「さっさと御殿に戻ったほうがよさそうだ」

ミックはナイフを手にしたまま路地を進み、今しがたの出来事を思い返してみた。セントジャイルズの亡霊は〝おまえのことを見ている〟と言いたかったのだろう。

しかし、いったいなぜだ？

「御頭に怒られるぞ」バートがうめいた。またもやサイレンスが騒動を起こす現場に居あわせるはめになったことを恨んでいるのだろう。

サイレンスはメアリーを抱きあげ、決然とした足取りで装飾過剰な廊下を進んだ。「あら、汚い犬が屋敷のなかを歩きまわるのをミッキー・オコーナーが喜んでいるとは思えないわ。それに、どうせ彼は家にいないんでしょう？」

「いつ帰ってきてもおかしくない」バートは憂鬱そうに答えた。

それを聞いてサイレンスは不安を覚えた。信念を曲げるつもりはないが、今朝ひと悶着あったばかりだというのに、こんなにすぐまた彼ともめるのがいいことだとも思えなかった。

彼女はごめんなさいという顔でバートを見た。「じゃあ、なるべくさっさとすませるわ」

バートはまだぶつぶつと文句を言っていたが、サイレンスはそれを無視し、厨房へ案内してくれるハリーのあとに続いた。ラッドは自分がもうすぐ泡まみれになる運命だとも知らず、嬉しそうについてきた。いちばんうしろはフィオニューラだ。

サイレンスは咳払いをした。「ミスター・オコーナーは仕事で出かけているとフィオニューラから聞いたわ」

ハリーがちらりと振り返る。「商船の船主に話をしに行ってるんだ」

「話だけなの？」

バートがうなった。「というか、まあ、現実を教えに行ったというか……。なんだよ？」

ハリーが足を止め、相棒をにらみつけた。

バートは肩をすくめ、両方のてのひらを上に向けた。「御頭が盗賊だってことは彼女もわかってるさ。そんなことにも気づいていないとしたら、よっぽどの馬鹿かまぬけだ」

男たちの注意を引こうと、サイレンスはまた咳払いをした。「〝現実を教える〟ってどういうこと？」

「御頭が十分の一税を取っていることは知ってるだろ？」バートは辛抱強く説明した。「テムズ川の埠頭に入る全部の船からだ」

「全部の船からなの？」彼女は両眉をつりあげた。

「昔はほかにも同業者がいたんだ」ハリーが言葉を選んでつけ加えた。「だが、二年ほど前にブラックジャック・ワイルドがテムズ川でひと泳ぎした」

バートが舌打ちした。「真冬だってのにな。遺体は春まで見つからなかったんだ」

「その後、ジミー・バーカーが行方不明になった。それで、やつんとこの手下がみんなうちに来たんだ」ハリーは考えこむように口を閉じ、相棒に向かって片眉をあげてみせた。

バートがうなずく。「その結果、うちがロンドンじゃいちばん大きい盗賊団になり、すべての船から十分の一税を取るようになったというわけさ」

彼の縄張りがそれほど広いとは……。サイレンスは唇を引き結び、バートに背を向けると、厨房への歩みを再開した。

バートがあとを追った。「ところが、そのなんとかって船の船主が……」

「〈アレグザンダー号〉だ」ハリーが言い添えた。

「それそれ」バートが続ける。「その〈アレグザンダー号〉の船主が怠慢こいて十分の一税を払わなかったんだ。だからうちの御頭が現実を教えに行ったわけさ」

サイレンスは鼻を鳴らした。「つまり、かわいそうな船主を恐喝しに行ったということね」

「さっき、バートが言ったろう?」ハリーが穏やかに告げた。「御頭は盗賊だからな」

目的の場所に着いた。そこは薄灰色の石造りの厨房で、なかなか広く、壁際に調理用の大きな炉があった。部屋の真ん中にテーブルがあり、椅子に腰かけていたふたりのメイドが顔をあげた。炉のそばにいる大男は振り返った。頭が完全にはげあがり、肌は茹でたロブスターのように赤く、胸当てのついた清潔とは言いがたいエプロンをつけている。

「やあ、アーチー」ハリーが親しげに声をかけた。「こちらはミセス・ホリングブルックだ。ラッドを風呂に入れたいんだとさ」

アーチーの眉が不吉につりあがったのを見て、ふたりのメイドは急にうつむいて仕事に精を出しはじめた。「おれの厨房にその犬を入れるな」

ハリーが顔をしかめ、なにか言おうとしたとき、メアリーが自分もとばかりに会話に加わった。「おんり！」

「今はだめなのよ」サイレンスは赤ん坊を抱き直し、なんとかなだめようとしたが、メアリーの顔は大男のアーチーに負けないほど真っ赤になった。

「おんり！　おんり！　おんり！」サイレンスが抱き寄せても、メアリーは黙らなかった。

アーチーが赤ん坊の顔をのぞきこんだ。「砂糖をまぶしたビスケットでも食うか？」ぶっきらぼうに尋ね、ビスケットを赤ん坊のほうへ突きだした。

メアリーは一気に機嫌がよくなり、上下二本ずつある真っ白な歯をのぞかせて、にっこりと笑った。

「ありがとう」サイレンスは大男に心から感謝した。

アーチーが肩をすくめる。「旦那様の浴槽を使えばいい。でも、ちゃんときれいに洗っておくんだぞ」

「もちろん、そうするわ」サイレンスは慌てて言った。

メアリーと、ビスケットと、ミルクの入ったカップをフィオニューラに預けた。バートとハリーが大きな錫製の浴槽を引きずってきた。それを見て、サイレンスは目を丸くした。孤児院の浴槽は、なんとか大人ひとりが入れる程度の小さなものだ。それに比べると、ミッキー・オコーナーの浴槽はなんと大きいことか。

浴槽に湯をためているあいだ、ラッドは厨房のなかを嗅《か》ぎまわり、アーチーに何度か怒鳴られた。モルとテスという名のふたりのメイドは、犬を風呂に入れるのは大いなる遊びかなにかだと思っているらしく、くすくす笑いながら石鹸と布を取ってきた。

すべての用意が整うと、ハリーが犬を呼んだ。ラッドは嬉しそうに跳びはねながら寄ってきた。それを見て、サイレンスは胸がちくりと痛んだ。

ハリーは犬を浴槽に入れようとした。

そこからが大変だった。ハリーは悪態をつき、ラッドは吠えたて、激しい格闘の末、人間は床の水たまりに尻もちをつき、犬は湯を一滴も浴びることなく厨房の隅に逃げ去った。

ふたりのメイドが大笑いした。

メアリーは興奮して、カップをテーブルに打ちつけた。「わんわん!」

フィオニューラは口を手で押さえ、懸命に笑いをこらえている。

大男のアーチーでさえも、分厚い唇をひくつかせていた。

「大丈夫、ハリー?」サイレンスは必死に息をしながら、ハリーを起こそうと手を差しのべた。「けがはない?」

バートがうめいた。「おまえ、それでラッドを風呂に入れてるつもりか?」

ハリーは相棒をにらんだ。「大丈夫だ、ミセス・ホリングブルック」

バートが鼻を鳴らす。

ハリーは立ちあがり、ベストをぴんと伸ばした。「ほら、わんころ、来い！」

厨房の片隅でラッドが目をぐるりとまわした。壁のひび割れに身を押しこむか、あるいはその場で消えてしまいたいという顔をしているが、いかんせん大きな体なので、どちらも不可能だった。

ハリーが犬に近寄った。

ラッドは尻尾をうしろ脚のあいだに丸めこみ、よろよろと逃げた。

サイレンスはしゃがみ、高くて甘い声で犬を呼んだ。「ほら、ラッド、おいで」

ラッドは耳をぴんと立てて彼女のそばに寄り、不安そうにハリーのほうを振り返った。

「ハリー」サイレンスは落ち着いた声で話しながら、犬の不格好な耳をなでた。耳たぶの一部が嚙み切られているようだ。「あなたはこの子の腰をしっかりつかんでちょうだい。そうしたら、わたしが前脚を持ちあげるわ」

ハリーとサイレンスはすばやくラッドを抱えこみ、犬がまごついているあいだに湯に放りこんだ。ラッドは浴槽から出ようと暴れだしたが、そうなるであろうことはお見通しだった。

「出てはだめよ」サイレンスは優しく言った。孤児院で風呂に入るのをいやがる子供をなだめるのと同じ言い方だ。「泥を全部きれいに落とすまでは、お風呂から出られないの。わかった？」

その口調からなにかを感じとったのか、ラッドは深いため息をつき、耳を垂れた。

およそ三〇分後、サイレンスは立ちあがり、目にかかった髪を払いのけた。ドレスの前面がびしょ濡れになり、髪はほつれ、背中を汗が伝っている。ハリーはとっくに赤い襟巻きを外し、上着も脱いでいた。犬が身震いしたせいで、ベストから水が滴っている。メアリーはビスケットを手にしたまま、フィオニューラの腕のなかで眠ってしまった。大男のアーチーとふたりのメイドは、テーブルでお茶を飲みながら見物していた。犬の入浴を見ているのが楽しくて仕方がないといった様子だ。

サイレンスは犬を眺めまわした。「どう思う?」

「さっぱりしたな」アーチーが答えた。

「ハリーよりずっときれいだ」バートがぼそりとつぶやく。

「さて」メイドのひとりが言った。「次は浴槽の汚れを落とさなくちゃね」

ふたりのメイドはまた大笑いした。

ハリーは水に濡れたベストをぴんと引っぱった。「こんだけ洗えば充分だろう」

サイレンスはうなずいた。「そうね。ラッド、もう出てもいいわよ」

ラッドは言われるまでもないという顔で大波を立てて浴槽から飛びだし、盛大に体を震わせた。厨房中に水しぶきが飛び散り、そこにいる全員が被害に遭った。

ふたりのメイドはきゃっと叫び、バートは罵り、アーチーは黙って顔をしかめた。

「よかったな、おまえら」ハリーが愉快そうに言う。「これで全員、風呂に入ったも同然だ」

サイレンスは笑った。ラッドはもう一度身震いすると、歯をむきだして舌を出したまま、厨房のなかをぐるぐると走りはじめた。床が水に濡れているため、何度もうしろ足が滑っている。

「あらあら、床までびしょびしょじゃないの」サイレンスは足元の水を拭きとろうとしゃがみこんだ。

「なにをしている?」低い声が聞こえた。

汚れた布で床を拭きかけたまま、サイレンスは凍りついた。まずいわ。ゆっくり顔をあげると、ぴったりしたズボンに包まれたミッキー・オコーナーの太腿が目に入った。

「あの……」なにを言えばいいのかわからない。

ハリーが咳払いをした。「ちょっとばかし犬をきれいにしようかと思いまして――」

「もういい」ミッキー・オコーナーは恐ろしいほど落ち着き払った声で、ハリーの言葉をさえぎった。「フィオニューラ、赤ん坊をベッドに連れていけ。全員、わたしの厨房から出ていくんだ」

サイレンスは立ちあがろうとした。

「ミセス・ホリングブルック、きみはここに残れ」

サイレンスは唾をのみこみ、ハリーたちが厨房を出ていくのを目で追った。ラッドはよほどまぬけなのか、盗賊王の隣に座りこみ、その脚にもたれかかった。

犬のせいでズボンが濡れるのを見て、彼はため息をついた。「きみがここに来てからというもの、わたしの生活は乱れっぱなしだ」

サイレンスはつんと顎をあげた。「あなたは盗賊だもの。どうせ静かな暮らしなどしていなかったでしょうに」

ミッキー・オコーナーは皮肉たっぷりに言った。「それがなかなか落ち着いた毎日でね。ところがだ。きみが来たことで、使用人たちはわたしの言うことを聞かなくなったし、なぜか厨房は水浸しだ」盗賊王は戸棚へ行き、紅茶の缶とティーポットとカップを手に取った。「それにラッドは娼婦のような匂いになった」

サイレンスは犬を見た。「だって、薔薇の香りの石鹸しか見つからなかったんですもの」

「なるほど」彼はちらりと犬に目をやった。ラッドは顔をあげ、舌を出したまま、無邪気に嬉しそうな表情をした。「かわいそうなやつだ。タマなしにされたというのに、それがわかってすらいない」

サイレンスは目をしばたたいた。てっきり怒鳴られるか、怒りをぶつけられるかすると思っていたのに、相手は少しも感情的になっていない。

ミッキー・オコーナーはティーポットに茶葉を入れると、調理用の炉に近づいていって湯を注いだ。

「砂糖は？」

「お願い」

彼はティーポットとカップをテーブルに置き、砂糖の入った小さな壺《つぼ》を持ってきた。

カップはひとつしかなかった。「あなたは飲まないの？」

ミッキー・オコーナーは鼻を鳴らした。「盗賊が紅茶など飲んでいるところを見られたら、仲間内でいい物笑いの種にされる」

サイレンスは思わず笑みをこぼしそうになった。「だったら、どうしてわたしにお茶をいれてくれるの？」

盗賊王は疲れた顔で彼女を見た。サイレンスはふと、そういえば〝仕事〟の首尾はどうだったのだろうと思った。「きみが飲みたかろうと思ってね。丸三日もこっそり運ばれてくるわずかな食べ物しか口にしていなければ、さぞや腹も空いていることだろう」

彼女は唇を噛んだ。「今日、フィオニューラには、もうやめてと頼んだわ」

ミッキー・オコーナーは不思議そうな顔で首を傾けた。「そうなのか？」

サイレンスは椅子に腰をおろし、カップに紅茶を注いで砂糖を入れた。たしかにお茶は大好きだ。ひと口飲んだ。とても上等な茶葉の味だった。顔をあげると、ミッキー・オコーナーが戸棚にもたれかかり、暗い表情でこちらを見ていた。

「おいしいわ。ありがとう」彼女は礼を述べた。「自分は飲まないのに、どうしてお茶のいれ方をご存じなの？」

彼は唇を引き結び、うつむいた。答える気がないのだろうかとサイレンスが思ったころに、盗賊王はため息をついた。「母親が好きだったんだ。だから茶葉が手に入ると、母親のために紅茶をいれた」

口調は淡々としたものだったが、その場面を想像するとサイレンスは胸が痛んだ。母親のために一生懸命お茶をいれるとは、なんと優しい少年だったのだろう。彼にも愛らしくて傷つきやすい少年時代があったのかと思うと、サイレンスは複雑な気分になった。ただの盗賊であってくれたほうが気持ちは楽だ。

「お茶が冷めるぞ」

サイレンスはまたひと口、紅茶を飲んだ。口のなかに柔らかな香りが広がった。

「訊きたいことがある」ミッキー・オコーナーが低い声で言った。「半年前、きみはセントジャイルズの亡霊と一緒にいたな」

「やっぱりわたしを見ていたのね」彼女はカップを置いた。

昨年の秋、サイレンスは酔っ払いに絡まれたところをセントジャイルズの亡霊に助けられた。そのとき、路地の向かい側に盗賊王の姿を見つけ、どうしてそんなところにいるのだろうと不思議に思ったのだ。

彼は肩をすくめた。「そうだ、ときどき様子を見ていた。わたしの娘を預けた相手だからな」

どういうわけか、サイレンスは少しがっかりした。

「やつとは知りあいか？」

「やつって？」

「セントジャイルズの亡霊だ。あれは誰なんだ？」

「わからないわ。あのとき、彼は仮面をつけていたもの」

「会ったのはあれが初めてか？」強い口調で尋ねられた。

「遠くから見かけたことはあったけれど、話をしたのはあのときが初めてよ。もっとも、彼はひと言も口を利かなかったわね」サイレンスはとまどった。「どうしてそんなことを訊くの?」

ミッキー・オコーナーは首を振り、なにか考えこんでいるような表情で顔をしかめた。

「とくに理由はない」

ラッドが大きく息を吐き、床に寝そべった。彼はそれを見おろした。「こいつはあとで中庭に出しておこう」

「でも今、お風呂に入れたばかりなのに」

ミッキー・オコーナーがじろりとサイレンスを見た。「そのとおりだ。残念だな。またすぐに泥だらけになるぞ」そう言うと、カップのほうへ顎をしゃくった。「もういいのか?」

サイレンスは最後のひと口を飲んだ。「ええ」

彼はうなずき、戸棚から体を離した。「部屋まで送っていこう」

ふたりは黙ったまま長い廊下を進んだ。ラッドは嬉しそうにあとをついてきた。

寝室のドアの前まで来ると、ミッキー・オコーナーはハリーと視線を交わし、サイレンスのほうを向いた。「おやすみ」

「おやすみなさい」彼女はドアの取っ手に手をかけた。「お茶をありがとう。とてもおいしかったわ」

ミッキー・オコーナーは唇の片端をあげた。「どういたしまして」

サイレンスがドアを閉めようとすると、盗賊王が大きな手で止めた。「もうひとつ言っておくことがある。明日、きみたちを別の部屋に移す」

彼女は目をしばたたいた。「どうして?」

「ここへ帰ってくる途中、誰かに尾行された」ミッキー・オコーナーは怒ったような口調で説明した。「だから、わたし自身が目を光らせておけるように、もっと近くの部屋にしたいんだ」

尾行と聞いて不安を覚え、サイレンスは眉根を寄せた。盗賊王がしなやかな足取りで階段をおりようとしているのを見て、ふと尋ねてみた。

「わたしたち、どこの部屋に移るの?」

彼は肩越しに振り返り、無表情のまま答えた。「わたしの寝室の隣だ」

5

二日目の夜、甥たちは決意も新たに、またサクランボの木の見張りにつきました。衣服のなかにイバラを入れ、絶対に座るまいと心に決め、眠くならないようにその場を行ったり来たりしはじめました。でも、それほど努力をしたのに、いつの間にかやっぱり寝てしまったのです。翌朝、三人は王様に謝りました。その謝罪のあと、賢者ジョンが立ちあがったところ、今度は黄色い羽根が耳のうしろから落ちました。

『賢者ジョン』

翌日の夜は空には雲がかかり、月明かりが弱かった。ミックは腰のベルトに二丁のピストルを差し、衣服のいたるところに数本のナイフを隠して、はしけ船に乗りこんだ。十分の一税の半分を着服した船長がいるため、これからその男の商船を襲撃しに行くのだ。ミックはもう一隻のはしけ船に合図を送った。船頭が静かに船を出し、夜のしじまに櫂《かい》が水をかく音だけが静かに響いた。

ミックは船尾にしゃがみこみ、近づく〈フェアウェザー号〉の大きな船体を見あげた。建造されてから五年も経っていないと思われる、装備の整った美しい船だ。停泊している帆船は、いつ眺めてもいいものだ。汚れたテムズ川でうとうとまどろむ巨大な生き物のように見える。

はしけ船が〈フェアウェザー号〉のもとに着いた。すでに縄ばしごがおろされている。船体に水のぶつかる音を聞きながら、ミックは先頭を切ってその縄ばしごをのぼり、手すりをまたいだ。見張り役の男がふたり、身を寄せあって甲板に座っていた。

「おい」ミックは低い声で言った。「船にいるのはおまえたちだけか?」

「そうです」三〇歳ぐらいに見える年上の小柄な男がおどおどと答えた。「言われたとおりにふたりで残りました」

「よし」ミックは小さな鞄をふたりに放り投げた。「船をおりるとき、残りの半分をくれてやる」

ミックは仲間に手で合図した。手下たちはいっせいに分散し、船荷の置かれている階下へおりていった。

ミック自身は船尾から船のなかに入った。船長室はたいてい船尾にあるものだ。この〈フェアウェザー号〉も例外ではなかった。廊下を進んでいき、ほかのドアよりひときわ立派なオーク材のドアがあるのを見つけた。もちろん施錠されていたが、ナイフで鍵を壊すと、ドアはすんなりと開いた。彼は船長室に入った。

〈フェアウェザー号〉の船長は高価な品々に囲まれて航海をするのがお好みらしい。机の上には真鍮《しんちゅう》製のインク壺と並んで、琺瑯《ほうろう》引きの嗅ぎ煙草入れが置かれていた。ベッドのそばに小さな収納箱があった。鍵がかかっていたが、そんなものをこじ開けるのはたやすいことだ。さらに収納箱のなかには数枚の金貨と上物の真鍮製の六分儀、何枚かの地図が入っていた。ミックはそれを取りだし、底のほうに油布に包まれた長方形の品物があるのが見えた。ミックはそれを取りだし、中身を確かめようとしゃがみこんだ。

油布がするりと開き、小さな薄い書物が出てきた。なかなかの年代物らしく、黒っぽい革表紙に金箔で模様が施されている。題名は記されていなかった。ミックは裏表紙を確かめ、書物を開いた。美しい文字が並んでいたが、外国語なので読むことはできなかった。二枚ほどページをめくると、きれいな挿し絵が描かれていた。

彼は両眉をあげ、にっこりとほほえんだ。

その書物を丁寧に油布で包み直し、上着の内ポケットにしまう。そして、もうしばらく物色を続けた。

陶製のパイプの蒐集品《しゅうしゅうひん》が見つかったが、それ以外にはとくにめぼしいものはなかった。一〇分後、ミックは見切りをつけて船長室を出ると、甲板へ戻った。船荷を奪うときは手早く仕事を進めるように常日ごろから言いつけてあるが、今夜もその教えが守られているのを見て、彼は満足した。ちょうどブランが指示を出しながら、樽《たる》を次々とはしけ船におろしているところだった。

「だいたい終わったのか？」ミックは尋ねた。

「はい」ブランは振り向き、にやりとした。「煙草の葉はほとんどちょうだいしましたよ」

「よし」これで〈フェアウェザー号〉の船長は、おのれの強欲さを深く後悔するはずだ。おどおどしているふたりの見張り役のほうへ、ミックはふたつ目の小さな鞄を放り投げた。喜ぶそぶりは見られなかった。少しでも分別があるのなら、明日、船長が戻ってくるまでに彼らは姿をくらましていることだろう。「さあ、帰るぞ」

ブランはうなずき、身軽に手すりを越えて、するすると縄ばしごをおりた。ミックもあとに続いた。はしけ船におり立ったとき、体重で船体がいくらか沈んだ。船頭に合図を送ると、はしけ船は〈フェアウェザー号〉を離れた。

月明かりはほとんどなく、暗闇に近いなかを進んだ。櫂が水をかく音だけが聞こえている。埠頭に近づいたとき、ミックはいやな予感がして暗闇に目を凝らした。半時間前ととくに変わりはなかった。樽がいくつか並び、そのうしろに崩れかけた倉庫が立っている。これといって気にかかることはなにもないのだが、なぜか首筋がぞくっとした。

樽のうしろでなにかが動いた。

「敵だ！」ミックは叫び、ピストルを一丁、腰のベルトから引き抜いた。

こちらが発砲するのと同時に敵の銃も火を噴き、ミックの前にいた船頭が頭から血を流して櫂の上に倒れこんだ。いっせいにいくつもの銃口から火花が散った。ミックはもう一丁のピストルを撃ち、倒れている船頭の腕をつかんで川に落とした。

手下のひとりに命じた。「そこの櫂をつかんで船を漕げ！　死ぬ気で船を岸へ着けろ！」

別の手下が叫び声をあげて川に落ちた。即死であることをミックは願った。手下のほとんどは泳げないからおぼれ死ぬことになるだろうが、水死は苦しい。ミックは隠し持っていたナイフを一本引き抜き、それを口にくわえ、上着とブーツを脱ぐと、船べりから鰻《うなぎ》のようにするりと川に潜った。

川の水は死んだ女のキスのように冷たく、下水の匂いがした。だが、そんなことはかまわなかった。テムズ川には以前も入ったことがあり、水が臭いのは百も承知だ。目だけを水面から出して泳いだ。顔が冷たさでしびれてきた。はしけ船より先に埠頭に着き、敵の姿を確かめた。ひとりが水際に膝をついて銃身の長い銃を撃ち、もうひとりが同じような別の銃に弾をこめて手渡していた。

ミックは発砲しているほうの男を川に引きずりこんだ。

水のはねる音と、ごぼごぼという音がし、男は汚い川に沈んだ。ミックが埠頭にあがるのを見て、もうひとりの男がぎょっとした顔をした。

「くそっ！」男は叫んだ。「チャーミング・ミッキー本人じゃねえか！」

「元気か？」ミックはにやりと笑い、男の胸にナイフを突きたてた。

男が目を見開いた。ミックは相手が死んだかどうかも確かめずに、テムズ川の冷たい水に放りこんだ。振り返ると、ちょうど味方のはしけ船が埠頭に着くところだった。手下たちは今も発砲している。敵が暗闇のなかへ逃げていった。

ひとりを残して。

その男は弾が飛んでくるのをものともせずに立っていた。暗くて顔は見えなかったが、ミックにはそれが誰だかわかった。

「チャーリー・グレイディだな」

「やあ、チャーミング・ミッキー」その人影は会釈でもするように軽くうなずいた。「船を襲うたびにひとり、ふたりと手下を失うようじゃ、いつまでも今の仕事は続けられんぞ」

「くたばれ」ミックは言い捨てた。

「それはこっちの台詞だ」人影がつぶやく。「おまえこそ、さっさとくたばれ」

ミックの手下たちが埠頭にあがるのを見て、人影は暗闇に消えた。

「誰なんです、あれは」ブランが息を切らせながら、そばに来た。「暗くて、おれには顔が見えなかった。知ってるやつなんですか？」

「ああ」ミックは深く息を吸い、吐きだした。「ホワイトチャペルの司祭だ」

震えをこらえるために歯を食いしばりながら、ミックは御殿へ戻った。

「誰がやられた？」廊下を進む途中でブランに尋ねる。ほかの手下たちは、煙草の葉や砂糖の詰まった樽を回収しに行かせた。「パット・フリンが撃たれたのは見たが、もうひとりは誰だかわからなかった」

「パッドのほかにはふたり亡くなりました」ブランが苦々しい口調で答えた。「ショーン・フラニガンは船べりから川に落ち、マイク・オトゥールは顔面を撃たれて即死でした」

「くそっ」ミックは顔をゆがめた。ひと晩に三人も失ったのかと思うと、声をあげて叫びたい気分だ。「たしかパットには家族がいたな？」

ブランはうなずいた。ふたりは屋敷の奥にある厨房を目指し、暗くて長い廊下を歩きつづけた。「女房と、幼い娘がふたりいます」

ミックはぞくっとした。体の芯から震えが這いのぼってくる。濡れたシャツは埠頭で脱ぎ、乾いた上着とブーツを身につけてきたが、それでもテムズ川の冷たい水のせいで骨の髄まで体が凍えていた。「パットの女房がちゃんと暮らせるように手配してやれ。次の男が見つかるまではな」

ブランがミックを見て、眉をひそめた。「そんなの何年もかかるかもしれませんよ」

ミックはじろりと若者をにらんだ。「だからなんだ？」

気圧されて、ブランは肩をすくめた。「別におれはどうでもいいんですけどね。ただ、御頭が無駄な金を使うことになるんじゃないかと思っただけで。パットの女房には一〇ポンドほど握らせて、あとはジンの一本も渡しておけば充分だと思いますよ」

ミックは廊下の真ん中で足を止めて振り返ると、若者に顔を寄せ、有無を言わせぬ口調で言った。「パット・フリンはわたしの命令に従って死んだ。いいやつだった。三人ともだ。だからまともな葬式を出してやる。会葬者が大勢集まり、みんながきちんと黒手袋をはめて来るような葬儀だ。それに、これから三年間、パットの女房と子供たちに毎晩でもステーキと菓子を食わせてやりたいとわたしが思ったら、そうするまでだ。誰にも口は挟ませない」

ブランは顔を真っ赤にした。「わかりました。おっしゃるとおりにします」

ミックは体を引いて若者を見た。もし身内から反乱を起こされるとしたら、首謀者はこいつだろう。手下のなかではいちばん狡猾だし、頭を張る資質もある。だからこそ、この若さながら、組織のなかで二番手を務めているのだ。早晩、ブランにはもっと多くの仕事を任せることになるだろうが、その前にこの賢い若者の効率を優先させるあまり情を欠く考え方を導いてやる必要がある。

だが、今夜は疲れ果てている。それに司祭からはっきりと挑戦状を突きつけられ、今は誰にも弱みを見せるわけにはいかない。たとえ相手がブランでもだ。だから、ここは力関係をはっきりさせておくことが大切だ。

「それでいい。あとは頼む」

厨房に入ると、料理人のアーチーが床を掃除していた。

「湯をわかしてくれ」ミックは調理用の炉の近くに行き、濡れた服を脱いだ。「暖かい部屋で風呂に入りたい」

ぴったりしたズボンだけの姿になると、ひしゃくで水をすくい、臭い体や髪を洗った。自分がひどく汚れている気がした。テムズ川に入ったことだけが理由ではなく、司祭と接触を持ったことが大きい。それを思いだすとまたぞっとして、頭に水をかけた。手をこまねいていれば、あの男はわたしの身近な女性を再度ひとり破滅させるだろう。茶色い目に涙をためて顔をそむける姿がまぶたに浮かんだ。ミックは頭を振り、その幻を頭から追い払った。

サイレンスに同じ運命をたどらせるわけにはいかない。ミックはひしゃくを放り投げ、上着を着ると、厨房をあとにした。ああ、寒くて体が重い。魂が凍りつくようだ。

サイレンスはベッドで横になったまま、隣室から聞こえる物音に耳を傾けていた。彼女とメアリーは今朝、この部屋に移された。ミッキー・オコーナーの寝室とはドア一枚でつながっている。いつ彼が入ってくるかと、今日は一日中、気になっていた。だが盗賊王はずっと出かけていたらしく、こんな夜遅い時刻になってようやく戻ってきたようだ。

メアリーは、寝室の片隅に置かれた手すり付きの子供用のベッドで眠っている。今朝まで使っていたものをそのまま運んできたのだ。この新しい部屋は以前の寝室よりもはるかに広く、内装も高級だ。壁は薄い青灰色で、サイレンスはピンク色よりこちらのほうが断然気に入っている。暖炉のそばには優雅な椅子が何脚か置かれていた。

彼女はため息をついて寝返りを打ち、枕を抱いた。正直なところ、あまりにも空腹で眠ることができない。今日もフィオニューラとハリーとバートがこっそり食べ物を持ってきてくれたが、それを受けとるのは断った。自分のせいで、あの三人にこれ以上の迷惑をかけたくなかったからだ。

しかし、いくら毅然としていようと思っても、それで腹が膨れるわけではない。サイレンスは空腹できりきりと痛む胃を押さえた。厨房へ行って食べ物をくすねてこようかとさえ思ったが、それはやめておいた。そんなはしたないことをしたら、母親代わりとして妹たちを育ててくれた長姉のベリティが嘆くだろう。

サイレンスは自分に腹が立っていた。ミッキー・オコーナーに怯え、こんな暗闇のなかで息をひそめているなんて。

わたしはそんなに臆病者だったの？

そう思うと居ても立ってもいられなくなり、ベッドから起きあがって隣室へ続くドアに向かった。もう物音は聞こえなかった。ミッキー・オコーナーは部屋を出ていったか、あるいは悪事のあとの軽食でも楽しんでいるのだろう。

腹が鳴った。

サイレンスは息を吸いこみ、ドアを開けた。

そして目に映ったものに驚き、その息を吐きだせなくなった。

ミッキー・オコーナーが、昨晩サイレンスが犬を洗った大きな浴槽につかっていた。片腕をわきに垂らし、優雅な長い指で琥珀《こはく》色の酒が入ったグラスを持っている。濡れた黒髪がカールして背中にかかっていた。肩は浴槽よりもまだ幅があろうかというほどがっしりと広く、オリーブ色のなめらかな肌をしている。胸毛はないのかと思っていたが、乳首のまわりに薄い毛があり、それが細い線となってへそへと続き、湯のなかに消えていた。その先にはなにも身につけていない男性のあかしがあるのだろう。

もちろん下着などはいているわけがない。サイレンスは気を取り直した。彼はお風呂に入っているのよ。裸に決まっているじゃない。

一瞬、このまま自室に戻ろうかとも思ったが、すでに彼はこちらを見ている。

「これはこれは、ミセス・ホリングブルック」盗賊王は気だるげに言うと、グラスに口をつけた。「ちょうどきみのことを考えていたところだ。今日は日がな一日、犬の毛の手入れでもしていたのだろうかとね。そうしたらきみが現れた。なにかわたしでお役に立てることでもあるのかな？」最後のひと言は、いかにもおもしろがるようにイングランド貴族の口調をまねていた。

サイレンスは顎をあげた。尻尾を巻いて逃げだしたりするものですか。たとえ相手が裸であろうと。暖炉の前でラッドが鼻を鳴らした。彼女はちらりとそちらに目をやり、からかうような質問には答えないことにした。「いったいどういうつもりなの？」

ミッキー・オコーナーがじろりと見た。「なんの話だ？」

サイレンスは両手を腰に置いた。「これではまるで中世と同じだわ。わたしを閉じこめて、食事も与えず、なにか必要なものや欲しいものはないかと尋ねもしないなんて」

「ふむ」盗賊王は無遠慮にサイレンスの姿を眺めまわした。彼女は体が熱くなった。「きみになにが必要かは意見の食い違うところだろうが、まあ、そこまで言うのなら尋ねてみよう。なにが欲しいんだ？」

サイレンスは両腕を広げた。「食事よ！」

「晩餐に同席してくれたら光栄だと、何度も誘っているがな」

彼女はあきれて頭を振った。「そのことはもう――」

「知っているぞ。うちの馬鹿な使用人や手下どもが、せっせときみに食べ物を運んでいることは」ふいに辛辣な口調になった。

サイレンスはぞっとした。「お願いだから――」

「なんだ？」

今夜の彼にはいつもと違う暗さがうかがえた。

「彼らを追いだしたりしないでくれと懇願するつもりか？　始末したりするのはいけないとでも言いたいのか？　そんなのは簡単なことだ。テムズ川の冷たくて暗い水へ投げこめば、死体はろくにあがってこない」

「どうしてそんなことを言うの？」サイレンスは静かに尋ねた。

ミッキー・オコーナーは優雅に肩をすくめた。湯にさざなみが立った。

彼女は浴槽に近づいた。「なにかあったのね？」

盗賊王は顔をそむけ、グラスに口をつけた。「きみはさぞや自分が洞察力の深い人間だと思っているんだろうな、ミセス・ホリングブルック。だが、なにもなかったさ。今夜の仕事は順調だった。煙草の葉と砂糖をたっぷりいただいたよ。たった三人の命と引き替えにね」

「まあ……」サイレンスは息をのんだ。「なにが起きたの？」

彼はどうでもいいというように片手を振った。指輪が光る。「きみには関係ないことだ」

ひと晩に三人もの仲間を失うのが、どうでもいいことには思えない。そんなことをしていたら、常に新しい人間を引き入れなくてはいけなくなる。やはり彼の様子はおかしい。

「誰なの？」

「なにが？」

「その命を落としたという三人よ」サイレンスは顔をしかめ、穏やかに訊いた。「手下の人たちなんでしょう？　誰が亡くなったの？」

返事をする気がないのかと思った。

盗賊王は琥珀色の酒をごくりと飲んだ。「パット、マイク、ショーン。頭の悪いやつらばかりだ。とくにパットはな。だが、やつには家族がいるし、冗談はうまかった」

サイレンスは黙って続きを待った。しかし、そこで話は終わった。

「お気の毒に」

ミッキー・オコーナーが眉をひそめた。「三人の盗賊が死んで、きみは気の毒に思うのか？　なぜだ？　きみにはときどき驚かされる」

彼女は顔をしかめた。「わたしは別に――」

盗賊王はその言葉をさえぎった。「ひとつ聞かせてくれ。明日、晩餐をともにしてくれないか？　同じテーブルについてくれたら光栄だよ、わたしのサイレンス」

彼の言い方はひどくぶしつけに聞こえた。苛立ちがつのり、サイレンスは不愉快になった。ミッキー・オコーナーはわたしの話を聞く気がない。わたしの言葉など耳に入らないという態度だ。「わたしはあなたのものじゃない。それに洗礼名で呼んでいいと言った覚えもないわ」

「許可をもらわなくてはいけないのか？」ミッキー・オコーナーは低い声で言った。「きみはわたしの寝室にいる。しかもこれが初めてではない」

サイレンスははっと息をのんだ。どうして今、あの夜の話をしなくてはいけないの？　冗談じゃないわ、もうたくさんよ。お腹は空いているし、彼の話し方は陰鬱《いんうつ》だし、それにこの部屋！　ええ、初めてではないわよ。本当はなにもなかったというのに、ここでひと晩過ごしたせいで、わたしは誰にも信じてもらえなかった。

誰もわたしの言葉など聞いてくれなかった。

ゆったりと風呂につかっている相手を見ていると、腹の底から怒りがこみあげ、さまざまな感情が渦巻いた。空腹はつらいし、ここの暮らしは不満だらけだし、夫の愛はなくしたし、メアリーの身に危険が迫っているのかと思うと恐ろしくて仕方がない。

それにこの人のせいで、わたしはどれほど世間から蔑《さげす》みの目で見られてきたことか！

「わたしがどれほどの犠牲を払ったかわかってるの？」声が震えた。「どうしてあんな残酷な仕打ちをしたのよ！」

ミッキー・オコーナーは黙ってこちらを見ていた。その暗い色の瞳は底知れず、光もなければ、なんの感情も浮かんでいなかった。この人の心は石でできているのよ。他人の人生をもてあそんでも、良心の呵責ひとつ覚えることはないんだわ。

握りしめたこぶしが震えた。「あれからのわたしは生ける屍《しかばね》だった。愛している人たちから信じてもらえないことが、どれほど苦しいかわかる？　あなたのせいで、わたしは黙りこむしかなくなった。人生において大切にしてきたものをすべて失ったのよ。家族との関係も、結婚生活も、それに愛も！」

「きみの結婚生活はそれほどいいものだったのか？」

サイレンスは唖然とし、怒りで息ができなくなった。もちろん、わたしたちはいい夫婦だったわ。

そうよね？

「わたしたちは愛しあっていた……」かすかな疑念が頭をもたげ、声がか細くなった。

相手が顔をそむけたのを見て、いっそう怒りが増した。サイレンスはつかつかと歩み寄り、浴槽のわきに置かれた敷物に膝をつくと、両手で彼の顔をつかみ、無理やり自分のほうへ向けさせた。手のなかの頬は冷たく、かすかにざらついていた。

「ええ、すばらしい結婚生活だったわ」呪いの言葉を吐くようにささやく。「わたしはウィリアムを愛していた。彼もわたしを愛してくれた。でもあの夜のせいで、すべてが変わってしまったわ。あなたは子供が無造作に蝶の羽を引きちぎるように、わたしたちの結婚生活を破綻させたのよ」

彼の口元に冷笑が浮かんだ。「愛とはなんだ？」

サイレンスは顔を近づけた。「あなたには決して手に入らないものよ。あなたにはそれを感じることさえできない。ミッキー・オコーナー、かわいそうな人ね。わたしは愛を失ったけれど、それがどんなものかは知っている。でも、あなたには一生わからないわ」

ミッキー・オコーナーの顔に冷たい笑みがさらに広がり、ぞっとするような声で彼はこう告げた。「愛はわからないかもしれないが、これは感じることができるぞ」

ふいに手首をつかまれ、手を湯のなかに引きずりこまれた。

飛び散る湯でドレスや敷物が濡れるほど、サイレンスは激しく抵抗した。だが相手の力のほうがはるかに強く、硬くなったものに手を押しつけられた。盗賊王は彼女の髪をつかみ、顔を引き寄せ、乱暴に唇を押しあてた。顔を斜めにさせ、無理やり舌をこじ入れる。一瞬、抵抗する気力が失せて、サイレンスは唇を開いた。熱くて焼けるような舌が差しこまれ、強い酒の匂いがした。髪をつかむ手の力が緩むのがわかった。求めるものを得たからだろう。彼のキスは圧倒的なまでに男らしく、有無を言わせぬものがあった。

彼女のなかでなにかがはじけた。愛とはなんの関係もない、もっと本能的ななにかだ。

ミッキー・オコーナーが声を漏らした。

サイレンスははっとわれに返り、必死に顔を離すと湯から腕を抜いて、力任せに相手の頬を平手打ちした。激しい音が寝室に響く。

「やめて！」

胸が苦しいほどに心臓が脈打っていた。

「あなたにこんなことをする権利はないわ！」

彼は物憂げな目でサイレンスを見た。その唇から、ひと筋の血が流れた。彼女が自分の寝室に戻ろうとドアまで来たとき、背後から声が聞こえた。

「そうかな、サイレンス?」

耳を澄まさないと聞こえないような声だった。「わたしにはそうは思えない。きみは嘘をついている」

6

三日目の夕暮れが近づいたころ、賢者ジョンは考えました。自分の体についていた羽根はどこから来たのだろう、これほど努力しているのに三人とも眠ってしまうのはなぜだろう、と。よくよく思案したあげく、その日は城からろうそくの蠟を少し持ちだし、それを両耳に詰めて、いつものとおりサクランボの木の下で寝ずの番をすることにしました。

『賢者ジョン』

翌朝、犬が吐きそうにしている声でミックは目覚めた。

「こら、やめろ!」彼はがばっと起きあがった。

ラッドは暖炉の前でぴくりと動きを止めると、尻尾を丸め、三角形の耳を垂れ、こちらを見て目をぐるりとまわした。

ミックは目を細めてにらんだ。「わたしの部屋で吐いたりしたら、おまえに唾をかけて、今夜の料理にしてやる」

ラッドはくうんと鳴いてうずくまった。

ミックはため息をつき、またベッドに倒れこんだ。いつもの朝とは大違いだ。普段なら女性の香りとぬくもりに包まれて目覚めるというのに、今朝は暖炉のそばに具合の悪い犬がいるだけだ。

昨晩のサイレンス・ホリングブルックとのキスが脳裏によみがえった。あれはとても紳士的とは言いがたいキスだった。力ずくで無理やり奪ったのだから。だが、こうして朝の光のなかで思い返しても、まったく後悔の念はわいてこない。想像していたとおりの甘美なキスだった。

いや、正確に言うと少し違う。想像のなかでは最後に平手打ちを食らったりしないし、彼女が怒って部屋を出ていくこともない。夢に見るときは、あんな唇を触れあっただけのキスでは終わらず、すでに反応している下腹部がこらえきれずにひくつくほど濃厚に舌を絡めあう。

ミックは眉間にしわを寄せた。昨晩、テムズ川で泳いだせいで腕が痛い。司祭のことは早いうちに決着をつけたほうがよさそうだ。だが、とりあえずはサイレンスになにか食べさせることが先決だ。ハリーの報告によれば、あの気の強い女は昨日一日なにも食べなかったらしい。使用人や手下たちが、こっそり食料を持っていったというのに。彼らをかばっているつもりなのか、わたしの屋敷で暮らしていることへのささやかな抵抗なのか。あるいは単にわたしを苛立たせたくて、断食しているだけかもしれない。だとしたら効果はてきめんだ。

女は金で買うのが気楽でいいと思っている。金を払い、ベッドをともにし、朝にはおさらばする。それなら涙も非難も泣き言もないからだ。おっと、それにたいしたことではないが、顔を平手打ちされるような心配もしなくてすむ。ミックは顎をさすった。しかしハリーの言うとおり、サイレンスは娼婦ではない。飢えさせるわけにはいかないし、誰にも傷つけさせたくはない。自傷行為も含めて。

そうなると、もうちょっと優しくするしかないだろう。それはまずいと本能的に感じているのだが、あと少しだけなら……。

わたしは負けを認めたことはないし、引きさがったこともない。けれど、わが身を傷つけようとしている頑固な未亡人を相手にするときは、いささかの計画変更はやむをえないのかもしれない。

これまでの手法が通じないのなら、別の作戦に打って出るまでだ。

メアリー・ダーリンに朝の着替えをさせていると、サイレンスの背後でドアが開いた。

赤ん坊が顔をしかめた。「めっ!」

それを見て、彼女は誰が入ってきたのか察した。

昨晩の荒々しいキスを思いだして唇を嚙み、ひとつ大きく息を吸いこむと、思いきって振り向いた。

ミッキー・オコーナーはドアを閉め、壁にもたれかかっていた。顔のしかめ方がメアリー・ダーリンとそっくりだ。「どうしてその赤ん坊はわたしを見ると、いつも〝めっ！〟と言うんだ？」

「さあ、どうしてかしら」サイレンスは自分を褒めたいほど落ち着いて答えた。彼が昨晩のことを話題にしないつもりなら、こちらもそれに合わせればいい。「あなたがこの子のことをいつも〝赤ん坊〟としか呼ばないからかもしれないわ」

ミッキー・オコーナーは小さくうなり、壁から離れた。「なるほど」

そのまま暖炉のほうへ行き、炎を見つめた。フィオニューラはメアリーの朝食を取りに行っているため、赤ん坊を除けばふたりきりだ。「なんの用事？」

「謝りに来たというところかな」

サイレンスは目をしばたたいた。なにかの聞き間違いだろうか？

「はい？」

「きみはわたしが思っていたような女性ではなかった」盗賊王の口元に自嘲《じちょう》的な笑みが浮かんだ。「きっと部屋で編み物か刺繍でもしていて、わたしが呼べば来るし、さがれと言えば自室に戻ると思っていたんだ」

彼女はむっとして顔がこわばったが、怒りをぶちまけるのは我慢した。「わたしが編み物をしているところも、刺繍をしているところも見たことがないくせに」

「そのとおりだ」ミッキー・オコーナーは言った。「きみについては知らないことが多すぎる」

サイレンスは肩をすくめた。そんなことを言われても困るし、それにお腹が空いている。昨日から、なにも食べていないのだ。「どうでもいいことでしょうに」

「いや。それがそうでもなくてね」

困惑して、サイレンスは相手の顔を見た。なぜ彼はわたしのことを知りたいと思うの？

その声が聞こえたかのように、ミッキー・オコーナーは頭を振った。「気にしないでくれ、わたしの問題だから。それより、今日はふたつの用事でここに来た。ひとつ目はこれだ」

彼は近づいてきて、油布でくるんだ包みを差しだした。

サイレンスはためらいながらも、それを受けとった。

「ばっ！」メアリーが立ちあがり、サイレンスの腕をつかんで、興味津々という顔で見た。

油布のなかから、金箔で縁取りされた立派そうな小さい本が出てきた。

「ほらほら」赤ん坊が無造作に本をつかんだのを見て、彼女はたしなめた。「そっと触ってね」

本を開き、美しい挿し絵を見て息をのんだ。真っ赤な四角い帆を張った船が大勢の男たちを乗せ、コバルト・ブルーの波間を進んでいる。

「気に入ったか？」ミッキー・オコーナーがぶっきらぼうに尋ねた。

「ええ、とても」サイレンスは顔をあげ、相手が自信なさげな顔をしているのを見て少し驚いた。

盗賊王は肩をすくめ、いつもの無頓着な表情に戻った。「よかったら、ふたりで楽しんでくれ」

「ありがとう」

彼はそっけなくうなずき、ドアのほうへ向かった。「もうひとつの用件だが……今夜、食堂におりてきて一緒に食事をしてくれないか。今、返事をしなくてもいい」サイレンスが答えようとするのをさえぎった。「考えてみてくれ。頼む」

サイレンスは目を丸くした。この人が懇願するなんて……。生まれて初めてのことじゃないかしら。

ミッキー・オコーナーは哀れっぽくちらりとほほえんだ。「まあね。たまには豚が空を飛ぶこともあるのさ」

そう言うと、彼は部屋を出ていった。

「あら」サイレンスは振り返り、赤ん坊が本をなめようとしているのを慌てて止めた。

メアリーが怒って声をあげる。そこへフィオニューラが重そうなトレーを持って部屋に入ってきた。

「びっくりしましたよ。旦那様が朝食を運んでやれですって」

メイドが贅沢な朝食をテーブルに並べるのを見ながら、サイレンスは困惑していた。まさか彼が折れるなんて。だって、どんな残酷なことも平気でできる傲慢な海賊でしょう。そうじゃないの？

その日の午後、男爵夫人のイザベル・ベッキンホールは馬車からおり、どぶに半裸の男性が横たわっているのを目にした。

イザベルはぞっとした。「アメリア、本当にここなの？」

「そうよ」アメリアことレディ・ケールは淡々と答え、ハンサムで筋骨たくましい従僕の助けを借りて馬車をおりた。「目にしたくない光景は無視してちょうだい」

イザベルは痛ましそうにあたりを見まわした。「そんなことをしたら見るものがなくなってしまうわ。どうしてこんなところに孤児院をつくったりしたの？」

アメリアはため息をついた。「セントジャイルズは孤児が多いから仕方がないのよ。でも今、新しい施設を建てているの。いろいろあって、まだ建築中なのだけど、あと一カ月ほどで完成する予定よ」

アメリアはみすぼらしい建物の傷んだ玄関ドアへ進んだ。

イザベルはため息をつき、スカートの裾を慎重につまんであとに続いた。〝〈恵まれない赤子と捨て子のための家〉を支える女性たちの会〟の会合に参加するのはこれが初めてだが、すでにこの一度きりにしたい気分になっている。今日はアメリアから熱心に誘われてここへ来た。アメリアはレディ・ヘロ・リーディングらとともに孤児院を支援する女性の会を立ちあげたひとりであり、この活動を積極的に推し進めている。

イザベルはこの友人が好きだった。年齢はずいぶん離れている。アメリアは決して自分の年齢を明かそうとしないが、三〇代後半の息子がいるのだから、少なくとも五〇の坂はとっくに越えているはずだ。それに対してイザベルは三二歳とまだ若い。どちらも若くして結婚し、早くに年上の夫を亡くした。夫を愛していたイザベルとは違い、アメリアの結婚生活は言葉の端々から察するに幸せなものではなかったようだが、どちらの夫も資産家だった。夫の死後、領地と爵位は後継者の手に渡ったが――イザベルのほうは夫のいとこが相続した――ふたりとも莫大な財産を受けとり、裕福な暮らしをしている。

だからこそ、イザベルは〝〈恵まれない赤子と捨て子のための家〉を支える女性たちの会〟の活動に加わることになった。とくに参加資格はないのだが、金持ちであることは重要な条件だと言える。貧相な玄関ドアが開き、緊張した面持ちの一三歳くらいとおぼしき少女が出てきて、上手に膝を曲げてお辞儀をした。「おはようございます」

アメリアは優しくほほえんだ。「まあ、おはよう。イザベル、この子はミス・メアリー・ウィットサンよ。ここではいちばん年長の子供なの。経営者であるミスター・メークピースとミセス・ホリングブルックをよくお手伝いしているわ。メアリー・ウィットサン、こちらはレディ・ベッキンホールよ」

イザベルもほほえんだ。「どうぞよろしく」

「お会いできて光栄です」メアリーはかしこまって挨拶し、もう一度お辞儀をすると、不安そうにアメリアへ目をやった。アメリアが褒めるようにうなずいた。

それを見てほっとしたのか、メアリーの顔がぱっと明るくなった。つややかな黒髪に、きれいな肌の色をしたかわいい少女だとイザベルは思った。今はまだ思春期だからあか抜けていないが、大人になればさぞや美人になるだろう。

「どうぞお入りください」メアリーが緊張の残る口調で言った。

アメリアとイザベルは玄関に入り、ふたりがぎりぎり並んで通れるくらいの狭い廊下を進んだ。壁の漆喰《しっくい》はひびが入り、ところどころはがれ落ちている部分もある。それを見て、イザベルは顔をしかめた。これでは新しい建物が必要だわね。

ふたりは三階にある窓のない部屋に案内された。

「ここは普段、子供たちの教室として使われているのよ」アメリアが説明した。「でも、今日はわたしたちの会合に使えるようにと、ミスター・メークピースが貸してくださったの」

「そう」イザベルはつぶやき、その手狭な部屋を見まわした。すでに三人の女性が、がたがたする椅子に座っている。

「言いたいことはわかるわ」イザベルの気持ちを察したのか、アメリアがささやいた。「最高に居心地のいい部屋というわけではないものね。でもレディ・ヘロと相談して、会合は孤児院で行うことに決めたの。ここなら直接ミスター・メークピースから報告を受けられるし、子供たちや建物の様子を視察することもできるから。あら、ヘロ、いらしてたのね」

アメリアは背の高い女性と頬を合わせた。「ヘロ、こちらはレディ・ベッキンホールよ。イザベル、彼女のことはご存じよね？」

「ええ、もちろん。レディ・ヘロのいとこのミス・バティルダ・ピックルウッドとはお友達ですもの」ふたりは互いに膝を折ってお辞儀をした。レディ・ヘロは藤色《ふじいろ》と銀色を使った優雅なドレスを着ており、それが豊かな赤毛によく似合っている。「ご結婚、おめでとうございます」

レディ・ヘロはほんのり頬を染めた。「ありがとうございます。妹をご紹介しますわ。レディ・フィービー・バッテンと申します」

フィービーはまだ子供と言ってもいいほどの年齢で、小柄でふっくらしており、目をすがめていた。どうやら、ずいぶんと視力が悪いらしい。それでもお辞儀をするときの笑顔はかわいかった。「お会いできて嬉しいですわ」

イザベルはほほえみながらうなずいた。

「こちらは夫の妹のレディ・マーガレットで――」レディ・ヘロがもうひとりの若い女性を指し示しながら紹介しかけたとき、ドアが開いた。

「まあ、なんて陰気な場所なのかしら」少女のような声が響いた。

レディ・ピネロピ・チャドウィックが賑やかに部屋へ入ってきた。この女性は静かに入室するということができない。いつも騒々しいほど芝居がかった登場の仕方をするのだ。つややした黒い髪に、薔薇のつぼみのような唇とスミレのような紫色の目をしており、三年前に社交界デビューをしたときには絶世の美女と評された。レディ・ピネロピは白鳥の羽毛で裏打ちされたベルベットのマントを脱ぎ、それを質素なドレス姿の連れの女性に手渡した。マントの下からは体にぴったり合った上着をまとった体が現れた。シャンパン色のブロケード地に、淡い薔薇色と金色の糸で全面に刺繍が施されている。オーバースカートは前が開き、上着とおそろいの刺繍を施したアンダースカートが見えるようになっている。上下を合わせると数百ポンドはするだろう。

なんといっても、レディ・ピネロピはイングランドでも有数の大富豪であるブライトモア伯爵の娘であり、持参金は国王の身代金ほどの金額だろうと噂されている女性なのだ。

「お茶はないの？」レディ・ピネロピはまるで探せば部屋の隅にでも紅茶の用意が隠されているのではないかというように室内を見まわし、かわいらしく口をとがらせた。「お茶とケーキが欲しいわ。ここまで馬車で来るのは大変だったもの。道に穴が開いていると、うちの御者ったら、わざとその上を選んで馬車を走らせているんじゃないかと思ったほどよ。本当にもう、セントジャイルズはいやになるわ」

思いだすとぞっとして口も利けないとでもいうように、レディ・ピネロピは美しい目を大きく見開いた。そしてくるりとうしろを向き、まだベルベットの上着と格闘している付き添い《コンパニオン》女性に言った。「お茶の用意をさせてちょうだい。あなただって、ここまで来るのに疲れたでしょう？　お茶でも飲んでほっとしたいわ」

「そうですね」女性はつぶやくように答え、廊下へ出ていった。

「ああ、それからケーキもお願いね」レディ・ピネロピが追加した。「ケーキを食べたくて仕方がないの」

「わかりました」女性は廊下から返事をした。

イザベルは鼻の頭にしわを寄せた。レディ・ピネロピが〝ここまで来るのに疲れた〟と言うなかには、あのコンパニオンのことも入っているのではないかしらと思ったからだ。それでもメイドのような仕事をさせることに抵抗はないらしい。アメリアはレディ・ピネロピに集まっている女性たちを紹介した。

それがひととおり終わると、レディ・ピネロピがレディ・ヘロのほうを向いた。「セントジャイルズなんかで会合を持つのはいかがなものかしら?」そう言ってから、がたがたする椅子にそっと腰をおろした。「この界隈は危険ではないの?」

「昼間に護衛として従僕を連れてくれば大丈夫よ」レディ・ヘロが答える。「もちろん、夜は危ないけれど」

レディ・ピネロピは大げさに身震いした。「でも、ここは道化師の格好をして仮面をつけた怖い人がうろつきまわっていて、女性をさらっては隠れ家に連れこむと聞いているわ」

「セントジャイルズの亡霊にまつわる噂はほとんどが嘘ですよ」男性の低い声が戸口のほうから聞こえた。

レディ・ピネロピは小さく悲鳴をあげた。イザベルが振り向くと、長身の若い男性が部屋の入り口に立っていた。白いシャツ以外は全身黒ずくめで、装飾品はひとつも身につけていない。手には縁のついた丸い帽子を持ち、髪粉はつけず、茶色い髪をうしろでこざっぱりと束ねている。レディ・ピネロピの悲鳴を聞いて少し眉をひそめたせいで、不機嫌な表情に見えた。男性は室内を見まわした。ここにいる女性たちは誰ひとり気に入らない、という顔をしている。

イザベルは男性の気を引くように、にっこりとほほえんだ。「ほとんどは……なの？」

男性がちらりとイザベルの全身を眺めた。ほんの一瞬のことだったため、彼女は気のせいかと思ったほどだ。急に、自分が着ている濃いエメラルド色のドレスの丸くて深い襟ぐりが気になりだした。「たしかに道化師の格好をした男がたまに出没しますが、悪事は働きません」

セントジャイルズの亡霊は本当にいると聞いてレディ・ピネロピがふたたび小さな悲鳴をあげ、卒倒しそうだというように体をうしろに倒しかけた。しかし、椅子ががたついていることを思いだしたのか、すぐにまたきちんと座り直した。

「この方が〈恵まれない赤子と捨て子のための家〉の経営者、ミスター・ウィンター・メークピースよ」レディ・ヘロが慌てて口を挟んだ。続けて女性たちをひとりひとり紹介すると、そのたびにミスター・メークピースは短くお辞儀をした。イザベルが相手のときは、軽くうなずいただけのように見えた。

「ミスター・メークピース」イザベルは気取った口調で声をかけた。堅苦しそうな男性を見ると、いつもからかいたくなる。「お会いできて嬉しいわ。孤児院を経営していらっしゃるにしては、ずいぶんお若そうね」独特な威厳はあるが、まだ三〇歳にはなっていないように見える。自分よりは間違いなく年下に違いない。

「数年前に父が亡くなり、それでぼくがここを引き継いだんです」ミスター・メークピースは落ち着いた声で応じた。「それ以前も、ずっと父を手伝っていました。だから孤児院を運営するだけの経験は充分にあると思いますよ」

「まあ、そうなの」イザベルは笑いを嚙み殺した。なんて生真面目な人なのかしら。きっと、生まれてこのかた一度も笑ったことなどないに違いない。

レディ・ピネロピのコンパニオンが、お茶のトレーを持った女の子たちを引き連れて戻ってきた。自分自身もケーキをのせたトレーを運んできたため、少し息が切れている。レディ・ヘロがみんなの前で彼女をミス・アーティミス・グリーブズだと紹介すると、自分がきちんと扱われていることに少し驚いたような顔をした。

ミスター・メークピースは笑みこそ見せなかったものの、表情を和らげた。「持ちましょうか？」

返事を待たずにトレーを受けとり、部屋にひとつしかないテーブルに置いた。

ミス・グリーブズは恥ずかしそうにほほえんだ。「ありがとうございます」

「どういたしまして」優しい口調だった。

その気になれば紳士らしい振る舞いもできるのね、とイザベルは思った。

「それでは、ミスター・メークピース、孤児院の現状を報告してくださる？」アメリアが紅茶を注ぎながら頼んだ。

ミスター・メークピースはうなずき、孤児院の経費と、子供たちの置かれている状況について感情を交えずに説明した。レディ・ヘロが真剣な顔でそれを聞いていた。

「ありがとうございました」話が切れたところで、レディ・ヘロは礼を述べた。「では、わたしたちの会に対してなにか要望があったらおっしゃってください」

「とにかく経済的な援助をお願いしたいのです。ほかにはなにもいりません」

「あら、子供たちに上着でもつくったらいいんじゃないかしら。とくに男の子たちには上着があるといいわ」レディ・ピネロピが甲高い声で提案した。

ミスター・メークピースがそちらを見た。「上着ですか？」

レディ・ピネロピはひらひらと手を振った。「そうよ。深紅色なんてどう？　小さな兵隊さんみたいでかわいいわ。レモン色もすてきね。とても優雅な色だもの」

彼女はにっこりと笑った。

ミスター・メークピースは咳払いをした。「黄色はすぐに汚れます。子供は、とくに男児は走りまわって、たちまち服を汚しますから」

「まあ！」レディ・ピネロピが唇をとがらせた。「だったら、部屋から出さなければいいのに」

全員が彼女のほうを見た。信じがたいことだが、本人はいたって真剣に言っているらしい。

イザベルは笑いだしそうになるのをこらえ、目を丸くして孤児院の経営者を見た。「そうね。どうして男の子たちを部屋に閉じこめておくことができないのか、よかったら教えてくださらないこと？」

ミスター・メークピースが暗い顔でちらりと彼女に視線を投げかけた。その表情を見て、イザベルは胸がどきりとした。

「小さな子にじっとしていろとか、服を汚すなと言っても無理に決まっているでしょう。そんなことはレディ・ピネロピだって、ちゃんとおわかりだと思うわよ」アメリアがつぶやいた。「さて、お話がすんだのなら、これ以上お引きとめはしないわ、ミスター・メークピース。どうぞ、お仕事にお戻りになって」

「では、失礼します」彼はお辞儀をした。

ミスター・メークピースが戸口に差しかかったとき、レディ・ヘロが思いだしたように尋ねた。「そういえばミセス・ホリングブルックはどうされたの？　お会いできるかと楽しみにしていたのに」

彼は表情を変えなかったし、びくっとしたり、こわばったりする様子も見せなかった。だが、イザベルは気づいた。どうやら今のひと言が心に引っかかったらしい。

ミスター・メークピースは肩越しに振り返った。「妹はもう、この孤児院で暮らしていないんですよ」淡々と答えると、相手の言葉を待たずにさっさと部屋を出ていった。

レディ・ピネロピが素っ頓狂な声をあげた。「なんてことなの！　まさか彼はひとりでここを切り盛りするつもりじゃないわよね？　子供を育てるのに女性の愛情は欠かせないわ。ましてや彼は独身で、子供がいないわけだし」

ほかの女性たちもそれぞれ自分の考えを述べたが、イザベルはうわの空でそれを聞き流し、首を傾けて考えごとにふけった。ミスター・メークピースが部屋を出ていく前に、一瞬目が合った。それを見てわかったことがある。表情にこそ出さなかったが、そのかたくなな外見の内側でなにか激しい感情が渦巻いていた。

彼の目には、底知れぬ怒りの苦しみが浮かんでいた。

その夜、サイレンスは食堂の前の廊下で背筋を伸ばした。メアリーは厨房のメイドのモルと機嫌よく遊んでいるし、見張りにはバートがついている。自分はミッキー・オコーナーと食事をするために、これから食堂に入ろうとしているところだ。彼は一方的に命令するのではなく、こちらの意思を尊重してくれた。後悔するかもしれないという不安はあるが、彼のほうから折れ、仲直りしようとしてくれたのだから、それをすげなく拒絶することはできない。

彼にしてみれば、ずいぶんと大きな譲歩だったのだろうから。

このままではあと五分くらいはこの廊下を行ったり来たりしそうな気がしたため、意を決して食堂のドアを押し開けた。そこはやけに細長い部屋で、今さら驚きはしないが、とにかく内装が派手だった。波紋のあるシルクの壁布は紫色と紺色と緑色の三色使いだ。サイレンスは小さく鼻を鳴らした。これではまるで孔雀《くじゃく》ね。

数卓の長いテーブルが一列に並んでいた。ちょうど中世の食堂のようなおもむきがある。ミッキー・オコーナーはいちばん奥の上座で、深紅のベルベット張りの椅子に座っていた。顔こそあげなかったが、彼女の存在には気づいているはずだ。

サイレンスはテーブルに沿って進みはじめた。手前の下座は配下の席らしく、見るからに荒っぽそうな男たちが陣取っている。二席ほど通り過ぎたとき、誰かが合図でも出したのか、手下たちがいっせいに立ちあがった。なかには慌てて椅子を倒した者までいるくらいだ。

サイレンスは目をぱちくりさせた。「あの……こんばんは」

「ようこそ、マダム」そばにいた手下のひとりが無骨に挨拶し、思いだしたように急いで汚い三角帽を脱いだ。

彼女が進むごとに、手下たちがひとりひとり挨拶をしてきた。強面の男たちに、サイレンスも気おくれしながら小さな声で挨拶を返した。ちょうど手下の席が終わったところで、空いている椅子を見つけた。ハリーの斜め前で、眼鏡をかけた小柄な男性の隣だ。玉座の間で見かけたことのある人だった。

椅子を引くと、小柄な眼鏡の男が言った。「そこは違います」

「はい?」サイレンスは困惑した。

「マダムの席は御頭の隣です」

「あそこだ」ハリーが上座のほうへ顎をしゃくった。

そちらに顔を向けると、ミッキー・オコーナーが彼女のことを見ていた。彼だけではない。食堂にいる全員がサイレンスに注目している。

彼女は顎をあげ、みんなの視線を気にしながら上座へ進んだ。ミッキー・オコーナーの右側の椅子が空いている。一瞬、無視されそうな気がした。けれど盗賊王は優雅に立ちあがり、サイレンスのために椅子を引いた。

「ミセス・ホリングブルック、食事に同席していただけて光栄だ」

サイレンスは緊張気味にうなずき、その椅子に腰をおろした。彼女のために椅子を押す盗賊王の体温が背中に伝わり、乳香とレモンの香りが漂ってきた。悩ましくて危険な香りだ。肩に相手の指が触れたような気がしたが、隣を見ると、彼はすでに席についていた。

ミッキー・オコーナーが手で合図し、テスやほかのメイドたちが料理を運んできた。サイレンスはそれを見て、あまりの贅沢さに目をみはった。退廃的という言葉しか思いつかないほどのごちそうだ。雉肉《きじにく》のスライス、兎肉のあぶり焼き、魚のワインソースがけ、鳩肉のパイ、温室栽培の新鮮な果物などの大皿のほかに、牡蠣《かき》が山盛りにされた巨大な皿もある。取り分けられた牡蠣が目の前に置かれるのを見て、サイレンスはかすかに眉をひそめた。それに気づいたのか、ミッキー・オコーナーが片眉をあげた。「自慢の晩餐だぞ。わたしはうまいものが好きだし、手下の士気もあがろうというものだ」

彼女は口をすぼめた。「この牡蠣を買うだけのお金があれば、うちの孤児院の子供たちは数週間か、もしかすると数カ月でも食べられるわ」

ミッキー・オコーナーは気だるげにほほえんだ。「わたしにパンと水で暮らせと?」

「そういうわけではないけれど――」

「ほら」彼は憂いを帯びた低い声で言った。「どうせもう料理してしまったんだ。牡蠣は日持ちがよくないし、腐らせてしまうのはもったいない」牡蠣をひとつ手に取り、真珠のような色をした新鮮な身を指でつまむと、サイレンスの口元に差しだした。

腹が鳴り、彼女は顔を赤らめた。

ミッキー・オコーナーがにやりとした。「うまいものを楽しむのは罪じゃないさ」

「特別な機会においしいものをいただくのは悪いことではないけれど……」サイレンスは厳しい口調で言った。「毎日こんな贅沢をしていて飽きないの？」

彼は意地の悪い笑みを浮かべた。「ちっとも」

サイレンスが口元に差しだされた牡蠣の身を取ろうとすると、盗賊王は手を引いた。

彼女は冷たい目で相手を見た。「あなたに食べさせてもらう気はないわ」

ミッキー・オコーナーは気に入らないという顔で唇を引き結んだが、それを口には出さなかった。「お好きなように、サイレンス」

牡蠣の身を皿に置いた。

サイレンスはそれを頬張った。洗礼名を呼ばないでと文句をつけようかと思ったが、言うだけ無駄だと考えてやめた。それになにより、ほっぺたが落ちそうなほど牡蠣がおいしかった。彼女は唇をなめ、ちらりと隣を見た。ミッキー・オコーナーは目を細め、口元にかすかな笑みを刻んで、こちらを見ていた。一瞬その視線に引きこまれ、サイレンスの心拍が速くなった。

メイドが小さなタルトをのせたトレーを運んできた。

さらにいろいろな料理が並べられた。彼はなにを食べたいか訊きもせずに次から次へと料理をサイレンスの皿に取り分け、グラスに赤ワインを注いだ。ひと口飲んでみると、甘くておいしいワインだった。彼女は黙りこくったまま、黙々と料理を口に運んだ。今は空っぽの胃を満たすことしか考えられなかった。今日の朝食は食べたが、丸一日以上も絶食していたため、それだけの量では足りなかったのだ。

ふたたび顔をあげると、ミッキー・オコーナーが椅子の背にもたれてサイレンスを見ていた。自分の皿には手をつけていない。彼女が食べるのを見ているだけで満足しているようだ。サイレンスはごくりと唾をのみこんだ。「とてもおいしいお料理ばかりだけれど……」

彼が両眉をあげた。

「やっぱり贅沢すぎると思うわ」手下たちはまだがつがつと食べていた。ハリーはすでに食堂をあとにし、今はバートが代わりに席についている。「毎日こんなごちそうを食べていたら体に悪いわよ。痛風になるのが心配じゃないの？」

ミッキー・オコーナーはにやりとして、平たい腹部を手でさすった。すべての指にはめている指輪が光る。「今のところ、その気配もないからな」

サイレンスは頭を振った。「そうね、あなたは痛風になんてならないのかもしれない。それにしても、本当に派手なことが好きなのね」

盗賊王は自嘲気味に片眉をあげた。

彼女は相手の手を見た。「その指輪だってそうよ。きらびやかだわ。それだけでひと財産はありそうね」

彼は手を広げてみせた。「いや、少なくともふた財産にはなるな。ひとつずつ増やしていった」

その話にサイレンスは興味を覚えた。宝石が輝く指輪は、この盗賊王の一部にさえ見える。指輪をしていない彼など想像できないぐらいに。「いちばん最初のはどれ？」

「これだ」ミッキー・オコーナーは右手の人差し指を立てた。金色のリングに、黒っぽく見えるほど濃い赤色のルビーがついている。「最初の手下たちと船荷を強奪したときに手に入れた。そのときのわたしの取り分はこれだけだ。これはとても高価なものでね。だから、金貨の代わりに受けとったんだ」

サイレンスは両眉をあげた。「お金のほうがよさそうなものなのに」

彼は椅子の背にもたれかかり、ふと真面目な顔になった。「貧乏人はこんな指輪ははめれないからだ。世間はわたしがこの指輪をしているのを見て、チャーミング・ミッキーは成功したと思う」

サイレンスは自分の皿に残った料理を見つめた。おかしなものだ。わたしはお金持ちになりたいと願ったこともない。それに比べると、彼は大富豪と言ってもいいほどだ。でも、わたしは裕福になりたいと願ったこともない。店の棚に置かれた扇やヒールのついた靴を見て、こんなのが欲しいと思ったことぐらいはあるけれど、それはただの憧れだ。日々の暮らしに必要なものは充分に足りている。おそらく彼は恐ろしく貧しい子供時代を送ったのだろう。だから自分の成功を他人に見せびらかしたいのだ。毎日ひもじい思いをして、いつかは贅沢な暮らしをしたいと強く願いすぎたせいで、いくら富を得ても満足できなくなっているのかもしれない。

そう思うとサイレンスは身震いを覚え、ミッキー・オコーナーを見た。「ほかの指輪はどうやって手に入れたの?」

「いろいろさ。たとえばこれは……」盗賊王は左手の小指を揺らした。いびつな真珠がついた指輪がはまっている。「ある船長室で見つけたんだ。悪い噂のあった船長でね。フランスの船から奪いとったと聞いても驚かないな」

ミッキー・オコーナーはにやりと笑い、温室栽培のぶどうをひと粒、口に放りこんだ。

彼がイスラム教国のスルタンのようにゆったりしている姿を見て、サイレンスは顔をそむけた。テーブルの下座のほうに、フィオニューラがブランと並んで座っているのが見えた。

「フィオニューラはブランを崇拝しているのさ」彼女の視線に気づいたのか、ミッキー・オコーナーが小声で言った。

「ブランも同じ気持ちだといいんだけど」思わず口調がきつくなった。

彼は考えこむように首をかしげた。「多分、違うだろうな。ブランが崇拝しているのは富と権力だけだ」

「じゃあ、あなたと同じじゃないの」ブランがフィオニューラの気持ちに応えていないことに、サイレンスは苛立ちを覚えた。

「きみもフィオニューラのように愛しのウィリアムを崇拝していたのか?」ほとんど聞こえ

ないくらいの小さな声だった。

サイレンスははっとした。彼にウィリアムの名前を口にする資格はない。そんなことぐらいわかりなさいよ。彼女は顎をあげ、盗賊王を見据えた。「ええ、それに近い感情を持っていたわ」

なにか嫌味のひとつも言おうかと思ったが、相手が真面目な顔をしているのに気づいてサイレンスは思いとどまった。ミッキー・オコーナーは手に顎をのせ、じっとこちらを見ている。「その夫の鑑《かがみ》のようなご亭主とは、どういうふうに知りあったんだ?」

そのときのことを思いだして、サイレンスは笑みをこぼした。「わたしの靴を救ってくれたのよ」

「どんなふうに?」

「姉のテンペランスと買い物に出かけたとき、窓から店の商品を眺めていたら、姉に置いていかれたことがあったの」

ミッキー・オコーナーはにやりとした。「手袋やレースのたぐいか?」

「クリーム・ケーキよ。悪かったわね」彼女は毅然として答えた。

彼がくすりと笑った。サイレンスは自分が赤くなるのがわかった。

「父の方針で、甘い物が食べられるのはクリスマスとかそういう特別の機会しかなかったから……」相手がまだ笑っているのを見て、早口で話を続けた。「とにかく、わたしは姉を追いかけたわ。慌てていたせいで、まわりをよく見ていなかったのね。気づいたら、粉屋の大きな荷車が目の前を通り過ぎるところだった。ウィリアムがとっさに抱き寄せてくれなければ、靴がだめになっていたわ」彼女は梨をひと口大に切り分けた。「汚い水たまりがあったのよ」

ミッキー・オコーナーはルビー色のワインに手を伸ばした。「靴というより、命を救ったと言うほうが正しそうだな」

「そこまで荷車に近づいてはいなかったわ」彼女は鼻の頭にしわを寄せた。本当は轢《ひ》かれる寸前だったのだ。だからこそ、ウィリアムはサイレンスを立たせたあと、気をつけなくちゃだめじゃないかと怒った。でも、そんな話をこの人に教えるつもりはない。

「わたしは彼にお礼を言って、姉と家に帰った。また会うことなどないだろうと思っていたわ。でも次の日、ウィリアムはうちに来て、わたしと交際させてほしいと父に頼んだの」

「返事は？」興味津々という口ぶりだ。

「初めのうちはしぶっていたわ」相手がおやっという顔をしたのを見て、サイレンスは慌ててつけ加えた。「ウィリアムとは少し年が離れていたから」

「いくつ違いだったんだ？」

サイレンスは食べかけの梨をフォークで突き刺した。「一四歳よ」

顔をあげると視線が合った。その濃い茶色の目は、なにを考えているのかまったく読みとれなかった。

「でも、それくらいの年の差はたいしたことではないわよ」言いわけがましい口調になった。

「そのとき、きみは何歳だった？」

「一八よ」彼女はぼそりと答え、またはっきりした声で続けた。「彼はすぐに航海に出てしまったけれど、その前にスミレの花束を持ってきてくれたの」

「クリーム・ケーキじゃなかったのか？　きみがよだれを垂らしながら眺めていたのを知っていたろうに」

「よだれなんて垂らしてません」サイレンスは憤然として主張した。「それに子供への贈り物ではないんだから、クリーム・ケーキなんておかしいわ」

「おかしくないさ、きみがそれを欲しがっているならね」

「大人の女性にはスミレの花束のほうがふさわしいわよ」彼女は顔をしかめた。「海へ出ているときは心のこもった手紙をくれた。自分が見聞きした外国の様子をいろいろと書き送ってくれたの。そしてイングランドに戻ると、わたしを訪ねてくれた。あのころは楽しかったわ」当時のことをうっとりと思いだした。「いろんな見本市や人形芝居などに連れていってくれてね」

「それで？」ミッキー・オコーナーは淡々と尋ねた。

サイレンスは肩をすくめた。「彼と結婚したわ。もう二一歳になっていたから父の許可がなくても結婚できたんだけど、わたしは父に祝福してほしかったし、父も喜んでくれた。三年間も同じ気持ちを持ちつづけ、わたしを大切にしてくれた人だから、きっといい夫になるだろうと安心していたわ」

彼女は黙りこんだ。ミッキー・オコーナーはなにも言わなかった。

サイレンスは自分の皿に目をやった。話をしながら梨は食べてしまった。もう空腹ではない。むなしい絶望感は消え去り、今胃が苦しいのはただ食べすぎただけだ。食事を終えた手下たちが何かの話題で大笑いし、小柄な秘書がミッキー・オコーナーの横でなにやらメモを取っていた。

「わたしたちは幸せだった」彼女はぼんやりと言った。「ワッピング地区の埠頭のすぐそばに住み、帆船が入港すると、夫の〈フィンチ号〉ではないかと見に行ったものよ。寄港予定はまだ先だとわかっていてもね。ウィリアムは航海から戻ると……」サイレンスは目を閉じ、当時の思い出に浸った。「真っ先にわたしに会いに来てくれた。わたしはいつも彼の腕のなかに飛びこんだわ。あのころは本当に幸せだった」

「だが、きみがいちばん助けを必要としていたとき、ご亭主はきみを信じなかったわけだ」ミッキー・オコーナーがぼそりと言った。「きみの言葉に耳を傾けようとすらしなかった」

「そんな状況に追いこんだのはあなたでしょう」サイレンスは冷たく言い放った。

盗賊王は応えなかった。

彼女は頬を伝う涙をぬぐった。昨晩は激しい怒りを覚えたが、今は言い知れぬ寂しさしか感じない。「そんなふうに思っていたの？　彼がわたしを信じなかったから、わたしの言葉に耳を貸さなかったから、だから彼はわたしを愛してなどいなかったと？　わたしたちの愛は偽物だったと言いたいの？」

サイレンスは鋭い目で相手を見た。ミッキー・オコーナーはワインを飲みながら、黙って彼女のほうを見ていた。

わたしたちの愛は偽物だったのかしら？　あのころは本物だと信じていた。ウィリアムとの暮らしは幸せそのものだったもの。たしかに彼は航海で家にいないことが多かったけれど、帰ってきたときはいつも新婚のようだった。

サイレンスは眉根を寄せた。もしウィリアムが船乗りではなかったら、わたしたちの結婚生活はどんなふうだったろう。毎日、同じ屋根の下で暮らしていたら、もっと違うものになっていたのだろうか。

ため息をつき、彼女はテーブルを見まわした。誰もこちらを見ていない。本当はわたしが泣いているのを知っているのかもしれないが、ミッキー・オコーナーに遠慮して、気づかないふりをしているのだろう。

サイレンスは盗賊王のほうへ顔を向けた。「女の人たちはどうしたの？」

彼は口元にかすかな笑みを浮かべた。「誰のことだ？」

わたしは酔っているのかしら？　「いつもそばに置いている女性たちよ。あなたの……娼婦というか」

ミッキー・オコーナーがひと口ワインを飲み、グラスを置いた。「いなくなった」

サイレンスは眉をひそめた。「あら、そう」

「がっかりしたか？」

その言葉を聞いて、むっとした。「わたしの気持ちなんてこれっぽっちもわからないくせに、知ったような口を利かないでほしいわ」

「そのとおりだ」彼は菓子のトレーを持ったトリスを招き寄せ、少し迷ったのちに、サクランボの糖蜜煮がのった菓子をひとつつまんだ。そしてそれを手にしたまま、サイレンスのほうを振り返った。「それがきみのおもしろいところなんだよ、サイレンス。今夜は船を襲撃すると伝えるとき、手下たちがどう思うのかは手に取るようにわかる。朝が来たとき、娼婦たちがなにを感じているのかも想像できる。ラッドの考えだって言いあてられるさ。どうせ、明日もわたしのベッドでごろごろしようとか、おいしい骨をもらえますようにとか思っているだけだ。だが、きみの気持ちだけはさっぱりわからない。その緑色と茶色と青色が入りまじったような目をのぞきこんでも、きみがなにを考えているのか少しも読めないんだ」

サイレンスは不思議に思った。「どうしてわたしの気持ちなんて気になるの?」

「そこだよ」ミッキー・オコーナーは菓子を彼女の口元に差しだした。そしてサイレンスが黙ってそれを食べるのを見ると、まるで自分が甘さを味わっているように満足げな顔でほほえんだ。「それが問題なんだ」

7

夜になると、王様の宮殿に鳥の歌声が流れてきました。ふたりの甥はそれを聞いてすぐにこっくりこっくりと船を漕ぎはじめましたが、賢者ジョンは耳栓をしていたため、甘い歌声の魔法にはかかりませんでした。ふたりの甥が寝こむと、虹色の羽をした美しい鳥がサクランボの木に舞いおり、王様のサクランボをついばみはじめました。賢者ジョンはその鳥に飛びかかり、細い首をつかみました。すると美しい鳥は、愛らしい全裸の女性に変わりました。

『賢者ジョン』

みずからの手でサイレンスに菓子を食べさせられたことに、ミックは奇妙な満足感を覚えていた。彼女がはっとしたように顔を引き、鼻の頭にしわを寄せても、その感覚は消え去らなかった。

自分がこの状況を楽しんでいることに気づき、ミックは驚きに似た感情を抱いた。これまでは誰か特定の女性に興味を抱いても、その気持ちは一日か二日しか続かなかった。もって一週間だ。なぜなら、女性を口説き落とすなど簡単なことだからだ。女たちが自分の顔に惚れるわけではないことくらいはわかっている。わたしの持っている富や権力が、彼女たちを引きつけるのだ。

だが、サイレンスは違う。

ミックはひとりほほえみ、椅子の背にもたれかかって菓子を選んだ。サイレンスはわたしを嫌っている。だから言うことは聞かないし、口答えはするし、手下や使用人の前でも平気でわたしに反抗する。それでもわたしは彼女を甘やかしている。

「そろそろお部屋に戻らないと」

彼は不愉快になり、顔をしかめた。「どうしてだ?」

「メアリーが待っているからよ」

ミックは肩をすくめた。「メイドが子守りをしているから大丈夫だ」

「でも、そろそろわたしが恋しくなっているかもしれないわ」

「なぜだ?」彼は菓子を頬張った。内容は気に入らないが、サイレンスと会話を交わすのは楽しい。

「なぜかというと」彼女は無知な子供に噛んで含めるように言い聞かせた。「メアリーはまだ赤ちゃんで、それにわたしのことが大好きだからよ」

「赤ん坊というのはわずらわしいものだな」

サイレンスは頭を振り、これ以上、話をしても無駄だというような顔で立ちあがると、ドアのほうへ向かった。

ミックはため息をつき、菓子のトレーを持っているトリスに言った。「残りの菓子はわたしの部屋へ運んでおいてくれ」彼女を追うために椅子から立ちあがると、そばで寝そべっていたラッドも体を起こし、黙ってあとについてきた。

途中の廊下でサイレンスに追いついた。彼女は驚いた顔もせずに言った。「もっとメアリーに会いに来るべきよ。なんといっても父親なんだから。そうしたらあの子もあなたを見て〝めっ！〟と言わなくなるかもしれないわ」

サイレンスは早足になった。

ミックは肩をすくめた。こちらのほうが脚が長いのだから、ついていくのは簡単だ。

「わたしは忙しいのだ。それにさっきも言ったが、赤ん坊はわずらわしい」

「大発見をしたとでも言いたそうな口ぶりね」

相手を苛立たせようと、彼はわざと返事をしなかった。サイレンスがさらに足を速める。ふたりはほとんど小走りになった。

「だったら、どうして自分の子供だと認めたの？　放っておけばよかったじゃない。そういうことをする恥知らずな男性は世の中にいくらでもいるわ」

彼女は、あなただって本当は恥知らずだけど、と言わんばかりの顔で振り返った。ミックはその程度のことでは腹も立たなかった。

もっとひどい言葉を浴びせられたことはいくらでもある。

だが、こちらが態度を和らげたと思わせるのは得策ではない。ミックはサイレンスの前にまわりこみ、壁に手をついて行く手を阻んだ。

彼女が小さな悲鳴をあげた。とっさには止まりきれずに、胸がミックの腕に押しつけられた。ラッドが座りこみ、心配そうにふたりを見る。

サイレンスは背筋を伸ばし、ミックをにらんだ。

ミックは顔を近づけた。彼女の髪からラベンダーの香りがした。「それは赤ん坊がわたしのものだからだ」彼はささやいた。「わたしのものは誰にも渡さない」

サイレンスの目つきが鋭くなった。「メアリーはもの
じゃないわ」

「そうだな」彼はほほえんだ。「だが、言いたいことは同じだ」

「そういうのは父親の取るべき態度ではないわよ」サイレンスの口調が和らいだ。

ミックは目を細めた。気を許したら、この穏やかな声が皮膚の下に滑りこんできそうだ。

彼女の美しい目が懇願するように大きく見開かれた。「あなたにお父様はいらっしゃらなかったの？」

ミックは父親の思い出がよみがえりそうになるのを抑えこんだ。しばらくじっとして、記憶が封じこめられていることを確かめてから、サイレンスにほほえんだ。「わたしの母親は処女懐胎をしたとでも思っているのか？」

予想どおり、彼女は顔を赤らめた。「そんなふうに思っているわけじゃないわ。もちろん

「……」

その言葉を無視して、彼はサイレンスから離れた。父親がいなかったのかという質問は痛いところを突いた。

サイレンスが目をぱちぱちさせて、あたりを見た。

「早く赤ん坊のもとへ戻りたかったんだろう?」ミックは部屋のドアを開けた。

「あの子の名前は〝赤ん坊〟じゃなくて〝メアリー・ダーリン〟よ」彼女は部屋に入ると、急に足を止めて振り返った。「でも、本当はメアリー・オコーナーよね。だって、あなたの子だもの」

ミックは立ちどまり、目をしばたたいた。メアリー・オコーナーか。いい名前だ。首を振って、その考えを頭から追いやると、メイドに言った。「もうさがっていい」

メイドは膝を曲げてお辞儀し、黙って立ち去った。

ラッドはうろうろと部屋のなかを歩きまわり、隅々で鼻をひくつかせたあと、暖炉の前に寝そべった。

サイレンスが子供用のベッドをのぞきこんでいるのを見て、ミックは言った。

「わたしの娘だと言われるのはいやがるかもしれないぞ」

「静かにして」彼女がちらりとミックを見た。「こんな赤ちゃんが、そんなこと思うわけがないでしょう」

彼は肩をすくめてベッドに歩み寄り、同じように赤ん坊の顔をのぞきこんだ。

「わたしには敵が多い」
赤ん坊は頬が赤く、黒髪が汗で額に張りついていた。ぽちゃぽちゃした片腕を頭のわきにあげている。こうして見るとかわいいものだ。

ミックは眉をひそめた。「寝息の音が大きいような気がするが、いつもこうなのか？」
「いいえ」サイレンスは心配そうにささやき、手の甲を赤ん坊の額にそっとあてた。それを見て、ふいにある女性の姿が脳裏に浮かんだ。

荒れた手なのに、額にあてられた手の甲は柔らかくてひんやりとしている。その女性は心配そうにほほえみながら、こちらの顔をのぞきこむ。〝熱があるの、ミッキー？〟

背中を汗が伝った。サイレンスをこの屋敷に住まわせてからというもの、心の奥底にしっかりと封印してきたはずの記憶がときおりよみがえる。彼女を追いだしたい衝動に駆られることもあるが、もう手遅れだ。今さらサイレンスをこの屋敷から、それにわたしの人生から排除することはできない。時計の針を巻き戻せるはずはなく、たとえそれが可能だとしても、そんなことをする気はさらさらないのだから。今や彼女はとても近しい存在だ。いわば、てのひらに握りしめた赤々とした燃えさしのようなものだろう。わたしは火傷の痛みに感謝しながら、わが身の肉が焦げる匂いを嗅いでいる。

ミックはサイレンスの香りを胸いっぱいに吸いこみ、苦しさと安らぎを覚えた。「病気なのか？」

「わからないわ」彼女は唇を嚙んだ。「でも、熱があるみたい」

彼はうなずいた。「医者を呼びにやろう」

サイレンスが顔をあげ、はしばみ色の大きな目で彼を見た。「あなたがそう言うなら――」

その言葉を最後まで聞かずに、ミックは部屋を出た。赤ん坊に医者を呼ばなくてはいけないし、この部屋にいると余計なことを思いだしてしまう。

サイレンスは震える手で布の水を絞り、メアリーの頰にそっとあてた。布を通して肌の熱さが伝わってきた。

高熱も心配だが、それより怖いのはメアリーがぐったりしていることだった。熱なら何度か出したことがあるし、ひと晩中、耳をいじりながら泣いていたこともあった。そのときは翌朝、耳からきれいな水が流れだし、それで楽になったのか、あとはぐっすりと眠った。夜中に具合の悪いメアリーを抱っこしながら、部屋のなかを行ったり来たりしたことなど数えきれないほどだ。そんなときのメアリーは機嫌が悪く、むずかってはいたが、こんなふうにぐったりしていることは一度もなかった。

「旦那様がお医者様のところへ使いの者をやりましたよ」フィオニューラが水の入った洗面器を持って部屋に入ってきた。

「熱が高いの」サイレンスはまた布を濡らし、軽く絞って赤ん坊の顔にあてた。「服を少し脱がせたんだけど、それでも焼けるように熱いのよ」

「熱は体のなかの病気をやっつけるんだと、母がよく言っていました」フィオニューラが慰めた。

「そうかもしれないわね。だけど、熱で死ぬ子もいるわ」サイレンスは力なく言った。

あるとき、あまり体調のよくない小さな男の子が孤児院に連れてこられたことがあった。ろくに食事を与えられていなかったのだろう、と兄のウィンターは言った。子供は熱を出し、そのまま体力がなくなって二日後に亡くなった。その夜、サイレンスはメアリーを抱きしめながら涙を流した。死ぬ子はいるもので、それは現実として受けとめるしかないと兄に諭された。だが、そう言う兄もやつれた顔をしていたし、それから数週間というもの、とりわけ幼い男の子に優しかった。

サイレンスはぞっとした。メアリーを死なせるわけにはいかない。この子のいない人生など考えられないのだから。

廊下から声が聞こえ、ドアが開いて、ミッキー・オコーナーが背の低い丸々と肥えた男性を部屋に通した。

「どうしましたか？」身長のわりには大きな声で医者が尋ねた。

「熱が高いんです」声が震えそうになるのをこらえながら、サイレンスは答えた。

医者はメアリーの胸に手を置いた。

サイレンスが口を開こうとすると、医者はもう一方の手をあげて、それを制した。

しばらくして、医者がメアリーの胸から手を離してサイレンスのほうを向いた。「失礼をお許しください、マダム。赤ん坊の心音を聞いていたのです」

「わかっています」震えを抑えようと、彼女は腹部の前で手を組んだ。「治りますか？」

「大丈夫ですよ」医者が快活に請けあう。「ご安心ください」

黒い鞄を開けると、いろいろな長さの鋭いメスが数本入っていた。サイレンスは不安を覚え、てのひらをこすりあわせた。医者は瀉血《しゃけつ》をするつもりなのだろう。

ミッキー・オコーナーは暖炉のそばで壁にもたれていたが、鞄のなかのメスを見て、それが気にかかったようだ。「切らなくてはいけないのか？」

医者は真面目な顔で答えた。「それしか治療法がありませんからね。体から悪いものを出すんです」

ミッキー・オコーナーは難しい表情をしたあと、小さくうなずいて顔をそむけた。

施術のあいだ、メアリーはびくんとしたが、泣き声はあげなかった。

永遠とも思えるときが流れたのち、医者は清潔な布を傷口にあて、慣れた手つきで包帯を巻いた。

「あとは……」彼はメスを拭き、鞄に戻した。「スープを飲ませてください。少量の鶏肉を煮て、そこにパセリを少しと、タイムの葉を二枚入れるのです。そのスープを裏ごししたあと、上等な白ワインをスプーン一杯足してください。それを一日に三回、できればティーカップ一杯ほどを飲ませるのです」医者はサイレンスのほうを見た。「わかりましたか？」

「はい」彼女はメアリーの頭をなでた。

「それから、これはわたしが調合した薬です」医者が青い小瓶を差しだした。「とてもよく効きますので、寝る前に少量の水に溶かして飲ませてください」そう言うと鞄を手に取り、厳しい顔でサイレンスとフィオニューラを見た。「もし何度も吐くようなら、また呼んでください」

サイレンスはうなずいた。唇が震える。「わかりました」

医者はもう一度メアリーの額に手を置き、それ以上はなにも言わずに出ていった。ミッキー・オコーナーもあとに続き、戸口で足を止めた。「なにかいるものはないか？」

震えを止めようと、サイレンスは唇を噛んだ。「大丈夫よ」

彼はなにか言いたそうな顔をしたが、結局、黙ったまま部屋を出ていった。

「やつの屋敷に殴りこみをかけて、いざとなれば力ずくでも連れ戻すんだ！」長兄のコンコード・メークピースが怒りをあらわにした。「去年のサイレンスの事件だけでもひどい話なのに、このうえ孤児院の評判まで落とさせるわけにはいかんぞ」

髪が白くなりつつあるため、怒っている顔は旧約聖書に登場する怪力で有名なサムソンが年老いたかのように見える。

年を重ねてせっかちになり、武装した屋敷に殴りこみなどかけたらどうなるか、結果をよく考えられないサムソンだ。

ウィンター・メークピースはため息をついた。兄たちにサイレンスの現状を知らせればどうなるか想像はついていた。しかし、だからといって黙っておくわけにもいかなかったのだ。

コンコードから怒りと心配の矛先を向けられ、ウィンターは頭痛を覚えた。

「彼の屋敷は要塞と同じだよ」ウィンターは穏やかに指摘した。「ふたりだけで乗りこんだところで――」

「三人だ」孤児院の台所の戸口から声が聞こえた。

振り返ると、緑色の目と視線が合った。次兄のエイサが片眉をゆっくりとあげた。ウィンターは驚いた。一応、次兄が借りている住まいへも手紙は送ったが、まさか当人がここへ来るとは思わなかった。もう一年近く会っていないし、外国にいるらしいと聞いていたのだ。

エイサは相変わらずたくましい体つきをしていた。盛りあがった肩は雄牛のようで、ふさふさとした茶色の髪は若いライオンみたいだ。だが、この一年で変わったこともある。緋色《ひいろ》の上着は袖口と裾に手の込んだ刺繍が施されているし、シャツは無地ながらも生地が上等だ。なにをして稼いでいるのかは知らないが、ずいぶんと羽振りがいいらしい。

「なにをしに来た」感情を隠すことのできないコンコードが、さっそく食ってかかった。「手紙を送っても返事ひとつ寄こさないし、テンペランスの結婚式にも、うちの娘の洗礼式にも顔を見せず、サイレンスの亭主が亡くなったときも音沙汰なしだったくせに、今ごろになってのこのこ家に帰ってこられると思うな」

ウィンターは眉をひそめ、長兄をなだめた。「今はエイサの助けが必要なんだよ」

「ふん！」コンコードが太い腕を組んだ。ウィンターと同じような黒色と茶色の質素な服に身を包み、丸い帽子をかぶっている。「こいつなんかいなくても、この一年間、なんの問題もなかったぞ」

「今は状況が違うだろう？　サイレンスは盗賊の屋敷にいるんだ」ウィンターは淡々と指摘した。

戸口にもたれていたエイサが体を起こした。「どの盗賊だ？　手紙にはサイレンスの身が危険だということしか書かれていなかったぞ」

「ミッキー・オコーナーだ」コンコードがさらに喧嘩腰になるのを食いとめようと、ウィンターは落ち着いた声で答えた。

「まさか、あのチャーミング・ミッキー・オコーナーか？」エイサは信じられないという顔をした。「どうしてサイレンスがあんなやつの屋敷にいるんだ。誘拐でもされたのか？」

「違う」

エイサは椅子を引き、腰をおろしてテーブルに肘をついた。「だったらなぜだ？」

「去年、サイレンスの家の前に赤ん坊が捨てられていたことがあってね」ウィンターは説明した。「サイレンスはその子にメアリー・ダーリンという名前をつけ、この孤児院に連れてきた。テンペランスがケール卿と結婚して、もうここの仕事はできなくなったので、サイレンスが代わりを務めていたんだ。もちろんサイレンスはどの子供もかわいがったが、とくにそのメアリー・ダーリンに深い愛情を注いだ」

コンコードが口を挟んだ。「あいつにしてみればわが子も同然だったんだよ。とりわけ亭主を亡くしたあとは、唯一の慰めだったんだろう」

ウィンターはうなずいた。「数日前、オックスフォードから帰ってくると、サイレンスがいなくなっていた。ミッキー・オコーナーの屋敷まで会いに行ったんだが――」

「ひとりで乗りこんだのか？」エイサが尋ねる。

ウィンターは次兄の目を見た。「そうだよ」

エイサは一瞬、驚いたという顔をしたのち、おもむろにうなずいた。「話を続けてくれ」

ウィンターはうなずいた。「そのときはいつもと同じ様子だった。自分の服を着ていたしね。じつはぼくが助けに来たのを見ても、あまり嬉しそうな顔をしなかったんだ。サイレンスが言うには、メアリーはミッキー・オコーナーの子供で――」

エイサが汚い言葉を吐き、コンコードは次兄をにらんだ。

「――敵に狙われているから自分の屋敷にかくまっているとのことだった。無理やり連れ戻すわけにもいかないから、ぼくはひとまずそのまま帰ったんだ。ところが最近、サイレンスはどこにいるのかと人に訊かれるようになった。もし、悪名高い盗賊の屋敷で暮らしているということが世間に知られれば……」

ウィンターは肩をすくめた。それ以上は言わなくても、孤児院の評判がどうなるか、支援者に頼っている寄付金にどんな影響が出るか、そんなことは兄たちもわかっている。ほんの少しでも悪い噂が立てば、移り気な貴族たちはさっさと別のおもしろそうな慈善事業を見つけるだろう。

「首に縄をつけてでも引きずってくるべきだったんだ」コンコードがうめいた。

ウィンターは片眉をあげた。「ミッキー・オコーナーや何人もの手下がいたのに？」

コンコードは顔をしかめた。

エイサがあきれたように目をまわしてみせた。「それじゃあ自殺行為だろう。そんなこともわからないのか？」

コンコードが椅子から腰を浮かせて怒鳴りはじめた。エイサも立ちあがり、それに応じた。しばらくのあいだ、台所では激しい怒声の応酬が続いた。

ウィンターはため息をついて目を閉じ、そっとこめかみをさすった。兄たちの不仲は子供のころから見てきた。昔は怒鳴りあうことなしに最後まで家族で食事をできた時期もあったのだが、今ではもうそんなことは期待できない。コンコードはますますかたくなになっている。この長兄に言わせると、自分はすべて正しく、エイサはすべて間違っているらしい。一度、テンペランスがぼそりとつぶやいたことがあった。〝調和《コンコード》じゃなくて不和《ディスコード》という名前にすればぴったりだったのに〟と。

長兄とのいさかいを避けるため、エイサはどんどん家に寄りつかなくなった。長姉のベリティは、いつかエイサが行方不明になるのではないかと心配している。それはウィンターも気になっていることだ。

兄たちの喧嘩がおさまった。

ウィンターは両眉をあげた。「話を続けてもいいかな？」

エイサがにやりとした。「ああ、頼む」真面目な顔になる。「ひとつわからないことがあるんだ。敵に狙われているというミッキー・オコーナーの言葉を、どうしてサイレンスはあっさり信じたんだ？　あの男と寝たのかな」

コンコードがこぶしでテーブルを叩いた。「よくも自分の妹のことをそんなふうに言えるな！」

エイサは冷ややかな目で長兄を見た。「人間、なにが起きるかわからんさ。サイレンスがあいつに惚れていないとなぜ言える？　なかなかの男前だという噂だぞ」

コンコードが口を開きかけたが、ウィンターのほうが先に言葉を発した。

「ぼくらは去年、あの出来事があったときのサイレンスを見ているからわかるんだ」口調は穏やかだが、内容は鋭い指摘だ。

エイサが顔を赤くした。

「サイレンスも女だから、男性とそういう関係になる可能性がないとは言えないが……」ウィンターは言った。「オコーナーを相手にそれは絶対にないと思う。兄さんは知らないだろうが、船荷が戻ったあと、サイレンスとウィリアムはうまくいかなくなったんだ。その後、ウィリアムは海難事故で亡くなるわけだけど、サイレンスはひどく後悔していた。結婚生活の最後をあんなふうにしてしまったのは自分のせいだ、自分がオコーナーなんかに会いに行ったからだ、とね」

つかの間、三人の男たちは黙りこんだ。ウィンターはふたりの兄に目をやり、彼らもぼくと同じような無力感を覚えているのだろうかと考えた。一年前、サイレンスがオコーナーの屋敷から戻ってきた姿を見たとき、なにかを破壊したい——もっと端的に言うならばオコーナーを殺してやりたい——という衝動に駆られた。もちろん、その気持ちは抑えこんだ。そんなことをしても妹のためにはならないからだ。

しかし、それでも数週間はオコーナーを傷つけたいという思いを消せなかった。

「わかるだろう、エイサ兄さん？」ウィンターは静かに言った。「サイレンスは本当にメアリーが危ないと感じているんだ。そうでなければ、あの男と同じ屋根の下で暮らすことに同意したりはしない」

「ということは、問題がひとつ増えたわけだ」

ウィンターは尋ねるように片眉をあげた。

「あの屋敷に入りこんでサイレンスを助けだすだけでも大仕事なのに……」エイサは言った。「サイレンスと赤ん坊をかくまえる場所も確保しなくてはいけないということだ。ミッキーにも、その敵にも見つからない場所をな」

ウィンターはゆっくりとうなずいた。「たしかにそうだ。メアリーの身が安全だと確信できなければ、サイレンスはあの屋敷を出ようとしないだろう」

コンコードが身を乗りだし、太い肘をテーブルについた。「だったら、頼みの綱はひとりしかいない」

彼女は精神的にまいっている……。

赤ん坊が熱を出してから二日目の早朝、ミックはベッドのわきに立ち、眠っているサイレンスを見おろした。疲労と不安で目の下にはくまができ、ひとつに結んだ三つ編みからは髪がほつれ、夜を怖がる幼い少女のようにか細い手でシーツを握りしめている。まるで死んだような眠りだ。ミックが部屋に入ってきてもぴくりとも動かず、目にかかった髪を払っても寝息が乱れない。

彼はため息をつき、体を起こした。まだ夜明け前で外は暗い。一昨日の夜に赤ん坊が熱を出してからというもの、サイレンスは一睡もせずに看病を続けた。ミックは一度も赤ん坊の様子を見に来なかったが、フィオニューラから三、四度ばかり報告を受けていた。

高熱が続き、赤ん坊はどんどんやつれているとのことだった。このまま熱がさがらなければ……。

子供用のベッドには見向きもせず、ミックは険しい表情で自分の部屋に戻り、廊下へ出た。静かにドアを閉めると、ハリーがこちらを見ていた。ミックはうなずき、廊下を進んだ。もし赤ん坊が死ぬようなことがあったら、サイレンスの心は野生動物に食われた心臓のように、ずたずたに引き裂かれてしまうだろう。わたしには心というものがないからよくわからないが、それは繊細ではかないものだと聞く。ミックは苛立ちの声を漏らし、玄関へ向かった。ナイフやこぶしからサイレンスの身を守ることはできるし、貧困や窮乏からも救うことはできるが、彼女の心が壊れないようにする術などさっぱりわからない。

玄関に配置した五、六人の見張りの前を通り、早朝の外へと出た。ピンクがかった灰色の空を見あげ、それから御殿を眺める。孔雀が烏《からす》に化けたような建物だ。玄関ドアは一見したところ、普通の木製のドアだ。まさかその裏側が鉄板で補強されているとは誰も思わないだろう。

御殿にはもう一箇所だけ出入り口がある。小さな庭に続く裏口だ。そこも表玄関と同じく警備に抜かりはない。外から見ると、御殿は十数軒が連なる細長い建物のように見える。だが、なかに入ると一軒の広い屋敷になっており、それぞれの建物の玄関ドアはもう何年も前に内側からふさいだ。

ミックは御殿に背を向け、通りを歩きだした。過剰とも言える警備態勢だが、敵の執拗さを考えると、これくらいしなくては安心できない。

すぐうしろで影が動いたのに気づき、さっとナイフを取りだして振り返った。朝の薄明かりのなかにラッドが出てきた。ミックに付き従うように耳をうしろに倒し、頭を垂れている。

「驚かせるな」彼はあきれてため息をつき、腕に結びつけた鞘にナイフを戻した。

ふたたび歩きだすと、ラッドが嬉しそうにうしろをついてきた。

昼間セントジャイルズで働く人々が、ぼちぼちと通りに出てきた。たいていの人間はそれなりに正直に生きている。荷物運搬人、行商人、椅子かごの車夫、汚物処理屋、それに物乞いなどだ。誰もが目を合わせないようにしながらミックに道を譲った。もちろん、相手が誰だかわかってのことだ。この界隈の主に敬意を払っているとも言えるだろう。縄張りにしている埠頭はもっと東にあるため、ワッピング地区かイーストエンドあたりに住めば仕事に出かけるには近い。だが、自分はこのセントジャイルズで生まれ育ち、子供のころは野生の狼の子のように通りを走りまわっていた。初めて女を抱いたのも、初めて人を殺したのも、この町だ。セントジャイルズこそが故郷だと思っている。だからこそ財産を成したとき、ここに御殿を構えたのだ。

それにもうひとつ、この町を離れたくない理由がある。

ミックは通りを渡り、顔をあげた。新しく建て替えられたセントジャイルズ・イン・ザ・フィールズ教会の尖塔《せんとう》がそびえ立っている。以前の建物は白かびの被害を受け、使いものにならなくなった。噂によれば、黒死病が大流行したときに埋葬された大量の遺体が湿気発生の原因らしい。たしかに以前は教会に入るといやな匂いがした。しかしそれは昔の話であり、この新しい建物は清潔で優雅だ。ミックは鼻を鳴らした。教会の建設にたずさわったのは、この界隈とはなんの関係もない貴族たちだ。はたして地元の人間——とりわけこの教会の近隣に住む人々——は、この新しい建物をどう思っているのだろう。

ミックは建物の外側をまわって墓地を囲む塀に沿って進み、やがて見えてきた門扉を押し開けた。墓地は昔と変わりなかった。墓石は苔《こけ》に覆われ、なかには傾いているものもある。まるで埋められた死体が外に出ようと墓石を押しあげたみたいだ。彼は曲がりくねった通路を進んだ。ラッドが静かにあとをついてきた。塀はたいして高くもないというのに、町の物音はくぐもって聞こえた。ここはまるで外界から隔絶されたような雰囲気が漂っている。

周囲を警戒しながら、ミックは目的の墓へ向かった。あたりを気にしているのは、この墓地にいるのが自分ひとりではないからだ。

ホワイトチャペルの司祭が彼女の墓石を見おろしていた。盛られた土がまだ新しい。およそ一〇年間もイーストエンドの人々を恐れさせてきた男にしては、それほど怖そうには見えなかった。背もさほど高くはなく、体はどちらかというと痩せている。肩まである髪は白髪が増えたし、横顔を見るかぎり顔立ちも悪くない。

「死の間際におまえの名前を呼んでいたぞ」ミックが墓石を挟んで足を止めると、司祭ことチャーリーが言った。「かわいそうな女だ。さぞやおまえに会いたかったろうにな。なぜ見舞いに来なかった?」

ミックは笑みを浮かべた。そんなことを聞いても、真っ赤に焼けた火かき棒で胸を貫かれたような気分にはならないとでもいうように。「忙しくてね」

チャーリーがミックのほうを向いた。正面から見ると、司祭は異様な顔をしている。顔の左側は皮膚が焼けただれ、眼球があるべき部分にはぽっかり穴が開き、鼻はつぶれて、唇の端がねじ曲がり、耳たぶは溶けて変形し、髪はところどころしか生えていない。

ミックの笑みが広がった。「どんどん色男になるな、チャーリー」

司祭の表情は変わらなかった。どのみち、顔の左側の筋肉はもう動かないのだが。それでも残ったほうの目には、狂気にも似た憎しみが宿っていた。こんなふうに怒っている相手には近づかないのが賢明というものだ。

だが、ミックは一歩前に出た。「あんたがなにをしようが、わたしをあの屋敷から追いだすことはできない」

チャーリーがまぶたを閉じた。「本当にそう思うか?」

ミックの笑みがこわばった。「もちろんだ」

司祭は右肩をすくめた。左肩には傷があるのだ。「赤ん坊を屋敷に連れてきたそうだな。あのサイレンス・ホリングブルックとかいう女も一緒に。おもしろいとは思わんか? これでおれがおまえの女を奪ったら、おあいこだ」

ミックも肩をすくめた。サイレンスのことなどどうでもいいというように。しかし、鼓動が速くなった。こいつが彼女に目をつけるのはわかっていたことではないのか? わたしにとって特別な存在であることも、すぐに気づくだろう。ほかの女たちは短期間で屋敷を出ていくのに、彼女だけはずっととどまることになるのだから。

「わたしはあんたの女を奪ってなどいない」

「そのつもりだったくせに」

ミックは片眉をつりあげた。それは司祭の勝手な思いこみだ。そういうことを考えそうな頭のどうかしたやつなのだ。

「聞くところによると……」チャーリーが愉快そうに続けた。「赤ん坊の具合が悪いそうじゃないか。死にかけているんだってな。さぞやおまえもつらいことだろう」

ミックはまじまじと相手を眺めた。この小男のどこにこれほどの悪意が潜んでいるのだろう。はるか昔に考えてみたことがある。なにがこの男をこんなふうにしたのだろう、と。なぜ他人に同情したり、敬意を払ったりする心を失ってしまったのか。いったいどれほどのことがあったら、これほど残忍で凶暴な人間のくずになりさがれるのか。

だが、やがて悟った。そんなことは考えても仕方がないのだと。毒蛇は理由もなく相手を嚙み殺す。つまり、これがチャーリーの生まれながらの性格だということだ。

「あんたも知っているように、わたしはとっくの昔に心というものを失った」ミックは感情を込めずに淡々と語った。「だから赤ん坊が死のうが死ぬまいが、わたしはなにも感じない。普段と変わりなく菓子を食べ、それをうまいと感じ、女を抱き、それを楽しいと思う。せいぜい気をつけろ、チャーリー。あんたを殺したら、その醜い顔を見ながら平気で笑ってやるから」

小さな天使の絵が刻まれた新しい墓石に目を向けないようにしながら、司祭に背を向けて歩きだした。草の匂いを嗅いでいたラッドが顔をあげ、ミックについてきた。チャーリーにつかみかかりたい衝動でこぶしが震える。今この場でやつを殴り殺し、すべてを終わらせられたら、どんなにいいだろう。

しかし、やつは常に五、六人の護衛をつけている。ひとりは木のうしろ、ふたりは塀のそば。あとの二、三人は姿が見えないが、近くにいるのは間違いない。おかしなものだ。これが一年前なら、護衛がいようがいまいがやつに殴りかかっただろう。だが、今はそうすることができない。もし自分が死んだら、サイレンスを守る人間がいなくなるとわかっているからだ。チャーリーはたとえわたしを殺しても、それでは飽き足らず、彼女に復讐するだろう。なんともいまいましい現実だ。サイレンスを守ろうとすると身動きが取れなくなる。

チャーリーの手下がふたり、門扉のところにいた。ミックは皮肉を込めて男たちにうなずいてみせた。もし司祭がその気になれば、手下たちにわたしを襲わせることもできる。けれど、やつはそんな方法は選ばない。もっと手間暇をかけ、ゆっくりと毒を盛るように、じわじわと相手を苦しめてから死なせるのが好きなのだ。

ミックは通りの真ん中で立ちどまり、真っ青な空を見あげた。今日はロンドンにしては珍しく晴れた一日になりそうだ。きらきら輝く明るい日差しを浴びていると、神や天使の存在も、母の愛情も、子供の夢も信じられそうな気がしてくる。ミックは目を閉じ、サイレンスの茶色い瞳をまぶたに浮かべた。彼女は目に涙をため、寂しげであきらめたような表情でわたしのために歌っていた。

ぼくをその腕に抱いて
ろうそくを消しておくれ

罵声が聞こえた。ミックは目を開けてうしろを振り返ると、騒がしく羊の群れを追う男をにらみつけた。

男は驚いて目を見開き、ミックが背を向けたにもかかわらず謝りつづけた。それからはなにも考えることなく御殿までの道のりを歩いた。玄関前の短い階段をのぼると、ラッドもあとをついてきた。ミックはじろりと犬を見た。ラッドは片脚をあげたままぴたりと動きを止め、おずおずとこちらを見あげた。

彼はため息をついた。「入ってもいいぞ」

ラッドはだらりと顎をさげ、嬉しそうに飛び跳ねながら玄関に入った。

「おまえ、本当に牛攻めの犬だったのか？」

ミックもあとに続きながら、犬に向かってつぶやいた。

「おまえが闘牛場に入ってきたのを見て、牛もさぞや笑っただろうな」

ラッドは無邪気な顔で、幸せそうにはあはあと息をしていた。

階段をのぼり、足音を立てないように気をつけながら廊下を進んだ。サイレンスの寝室の前でバートがうとうとしていたが、ミックに気づくと慌てて背筋を伸ばした。

「ふたりは起きているのか？」ミックは小声で尋ねた。

バートは眠そうにまばたきをした。「ちょっと前にフィオニューラが厨房へお茶を取りに行きましたが、それ以外に物音は聞いてませんね」

ミックはうなずき、自分の部屋に入ると上着とベストを脱いだ。家のなかではシャツだけでいるほうが楽だ。隣室へ続くドアを静かに開け、室内をのぞきこんだ。サイレンスはまだ眠っており、胸だけがかすかに上下していた。そっとドアを閉めようとしたとき、子供用のベッドから声が聞こえた。

ミックは急いでベッドに近づいた。赤ん坊が目を覚ましていた。仰向けで、まだ眠そうにあくびをしている。ミックの姿を見ると唇をゆがませ、泣きだしそうな顔になった。

彼は怖い顔をした。「しいっ」

それが逆効果だった。赤ん坊は口を開け、ひっくひっくと泣きはじめた。

ミックはサイレンスを見た。起きる気配はない。長時間の看病で疲れ果てているのだろう。フィオニューラはまだしばらく戻ってこないかもしれないし、バートは頼りにならない。

ミックは赤ん坊にしかめっ面をした。「どうしてほしいか言え」

赤ん坊は泣きながら、彼のほうへ両腕を伸ばした。

ミックは目をしばたたき、うしろへさがった。まさか、わたしに抱っこしてほしいのか？泣き声がいくらか大きくなった。

彼は慌てて赤ん坊を持ちあげ、サイレンスがいつもしているように胸に抱き寄せた。赤ん坊は羽根枕のように軽かった。サイレンスのように柔らかい胸ではないのに、それでもかまわないらしく、おとなしく泣きやむと親指を口に入れ、茶色い目でミックを見あげた。まつげが涙で濡れているせいで、やけにくっきりと長く見える。

さぞや美人になるだろう、とミックは冷静に考えた。悪い虫がつかないように、誰かが守ってやらねばならない。蜜に群がる蜂のごとく、きっと男どもが寄ってくるはずだ。そういう輩はかわいい娘を見つけると、相手の気持ちなどおかまいなしにスカートを脱がせようとする。その女性もひとりの人間であり、誰かの愛しい娘なのだということは考えないのだ。愛しい娘だと？　ミックは顔をしかめた。

赤ん坊が顔をくしゃくしゃにして、またもやひっくひっくと泣きはじめた。

「しいっ」彼はささやいた。

サイレンスはなおも眠っている。ミックは赤ん坊を抱えたまま、自分の部屋へ戻った。ベッドに置こうとしたが、赤ん坊が泣きながら彼のシャツをぎゅっとつかんだ。

「頼むから静かにしてくれ」ミックは再度ささやいた。いったいどうしてほしいんだ？　彼は鏡台にあった宝石をちりばめた嗅ぎ煙草入れを見せた。

赤ん坊はそれを押しやり、しゃくりあげながら小さな頭を胸に押しつけてきた。ミックは困り果てて赤ん坊を見おろした。声は大きいし、ちっとも言うことを聞かないが、服の上から感じる肋骨《ろっこつ》はとても細い。なんとか弱くて、小さな命だろう。

暖炉に近寄り、その上に置かれたものを順番に見せた。雪花石膏《アラバスター》の花瓶、ピンクと白の二色使いの女羊飼いの像、トルコの領主が所有していたという黄金の湾曲した短剣。赤ん坊はあまりおもしろがるような顔はしなかったが、それでもいくらかは泣きやみ、シャツに顔をこすりつけてきた。シャツをだめにしたくなければ、さっさと脱いだほうがいいのかもしれない。ふいに赤ん坊が大きくあくびをした。

気がつくと、ミックは息をするのと同じくらい自然に出てくる歌を、子守歌代わりに口ずさんでいた。

ぼくをその腕に抱いて
ろうそくを消しておくれ

8

鳥が女性に変わったのを見て賢者ジョンはとても驚きましたが、それでも首をつかんだ手は離しませんでした。彼女は若く、しなやかな体つきをしており、顔は美しくて、しわなどなく、ウェーブした髪は虹色をしていました。賢者ジョンは耳栓を抜いて尋ねました。「何者だ?」女性は楽しそうに笑いました。「わたしの名前はタマーラ。夜明けの娘で、四方の風の妹よ。わたしを逃がしてくださったら、三つのお願いを聞いてさしあげましょう」

『賢者ジョン』

サイレンスはふと目が覚めた。天使が歌っている夢を見ていた。ゴシック様式の教会の建物に彫られていそうな、背が高くて、厳しい表情をした男性の天使だ。その声は低く、耳に心地よかった。蜜のように内側から体を温めてくれそうな、ほっとして骨までとろけてしまいそうな声だ。天使は別世界から来た危険な存在で、警戒しなくてはいけない相手だとわかってはいるけれど……。

頭がぼんやりとしていて、ベッドから出る気になれず、横たわったまま何度かまばたきをした。

そして気づいた。まだ天使の歌声が聞こえる。

体を起こした。思わず耳を傾けずにはいられないほど美しいその声は、ミッキー・オコーナーの寝室から聞こえていた。

サイレンスはベッドからおり、ショールを肩にかけて、メアリーを寝かせていたベッドを見た。ベッドは空っぽだったが、不安は感じなかった。あの歌声の主が誰なのかは想像がつく。足早にドアのところへ行き、隣室をのぞいた。

目に入った光景に彼女は息をのんだ。

ミッキー・オコーナーがこちらに背を向け、暖炉のそばに立っていた。ぴったりした黒いズボンと腿のなかほどまで届くブーツを履いているだけで、上半身は裸だ。その背中は広く、オリーブ色の肌はなめらかで、うっとりと眺めたくなるほど筋肉の形がよくわかる。彼は歌っていた。きれいなテノールだ。こんなに美しい声は聞いたことがない。魂がタールのように真っ黒に汚れている人が、どうしてこんな天使もうらやむほどの声をしているのだろう。

ふいにミッキー・オコーナーが横を向いた。彼はそのたくましい胸にメアリーを抱いていた。メアリーはすっかり安心したようにピンク色の頬を父親の胸に寄せ、目を閉じている。ミッキー・オコーナーは娘のカールした黒髪をそっとなでていた。

サイレンスの気配に気づいたのだろう。彼が振り向いた。だが、歌うのはやめなかった。

父と母は
その部屋で横たわり
お互いを抱きしめた
だからぼくらもそうしよう
ぼくをその腕に抱いて
ろうそくを消しておくれ

サイレンスは顔が赤らんだ。もちろん、ただの歌だということはわかっている。わたしに言っているわけではない。バラッドと呼ばれる古い歌の一節にすぎないじゃないの。

そうは思っても、視線を外すことができなかった。彼の暗い瞳はなにかを伝えようとしているように見える。美しい声で歌っている歌詞とは関係のないなにかを……。

歌が静かに終わった。サイレンスは声が出ないのではないかと不安になり、咳払いをした。

「眠っているの？」

彼は夢から覚めたとでもいうように目をしばたたき、赤ん坊を見おろした。

「ああ、そうだと思う。やっとしつこく泣くのをやめてくれた」

それを聞き、サイレンスはほっとして満面に笑みを浮かべた。「しつこく泣いていたのね？

ミッキー・オコーナーが片眉をつりあげ、サイレンスをじろりとにらんだ。「赤ん坊にわたしをいじめろと教えたな？」

「まさか」彼女は慌てて否定し、また顔を赤らめた。赤ん坊にいじめられたなどと本気で思っているのかしら。まあ、馬鹿馬鹿しい。「その子、ずっとぐったりしていたのよ。しつこいくらい泣けるというのは元気が出てきた証拠だわ」

「なるほど」ミッキー・オコーナーは優しいと言ってもいいほどの表情で赤ん坊を見た。「だったら、今度この子がうるさく泣いたときは喜ぶことにしよう」

「そうよ」サイレンスは彼のそばへ寄り、赤ん坊を受けとった。メアリーはむにゅむにゅとなにかつぶやき、サイレンスの胸に顔をすり寄せた。彼女は赤ん坊の様子を確かめた。頬は病的な赤色ではなく、健康そうなピンク色に変わっているし、熱もさがったようだ。ああ、よかった！

にっこりして彼を見あげた。「わたしだったら嬉しいわ。ぐったりしているより、わんわん泣いているほうがずっとましよ」

「そうだな」ミッキー・オコーナーは真面目な顔で言った。「きみの言うとおりだ」

サイレンスは視線を避け、赤ん坊の頭を見おろした。もう自分の部屋に戻ったほうがいいのはわかっているが、なぜかそうする気になれなかった。「きれいな歌声だったわ」

彼が鼻を鳴らした。「そうか？」

あまり嬉しくなさそうな口調を不思議に思い、サイレンスは相手の顔を見た。

「自分でもそう思うでしょう?」

ミッキー・オコーナーは眉間にしわを寄せた。「まあね。子供のころ、食うためによく歌ったからな」彼女はどういう意味かわからないという顔をした。「家に食べ物がなにもないと母はわたしを連れて街角に立ち、足元にハンカチを敷いて、ふたりで歌ったんだ。ものの数分でなにか買えるほどの金が入るときもあれば、丸一日、歌っていることもあった」

サイレンスは息をのんだ。こともなげに話しているが、つまりは物乞いではないか。さぞかしつらい思いをしたのだろう。「いくつのころの話なの?」

彼が首をかしげた。「さあ、どうだろう。だが、わたしのいちばん小さいときの記憶は、凍える冬の夜に街角で歌っていたことだ」

「かわいそうに」

ミッキー・オコーナーはせせら笑った。「もっとひどい稼ぎ方だってあるさ」

サイレンスは唇を噛んだ。たしかにセントジャイルズには、もっとつらい手段で収入を得ている人々がいくらもいる。ロンドンは人口が多い。イングランドの各地方やスコットランド、アイルランド、ときにはヨーロッパ各国からも移住者が入ってくるからだ。当然ながら仕事にあぶれる者も大勢いる。ひと晩中、客を引き、明け方にとぼとぼと家路につく女性を見かけるのは珍しいことではない。いや、大人だけではない。子供も客を取らされる。女の子も、そして男の子も。

サイレンスはちらりと彼を見あげた。なんと美しい顔立ちだろう。黒髪に濃い茶色の瞳。目は官能的で口元は表情豊か、髪はつややかだ。子供のころはさぞや美しい少年だったに違いない。でも、それは必ずしもよいことではない。

「あなたはアイルランド人よね」ぽろりと口にしてしまい、思わず顔が赤くなった。ロンドンにはアイルランド人が大勢いる。だが、彼らはどこへ行っても嫌われ者だ。

ミッキー・オコーナーは笑みを浮かべた。頬に深いえくぼができた。「母が仕事を求めて、ひとりでロンドンへ出てきたんだ。わたしの祖母は未亡人で、一〇人の子持ちだったらしい。もっとも、わたしは親戚に会ったことは一度もないがね」彼は椅子の背からシャツを取りあげ、それを着た。「家族だという気はしないからな」

サイレンスはうなずいた。「うちは、父方の一族は古くからロンドンに住んでいるの。母方のほうはドーセット州の出身で、あまり会うことはないけれど、今でも親戚がロンドンで暮らしているわ」

「きみには兄さんと姉さんがいるんだろう?」

「姉が二人と兄が三人」彼女は小さくほほえんだ。「わたしは六人きょうだいの末っ子なの。長姉のベリティは母親代わりとなって次姉のテンペランスとわたしを育てて、長兄のコンコードは死んだ父親の醸造所を継いだわ。どちらも、もう結婚してる。次兄のエイサはなにをしているのかわからないの。家族のなかでは変わり者なのよ。テンペランスは、ケール卿と結婚する前は孤児院を切り盛りしていたわ。わたしといちばん年が近いのはウィンターよ」

一気にしゃべったせいで、少し息が切れた。きっと家族のことをぺらぺら話すうるさい女だと思われただろう。考えてみれば、わが家は決して金持ちだったわけではないけれど、わたしはそれなりに満ち足りた暮らしをしてきた。でも、彼は物乞いや盗みをするしかない世界で育った。そう考えると、ずいぶん出世したものだ。ミッキー・オコーナーという人はある意味では成功者だと言える。

「幸せな子供時代を送ったようだな」ありふれたことのように話しているが、彼には幸せな子供時代というのがどういうものか想像もつかないのだろう。どんなふうに育てられたのかと思うと胸が痛む。

「そうね」なるべくあっさりと答えた。「父は厳しい人だったけれど、子供たちを愛してくれたし、ちゃんと教育も受けさせてくれたわ。裕福ではなかったけど、食べ物や着る物に困ることはなかった」

ミッキー・オコーナーはうなずいた。「ちゃんとした稼ぎ手だったらしいな」

「あなたのご家族は？」サイレンスは探るように尋ねた。「お母様はロンドンに来て、どんなお仕事に就かれたの？」

彼は肩をすくめた。「最初は紡績工場で働いていたらしい」

「それから？」

相手の顔から表情が消えた。「怪物に出会った」

サイレンスはメアリーを守るように、小さな頭を手で覆った。盗賊王に怪物と呼ばれるのはどんな人物だろう？

ミッキー・オコーナーは美しい唇を醜くゆがめ、ぶっきらぼうに続けた。「ころりとだまされてしまったのさ。その男は口が達者で、正体を隠すのがうまかった。もう逃げられないほどにしっかりと母を絡めとってから、本性を現したんだ。だがそのころには、母はもう男の言葉しか聞こえなくなっていた。自分の頭で考えることもできなくてね。男がやっていたジンの製造所を手伝い、そこの実入りが悪いと、命じられるがままに体を売った。幾晩も客を引き、男のもとに帰ると稼いだ金をすべて差しだしたのさ。そのうち、男は金があるときも母に商売をさせるようになった。母は黙って言われるとおりにした。もう抵抗する気力も残っていなかったのだろう。逆らえば殴られるからな」

「お父様は？」サイレンスは勇気を出して尋ねてみた。もしかすると彼はその商売の結果、できた子供なのだろうか。

ミッキー・オコーナーは美しい目で黙って彼女を見たまま、なにも答えなかった。

サイレンスは血の気が失せた顔をしていた。わたしが極貧の少年時代を送ったことや、母が娼婦だったことにぞっとしたのだろうか。それともちょっとは同情してくれたのか？

彼女は着古した寝間着に、使いこまれたショールをはおり、赤ん坊を抱いている。その姿を見ているだけで、ミックは少し前から下腹部がこわばっていた。それがわからないように、シャツの裾はズボンに入れずにおろしてある。サイレンスの寝間着はふくらはぎまでしか丈がなく、きれいな脚がのぞいていた。目を凝らせば太腿の線が透けて見えなくもない。腿の合わせ目の茂みもわかるような気がしたが、それは熱くなりすぎた脳みそが見せる妄想だろう。だが、妄想だろうが現実だろうが悩ましいことに変わりはない。

そんなふうな格好をしていて身の危険を感じないのだろうか？　そう思うとミックは苛立った。わたしがなんのためらいもなく残酷なことのできる男であることはわかっているだろうに。それなのに、こんな薄着でこの部屋に入ってくるとはあまりにうぶというものだ。でも、本当はそうではないのだということもわかっている。ミックは赤ん坊のカールした髪を見た。サイレンスはこの二、三日というもの、憔悴《しょうすい》しきるほどに赤ん坊のことを心配していた。その赤ん坊が病気から快復したのを見て、ほっとするあまり無防備になっているのだろう。そんな彼女の母性愛を、心の底から守ってやりたいと思った。

玉座の間にある宝物と引き換えにしてもかまわないくらいだ。

「つらい子供時代だったのね」

ミックは目をしばたたき、なんの話をしていたのか思いだした。「セントジャイルズではよくある話だ」

「だからといって、あなたがそんな育てられ方をしていいということにはならないわ。お母様はもっとしっかりとあなたを守るべきだったのよ」サイレンスは唇を噛んだ。

ミックは自嘲気味に片眉をつりあげた。「現実はそんなに甘くない。望まぬ妊娠で生まれてくる子供などいくらでもいるし、そういう子は、歩けるようになるころには自分の面倒は自分で見るようになる。わたしもそうだったというだけさ」

「それではまるで野生動物と同じだわ。あなたはもっと大切にされてしかるべきだったのよ」

彼女の言葉になぜだか胸が痛み、それを隠そうと笑い声をあげた。「きみのいた世界ではそうだったかもしれないが――」

「あなたの育った境遇でも同じよ」

「人は誰しもわが身がかわいいものだ」ふいにこの会話を続けるのがつらくなった。「どんな環境だろうが、それは変わらない。わたしの母は、ほかの母親たちに比べてことさらよかったわけでも、とくにひどかったわけでもない。わたしの育ち方も普通だった」

「違うわ」腕に触れられた感触に驚いて下を向くと、サイレンスが女性らしい力で彼の腕をつかんでいた。ミックは顔をあげた。彼女のはしばみ色の目に力がこもっている。「わたしはあなたほど世間を知っているわけではないし、あなたのように多くの異性経験があるわけでもない。あなたと違って法律や道徳を無視する勇気もないし、冒険に満ちあふれた盗賊としての人生も送っていないわ。でも、ミッキー・オコーナー、わたしにもこれだけはわかる。子供は、それがどんな境遇の子であれ、母親を必要としているの。そして母親は、本当に子供のことを愛していれば、その子を守るためならなんだってするものよ」

ミックはサイレンスを見た。なめらかな頰を紅潮させ、引き結んだ唇を薔薇色に染めて、守るように赤ん坊を抱いている。彼は自分がなすすべもなく落下していくような感覚に襲われた。頭が働かない。サイレンスが口にした言葉で、息が詰まってしまった。〝母親は、本当に子供のことを愛していれば、その子を守るためならなんだってするものよ〟胸のなかでなにかがほどけた。

ああ、この女性をわたしのものにしたい。

サイレンスを凝視しながら、ミックは昔の自分を思いだした。凍える季節に幾晩も街角に立ったこと、革紐で背中を鞭打たれたこと、そして、あの最後の対決。

「じゃあ、母は本当にわたしのことを愛してはいなかったのだろう」

彼女の美しい目に涙があふれた。「そうかもしれない。でも、あなたは愛されたかったわよね」

もう自分を止めることができなかった。サイレンスがわたしのために泣いている。

ミックは彼女にそっと唇を重ねた。赤ん坊を抱いているため、体を引き寄せることはできないが、猛々しい情熱を抑え、花びらにとどまる蝶のように軽く、相手の唇の柔らかさを感じた。サイレンスが吐息を漏らす。彼は顔を斜めにして、舌の先で優しく唇をなぞった。下腹部は激しく自己主張をしていたが、それ以上ことを進めるつもりはなかった。今はサイレンスの唇に触れられるだけで満足だった。唇が彼女そのもののように感じられたから。

ようやく顔をあげると、サイレンスはうつろな目をしていた。

ミックはほほえみ、柔らかな頬に指を這わせた。彼女はごく自然に、ミックの手のほうへ顔を傾けた。彼は指を首筋に滑らせ、鎖骨をなぞり、寝間着の布を上に押しあげている胸の膨らみへとおろした。

そして自分のしていることに気づき、はっとした。「もう部屋に戻ったほうがいい」

視線をあげると目が合った。

サイレンスがそこになにを読みとったのかはわからないが、それがなんであれ、彼女はひと言も発さずに自室へ戻った。


ミックは小さく呪いの言葉を吐き、天を仰いで壁にもたれかかった。下腹部はまだ怒ったようにうずいている。以前の自分であれば、すぐさま娼婦を呼びに行かせたことだろう。世の中には喜んでベッドの相手をする女はいくらでもいる。こちらが望めば、一風変わったことでも快く応じるような女たちだ。しかし今、わたしが欲しいのはあるひとりの女性だけだ。

少年だったわたしが命がけで生き延びたように、命がけで赤ん坊を守ろうとしている彼女。

……彼女が目に欲望の色をたたえ、頭をうしろに倒して、血管の脈打つ首筋をこちらにさらす。もし彼女が脚を開いたら、わたしはそばに寄り、ひざまずいて寝間着の裾をたくしあげる。白い太腿、腹部との境目、そして柔らかくカールした茂みがあらわになる。どんな形をした茂みだろう？　親指で甘い割れ目に触れ、繊細な花びらを開く。唇を押しあてれば、彼女は腰をせりあげるろう。さらに敏感なところを刺激しつづけると、きっとすすり泣くような声を漏らすに違いない……。

ミックは想像し、唇の端に笑みを浮かべた。彼女の清く正しい亡夫が口で愛撫したとは思えない。わたしはサイレンスを味わう最初の男になるのだ。

もし、彼女が身を任せてくれればの話だが……。


ああ……。

サイレンスはドアをそっと閉めた。そしてドアにもたれかかり、胸に手をあてた。鼓動が速くなっているのがわかる。

彼と話をした。弱者が強者になにかを懇願するのではなく、対等な人間として語りあった。それでなにかが変わった。わたしにとってミッキー・オコーナーはもはや血も涙もない盗賊ではなく、呼吸もすれば傷つくこともある、ひとりの人間として見えるようになった。

そして惹《ひ》かれるものを感じた。

ひとたびその一線を越えてしまうと、もうあと戻りはできなくなった。盗賊にしか見えなかったときの彼は恐ろしくて嫌悪感を覚えたが、ひとりの人間としての彼はとても魅力のある男性に思えた。

先ほどのキスを思いだす。あれはこの前のキスとはまったく違った。前回のように怒りに誘発された荒々しいものではなく、とろけそうなほど甘く優しかった。キスをやめたのも彼だし、もう部屋に戻ったほうがいいと促したのも彼だ。

まだ呼吸は速かったものの、足音を忍ばせてベッドに戻り、そっと横たわった。

ああ、どうしよう。わたしは罪を犯したくなっている。

わたしが求めている男性は罪そのものだ。

「〈アレグザンダー号〉の船主が十分の一税を払いました」その日の午後、ブランが報告に来た。

「そうか」ミックはうわの空で応じた。

今朝サイレンスを自室に戻らせて以来、まだ彼女に会う機会はなく、今日は一日中、あのキスのことが頭を離れなかった。ふいに、ミックは顔をしかめた。たかがキスひとつで、彼女のことがこれほど忘れられなくなるとは……。

「御頭？」

おまけにちっとも物事に集中できなくなっているようだ。ミックはブランのほうへ顔を向けた。「すまない。もう一度言ってくれ。ちょっとぼんやりしていた」

「ミセス・ホリングブルックがこの屋敷に来て以来、ずっとぼんやりしっぱなしですよ」ととげとげしい口調だった。

ミックは机の前で椅子に座り、肘掛けに脚をのせていたが、今の言葉を聞いて足を床におろし、ゆっくりと座り直した。「なにか言いたいことでもあるのか？」

若者はまっすぐにミックを見た。もっと年かさのたくましい男たちでさえできない行為だ。ふと、ブランがうっすらと顎ひげを生やしていることに気づいた。一年前はすべすべの頰をしていたというのに。そういえば肩に筋肉がついてきたし、身長も少し高くなったような気がする。すっかり大人びたものだ。

「御頭はおれにこう教えてくれましたよね。男は下半身ではなく頭でものを考えるべきだ。女におぼれると判断を誤り、それで身を滅ぼすことになるぞって」

ミックは首を傾け、しげしげと相手を見た。「わたしの言葉を真面目に聞いていたようだな」

ブランが不機嫌さをあらわにした。「彼女のせいで、このごろの御頭は少し変です」

ミックは苛立ちを覚えた。「おまえはどうなんだ。フィオニューラとはもう寝たのか？」

「いいえ」

ミックは笑った。「おいおい、わたしに隠し事をする必要はないぞ。フィオニューラはおまえを愛している」

「そうかもしれません」ブランが冷ややかに応える。「でも、だからって、おれが彼女を愛していることにはなりませんよ」

改めてミックは若者の顔を見た。「だったら、わたしが命じたら彼女のことをあきらめるのか？」

「はい」

「もし、わたしに差しだせと言ったら……」静かに尋ねた。「黙って従うのか？」

「もちろんです」ブランはかたくなだった。「それが御頭の望みなんですか？」

ミックは口元に笑みを浮かべた。「いや、今すぐどうこうしたいわけじゃない。だが、それを聞いて嬉しいよ。自分の女を差しだすというのは究極の忠誠心だからな。誰にでも望めることではない」

ブランの感情が動いた。首筋が赤くなっている。「御頭がそれを求めたんじゃないですか」

「そうか?」穏やかに応じる。「覚えがないな」

一瞬、ブランがにらむようにミックを見た。なにか強く思うところがあるようだ。

ミックは考えた。ショーンとマイクとパットが亡くなってからというもの、誰も彼もがぴりぴりしているが、ブランにはそれとは別の悩みがあるようだ。

ミックは心を決めた。「次の襲撃はおまえが指揮をとれ」

ブランが驚いた顔で目を見開いた。「でも、御頭は誰にも指揮を任せたことがないじゃないですか」

「そうだ。だが、そろそろいい頃合いかもしれないと思った」ミックは言った。「おじけづいたのか?」

「まさか! 喜んで先頭に立ちますよ」

「いい度胸だ。じゃあ、まずは計画を立ててみろ」

ブランが大きな笑みを浮かべる。この若者を手元に置くことに決めたころの、賢すぎる少年の顔に戻ったようだ。「わかりました」

ブランは足早に部屋を出ていった。

ミックは小さく笑った。本当はもっと早くに任せればよかったのかもしれない。これほど嬉しがるとは思わなかった。

ドアが開き、ハリーが入ってきた。「ミスター・ペッパーが話があるそうで」

ミックはうなずいた。「入れろ」

出ていこうとするハリーを呼びとめた。「ハリー」

「なんです？」

「赤ん坊の具合はどうだ？」

ハリーは安堵した顔でにっこりした。「今日の昼は、ミセス・ホリングブルックが赤ん坊の食い物のお代わりを取りに行かせてましたよ。飢えた狼の子みたいに、がつがつ食ってるみたいですぜ」

ミックは椅子の背にもたれた。自然に笑みがこぼれる。「元気は出たのか？」

「それどころか、わんころを追いかけまわしてますよ。それを見てバートが笑ってました」

ミックは両眉をあげた。「本当か？」

「うーん」ハリーは考えた。「少なくとも、バートのやつ、唇はひくひくしてたな。げっぷかもしれんが、多分笑ったんでしょう」

「ほう」バートが笑うとは、よほど赤ん坊のことをかわいいと思ったのだろう。ふいにミックは誇らしい気持ちになった。

それからはペッパーと一緒に帳簿を見たり、保険となる投資について検討したりしながら、だらだらと長い一日を過ごした。

やがて夕食の時間となり、まさかサイレンスは来ないだろうと思いながら食堂におりていった。赤ん坊が病気になってからは自室へ食事を運ばせていた。幸いにも赤ん坊の具合はよくなったらしいが、彼女はまだそばを離れたがらないのではないかという気がする。

手下からの挨拶にもろくに応えず、自分の席へ向かった。たかがひとりの女性が同席しないだけで、なぜ食事がこんなに味気なくなるのだろう。これまで女はベッドの相手としか見ていなかった。サイレンスのことも同じように考えていたはずなのに、今はただ彼女と話したくて仕方がない。からかったり、挑発したりしながら、あの茶色と緑色と青色が入りまじった瞳が、怒ったり、興味を示したり、優しくなったりと、感情を映して色を変えるさまを見たいのだ。

ミックは席に着き、鴨肉のあぶり焼きがのった皿を眺め、食欲のわかない自分に腹が立った。女のいない晩餐など少しも珍しくないし、それでも常に食事を堪能している。女などいないほうが楽しいくらいだ。それなのに今夜はなぜ――。

「鴨肉のあぶり焼きはお嫌い？」

不意打ちのようにサイレンスの声が聞こえ、ミックはうつむいたまま満面に笑みを浮かべ、それから顔をあげた。「いや、大好物だ」

赤ん坊のそばを離れてサイレンスがおりてきたのだ。困惑している表情が愛らしかった。少し気恥ずかしげにしているのは、今朝のキスを思いだしているからだろう。そう思うと彼は心臓のあたりがずきんとした。

サイレンスが唇をなめた。「だったら、どうして鴨肉をにらんでいるの？　この鴨が生き返ったら、もう一度絞め殺してやれるのにという顔をしているわよ」

ミックは肩をすくめ、椅子の背にもたれると、頬杖をついて彼女を見た。今日は昼寝をしたとフィオニューラから聞いている。そのせいか頬は健康そうなピンク色をしているし、目にも力がある。ミックはそのことを喜び、服装を見て顔をしかめた。サイレンスはいつもの襟だけが白い黒色のドレスに、白い縁なし帽をかぶっていた。そういえば一度だけ茶色いドレスを着ているところを見たことがあるが、それはもう一年も前の話だ。

きらきら輝くブルーや、深い赤色のドレスを着せたらどんな感じだろう。ミックは梳毛織《そもう》りのウールに隠された胸元に視線をおろした。彼女は細身だが、胸は決して小さいほうではない。襟ぐりの深いエメラルド色のドレスを着させたら、肌は白いし、胸の膨らみは豊かだし、さぞや目の保養になることだろう。そんなドレスを贈ってみようか……。

「茹でたカブをどうぞ」サイレンスが皿をまわした。

ミックは眉をひそめた。「カブだと？　なぜそんなものが晩餐に出てくるんだ？　料理人と話をする必要がありそうだな」

「そんなことしなくていいわよ」彼女は形のふぞろいな野菜をミックの皿に取り分けた。

「わたしが話しておいたから」

彼は両眉をつりあげた。「どういう意味だ？」

「つまり……」サイレンスはメイドから茹でた牛肉の皿を受けとった。「料理人のアーチーにちょっと助言をして、健康的な料理を加えてもらったの。お腹のこなれが格段によくなるわよ」

ミックはまごついた。彼女が勝手にわたしの皿に蒸したニンジンをのせている。まるで自分はこの屋敷の女主人であり、彼の皿にあれこれ料理を盛る権利があるとでもいうように……。おかしなものだ。自分はこれまでこの屋敷にいる全員――手下、使用人、そして最近までは娼婦たち――を食わせてきたが、今まで誰もわたしの世話を焼く人間はいなかった。

そう思うと、サイレンスが取り分けている料理はとくにうまそうには見えないが、胸が温かくなった。

「茹でたり蒸したりしただけの野菜や、イングランド産の牛肉は体にいいのよ」

ミックはうめいた。そういう料理はまったく好みではない。

「食べてみて」サイレンスの頬は紅潮し、目は輝いていた。

彼はテーブルを見まわした。手下たちは驚いた表情で、茹でた牛肉と茹でた野菜の皿を凝視している。

ミックは目を細めた。「今夜はみんながこれを食べるというわけだな?」

手下たちは慌ててニンジンやカブを取り分けた。

彼はカブをフォークで突き刺し、口に入れて、その可もなく不可もない食材の味を噛みしめた。

「おいしい?」サイレンスが尋ねる。

「カブの味だ」ミックはそれをのみこんだ。

「あなた、今夜はなんだか心ここにあらずという感じね」彼女はアーティチョークがのった皿を見て眉をひそめた。

「そうか？」今朝、寝間着の下に見えた体の線が、今も目をすがめれば見えるような気がする。ぼんやりとではあるが……。ため息をついて顔をあげたところ、サイレンスが頬を赤らめてこちらを見ていた。

ミックは咳払いをした。「わたしはきみの料理を食べたぞ。今度はきみがわたしの料理を試す番だ」サイレンスのためにつくらせた料理を味わわせたくて、アーティチョークの皿を彼女のほうに押した。

「ありがとう」サイレンスが小さく眉をひそめた。「また盗みに行くの？」

「仕事に行くと言ってくれ」彼はテーブルに肘をついた。茹でた牛肉が目の前にあったが、きっとカブと同じ味のような気がする。「なぜそんなことを訊く？　わたしのことを、剣で刺されて、さっさとくたばればいいと思っているのか？」

「まさか！」サイレンスは驚いた顔でまじまじとミックを見た。「誰のことも死ねばいいなんて思っていないわ」

「相手がわたしでも？」

彼女は顔を赤らめ、視線を避けるようにアーティチョークを自分の皿に取った。「あなたのことは、とりわけ無事でいてほしいと思っているわ」

ミックは胸がずきんとした。

「きみは聖人のような女性だな」彼は声を低くした。こんなに心くすぐられる会話は誰にも聞かれたくない。「こめかみのあたりに光の輪が見えるようだ」

ミックはそこに手を伸ばした。髪は頭のうしろで丸くまとめられているが、こめかみにほつれ毛が幾筋か垂れ、それが妙に色っぽい。

サイレンスがその手をつかんだ。

「ミック」初めて名字ではない名前を呼ばれ、ミックはぞくっとした。彼女がさっとテーブルを見まわす。手下たちは遠慮してあからさまに視線を向けてきたりはしないが、上座でなにが起きているかはちゃんとわかっているだろう。「やめて」

サイレンスは彼の手を放した。

「傷ついたな」ミックは軽く言い、もしかして自分は本当に傷ついているのだろうかと思った。もしそうなら、われながら驚きだ。

「馬鹿なことを言わないでちょうだい」彼女はささやいた。「あなたが〝光の輪〟なんて言うから驚いたのよ」

ミックはにやりとした。「悪魔も敵情視察をするのさ」

サイレンスが眉をひそめる。「あなた、自分のことを悪魔だと思っているの？」

「なにか異論でも？」

「以前はわたしもそうだと思っていたけれど……」彼女はアーティチョークをぼんやりとフ

ォークで突き刺した。「でも、今はよくわからないわ」

「悩むことはない。わたしは悪魔だ」間違いないというように、指先でテーブルをこつこつと叩く。「生まれも育ちもだ」

「そうかしら」サイレンスはなにか考えこむような顔でミックを見たあと、皿のアーティチョークに視線を落とした。「これはなんなの？」

「アーティチョークという野菜だ」

「初めて聞くわ」眉間にしわを寄せ、まだ口にしていないその野菜を見る。「まるで大きな蕾《つぼみ》ね」

「まさに蕾そのものなんだ。少なくとも、わたしはそう聞いている」ミックはサイレンスの手からナイフとフォークを取り、緑色の萼《がく》を剝がしはじめた。「イタリアの野菜だ。何年か前に、ある船長がこれを箱いっぱいくれたんだ」

「くれた？」彼女は疑わしげに両眉をあげた。

ミックは肩をすくめ、意味ありげに笑った。「くれたでも奪ったでも、どうでもいいだろう？　船長に選択肢がなかったのはたしかだが、結果は同じことだ。とにかく、そのアーティチョークはうちで食すことになり、それ以来わたしの好物となったというわけだ」

「そう」彼が萼を剝がすのを、サイレンスは眉をひそめて見ている。「あまりおいしそうには見えないけれど」

「このままではおいしくない。アーティチョークは恥ずかしがり屋の野菜でね。棘《とげ》のある何枚もの萼で自分を覆っているんだ。それをきれいにむいても、また別の棘状のものがついている。それを大胆に取り除いて初めて、心《ハート》と呼ばれる芯が出てくるんだよ」

ミックは萼をすべて剝がし終え、小さくて柔らかい芯の部分を皿の真ん中に置いた。

サイレンスが鼻の頭にしわを寄せた。「食べられるのはたったこれだけ？」

「きみは物事のよしあしを大きさだけで判断するのか？」

彼女はうめき声を漏らした。

ナイフとフォークを持ったまま、ミックは手を止めた。「さあ、どうする？」

サイレンスは黙って頭を振り、アーティチョークの芯を指さした。「食べてみるわ」

ミックはナイフの先でバターを取り、それをアーティチョークの芯に塗った。「ときには小さいほうが貴重なこともあるとわたしは思っている」

彼はアーティチョークの芯をふたつに切り分け、フォークで突き刺して、サイレンスの口元へ持っていった。そして自分が息を詰めていることに気づいた。彼女はわたしに食べさせてもらうのをいやがるだろうか？

サイレンスは長いあいだ、眉をひそめてアーティチョークを見ていたが、やがて覚悟を決めたようにそれを口に入れた。ミックは嬉しさに鼓動が跳ねあがるのを感じた。彼女はしばらく口を動かし、やがて目を輝かせた。

「繊細な味で、バターとよく合う」彼は低い声でささやいた。「濃厚で、なめらかだが、それを食べる人間の興味を引くようにかすかな苦みもある」

サイレンスは口のなかのものをごくりとのみこみ、唇をなめた。

「とてもおいしいわ」

ミックの顔に笑みが浮かんだ。気をつけろ、と頭のなかで声がした。このままでは自分が傷つくはめになるぞ。だが、体はすでにサイレンスを求めていた。このまま彼女の手を引いて寝室へ連れていき、苦悶にあえぐまで歓びを教えたい。ほかの男ではなく、わたしの名前を呼ぶようになるまで。

「ああ、とてもうまい」ミックはかすれた声で言った。「手間暇をかけて、棘のある萼を一枚一枚剝がすだけの価値はある。その奥にある、甘くてとろけるような芯にたどりつくためならね」

9

三つのお願いをするときは、余計なことを頼んでしまわないように慎重に考えなくてはいけません。そんなことは今では誰もが知っていることです。そこで賢者ジョンは大きな手でタマーラの柔らかい首をつかんだまま、なにを願ったものかしばらく考えました。そしてようやく顔をあげました。「願い事はいっぺんに三つとも言わなくてはいけないのか？」タマーラは妖精のように笑いました。「いいえ。わたしの名前を呼んでさえくれれば、いつでも次の願い事をかなえに来るわ」賢者ジョンはうなずき、タマーラの首を放しました。「では、おじ上の国より三倍大きな国が欲しい」

『賢者ジョン』

ミッキー・オコーナーがベルベットのように耳に心地よい声でアーティチョークの芯について語るのを聞きながら、サイレンスは異国情緒あふれる野菜の味が口内に広がるのを堪能した。

口のなかのものをのみこみ、皿を見ると、アーティチョークの萼がきれいに重ねられていた。彼のかすれた低い声のせいで、サイレンスの体の芯はとろけ、柔らかく潤っていた。顔だけでも罪つくりなほどきれいだというのに、声まで魅力的だなんて卑怯だわ。まさか、わたしを誘惑しようとしているわけではないわよね？　慌てて赤ワインをひと口飲み、なにか話題を変えられないだろうかと必死に考えた。

「お母様はあなたをミッキーと名づけたの？」

唐突な話題にとまどったのか、ミッキー・オコーナーが目をしばたたいた。

「その……つまり……」サイレンスは息を吸いこみ、落ち着いているふりをしなければとあせった。「ミッキーは愛称で、洗礼名はマイケルだったのかしらと思ったの」

緊張を解こうとしているのはわかっているとでもいうように、彼は唇の端に笑みを浮かべた。「わたしが洗礼を受けたとは思えないが、生まれたときにつけられた名前という意味だったら、きみの言うとおりマイケルだ」

「いい名前ね、マイケル」

「そうか？」疑わしげな口調だ。

彼女はうなずき、パンをちぎった。「聖ミカエル（英語名はマイケル）といえば大天使のひとりだもの。剣を振りかざし、神の軍隊を率いた英雄よ」

「つまりは軍人だな」

サイレンスはまたうなずいた。「ヨハネの黙示録には、聖ミカエルは悪魔の軍団と戦い、悪魔を天国から追いだしたとあるわ」

ミッキー・オコーナーの表情が皮肉げになる。「わたしとはだいぶ性格が違うぞ」

「どうかしら……」彼女は眉根を寄せた。「意志が固くて、気性が激しかったのは間違いないと思うの。神の国を守った戦士だもの。でも悪魔に勝つぐらいだから、ある意味では悪魔と似ている一面があったのかもしれないわね」

彼は含み笑いを漏らした。

自分の言葉にぞっとして、サイレンスは顔をあげた。「わたし、今、神様を冒瀆《ぼうとく》したのかしら？」

ミッキー・オコーナーは肩をすくめた。「悪魔を相手にそんなことを訊くのか」

「前にも言ったけれど、あなたは悪魔なんかじゃないわ」彼女は反論した。「どちらかというと、怯えている天使よ」

彼はのけぞって大笑いした。手下たちがちらりと視線を向けてきた。

笑いが止まると、ミッキー・オコーナーはにやりとした。「どちらでもいいさ。きみが神を冒瀆しようがしまいが、わたしはそれをとやかく言える立場じゃない」椅子の背にもたれかかり、顔を傾けてサイレンスを見る。「それにもし機会があれば、わたしは間違いなく聖ミカエルと戦う側につく人間だ」

「本当に？」サイレンスは真面目な顔をした。これが一週間前なら、彼は悪魔のような人間だと確信を持って言えただろう。けれども、今はよくわからない。「少なくともお母様は、あなたのことをそんなふうには思っていらっしゃらなかったはずよ。だって悪魔ではなく、聖人の名前をつけたんだもの」ミッキー・オコーナーが眉をひそめた。

「それとも誰かご家族の名前でももらったの？　お父様とか？」

彼は鼻を鳴らした。「いや、それはない」

「だったら誰？」

「さあね」こんな会話は退屈だとでもいうように、彼はそっぽを向いた。だが、その指はテーブルを強くつかんでいた。「別に理由などなにもなかったのかもしれないぞ」

「あるいは、あなたが聖ミカエルのように力強く守ってくれることを、お母様は望んでいらしたのかもね」

ミッキー・オコーナーがびくっとした。気づかなくてもおかしくないほどの小さな動きだったが、サイレンスは自分が相手を平手打ちしてしまったような罪悪感を覚えた。思わず腕を伸ばし、彼の袖口に手をかける。

ミッキー・オコーナーは驚いた顔で、その手を見おろした。

「もし母がそういう気持ちでわたしの名前をつけたのだとしたら、さぞかしがっかりしたことだろうな」

「マイケル」サイレンスは呼びかけた。謝っているつもりなのか、それとも大丈夫かと尋ねているつもりなのか、自分でもよくわからなかった。

いざその名前を口にしてみると、とてもしっくりくる気がした。ミックやミッキーより、ずっと彼に似合っている。なんといっても、聖ミカエルは荒々しいことで恐れられた天使なのだから。

ミッキー・オコーナーがじろりとにらんだ。「やめろ」彼は目をつぶった。「その名前を呼ぶな」

サイレンスは手を離した。だが、名前のことで譲歩するつもりはなかった。これはなにかありそうだ。それがなんなのか、ぜひとも知りたい。

「どうして?」ふいにすべてのものが遠ざかり、ふたりだけになったような気がした。

「想像はつくだろう」彼はまぶたを閉じたまま、ぼそりと答えた。頬にかかるまつげが、雪についた煤のように黒々としている。

本当にふたりだけでいるのなら、抱きしめていたかもしれない。

「そうね。でも、あなたのことをほかの名前で呼ぶつもりはないわ」

先ほどとは違い、ミッキー・オコーナーは低く乾いた声でくっくっと笑った。「きみらしいな。わたしは大天使の名前がついているかもしれないが、きれいな光で周囲を照らしているのはきみだよ」

「どういう意味?」

「わからないか?」彼がようやく目を開けた。なにかに取りつかれたようなまなざしをしている。「きみは愛する夫のため、わたしにその身を差しだした。玄関先に捨てられていた赤ん坊のため、悪魔の屋敷で暮らすことを承諾した。サイレンス・ホリングブルック、きみにはときおり畏怖の念を覚えるよ。どんな天使に対するよりもね」

サイレンスはうろたえた。まさか、彼がわたしをそんなふうに見ていたなんて……。口を開いたものの、なにを言えばいいかわからず、すがるような目で相手を見た。

ミッキー・オコーナーは優しい表情でほほえんだ。「それ、まだ食べるつもりなのか?」

彼女は自分の皿を見た。いつの間にかパンを粉々にちぎっていた。「まあ」

ミッキー・オコーナー――いえ、マイケル――が指をぱちんと鳴らすと、少年が薄切りにした肉の皿を運んできた。「パンも持ってきてくれ」

少年は飛び跳ねるような足取りで立ち去った。

「そんなにたくさん食べられないわ」マイケルがおいしそうな香りのする子羊の肉をサイレンスの皿に取り分けた。茹でた肉の皿はすでにさげられていた。

「赤ん坊の看病をしているあいだ、ろくに食べていなかったじゃないか」マイケルはそう言いながら、彼女の皿に料理を盛っていた。

サイレンスは子羊の肉を噛みしめた。口のなかでとろけそうなほど柔らかい。少し罪悪感を覚えながら、それを食べた。健康にはあまりよくないのかもしれないけれど、茹でた牛肉などよりはるかにおいしい。

下座のほうから笑い声が聞こえた。ブランがのけぞって大笑いしている。フィオニューラが恋に顔を輝かせ、それをうっとりと眺めていた。傍目《はため》に見ているほうが恥ずかしくなるほどだ。気がつくと、マイケルがこちらを見つめていた。

サイレンスは唾をのみこみ、目を合わせないようにしながらワイングラスに手を伸ばした。なんだか見透かされているような気がする。「フィオニューラは彼のことが大好きなのね」

「あからさまに顔に出ているな」どういうわけか、マイケルの口調は淡々としていた。サイレンスはちらりと彼を盗み見た。「ブランはここで働くには若すぎるんじゃない？」

マイケルは肩をすくめた。「そうだな。だが、うちに来てもう六年以上になる」

「まあ」彼女はブランとフィオニューラのほうへ目をやった。ブランはせいぜい二〇歳ぐらいにしか見えない。「どういう経緯でここへ来ることになったの？」

マイケルは椅子の背にもたれかかり、砂糖をまぶしたブドウをひと粒つまんだ。

「あいつは路上で暮らしている子供だった。同じような仲間……といっても、ほとんどは年下ばかりだが……そいつらと一緒にすりを働いたり、ろうそく屋や行商人から物を盗んだりしながら生きていたんだ。そしてある日、もっとでかい仕事をしようと思いたった」

彼はワインをひと口飲み、グラスを静かにテーブルに置いた。

「どんな仕事？」サイレンスは我慢しきれずに尋ねた。

マイケルは表情豊かな口元をゆがめた。「わたしがすでに狙いをつけていた船から荷を奪おうと考えたのさ」

彼女は息をのんだ。マイケルがどういう仕事のやり方をしているのかは知らないし、正直なところ知りたくもないが、敵にまわしたら恐ろしい人だということはわかる。「それでどうなったの？」

「目的の船に乗りこむと、別のやつらが見張りの男たちと争っていたんだ。そこでわたしたちは、まず手早く見張りの男たちを黙らせた。すると、身長がわたしの半分しかないような子供が短剣を突きだして襲いかかってきた」

サイレンスは驚き、ブランのほうを横目で見た。大の男でもミッキー・オコーナーに盾突くようなまねはしないというのに、ましてや少年がそんなことをするとは、よほど勇気があるのか、とてつもなく愚かなのか、そのどちらかだ。

「それで?」

少しだけワインの残ったグラスをもてあそびながら、マイケルはほほえんだ。「短剣を取りあげた。そうしたら素手で殴りかかってきたから、今度は首根っこをつかまえて、ちょっとばかり振りまわしてやった。そのままテムズ川に放りこんでもよかったんだが……」

そこで言葉を切り、しばらく考えこんだ。

「でも、そうはしなかったのよね。なぜ?」

彼はちらりとサイレンスを見て、ワインを飲み干した。「昔の自分を思いだしたからだ。わたしは汚い格好をした孤独な子供だった。その日の食べ物を手に入れるのにさえ必死にならなくてはいけないような暮らしをしていたんだ」

サイレンスは自分の手を見おろした。お母様はいらしたのよね。それに多分、お父様も。なのにどうして孤独だったの? なぜ、食べ物を手に入れるのに必死にならなくてはいけなかったの? そう思うと胸が締めつけられた。

彼女の考えを読んだかのように、マイケルがつけ加えた。

「わたしに同情する必要はない」

サイレンスは視線をあげた。彼はすべてをあざけるように口元をゆがめ、昔のことを思いだしているような顔つきをしていた。

「まあ、つらいこともいろいろあったが、今は充分に報われているからな」

「穀物の件ですが、やはりミッキー・オコーナーが裏で手をまわしていました」フレディが報告した。

チャーリーは食事の皿からゆっくりと顔をあげた。「なるほど」

そうだろうとは思っていた。穀物の供給元が先週、どういうわけか急に売るのをしぶったり、もう売り切れたと言いだしたりしたのだ。

チャーリーはうなった。「では、新しい供給源を探せ」

フレディが困ったような顔をした。

「ほかには？」

「セントジャイルズに兵士がうようよしてます」フレディはぶっきらぼうに言った。

「それがどうした」チャーリーはフォークで肉を突き刺し、肉汁を垂らしながら口に運んだ。

「ロンドンに兵士はいくらでもいる」

「噂によれば、セントジャイルズから盗みや殺しなどの犯罪を一掃するのが目的だとか」

「ほう」チャーリーは椅子の背にもたれかかり、手下の顔を見た。フレディはいつものごとく目を合わせるのを避け、チャーリーの皿に盛られた料理に視線を向けた。「それはおもしろい。兵士を送りこんだのは誰だ？」

フレディが眉間にしわを寄せた。そんなことをしても少しも男前にはならなかったが。

「わかりません。誰も知らないんです。兵士たちはふたり組で馬に乗り、怪しそうなやつらを見つけては呼びとめています。もちろん、はしこいやつらはすぐに隠れますから、捕まるのはたいてい、ジンを売ってるばあさんばかりです」

チャーリーはまたうなった。「ジンの売り手を狙っているとなると、いずれこちらにもとばっちりが来そうだな」ナイフで錫製の皿を軽く叩きながら考える。「うまくやつらの矛先を変えることができればいいんだが」

フレディがゆっくりとうなずいた。「どこへ向けるんです？」

ふと、いいことを思いつき、チャーリーはそれをさまざまな角度から検討した。

そしてうなずいた。「チャーミング・ミッキーの心臓へさ」

「もっと」

翌朝、メアリーは退屈していた。

サイレンスはお馬さんごっこの歌を歌いながら、赤ん坊をのせた膝を馬らしく上下に動かした。メアリーの頬が健康そうなピンク色に戻ったのは本当に嬉しいが、狭い部屋のなかで赤ん坊を機嫌よくさせておくのはとても疲れる。

「もっと！」彼女が膝の動きを止めると、メアリーがまたせがんだ。「もっと、もっと！」

「ふう。お馬さんは疲れちゃったのよ」サイレンスは赤ん坊を床におろした。

メアリーはふくれっ面をすると、サイレンスが座っている椅子につかまって立ちあがり、暖炉のほうへ進みはじめた。火のそばに近づくと叱られるのはよくわかっているのに。

サイレンスは目にかかった髪を払いのけ、なにかおもしろそうなものはないかと室内を見まわした。「ほら、メアリー。これはどう？」床に置いてあった裁縫箱の蓋を開ける。

赤ん坊はぺたんと尻をつき、裁縫箱のところへ這ってきた。

「針で遊ばせるんですか？」戸口からフィオニューラの声がした。

サイレンスは顔をあげてほっとした。「ああ、ありがたいわ。お茶を持ってきてくれたのね。メアリーの気を紛らわせるものがもうなにもなくて困っていたの」

「だから針ですか？」メイドは紅茶のトレーを置いた。

「裁縫箱のほうが暖炉よりましだわ」サイレンスはぶつぶつと言い、メアリーの指に絡みついた糸を外した。

糸はもう使いものにならないほど絡まっていた。フィオニューラは赤ん坊を座らせ、トーストと牛乳をその前に置いた。

「この子、退屈しきっているのよ」サイレンスは言った。メアリーだけではない。自分もそうだ。この数カ月というもの朝から晩まで孤児院で忙しく立ち働いていたせいで、一日中ぼんやり座っていることが苦痛に感じる。

彼女は期待を込めてフィオニューラを見た。「ミスター・オコーナーは家にいらっしゃるの？」

「たった今、ご自分のお部屋へ入っていかれましたよ」フィオニューラは隣室へと続くドアを顎で示した。

「本当？」サイレンスはドアに近づき、ノックをした。

すぐにドアが開いた。

マイケルは戸口にもたれかかり、官能的な口元に意地悪な笑みを浮かべていた。こうして見あげるたびに、本当に背が高いのだといつも驚く。サイレンスは唾をのみこんだ。

「退屈なの」

「なるほど」マイケルは足元を見おろした。

メアリーが這い寄り、サイレンスのスカートをつかんで立ちあがった。そして片手でスカートを持ったまま、もう一方の手の指をしゃぶり、マイケルをじっと見あげた。

「かわいいものだな」彼が静かに言った。

サイレンスもメアリーを見ながらほほえんだ。「ええ、そうね」

顔をあげ、胸がどきんとした。マイケルが優しい表情をしていたからだ。

ふたりが自分のことを話しているとわかったのか、メアリーがマイケルのほうへ両腕をあげた。「だっこ！」

彼は片眉をあげた。「偉そうだな」

そして腰をかがめてメアリーを抱きあげた。

父親の腕のなかにいると、赤ん坊はひどく小さく見えた。マイケルは顔の高さが同じになるように娘を胸に抱いた。

メアリーは彼の目をじっと見つめ、しゃぶっていた指で父親の頬を押した。

サイレンスの不安をよそに、マイケルは声をあげて笑った。「退屈しているのか？　なんとかしなくてはな」

マイケルは背を向け、すたすたと歩きだした。

「どこへ行くの？」サイレンスは慌ててあとを追った。

「口やかましいママだな」彼が赤ん坊にささやいた。

メアリーは父親の肩越しにサイレンスを見た。「マムー」

「そうだ、マムーだ」マイケルは廊下へ出るドアを開けた。「マムーは美人だが、戦士みたいだ。おまえもそう思うだろ？」

メアリーは指をしゃぶりながら、父親のくだらない話を真面目な顔で聞いていた。ハリーとバートが護衛に立っているのを見つけると、その手でふたりを指さした。「アート！」

どういうわけか、メアリーは無愛想なバートになついていた。

「ハリーとアートも一緒に来るぞ」マイケルはふたりについてくるよう顎で命じた。

ハリーとバートは顔を見あわせ、サイレンスのあとに続いた。

マイケルは脚が長く、歩くのが速いため、彼女はスカートの裾を持ちあげて小走りでついていった。

「ひとつ新鮮な空気でも吸いに行くか」マイケルが言う。「悪い男がいっぱいいるから家の外に出ることはできないが、おうちのなかにも庭はあるぞ」

彼は階段をおり、厨房に入った。料理人のアーチーが驚いた顔をした。

メアリーは大男には見向きもせず、暖炉の前で寝そべっている犬を見つけ、両腕を伸ばしてはしゃいだ。「わんわん!」

「わかった、わかった」マイケルは赤ん坊との会話を楽しんでいるらしい。「ラッドも連れて出よう。今では薔薇の香りのする犬になったからな」

一行は小さな中庭に出た。

サイレンスはあたりを見まわした。中庭は石畳が敷かれ、中央の一部が芝になっている。四方はれんが造りの高い建物に囲まれていた。厨房と反対側の壁に、古いトンネルのような通路があった。

「あれはどこへつながっているの?」彼女は尋ねた。

マイケルがちらりとそちらを見た。「あそこを抜けると路地に出るんだ。安心しろ。出口には門扉があるし、それに見張りもふたりつけている」

サイレンスはうなずいた。マイケルは壁際に置かれた木製のベンチのそばにメアリーをおろした。「あなたはずっとこんな生活をしているの?」

「こんな生活とは？」

メアリーはわき目もふらずにラッドのほうへ向かっていった。

「高い壁に囲まれて、常に見張りを置いているような暮らしよ」

マイケルが体を起こしてサイレンスを見た。バートとハリーが子守りのようにどすどすとメアリーのあとを追いかけ、赤ん坊が犬の目に指を入れようとするのを止めた。サイレンスとマイケルは中庭の片隅でふたりだけになった。

「いや」彼は横を向いて空を見た。時刻が正午に近いため、太陽が高く、この小さな中庭にも真上から日光が差しこんでいる。けれど、これだけ高い建物に取り囲まれているのだから、それもあと一時間ほどだろう。

「じゃあ、どうしてこうなったの？」

マイケルが困ったように肩をすくめる。「力を手にすると敵も増えるということかな」

「そう」サイレンスはうつむいた。「こんな暮らしをするくらいなら、盗賊なんてやめようと思ったことはないの？」

彼はからかうような表情を浮かべ、ちらりと目を向けてきた。「わたしを改心させようとしているのか？」

サイレンスは唇を引き結んだものの、顎をあげ、まっすぐに相手の目を見据えた。「富ならもう充分に持っているじゃない。見ればわかるわ」

「豊かさに充分ということはない」マイケルは苛立たしそうに応えた。

「そんなことはないわ。この家の人たちは誰も、食べるのにも、着るのにも、住むのにも困らない。これ以上、なにがいるというの？」

彼は目を細めた。「困ったことのない人間が言うのは簡単だ」

サイレンスは言葉に詰まった。たしかにわたしは飢えたことはない。でも、あなたは山ほどの高価な品々を手にしているじゃないの！「あなたはもう、なにも盗まなくてもやっていけるはずよ」

「わたしに農業でも営めと？」

「そうではないけど……」マイケルが地方の名士におさまった姿など想像もできなかった。恰幅《かっぷく》がいい姿も、すらりとした姿も、どちらとも。「でも、なにかほかにできる仕事があるんじゃない？」

「たとえばなんだ？　造船業とか？」

それもしっくりこない。

「そんなの、わたしにはわからないわよ」サイレンスは怒って両手を腰にあてた。「だけど、あなたの生き方はあまりに危険だわ。自分でもわかっているんでしょう？　いつ敵に襲われても、窃盗罪で捕まってもおかしくないのよ。今のうちに足を洗おうとは思わないの？」

「わたしのことが心配なのか？」口調は軽いが、表情は真剣だった。一瞬、その瞳の奥に弱さが見えたような気がした。マイケルは顔をそむけた。「やめておけ。盗賊の最期はどうせひとつだ」

「ひとつって？」いやな予感がした。

彼は唇の片端をあげた。「縛り首さ」

中庭は日差しが降り注いで暖かいというのに、サイレンスは背筋に寒気が走った。彼のたくましくてしなやかな体が、ロープの先で断末魔の苦しみに痙攣しているところが頭に浮かぶ。そんな姿は想像するのも耐えられない。たしかにマイケル・オコーナーは憎い相手だった。深く傷つけられたし、彼がわたしとウィリアムにしたことは絶対に許せない。

でも、今は違う思いを抱いている。お互いのことをよく知るようになり、気持ちが変わったのだ。彼が世間から恐れられるような盗賊になったのは、まともに世話もしてもらえない孤独でつらい子供時代を送ったせいだ。

もしマイケル・オコーナーが死んだりしたら、わたしの一部も失われてしまうだろう。

サイレンスは自分の体を抱きしめた。「あなたはそんなふうに生きているの？　いつか絞首刑になる日を待っているだけ？」

マイケルは頭を傾けた。「そんなことはない。きみが気づいていないといけないから言っておくが、わたしは充実した幸せな毎日を送っている」

「そうかしら」彼女はメアリーのほうを見た。どこから持ってきたのか、ハリーが木製のボールを投げて、メアリーとラッドがそれを追いかけていた。「あなたは裕福だし、手下に囲まれてはいるけれど、家族がいない。それでいいの？」

マイケルは答えなかった。

隣へ顔を向けると、彼はじっと彼女を見ていた。

サイレンスは顎をあげた。「それで幸せ？」

マイケルが肩をすくめる。「そういう人生に満足している男はいくらでもいる」

「そうかしら。わたしにはずいぶんと寂しそうに見えるけど」

「ほう？」彼は一歩サイレンスに近づいた。「では、きみはどうなんだ？　家族がいないのはきみも同じじゃないか」

彼女は驚いて相手を見つめた。「そんなことないわ。うちは大家族よ。三人の兄にふたりの姉、甥っ子や姪っ子もたくさんいるわ」

マイケルはうなずいた。「だが、夫や子供はいない」

サイレンスはメアリーのほうへ顎を向けた。「あの子がいれば充分よ」

「それでいいのか？」彼は肌のぬくもりが伝わってくるほどに近づいた。「赤ん坊はいつか大人になる。愛する男ができて、家を出ていくぞ。そうなればきみはひとりだ。それで寂しくないのか？」

涙がこみあげ、サイレンスは顔をそむけた。「わたしにも愛する人がいたわ。優しい夫だった……」

「だが、今はひとり身だ」同情のかけらもない声だ。「ずっと思い出にすがって生きるつもりか？　そうやって、死ぬまで喪に服しているのか？」

マイケルが腕を伸ばして、黒いドレスの白い襟を指ではじいた。サイレンスは横を向いた。

どうしてこんなに近くまで来て、答えにくいことを尋ねるの？

「ウィリアムを愛していたわ。あなたにわかってもらおうとは思わないけれど、彼のことを心の底から愛おしく思っていたの。あれほど愛せる人には、もう二度とめぐりあえないかもしれない」

これまで幾度繰り返したかわからない言葉だ。なにも考えなくても、自然に口をついて出てくる。だが、今でも本当にこの言葉どおりに感じているのだろうか。困惑を覚えて頭を振った。今はこの話はしたくない。相手がマイケルならなおさらだ。

ところが、彼はそこでやめようとはしなかった。「真実の愛だったから、永遠に悲しみつづけるのか？」

「あなたにわかってもらおうとは思わないと言ったはず――」

「ああ、わからないね」言葉をさえぎられた。「だいたい、きみが先に尋ねたんだろう。いつか絞首刑になる日を待っているだけかと。少なくともわたしは生きているぞ。だが、きみはみずから亭主の棺桶《かんおけ》に入り、遺体と一緒に埋められているようなものじゃないか」

気がつくと、サイレンスはマイケルの頬をひっぱたいていた。小さな中庭に鋭い音が響く。彼女は荒い息で胸を大きく上下させながら、マイケルをにらんだ。バートとハリーがふたりを見た。メアリーとラッドまでもが動きを止めた。

マイケルは彼女をじっと見つめたまま、その手を取り、てのひらを自分の唇に押しあてた。

「まだ生きているのに棺桶になど入るな」

鼓動が速まり、サイレンスは息ができなかった。てのひらに彼の息がかかるのがわかる。

「夫の棺桶なんてないわ」ぼんやりと言った。「海で亡くなったから、遺体は海の底よ」

「そうだったな」優しい声だ。

小さな中庭で日の光を浴びながら、ふいに涙がこみあげてきた。恥ずかしいと思いつつも、嗚咽《おえつ》を止めることができなかった。マイケルに抱きしめられた。

「さあ、泣かないで」彼はサイレンスの髪に唇をつけてささやいた。

「彼はわたしを愛してくれたの」彼女は泣きつづけた。

「もちろんだ」

「わたしも彼を愛していたわ」

「そうだな」

サイレンスは顔をあげ、怒りを込めて彼をにらんだ。「愛なんてわからないくせに、どうしてそんなふうに相づちを打つのよ」

マイケルが声をあげて笑った。

「それは……」彼は腰をかがめ、サイレンスの頬に伝う涙を唇で拭きながら言った。「わたしがきみに心を奪われているからだ。きみの魅力にすっかりまいっている。きみが泣きやむのなら、きみが空はピンク色だと言っても、月はマジパンとレーズンでできていると主張しても、テムズ川の汚い水に人魚が住んでいるとつぶやいても、わたしは喜んで相づちを打つさ。きみの美しい目に涙が浮かんでいるのを見ると、わたしの胸は張り裂けそうになる。心臓や肺がその苦しみに耐えられないんだ」

サイレンスは息を吸いこんだまま吐きだすことを忘れ、彼を見つめた。マイケルの口元にはからかうような笑みが刻まれていたが、底知れぬほど深くて濃い色の瞳にはつらそうな表情が宿っていた。

サイレンスのはしばみ色の目は、まだ悲しみに濡れていた。その瞳を見ただけで、ミックは胸が締めつけられた。なぜかはわからない。はらわたをえぐられて殺された男の死骸《しがい》を見たこともあるし、飢えた女がわが身を売るのを目にしたこともあるし、物乞いをしていた子供がどぶで死んでいるのを目撃したこともある。自分自身、それに近いところから、食べるものや着るもの、住むところに困らなくなるまで、必死にのしあがってきた。そのために人を殺したこともあるが、そういった人間たちの顔をあとで思いだすことは一度もなかった。それなのにサイレンスの目に涙がたまっているのを見ると、どうしていいかわからなくなる。

彼女の涙を見ているのがつらくなり、ミックは顔をそむけた。「おいで。見せたいものがある」

サイレンスの手を取り、厨房へ引っぱっていった。

「でも、メアリーが……」彼女は抵抗した。

けれどもメアリーは犬の耳を引っぱり、きゃっきゃっと笑っていた。「バートとハリーがついているから大丈夫だ。それにすぐ戻ってくる」

サイレンスは心配そうに赤ん坊のほうを見ながら、手を引かれて厨房に入った。「どこへ行くの？」

「玉座の間だ」裏廊下を通り、裏階段をのぼって、訪問者用の表廊下に着いた。ここは音が反響する。

ミックがサイレンスを連れてきたのを見て、玉座の間のドアの前で見張りをしていたボブが不思議そうな顔をした。しかし余計なことは言わずに、ただ黙ってうなずいた。

「誰も入れるな」ミックは重厚な木製のドアを開けた。

部屋に入ると足早に玉座のうしろへまわり、大きな収納箱の蓋を開けて、ブルーのきらきら輝くシルクのドレスを引っぱりだした。

「それはなに？」サイレンスはそんなものを見るのは初めてだと思った。

ミックは目をぐるりとまわしてみせた。「ドレスだよ。きみのものだ」

彼女は一歩あとずさりした。「そんなの着られないわ」

おっと、ここは慎重に話を進めなければ……。シルクの美しさがよくわかるように、彼はドレスを明かりにかざした。「退屈しているのなら、わたしと一緒に少し外出しないか？」

「それはいいけれど、でも――」

「ただし」ミックはさえぎった。「そのためには、このドレスを着るしかない。きみの今のドレスでは場違いになってしまうからな」

サイレンスは唇を嚙み、光沢のあるブルーのドレスを見た。

「昔、ある船長から頼まれ事をしてね」彼は嘘をついた。「そのお礼にもらったものだが、わたしが着るわけにもいかないからな」

試着でもしているように、ドレスを自分の胸の前にあてててみせた。サイレンスはとまどいながらも笑みをこぼした。本当は、このドレスは丸半日をかけて探しまわったものだった。恋にのぼせあがった男のように、彼女に似合いそうな既製品のドレスを求めて街をさまよったのだ。だがそれを言ってしまうと、ドレスを受けとってもらえないような気がする。潔癖な彼女のことだ、高価な贈り物は本能的に拒絶しようとするだろう。

「それとも、やはり今夜も部屋で暖炉の炎でも見つめながら、退屈な時間を過ごすほうがいいか？」

サイレンスがちらりとドレスに目をやった。迷っているのだろう。「わたしをどこへ連れていくつもり？」

ミックは首を振った。「それは着いてからのお楽しみさ」

彼女は眉をひそめ、抗議しようとするように口を開いた。

「ちゃんとした場所だ」ミックは慌ててつけ加えた。「それは約束する」

息を詰めて返事を待った。お願いだ、わかったと言ってくれ。

「ドレスだけもらっても、その下に着るものを持っていないわ」サイレンスが遠まわしに下着のことを口にして顔を赤らめた。

こみあげる笑みをこらえ、彼はなにげない表情を装った。「その収納箱の奥を探せば、なにか入っていると思うぞ」

「でも……」

ミックはさっさとドアへ向かった。下着のことを口にした時点で、ドレスを着ることに同意したも同然だ。下手にぐずぐずしていると、彼女は気を変えるかもしれない。

彼はドアを開き、見張りのボブに言った。「誰かふたりほど人を呼んで、収納箱をひとつミセス・ホリングブルックの部屋へ運ばせろ」

ボブはうなずいた。「わかりました」そして廊下の奥に姿を消した。

ミックは振り返った。サイレンスは収納箱のかたわらに立ち、室内を見まわしていた。

「どうして貴重な品々をこの部屋に集めておくの？　なにか盗まれるかもしれないじゃない」

彼はほほえんだ。「この屋敷でなにか盗もうなどと考えるやつはいないさ」

サイレンスが頬を赤らめた。「もちろん、そうだろうとは思うけれど、こんなふうに無造作に置いておいたら誘惑が大きいわ」

「手下たちにはたっぷりと渡している。ほかでは望むべくもない金額だ。それでも不埒《ふらち》なことを考えるやつがいたとしたら……これでもわたしは血も涙もない男として知られていてね」

彼女は表情を曇らせて背を向け、大理石の天使像に目をやった。「わかっているわ」

ミックは首を傾け、サイレンスの様子をうかがった。わたしが情け容赦ない人物だということに嫌悪感を抱いたのだろう。だが、これがわたしだ。今さら自分を変えることはできないのだから、気にしても仕方がない。

「なぜ高価な品々をこの部屋に置いておくかというと」彼は肩をすくめた。「きみがいつぞや言ったように、訪問者を威圧するためさ」

サイレンスが肩越しに振り返った。「そのためだけに、こんなにたくさんの貴重品をここに置いているの？」

しばらくためらったのち、ミックは本心を話すことにした。「わたしが子供のころ、食うために物乞いをしたことは話したな」

彼女はためらいがちにうなずいた。

ミックは眉根を寄せ、室内にある戦利品を見まわした。「初めて船荷を奪ったとき、もう二度と物乞いなどするものかと心に誓った」

サイレンスが目を見開いた。「でも……それにはるか昔のことよ。今のあなたは裕福だし、力も持っているわ」

「どれほど金持ちになっても、いくら権力を手にしても、それでは満足できないんだ」

「ああ、マイケル」

大きな目が憂いに陰った。彼女はわたしのために悲しんでいる……。

ミックは胸を打たれ、一歩前に出ると、サイレンスの手を握ろうと腕を伸ばしかけた。

そのとき、ふたりの手下が玉座の間に入ってきた。

悪態をつきたいのをこらえ、ミックは大きな収納箱を指さした。「あれをミセス・ホリングブルックの部屋まで運べ」まだ天使像のかたわらに立っている彼女のほうを向く。「今夜、七時に出発だ。それまでに用意をしておいてくれ」

そう告げると、大股で玉座の間を出た。今夜、慎み深い未亡人を口説き落とすことはできるだろうか？

10

「お望みのままに！」タマーラが叫ぶと、ふたりは一瞬で山のてっぺんに移動しました。眼下には豊かな広い土地と、美しく輝く大きな湖がありました。賢者ジョンは目を丸くしました。「ここがぼくの国？」「そうよ、ジョン王様！」タマーラは虹色の髪をなびかせながら、二、三歩、楽しそうに踊りました。「さあ、ふたつ目のお願いはなにかしら？」賢者ジョンは自分に与えられた国を眺めました。「次の願い事を思いついたら、きみの名前を呼ぶよ」タマーラはうなずき、ウィンクをすると、たちまち虹色の鳥に戻り、飛び去っていきました。そのあとには赤い羽根が一枚、ひらひらと落ちました。

『賢者ジョン』

「ミスター・メークピース？」

ウィンターは苛立ちをこらえ、声のするほうへ顔を向けた。今朝はそれでなくとも忙しいというのに、レディ・ヘロがレディ・ベッキンホールを連れ、事前の連絡もなしに訪ねてきたのだ。

彼は初め、ふたりの貴婦人たちは、子供たちに糸の紡ぎ方を教える方法を、メイドのネルとでも打ちあわせるのかと思った。だが、そうではなかったらしい。レディ・ヘロは〝〈恵まれない赤子と捨て子のための家〉を支える女性たちの会〟が会合に使っている部屋から出てくると、階段の下にいるウィンターを呼んだ。ほかの貴族女性に比べるとレディ・ヘロははるかにまともだが、その上品で温厚そうな見かけとは違い、じつはなかなか策略を練るのがうまいことに彼は気づきはじめていた。

ウィンターは短く一礼した。「なにかご用ですか？」

「お願いがあるのだけど、今、お時間はよろしいかしら？」

いやな予感がしたが、彼はため息をつき、覚悟を決めた。「ええ、もちろんですとも」

レディ・ヘロはよかったというようにうなずいた。「前回、初めて会合に参加してくださったレディ・ベッキンホールという方をご紹介したわよね」

「ええ、覚えていますよ」

「彼女がわたしたちの会に入ってくださると本当に心強いのだけれど、どうやらまだ迷っていらっしゃるみたいなの」

ウィンターには話の流れが見えなかった。「はい？」

レディ・ヘロがにっこりした。「そこで思ったの。あなたが孤児院のなかを案内してくださったら、わたしたちの活動の意義を彼女にも理解していただけるんじゃないかしらって」

「なるほど」

冗談じゃない、とウィンターは思った。この忙しいときに、彼女たちに三〇分も一時間もつきあっている暇はない。ところが、普段ならとっさになにか断る口実を思いつくのに、今日にかぎってどういうわけかなにも頭に浮かんでこなかった。

「まあ、よかった！」レディ・ヘロは耳がおかしいのだろうか。どうして、ぼくが喜んで引き受けたような言い方をするのだ？「レディ・ベッキンホールは会合部屋でお待ちよ」

一分後、ウィンターはレディ・ベッキンホールにお辞儀をしていた。

頭をあげたとき、相手の目がちらりと楽しげに輝いたのが見えた気がした。

「ご親切にも案内役をお引き受けくださって、本当にありがとう」レディ・ベッキンホールが言った。「子供たちの寝室を見たら、きっとすばらしい驚きに包まれるでしょうね」

「そうですか？」ウィンターはぎこちなく応じると、さっさと廊下を進み、階段をのぼりはじめた。妹の身が心配だし、その妹がミッキー・オコーナーの屋敷で暮らしていることが世間に知られ、孤児院に悪い影響が出たらどうしようかと思うと不安で仕方がない。それなのに、今はこの貴族女性の機嫌を取らなくてはいけないのか？

ぱたぱたと階段を駆けあがる足音と、息が切れたような声が聞こえた。「待って！　急いでいらっしゃるの？」

ウィンターは足を止めて振り返った。

レディ・ベッキンホールが肩で息をしながら、階段の三段下に立っていた。上から見おろしているせいで、柔らかそうな胸の膨らみと、謎めいて魅惑的な胸の谷間がよく見えた。

彼は視線をそらした。「申しわけありません。あなたを走らせるつもりはなかったのです」

「わかっていますわ」

ウィンターはちらりとレディ・ベッキンホールを見た。彼女は目にからかいの色を浮かべている。

ため息をつき、ウィンターはゆっくりと階段をのぼった。この階には短くて狭い廊下と、部屋が三室ある。彼はひとつ目のドアを開き、わきへどいて相手を先になかへ入れた。

レディ・ベッキンホールは室内を見まわした。「ここはなんのお部屋なの?」

「あなたがご覧になりたがっていた子供たちの寝室ですよ」淡々と言う。「ここは男児用です。見たとおり、かなり修繕が必要です」

彼女は肩越しに振り返り、もう一度、部屋のなかを見まわした。天井は低く、先日の雨漏りのせいで染みができている。両側の壁に沿って、狭い簡素なベッドが並んでいた。

「でも、もうすぐ新築の施設に移るんでしょう?」

ウィンターはうなずいた。「ええ、そうなることを願っています。ですが、まだ家具を買う資金が調達できていないんですよ」

「そう」あいまいな返事だった。

子供たちはあなたの寄付を必要としているんですよ、と彼は心のなかで主張した。

「女児の寝室もご覧になりますか?」

レディ・ベッキンホールが優美な両眉をつりあげた。「見せていただいたほうがいいと思う？」

嫌味のひとつも言い返したい衝動を抑え、ウィンターは次の部屋へ案内した。どちらも似たような造りだ。

彼女は寝室の奥へと進み、壁際に並んでいるベッドをのぞきこんだ。「質素ね」

「ええ」

レディ・ベッキンホールは擦り切れた毛布をそっとなでた。「上掛けがあったほうがいいとは思うけれど……。でも、少なくともお部屋はゆったりしているわね」

ウィンターは咳払いをした。「この孤児院では一七人の子供が暮らしています。子供たちは二、三人でひとつのベッドを使っているんです」

彼女が驚いたように振り返った。むきだしの床の上で、赤紫色の上等なスカートがひらりと舞う。「どうして？」

なに不自由なく暮らしているであろうその女性に対し、ウィンターはまっすぐ顔を見据え、穏やかに答えた。「そのほうが暖かく寝られるからですよ」

当然の疑問がわいたのだろう。レディ・ベッキンホールが小さな暖炉のほうに目をやった。石炭入れはほとんど空っぽだった。

こちらへ顔を戻したものの、さすがにもう軽率なことは言わなかった。

「そうなの」

「本当にわかっておられるのですか？」忍耐が限界に達したのか、サイレンスのことが心配で仕方ないからか、ウィンターはもうこの美しいだけの浅はかな女性の相手をすることに疲れた。

次に口を開いたときには語調が厳しくなった。「子供たちは二、三人でベッドに潜りこみ、身を寄せあって眠ります。暖炉は小さいし、壁は薄いため、ひと晩中、部屋を暖かくしておくことができないからです。だから暖炉の火が消えないように、夜中に誰かが起きて、火をかきたてに行かなくてはいけません。それでも、ここで暮らしている子供はきちんと食べているので、寒い夜であろうと大丈夫です。でも……」

「でも？」レディ・ベッキンホールが促した。

「ここに来たばかりの子供は、たいてい栄養失調で痩せ細っています。健康な子供なら、それなりにふっくらしているため体温を保つことができますし、ここで数カ月まともな食事をとればそういう体つきになります。ただ、なかには手遅れの子供もいるのです。そういう子たちは朝になると天国へ召されています」

彼女は血の気の失せた顔でウィンターを凝視した。「子供というのはどんなにかわいいものか、そういう話を聞かせていただけるとばかり思っていたわ。わたしにお金を出させるために、耳に心地よい話やお世辞をたくさんおっしゃるのだろうとね」

ウィンターは肩をすくめた。「お世辞なら、ほかでたくさん聞いてらっしゃるでしょう」

レディ・ベッキンホールは一度だけうなずき、部屋を出ていこうとした。

彼は驚いて尋ねた。「どこへ行かれるのですか？」

「もう充分に見せていただいたわ。では、ごきげんよう」

自己嫌悪にさいなまれ、ウィンターは頭を振った。サイレンスが盗賊の屋敷で暮らしていることで、孤児院はいつ貴族たちからの支援を失ってもおかしくない状況にある。今、自分がなすべきは、レディ・ベッキンホールのような女性たちの機嫌を取ることだ。孤児院に必要な金を工面するためなら、喜んでごまをするべきだったのだ。それなのに、支援者になってくれるかもしれない女性の気分を害するようなことを言ってしまった。

馬鹿なことをしたものだ。

その夜、サイレンスは緊張しながらドレスの襟ぐりのひだ飾りに触れてみた。こんなに美しいドレスを身にまとうのは生まれて初めてだ。ウィリアムが生きていたころは明るい色の服を着ることもあったが、たいていは茶色や灰色など落ち着いた色を選んできた。用事があれば、どこへでも歩いていかなくてはいけないからだ。ロンドンの街は決して清潔とは言いがたい。

だからもちろんのこと、こんな鮮やかなインディゴ・ブルーのドレスなど着たことがない。サイレンスは昼に運びこまれた姿見の前で軽くまわってみた。シルクの生地は光沢があり、光の加減で紫色にも明るいブルーにも見える。

「おきれいですわ」足のせ台に腰をおろしているフィオニューラがうっとりとため息をつい

た。

フィオニューラはドレスを着るのを手伝い、髪を結ってくれた。髪はうしろで結いあげ、カールした幾筋かの髪をこめかみと首筋に垂らしてある。

「そう思う？」サイレンスはためらいがちに尋ね、もう一度、襟のひだ飾りに触れた。襟ぐりは丸くて広く、刺繍を施されたコルセットに持ちあげられた胸の膨らみが強調されている。

「もちろんですとも」フィオニューラが力を込めて言う。「旦那様がかつて寝室にお連れになった方たちよりも、ずっと輝いてらっしゃいますよ」

サイレンスはどきりとし、唇を湿らせてからさりげなく訊いた。「かつて？」

ああ、わたしはなんて芝居が下手なのだろう。

フィオニューラが意味ありげな視線をちらりと投げてきた。「お気づきじゃなかったんですか？　ミセス・ホリングブルックが食堂におりてこられるようになってからは、旦那様は一度も夜伽の相手をお求めになったことはありませんよ」

「まあ」そう言うのが精いっぱいだった。嬉しくて心臓が跳ねあがっている。

フィオニューラはあきれ顔で目をぐるりとまわした。「以前は、必ずひとりはお連れになったんです。ときにはもっと」

「もっと？」サイレンスは素っ頓狂な声で尋ねた。「ひとりじゃないということ？」

「ええ。ふたりとか、三人とか」

サイレンスは唖然とした。いっぺんに三人もの女性を相手にしたというの？　ひと晩に三人？　そんなことが可能なのかしら……。

フィオニューラは妙におしゃべりになっていた。「よくわからないでしょう？　これが女性なら、ひと晩に何人でも相手にできると思うんですけど。いえ、わたしはひとりしか経験ありませんよ。だって、ベッドにふたりも三人も男の人がいるなんて想像もできませんもの。上掛けはどうするんだろうって思います。ブランと一緒にベッドに入ると……そんなことはめったにないんですけど……彼が眠っているあいだに上掛けを引っぱるので、わたしは夜中に肩が寒くて目が覚めるんです」彼女は首を振った。「やっぱりだめ。ひとりで充分だわ。そう思いませんか？」

同意を求めるように、フィオニューラがサイレンスを見た。彼女がこんなに長々としゃべったのは初めてだ。

サイレンスは目をしばたたいた。大きなベッドにマイケルが全裸で横たわっている姿が頭に浮かんだ。彼の体は欲望に燃え……。

なにを考えているの！

咳払いをし、しゃがれた声で答えた。「ええ、ひとりで充分ね」

これで結論が出たというようにフィオニューラがうなずいた。「本当に男の人っていうのは理解できません」

「ばっ！」メアリー・ダーリンがそのとおりだというように声をあげた。今日の午後、メアリーはたっぷりと昼寝をした。そのあいだにサイレンスとフィオニューラはドレスに直しを施し、腰まわりを少し絞ったのだ。メアリーが這い寄り、抱っこしろというように両手をあげた。

サイレンスはかがみこんで、そっと赤ん坊を抱きあげた。「マムーがお出かけしているあいだ、いい子にして、フィオニューラの言うことをよく聞くのよ」

「おんり！」メアリーが体をよじる。サイレンスはキスをして、赤ん坊を床におろした。そのとき、ドアをノックする音が聞こえた。廊下側のドアなのでマイケルではないかもしれないと思いつつも、サイレンスは鏡で自分の姿を確かめた。

フィオニューラがドアを開けた。

マイケルだった。銀糸で刺繍を施したベストに、深いブルーの上着を着ている。靴の留め金にはダイヤモンドがついていた。まっすぐこちらを見つめる目に、情熱のようなものが宿ったように見えた。

サイレンスは思わず両手で胸元を隠した。

「だめだ」

マイケルは三歩でサイレンスに歩み寄り、胸にあてた手をそっとつかむと、わきへおろさせた。深い襟ぐりに強調された胸の膨らみがあらわになった。彼の視線が胸元をさまよっているのを感じ、サイレンスは顔が赤くなった。

「わたしの見ている前で体を隠すんじゃない」マイケルがささやく。

サイレンスはフィオニューラのほうをちらりと見やり、恥ずかしくなってささやき返した。

「彼女に聞こえるわ」

マイケルはからかうような笑みを見せた。「ほかの男の前では胸を隠してもいいぞ」

彼の目に浮かんだ親密な表情を見て、サイレンスは息が詰まった。マイケルは今以上の関係を望んでいるのかしら？ わたしはそれを受け入れるの？

こちらの困惑に気づいたのか、マイケルは目を細めたが、それ以上はなにも言わなかった。部屋に入ったとき椅子の背にかけたマントを手に取り、それをサイレンスの肩にかけた。上等なベルベット地のマントで、薔薇色のシルクで縁取りされている。彼は左右の端を引き寄せ、喉元で紐を結んだ。

「これで胸元が隠れる。それにきみが誰だかわからないように……」

ベルベットの仮面を取りだした。

「まあ」じつは、今日の午後はそのことでずっと悩んでいた。盗賊王と一緒にいるところを世間の人に見られたくはない。自分の評判など、すでに地に落ちているからどうでもいいのだが、このことで孤児院に悪い影響が出ると困るからだ。だが、どう話を切りだせばいいのかわからなかった。サイレンスは彼の配慮に感謝した。「ありがとう」

マイケルは皮肉な表情を浮かべるとサイレンスの背後にまわった。そして優しく仮面をつけ、頭のうしろで紐を結んだ。彼女の背中にマイケルのぬくもりが伝わり、首筋に息がかかる。なにか温かくて柔らかいものが耳たぶに触れた。

サイレンスは息が浅くなつた。

マイケルが隣に来て手を差しだし、かすれた声で言った。「さあ、行こう。遅刻するぞ」

彼女がフィオニューラと赤ん坊にいってきますを言うと、マイケルは手を引っぱって廊下へ連れだした。

「どこに行くの？」サイレンスは慌てて尋ねた。

彼は肩越しに振り返り、黙ってにっこりした。白い歯がこぼれたのを見て、サイレンスの鼓動は一気に速くなった。

玄関まで来ると、マイケルはふたりの見張りにうなずいてみせた。屋敷の外で馬車が待っていた。

「あなたの馬車なの？」御者台の両わきに、よく磨かれたランタンがぶらさがっている。

「そうだ」マイケルは答え、サイレンスを馬車に乗せた。そして自分もさっと乗りこむと、扉を閉め、天井を叩いて御者に合図を送った。「あまり使わないから、普段は馬小屋に入れっぱなしなんだ」

「御者は誰？」

彼はまた白い歯をのぞかせてにっこりと笑い、薄暗いなかでサイレンスを見た。「手下のひとりだ。うちへ来る前は馬丁をしていた」

サイレンスは膝を覆うマントの柔らかい生地に触れ、ふと、ごく狭い空間にマイケルとふたりきりでいることに気づいた。なるべく普通に息をしようと努めたが、彼の広い肩や長い脚が気になり、呼吸が乱れそうになった。

「馬車なんてほとんど乗ったことがないわ。今日で五度目よ」なんでもいいから話しはじめた。黙っていると気まずくて仕方がない。

「そうなのか？」

「ええ、うちには馬車がなかったから。父の友人で、孤児院の創設を手伝ってくださったミスター・スタンリー・ギルピンという方がいるんだけど、その人に馬車でグリニッジの見本市に連れていってもらったのが最初よ。二度目と三度目はテンペランスの結婚式のときで、結婚相手のケール卿が馬車を用意してくれたの。家族全員でそれに乗って教会へ行き、結婚式が終わると、今度は披露パーティの会場へ向かったわ」一気にしゃべったせいで息が切れた。

マイケルのほうをちらりと見た。

暗くて表情は見えないが、くだらない話をちゃんと聞いてくれている様子は伝わってきた。

「四度目は？」

四度目の馬車を思いだし、サイレンスはうつむいた。「あなたの寝室でひと晩を過ごして、家路についたときよ。テンペランスが貸し馬車を雇って、わたしを探していたの。姉は通りの端でわたしを見つけたわ。わたしが髪をおろし……」それ以上は言葉にすることができなかった。

マイケルがさらりとあとを続けた。「ドレスの前をはだけ、胸の膨らみをのぞかせたまま歩いていたところを見たんだな」

「そうよ」彼女は顔をあげた。怒りと心の痛みが戻ってきたが、以前ほどの苦しさはなく、落ち着いて物事を考えることができた。「理由を教えてちょうだい。どうしてわたしに仕事明けの売春婦のような格好で通りを歩かせたりしたの？　わたしの結婚生活を壊したかったの？」

「違う」マイケルは大きく首を振った。「そこまで深く考えてのことだったら、まだ許されたかもしれない」

相手の表情が見えないことがサイレンスにはもどかしかった。彼があの一件を許されないものだと考えているとは知らなかった。ましてや、許しが欲しいと思うほど気にかけているとは想像もしなかったことだ。なんという驚きだろう。

「じゃあ、なぜあんなことをしたの？」

「やめておく理由がなかったから」あまりに冷淡な返事に、サイレンスの胸は鋭く痛んだ。「ただの思いつきだった。それだけだ。わたしはここセントジャイルズで生まれ育ち、ここでのしあがって地獄の王となった。わたしに逆らう者はもう誰もいない」マイケルは自嘲気味に肩をすくめた。「だから貞淑な女性を打ちのめすのが楽しそうだと思えば、そうするまでだ」

彼が罪の意識もなく悪事を犯すことを知り、サイレンスは息をのんだ。以前なら、この聞いたままの言葉をうのみにしただろう。でも、今はそれがすべてとは思えない。マイケルは自分のことを悪魔だと思っているらしいが、本当はもっと複雑な性格をしている。

それに悪魔よりは、はるかにいい人だ。

「なにかしたいと思ったら、その欲求を抑えられないということ?」彼女は探りを入れた。

「そうする気になれば、いくらでも抑えられるさ」マイケルはむっとしたように目を閉じた。

「勝手に誤解しないでくれ。きみが屋敷に来たとき、わたしはみずからの意思で欲求を抑えないほうを選んだ。そのせいで、きみがしどけない格好をしてセントジャイルズの通りを歩き、姉さんの腕のなかでくずおれることになってもね」

「どうしてそれを知っているの? あのとき玄関までわたしを送ってくれたのはハリーよ」

「部屋の窓から望遠鏡で見ていたのさ」

「なぜ?」サイレンスはささやいた。「どうしてそんなことを?」

「きみの苦しむ姿を見たかったから」

彼女は頭を振り、顔をそむけて暗い窓の外を眺めた。「あなたは野蛮な欲求を抑えないほうを選んだと言うけれど、あの晩、暴力は振るわなかったわ。わたしにベッドの相手を務めさせることもできたのに、それもしなかった」真剣な顔で振り返る。「本当はあの夜のことをいくらかでも後悔しているんじゃないの?」

マイケルは驚いたような顔をしたあと、大声をあげて笑った。「ああ、サイレンス、わたしのことを紳士だと思ったら大間違いだぞ。ときには他人を平気で殺《あや》めるような、ただの盗賊だ」

「だったら、もしまた似たような機会があれば、あのときと同じことをわたしにするかしら？」サイレンスは尋ねた。「わたしにあんな格好をさせて、セントジャイルズの通りを歩かせる？」

一瞬、彼は返事をためらった。注意して見ていなければ、おそらく気づかなかっただろう。

「蛇を相手に、その模様を変えてやろうなどと思わないほうがいいぞ。どれほど強くこすっても模様は落ちないどころか、仕返しに噛みつかれるのが落ちだ」

「まだわたしの質問に答えていないわ」

マイケルが彼女のほうを向いた。顔が陰になったせいで表情はわからなかった。

「聞かなくてもわかっているくせに」

サイレンスは震えながら息を吸った。「次になにかひどいことをしたくなったとき、あなたならそれをしないという選択をすることもできるはずよ」

「そうか？」

「ええ」力を込めて答える。「過去がどうであれ、現在がどうであれ、未来の自分は変えることができるわ。ひどいほうの衝動は抑えこみ、よいほうの欲求にだけ浸ればいいのよ」

マイケルがじっとこちらを見ているのがわかった。ああ、どんな目をしているか見えたらいいのに。そこには悪魔が潜んでいるのかしら？　それとも神の軍隊を率いた大天使ミカエル？

もうひと言伝えようと口を開きかけたとき、馬車が停まった。

「着いたぞ」のんびりとした口調だった。

マイケルが馬車の扉を開け、御者が昇降台を出すのも待たずにひらりと飛びおりると、彼女に手を差しのべた。

サイレンスは片手でスカートの裾をつかみ、慎重に馬車をおりた。こんなにたっぷりと生地を使ったスカートを身にまとうのは初めてなので、裾を汚すのではないかと心配だ。

「どうぞ」マイケルが差しだした腕に、彼女は手をかけた。

顔をあげたとたん、古典様式の美しい建物が目に入った。正面のドアへ通じる短い階段はいくつものランタンで明るく照らされ、大勢の男女がそこを通って建物のなかに消えていく。通りには行商人が並び、それぞれがオレンジやクルミ、花や菓子など、自分が商《あきな》う品を大声で連呼している。サイレンスもマイケルにエスコートされて建物に足を踏み入れた。上を見ると、円天井からいくつものシャンデリアがぶらさがっていた。「ここはどこ?」

「今にわかる」彼は優雅な曲線を描く階段をのぼった。

二階には長い廊下があり、片側にいくつものドアが並んでいた。そのひとつを開け、ふたりはなかに入った。

「まあ」サイレンスは思わず声をあげた。「ここは劇場ね」

「ただの劇場じゃない」背後でマイケルが言った。「歌劇場だ」

彼女は興奮を覚え、あたりを見まわした。父親がオペラや芝居は軽薄な娯楽だと考えていたため、こういった場所へは来たことがない。

贅沢な造りのボックス席だった。フラシ天張りの椅子とテーブルがあり、人目を避けたければビロードのカーテンをおろすこともできる。手すりの向こう側に目をやると、舞台が煌々《こうこう》と照らされ、一階の観客席では大勢の客がうろうろしていた。

「ほら」マイケルがマントを脱がせてくれた。

サイレンスはそれにも気づかず、胸をときめかせながら一階席や向かいのボックス席を見まわした。

「気をつけろ」彼に腰をつかまれた。「あんまり身を乗りだすと落ちるぞ」

「大丈夫よ」サイレンスは顔が赤くなった。こんなに大はしゃぎをしていると田舎娘に見えてしまう。せいぜい気取りながら椅子に座った。だが、すぐに手すりをつかみ、小さいながらも興奮した声で尋ねた。「あそこにいらっしゃるのは国王陛下じゃないかしら?」

マイケルは隣の椅子に腰をおろし、彼女の向かいのボックス席へちらりと目をやった。「あれは皇太子のほうだ。たしかに父親によく似ているな。しかし、国王は皇太子を嫌っているという噂だ」

「ご自分の息子なのに?」サイレンスは自分がひどく世間知らずに思えた。どういうわけか、彼のほうがわたしより物知りらしい。

マイケルは肩をすくめた。「公の場にふたり一緒に姿を見せたことがないんだ」

彼女はその血色のいい男性をじろじろ見ないように気をつけた。「隣にいる女性はどなた?」

「皇太子妃だろう。皇太子は愛妻家だという話だぞ」

「まあ」サイレンスは皇太子妃だという女性をよく見てみた。白色に銀色をあしらった優雅なドレスを着ているが、まだ少女のように見える。

それから彼女は首を伸ばし、自分たちの側に並ぶボックス席にいる人々もひととおり眺めた。

「ここへはよくいらっしゃるの？」

「だいたい月に一、二度だ」

サイレンスは驚いて、マイケルの顔をまじまじと眺めた。まさか彼にオペラ鑑賞の趣味があるとは思わなかったからだ。「本当に？」

横顔を見せたまま、マイケルは笑みを浮かべた。サイレンスのようにそわそわとはしていないが、観客や舞台を眺め、劇場全体の空気を味わっている。「わたしのような野蛮な男が高尚な音楽を楽しむと知って驚いたか？」

「ええ」本当に驚いたのは、彼の横顔の美しさだった。額や鼻の直線は厳しく、唇の曲線は悩ましく、顎の線には尊大さがにじみでている。

サイレンスの視線に気づいたのか、マイケルが振り向いた。その唇にもう笑みはなく、少し目を細め、ぞくっとするほど真剣な表情で彼女を見ている。

どぎまぎして、サイレンスは思わず胸に手をあてた。

彼はその手の動きを目で追った。

それから唇の片端をあげ、腕を伸ばすと、襟ぐりからはみだした胸の膨らみを指でなぞった。

「きみのこんな姿をずっと見たいと願っていた」

サイレンスは震える手で彼の指をつかんだ。嬉しいのか悔しいのかは自分でもよくわからない。

マイケルは手を引かなかった。「今ここできみの足元にひざまずいても、誰も気づかないぞ」

「えっ？」ボックス席には手すりがあるため、たしかに腰から下は隠れる。彼が自分の前に膝をついている姿が頭に浮かび、サイレンスは息が止まった。

「わたしはスカートをめくる。きみはなにをされても表情に出さず、黙ってじっと耐えなくてはいけない」

低くかすれた声のせいで催眠術をかけられたようになり、彼女はまばたきをして、思わず尋ねた。「なにをするの？」

マイケルは唇の片端をあげたまま、熱を帯びたまなざしになった。胸に触れていた手がそのまま乳房を滑り、腹部をたどって膝におりた。「知りたいのか？ 少しずつ、少しずつスカートをめくっていくのさ。太腿のあいだの甘い茂みが見えるまで」

彼は今まさに自分が描写した部分に手を置いた。

布地越しに焼けるような熱さを感じ、サイレンスは身動きができなくなった。

マイケルは、そんな彼女のなまめかしい香りを嗅ぐようなしぐさをした。「この太腿を開かせ、ピンク色に濡れているところに触れる。そのまま指を滑らせて、きみの敏感な蕾を愛撫するんだ」顔を傾け、じっとサイレンスを見る。「なにを言っているかわかるか？」

「あの……」体が熱くなり、彼女は唾をのみこんだ。もちろん、わかっている。

「答えるんだ」

サイレンスは目を閉じた。「ええ、わかるわ」

「自分でそこに触れたことは？」まるでここは自分のものだと主張するように、マイケルがてのひらを広げた。「言ってみろ。自分を慰めた経験はあるのか？」

彼女は口を開きかけた。肯定するつもりなのか、否定するつもりなのか……。そのとき、管弦楽団のほうから音が聞こえた。

マイケルに手を取られ、温かい唇にてのひらを押しあてられた。

サイレンスはそんな彼から目を離すことができなかった。心臓が早鐘を打っている。

マイケルはサイレンスの目をのぞきこみ、手を放すと舞台へ顔を向けた。「さあ、はじまるぞ」


ミックはひとり笑みを漏らしながら舞台を眺めた。サイレンスの荒い息遣いが聞こえるし、美しい胸の膨らみはまぶたに焼きついている。相手が彼女ではなく娼婦なら、今すぐにでもカーテンをおろして、ことに及んでいるところだ。

しかし、サイレンスはある意味正真正銘のレディだから、そんなまねをすれば逃げられるに決まっている。だから彼女を口説くときは言葉を駆使し、想像力をかきたて、ゆっくりと時間をかける。期待が高まる分だけ、ようやくベッドをともにできたときの喜びもひとしおだろう。ミックは椅子の背にもたれかかり、下腹部の圧迫が少なくなるように手早くズボンの具合を直した。

歌手が登場し、拍手がわき起こった。今夜の舞台に立つのはイタリアの有名な男性歌手で、背が高く、やや太り気味で、色気は皆無だ。だが、ひとたび歌いはじめると、その声に魅了されずにはいられない。

ミックは目を閉じ、伸びのあるカウンターテナーに耳を傾けた。速いテンポの複雑なメロディであっても、正確に音を刻んでいる。一年ほど前にふとした思いつきで初めてオペラを鑑賞し、すぐにそのとりこになった。人間はかくも美しい歌声を出せるものだと知ったとき、思わず神の存在を信じそうになったほどだ。

ただし、本当に信じたわけではない。

ミックは目を開け、隣を見た。サイレンスは身を乗りだし、顔を輝かせて歌を聴いていた。唇をわずかに開き、目を大きく見開いて、カールしたひと筋の髪が頬にかかっている。こうして彼女を眺めながらオペラを聴いていると、それだけで満足感がこみあげてきた。これが幸せというやつだろうか？　おかしなことを考えるものだ。わたしには平凡な人生のよさなどわからないというのに。だが、こうしていると……幸せというものの一面がかいま見えるような気がする。

休憩時間になった。ミックはひとり外に出て、人込みをかき分け、先ほど目をつけておいた行商人のところへ向かった。

「それは？」ミックがなにかを持ってきたのに気づき、サイレンスは尋ねた。

「クリーム・ケーキとワインだ」彼女がぱっと顔を輝かせるのを見て、ミックは胸が温かくなった。

サイレンスのために買ったケーキを彼女がおいしそうに食べ、デザートワインを口にしているのを見ていると、それだけで言い知れぬ充足感を覚えた。その感情があまりに純粋なことに気づき、ふと不安に襲われた。これが幻想だったらどうする？　もう一度、誰かを信じてみてもいいのだろうか？

だが、あのときはつらい結果に終わった。今度もそうならないとはかぎらない。

サイレンスが顔をあげ、唇についたクリームをなめながら眉をひそめた。

「なに？」

ミックは椅子の背にもたれて顔をそむけた。もし彼女に裏切られたら、わたしはずたずたになるだろう。「別に」

サイレンスはまだしばらくミックを見ていた。彼にはそれが果てしなく長い時間に思えた。

やがて、ありがたいことに音楽の時間が再開された。

しかし、舞台に集中することはできなかった。もう我慢の限界だ。今夜こそ彼女をベッドに誘おう。そして、いつ裏切られるかもしれないという不安を終わらせるのだ。

ひとたび心が決まると、オペラが終わるのを待つのがもどかしかった。サイレンスも疲れてきたらしく、手で口元を押さえながらあくびを隠すようになった。ちょうどいい頃合いだと考え、ミックは彼女を連れて席を立った。

馬車は通りの角に停まっていた。そこまで歩くあいだ、自分たちの足音が両側の建物に響く音を聞きながら、ミックは不意打ちをかけられるのを警戒した。馬車にたどりついたときは安堵の息をつき、そんな自分に顔をしかめた。これでは被害妄想癖がある老婆と同じではないか。

彼はサイレンスに続いて馬車に乗りこんだ。彼女のその繊細な横顔や、華奢な体つきが気になって仕方がない。今宵こそ、柔らかくてなめらかな肌に触れ、サイレンスの女性としての一面を知ることができる。

「今夜はどうもありがとう」彼女が眠そうな声で言った。「本当にすばらしかったわ」

「気に入ったか?」

「ええ」

ミックはほほえんだ。これまでに口説き落とした女はいくらもいるが、サイレンスは別格だ。きっと自分にとっては最後の女性になるだろう。明日からは、もうほかの女を誘うこともない。「なにがいちばんよかった?」

「そうね、あの女性歌手と踊り子かしら。コルセットもつけずに踊るなんてびっくりしたわ」彼女はあくびをした。「でも、とても優雅だった。風に乗って舞いおりてくる白鳥みたいで」しばらく沈黙があった。「いつでも好きなときにオペラを観に行けるなんて、うらやましいかぎりよ」

彼はサイレンスのほうへ頭を傾けた。「また一緒に行こう」

恋わずらいをしている一〇代の若者のように、息を詰めて返事を待った。そして相手が眠ってしまったことに気づいた。ミックはほほえんだ。今のうちに少し眠っておいたほうがいい。そっと腕をまわし、姿勢が楽になるように、彼女の頭を自分の肩にもたせかけた。

サイレンスがなにかつぶやき、彼の胸に顔をうずめた。

馬車は夜道を進んだ。彼女は安心しきった様子でぐっすり眠っている。ミックは期待に体がうずいていたが、こうしてサイレンスの髪に頬を寄せて座っていると、どういうわけかそれだけで心が落ち着いた。

いや、もっと深い感情に心を満たされている。

やがて御殿に到着し、馬車が停まった。

サイレンスがもぞもぞと動いて顔をあげ、驚いた表情で目を見開いた。「まあ、ごめんなさい。重かったでしょう?」

「ちっとも」彼はつぶやいた。

ぽってりとした唇に引き寄せられるように顔を近づける。そのとき馬車の扉が開いた。

彼女がさっと離れたのを見て、ミックはため息をついた。「部屋に戻って、スペイン産のうまいワインでも一杯やろう」

「どうしようかしら」

サイレンスが馬車をおりるのに手を貸しながら、彼は耳元でささやいた。「一杯だけだ」

そんな会話に気を取られていたせいで、もっと早くに気づくべきことを見逃してしまった。

御殿の玄関に見張りの姿がなかった。

11

王様の暮らしは快適でした。賢者ジョンはひとつ目の願い事に満足したまま、三年を過ごしました。ところが、そのうちに毎日が単調だと感じるようになりました。午前中は黄金の皿に盛られた朝食をとり、おじが自慢にしていた庭の一〇倍もの広さがある庭園を散策し、馬で王国を見まわりました。午後になると疲れているうえに、ほかになにもすることがないため、いつも昼寝をするしかありませんでした。そんなとき、隣国が侵攻してきたという知らせが届きました。賢者ジョンは不安というよりは心の高ぶりを覚えました。

『賢者ジョン』

サイレンスは馬車に揺られたせいでまだ眠かったが、マイケルがふいに動きを止めたのを見て、なにか危急の事態が起きたことを察した。「どうしたの?」

「馬車のなかに戻れ」彼はそう言うと、袖のなかから短剣を取りだした。

「マイケル?」サイレンスの目には、あたりはいつもと変わりないように見えた。天高くに月がかかり、通りには人影もなく、御殿の玄関ドアはしっかり閉じている。でも、そういえば――。

「見張りがいない」マイケルがささやいた。「敵が侵入している」

「そんな……。メアリーは――」

彼は振り返り、厳しい目をした。「今はそのことは考えるな。大丈夫だ。必ず無事な姿で助けだす。きみは馬車のなかで待っていろ」

「でも……」サイレンスは言い知れぬ不安に襲われた。自分やメアリーのことが心配なだけではない。マイケルの身を案じたからだ。彼は自分を無敵だと思っているが、しょせんは切られれば血も出る生身の人間だ。

けれども、今は余計なことを言って彼の邪魔をすべきではないと判断し、唇を噛んで馬車へ戻りかけた。

「いや、待て」マイケルに腕をつかまれた。「これはきみをわたしから引き離す罠かもしれない」

サイレンスは眉をひそめた。どうして彼の敵がわたしを標的にするの？

「ついてこい。わたしから離れるなよ」マイケルは念を押すように、腕を握る力を強めた。

「だが、わたしの右手の動きを邪魔しないように気をつけろ。わかったか？」

彼女は黙ってうなずき、震える手でスカートの裾を持ちあげた。

マイケルはサイレンスの頭越しに、御者へ向かって命じた。「死ぬ気で彼女を守れ。いいな」

「わかりました」御者が応える。

玄関のなかは暗かった。本来なら灯されているはずのろうそくの火が消されている。御者が馬車からランタンを取ってきて、サイレンスの背後で高く掲げた。

派手な黄金の壁と、多色使いの大理石の床が浮かびあがった。誰もいないと思ったとき、七色のモザイク模様の床に血の染みが広がっていることに彼女は気づいた。マイケルがさっとそちらへ近づいていき、飾り壺のうしろに倒れているふたりの見張りのかたわらにかがみこんだ。

そして、すぐに立ちあがった。「死んでいる」

悲鳴をあげそうになり、サイレンスは手で口を押さえた。ああ、メアリーは無事かしら……。

マイケルがすでに先へ進んでいるのに気づき、彼女は刺繍が施された優雅な靴が音を立てないように気をつけながら、慌ててあとを追った。マイケルは正面階段の前を通り過ぎ、その陰に半ば隠れている壁板を押した。隠し階段が現れた。幾度も折れ曲がるその階段を、彼は足早にのぼっていった。サイレンスは息を切らせながら、あとに続いた。

一分ほどのぼると、狭い踊り場のあるドアの前に着いた。

「いいか、わたしから離れるな」マイケルはサイレンスに強く唇を重ねた。

彼女の返事も待たずにそのドアを開けた。

侵入者たちの背中が、すぐ目の前に見えた。

マイケルは音も立てずにひとり目を倒した。ふたりの敵がこちらを向き、棍棒《こんぼう》を振りあげる。彼は間髪を入れず、そのふたりにも短剣を突きたてた。御者がサイレンスを押しのけ、階段から飛びだした。彼女はようやく自分がどこにいるのか察した。ここの廊下の角を曲がって少し行くと、メアリーと一緒に使っている寝室がある。ろうそくの火が二、三本ついていた。廊下には何人もの男たちが転がっている。御者にぶつかられ、サイレンスは小さく悲鳴をあげた。御者はただちに体勢を立て直し、敵を蹴り飛ばした。

「落ち着け、マダム」御者にそう言われても、動揺はおさまらなかった。

マイケルの姿は見えず、メアリーのことを思うと不安に襲われながらも、乱闘のせいで寝室に近づくことができない。凶暴な目つきをした大男が、短剣を振りかざして御者に飛びかかった。御者は大男をかわしたが、足元がふらつき、サイレンスの上に倒れこんだ。彼女は御者の重みで息が詰まった。

ふいにバートが現れた。蒼白な顔から血を流している。彼は悪態をつき、大男を背後から殴り倒すと、御者の手を引いて起こした。

「マダム、大丈夫か？」バートが尋ねる。サイレンスは彼の顔のひどい傷を見て胸が痛んだ。バートのうしろから怒鳴り声が聞こえ、マイケルが戻ってきた。上等なベルベットの上着は両袖とも肩先から破れ、額からひと筋の血が流れている。

「赤ん坊の部屋へ行くぞ！」マイケルはサイレンスの手を握り、乱闘のなかに突っこんでいった。

彼女は必死にあとをついていった。マイケルはつぎつぎと敵を倒しながら先へ進んだ。彼が盗賊として成功したわけが、サイレンスは初めてわかった気がした。マイケルは情け容赦なく戦う。まるで筋肉の発達した残虐な狼だ。本能に根差した凶暴性には畏怖の念さえ覚えるほどだ。嵐の夜に落ちる雷のような原始的な力を感じさせる。それに戦っているときの彼は自信に満ちあふれ、荒々しくも美しかった。

ふたりはまもなく寝室の前までたどりついた。勢いよくドアが開き、大柄な男が飛びだしてきた。

マイケルは吠えた。

大柄な男は怯えた目をして逃げた。

追いかけようとするマイケルを、サイレンスは全力で引っぱった。

彼が鋭い形相で振り返る。

「メアリーが先よ！」彼女は叫んだ。

マイケルはわれに返ったように目をしばたたき、うなずいた。

ほかの侵入者たちは彼に恐れをなして逃げだしてしまい、バートと御者がそれを追っていった。

マイケルは倒れているけが人は無視して、ドアの取っ手をまわした。しかしドアはびくともしなかったので、一歩さがって蹴り開けた。

寝室には蠟燭が一本しか灯っておらず、ハリーが床に横たわる人物のそばにしゃがみこんでいた。メアリーのかすかな泣き声が聞こえるのに気づいて、サイレンスはマイケルを押しのけた。

「サイレンス！」彼に呼びとめられたが、今はメアリーのことしか考えられなかった。メアリーはどこ？　泣き声はどこか足元のほうから聞こえている。だが、床を見まわしても赤ん坊の姿はなかった。

彼女は本能的に膝をついて、ベッドの下をのぞきこんだ。ふた組の目がこちらを見た。犬が低くうなり、赤ん坊がひくひくと泣きながら両腕を伸ばした。

「メアリー！」

誰の声だかわかったらしく、ラッドがうなるのをやめた。サイレンスはベッドの下に腕を突っこみ、赤ん坊の両肩をつかんで引きだした。

「ああ、メアリー」彼女は赤ん坊をしっかりと抱きしめた。メアリーは汗をかいていたし、ベッドの下に潜りこんでいたせいで埃がついていたが、それでも傷ひとつなく無事だった。サイレンスはメアリーの髪に顔をうずめ、安堵の涙をこぼした。

「ありがとう、ラッド」ラッドが尻尾を振った。「あなたは立派な番犬よ」

サイレンスは立ちあがり、笑みを浮かべて振り返った。そして、ただならぬ気配を察して凍りついた。

マイケルが戸口に立ったまま、床に横たわる人物を見おろしている。どうやら女性のようだ。

サイレンスの鼓動が速くなった。「誰なの？」

その人物に近づき、ぎょっとしてメアリーの顔をそむけさせた。その人物の顔は血まみれになっていた。サイレンスはぎゅっと目をつぶった。それが誰かはもうわかっていた。「フィオニューラだ。残念だが、もう亡くなっている」

ミックは目を閉じ、震えているサイレンスをただ抱きしめた。赤ん坊が耳元で泣きわめいているが、それをうるさいとは思わなかった。赤ん坊は生きている。サイレンスも無事だ。ふたりとも、フィオニューラのように床に横たわるはめにはならずにすんだ。もし……。彼は歯を食いしばり、ふいに察した。これが恐怖というものだろうか。五臓六腑《ごぞうろっぷ》を冷たい手でねじられているような感じ。脳裏をよぎる恐ろしい想像に、声をあげて獣《けだもの》のように叫びたい。

もし……？

もし、あと一〇分、歌劇場でぐずぐずしていたら？　もし、歌劇場の正面で不意打ちを食らっていたら？　もし、御殿の玄関を入ってすぐにわたしが殺されていたら？　もし、この瞬間にサイレンスがやつの手に落ちていたら？

ミックは笑いだしたくなった。死ぬかもしれないという恐怖。それはほかのやつらにとっての問題だった。わたしには関係ない。死んだからどうだというのだ。ただ、人生が終わるだけだ。わたしは戦いつづけてきたし、この生き方に満足している。だから、いつ人生の幕が閉じられても悔いはないはずだった。

なのに、今はそうは思えない。サイレンスと赤ん坊を守らなくてはいけないからだ。わたしほど冷酷無情に敵を倒せる男はいない。

顔をあげると、ハリーと目が合った。

ハリーは厳しい顔で、息を切らして戸口に立っているバートのほうへ顎をしゃくった。

「司祭の手下はみんな逃げたそうです。屋敷には、もう誰も残ってません」

「わかった」

「フィオニューラの顔はいったいどうして……」サイレンスはなおもミックの胸に顔をうずめていた。

「硫酸をかけられたんだ」もう一度、遺体の状態を確かめるまでもなかった。

その薬品の効力ならよく知っている。

硫酸はジンの製造に使われるため、セントジャイルズではありふれた薬品だ。ガラス以外のものならなんでも溶かす。皮膚も骨も。

「硫酸だなんて……」サイレンスがつぶやいた。「火傷をするとは聞いたことがあるけれど……亡くなった原因もそれなの？」

ミックは彼女の髪をなでた。「即死だったろう」嘘をついた。本当は硫酸によって鼻や口や喉がただれたことによる窒息死なので、かなり苦しい死に方だったはずだ。

「かわいそうに」サイレンスは言った。赤ん坊は疲れ果てたのか、サイレンスの肩に頭をのせてぐったりしている。「メアリーは見たのかしら？」

「いや、それはないと思う」ハリーが重苦しい口調で答え、遺体の顔にハンカチをかぶせた。「おれがここへ来たときには、もうラッドと一緒にベッドの下にいたからな。おそらくフィオニューラが押しこんだんだ」隣室に続くドアを顎で指し示す。「御頭の部屋からこっちに入ったら、司祭んとこのやつがフィオニューラを見おろしていた。そいつはおれに気づいて、慌てて逃げだした」

「おまえはなにをしていた？　なぜそいつの侵入を食いとめなかったんだ？」ミックは冷たい声で尋ねた。

ハリーが顔を赤くした。「厨房で火が出たんです。火事を広げてはいかんと思って、そっちを消しに行ってたもんで」

「罠だな」ミックはうめいた。

「ええ」バートが応えた。「なんとも巧妙な作戦ですよ」

ハリーがうなずく。「あんときはバケツで水を運ぶのにてんやわんやでした。悲鳴が聞こえて、初めて敵の侵入に気づいたんです。そのときには、あいつらはもう上の階までのぼっていやがった。行く手を阻まれて、ここまで来るのも必死でした」見るに堪えないというように、フィオニューラの遺体から顔をそむけた。「おれが来たときには、もうフィオニューラは死んでました」

「火災の原因はなんだ？」ミックは尋ねた。

バートが答えようとしたとき、ブランが駆けこんできた。髪は乱れ、悲痛な顔をしている。床に横たわる遺体を見て凍りついた。

「そんな……」

ハリーが顔を向けた。「ブラン――」

「嘘だ！」ブランはハリーが伸ばした手をはねのけた。「いやだ！　信じないぞ！」

ブランはフィオニューラのかたわらに膝をつき、顔にかけられたハンカチをそっとどけた。しばらくのあいだ、恐怖に包まれた表情で凝視していたが、急に横を向くと激しく嘔吐した。

「勇敢な娘さんだった」バートは目を赤くしていた。「やつらが入ってくる寸前に、とっさの判断で赤ん坊をベッドの下に押しこんだんだろう」

ブランは両手で顔を覆い、フィオニューラのそばを離れることができないとでもいうように前後に揺れていた。彼がこれほどの衝撃を受けるとは、正直なところミックには意外だった。そこまでフィオニューラのことは愛していないと思っていた。おそらく彼女の死にざまがあまりにもひどいせいだろう。

それとも、わたしが愛というものをわかっていないだけなのか？

サイレンスが嗚咽をこらえて震えているのが伝わってきた。

ミックはその髪をなでた。「ああ、勇気ある娘だった。きちんとした葬式を出してやるから、ブラン、心配するな」

「あんたのせいだ！」ブランがミックを見た。蒼白な顔をしているが、もう涙はなく、目だけがぎらついていた。「あんたが司祭と戦争なんかしてるから。あんたがわけのわからない誇りを捨てられないから。だから彼女が殺されたんだ。あんたが地獄に落ちろ！　さっさとやつの商売を奪って、息の根を止めておけばよかったんだ。なのに、あんたはお偉すぎて、ジンに手を出すのをよしとしなかった」唾を吐いた。「あんたがフィオニューラを殺したんだよ！」

ミックはサイレンスをかばいながら、言いわけをすることもなく、黙って若者に怒りを吐きださせた。そしてハリーに向かってうなずいた。

「さあ、来い」ハリーがブランの腕をつかんだ。「こんなときは飲むのがいちばんだ」

「放っといてくれ」ブランはそれを振り払おうとしたが、もうその力は残っておらず、まるで抜け殻のようになっていた。ハリーは若者の肩を抱いて、部屋を出ていった。

ミックはバートのほうへ顔を向けた。「この部屋をきれいにさせろ。フィオニューラの遺体は、葬儀まで地下の貯蔵室に安置しておくんだ」バートはしょぼくれた犬のような顔でうなずいた。

ミックはサイレンスとメアリーを連れて自室へ戻った。悲惨な亡骸《なきがら》のある現場に長居はさせたくなかった。

彼の部屋はまったく荒らされていなかった。それを見て、ふと疑問がわいた。この屋敷は広いし、意図的にわかりにくくつくってある。内部の事情に通じていなければ、特定の部屋を見つけるのは難しいはずだ。だが、司祭の手下はまっすぐにサイレンスの部屋へ向かった。

なぜだ？

「どうして彼らは硫酸なんて使ったの？」サイレンスがか細い声で尋ねた。

ミックは答えに迷った。「わたしのせいだ」

彼女は顔をあげた。青白く、やつれている。フィオニューラを気に入っていたのだろう。だからブランと同じく、その死が悲しいのだ。

「あなたのせい？」意味がわからないという顔で眉をひそめる。

ミックはうなずいた。今はこんな話をするべきではないと思うが、もうごまかす気力もない。「昔、わたしはある男の顔に硫酸を浴びせかけた」

サイレンスがびくっとして体を引いた。当然だろう。誰かに硫酸をかけるなどというのは野蛮な行為だ。ぞっとされても仕方がない。

「なぜそんなことを？」

質問されたことに驚きを覚え、彼は両眉をあげた。野蛮な人間にどうしてそんな野蛮なことをしたのかと尋ねても、理由などあるわけがない。

「そいつを殺したいと思ったとき、ちょうどそこに硫酸があったからさ」

サイレンスはしばらくミックを凝視していたが、やがて重そうにまぶたを閉じた。

「疲れているから、うまく訊けないんだけど……」言葉を選んでいるように見える。「きっと、いろいろあったのよね」これ以上、話を続ける力もなさそうな様子だ。「だから、ひとつだけ教えてちょうだい。その話とフィオニューラの死はどう関係しているの？」

「わたしが硫酸をかけた男は……」ミックは答えた。「チャーリー・グレイディ、つまりホワイトチャペルの司祭なんだ」

サイレンスはマイケル・オコーナーの顔をじっと見た。彼は盗賊で、人殺しで、しかも今の話によれば、過去にぞっとするような行為をした。報復されても仕方のない犯罪だ。だけど……。

それでも彼がそんなにひどい人間だとは思えない。それぐらいのことはわかるようになった。今もその瞳に宿っているのは悲しみだけだ。

「マイケル……」サイレンスは彼の頬をてのひらで覆った。

濃い茶色の瞳に驚いたような表情が浮かんだのを見て、思わず笑いそうになった。この人は本当に同情された経験がないのだ。サイレンスは爪先立ちになり、唇にキスをした。それが今はとても自然なことのように思えた。

ところが、相手の反応の激しさに驚いた。メアリーを抱いたまま軽くキスをしただけなのに、どういうわけか彼に対してそういうことは通用しないらしかった。

マイケルは唇を開き、ふたりを守るように抱いて、荒々しくキスを返してきた。彼の息は歌劇場で飲んだワインの香りがした。それがもうずっと昔のことのような気がして、サイレンスは泣きたくなった。

メアリーを床におろそうと、いったん体を離した。マイケルの腕に抱かれて、男と女としてキスをしてみたい。

そのときだ。何者かが彼の首に腕をまわし、ぐいっとうしろに引いた。

サイレンスは悲鳴をあげようとしたが、誰かに手で口をふさがれた。

「しいっ」ウィンターが耳元でささやいた。「大丈夫だ。おまえを連れ戻しに来た」

口をふさがれたまま、サイレンスは目を見開いた。いやよ、今マイケルから引き離さないで！　エイサがマイケルの袖から短剣を抜きとった。マイケルは異様なほど落ち着いている。

「心配するな、サイレンス。彼らはわたしにはなにもしない」

ウィンターがうなった。

背後で戸口のほうから貴族の声がした。「とんだ自信だな。わたしの義理の妹を傷つけていれば、そういうわけにはいかないぞ」

サイレンスはウィンターに口を押さえられたまま振り返った。姉の夫であるケール卿が立っていた。ケール卿は長い銀髪をうしろで束ね、いつも黒い服に身を包んでいる。普段でさえ恐ろしげに見えるのに、今夜はひときわぞっとするような表情をしていた。それを見て、彼女は恐怖に身がすくんだ。

サイレンスはウィンターの手を静かに口元から外した。「お願いだから、彼を痛い目に遭わせないでちょうだい。わたしはなにもされていないわ」

「そうか？」エイサが暗い口調で言う。「じゃあ、おれたちがさっき見たあれはなんだ？　こいつはおまえを抱きしめていたじゃないか」

その隣でコンコードがマイケルをにらみつけた。

サイレンスは顔が熱くなったものの、しっかりと顎をあげた。「兄さんたちには関係ないことよ」

「サイレンス――」コンコードが怒鳴りかけた。

ケール卿が咳払いをしてそれを制した。「きみの身の安全は、わたしたちにとって大事な問題なんだよ。肉体的にも、そして精神的にもだ。だから、きみとメアリー・ダーリンを取り返しに来た」

これが数日前だったら、兄たちが助けに来てくれたことを喜んだのに、とサイレンスは思った。でも、今は以前と状況が違う。わたしも変わった。ここでマイケルを見捨てるわけにはいかない。彼は屋敷を襲撃され、今こそわたしを必要としているのだから。

彼女の苦悩を察したのか、マイケルが言った。

「一緒に行きたまえ。それがきみのためだ。もはや屋敷はもう安全とは言いがたい。わたしにはきみを守ることができないんだ」

サイレンスは驚いて目をみはった。彼が敗北を認めて引きさがるなんて。しかも、わたしのために。自分の屋敷なのに、ここではわたしを守ることができないと口にするのは、どれほど自尊心が傷つくことだろう。涙がこみあげてきたが、まばたきをして必死にこらえた。

せめて、彼の顔をしっかりとまぶたに焼きつけておきたい。

ケール卿が感じ入ったような顔つきでマイケルを見た。マイケルもその視線を受けとめた。

ふたりのあいだには、なにか通じあうものがあるように見えた。

ケール卿がうなずいた。「感謝する、オコーナー」

マイケルはうなずき返し、どういうわけかウィンターに向かって頼んだ。「昼夜を通してふたりを警護してほしい。わたしの敵はホワイトチャペルの司祭だ。やつはサイレンスと赤ん坊を狙っている」

サイレンスは兄を見あげた。ウィンターはマイケルに対して、たとえわずかでも敬意など感じているはずはないのに、それでも短くうなずいた。「わかった」

マイケルがサイレンスの前に来た。不意を突かれ、エイサは身動きが取れなかった。マイケルは彼女の頬を両手で包みこんだ。

「わたしのことを忘れないでくれ」

そして兄たちの前だというのに、唇をむさぼり、舌を絡めあうような激しいキスをした。うめき声を漏らして、マイケルが唇を離した。サイレンスは廊下へ連れだされた。メアリーをしっかり抱きしめ、三人の兄とケール卿にぴったりと囲まれながら廊下を進む。途中で誰とも会うことはなかった。手下たちはほかのことで忙しいのか、あるいはマイケルから手を出すなと言われているのかもしれない。彼女にはどちらとも判断がつかなかった。

ドアが開き、気がつくと寒い戸外へ出ていた。肩越しに振り返ると、御殿のみすぼらしい外観が目に映った。待機していた馬車へ、そっと、だが急いで乗せられた。

馬車の扉が閉まり、兄のひとりが御者に指示を出した。馬車は急いでその場を離れた。

「サイレンス」テンペランスの声がした。姉は向かいの席に座っていた。

一年前と同じく、サイレンスはミッキー・オコーナーの屋敷をあとにして、姉の腕のなかで泣き崩れた。

12

賢者ジョンは甲冑《かっちゅう》を着こみ、山のてっぺんにのぼると、「タマーラ！」と叫びました。すぐに雲のなかから虹色の鳥が舞いおり、賢者ジョンの頭上で旋回したあと、地面におりて、人間の姿になりました。タマーラは賢者ジョンを見ると、嬉しそうに手を叩きました。「まあ、友人よ、お元気だった？　王国は気に入っていただけたかしら。もう輝く湖では泳いだの？」賢者ジョンはそれに答えず、顔をしかめて西の方角を向きました。隣国の軍隊がこちらへ向かっているのが見えました。「ふたつ目の願い事だ。無敵の軍隊が欲しい」タマーラは両腕を広げました。「お望みのままに！」

『賢者ジョン』

「敵に内通している者がいる」夜中の一二時を過ぎたころ、ミックは静かにそう告げ、ハリーがどんな反応を示すか確かめた。ハリーのことを疑っているわけではない。だが、今夜の襲撃事件が起きるまで、そもそも手下が裏切るなどとは露ほども思っていなかったのだ。自分の確信など、あてにはならない。

今夜は四人の男たちにサイレンスを引き渡すしかなかった。この屋敷は、もはや彼女と赤ん坊をかくまっておけるほど安全ではなくなったからだ。あんなふうにおめおめと引きさがったのは初めてだった。もし一カ月前に、わたしのものを奪った相手を黙って屋敷から出すかと尋ねられたら、即座に笑い飛ばしただろう。しかし、それはサイレンスと赤ん坊が自分にとってこれほど大切な人間になる前の話だ。今やあのふたりはかけがえのない存在だ。それに比べれば、わたしの自尊心や世間での評判などはどうでもいい。チャーミング・ミッキー・オコーナーも骨抜きになったものだと言うやつがいたら、勝手に言わせておくまでだ。

ハリーが醜い顔をゆがめた。内通者がいるとはっきり言われて困惑しているが、それほどの驚きはないという表情だ。

「その裏切り者が司祭んとこの者を御殿に引きこんだと思ってるんですね」

ミックはうなずき、椅子の背にもたれかかった。ふたりは作戦室にいた。屋敷のなかでいちばん安心して内密の話をできる部屋だ。作戦室の一面は外壁であり、左右の二面は壁が分厚く、ドアはひとつしかない。ミックの机は部屋の奥にあるため、そこで話しているかぎり、たとえドアの外で聞き耳を立てている人間がいたとしても声が漏れる心配はない。

こんなふうにありとあらゆることを疑いながら生きてきたというのに、それでもまだ疑い足りなかったというわけだ。

「厨房で起きた火事の原因は突きとめたのか?」

ハリーは天井を眺めながら、ぽりぽりと頭をかいた。「それがよくわからないんでして。

厨房はめちゃくちゃで、火元の特定は難しいってのが正直なところですね。アーチーが言うには、地下の貯蔵室へカブやらなんやらを取りに行って戻ってきたら、あたり一面、黒い煙に包まれてたってんですよ」

「煙突が詰まっていたのか？」

ハリーは首を振った。「いや、ちゃんと空気は通ってました。じつはバートと火災現場を調べていたときに、裏口で脂っぽい雑巾というか、まあ、その焼け残りのようなものを見つけたんです。もしかしたら、それでじわじわと火をつけ、そのあいだにそいつは逃げたのかもしれませんね」

ミックはうなずいた。「最初に火事だと叫んだのは誰だ？」

ハリーは難しい顔をして考えこんだ。「さあ……ブランか、それともアーチーか」肩をすくめる。「あんときは、みんなが叫んでましたからね」

「侵入者に気づいたのはいつだ？」

「叫び声が聞こえたんです。今にして思えばフィオニューラでしょう。それで赤ん坊の部屋に向かったんですが、そりゃあもう敵の数が多いのなんのって」ハリーは頭を振った。「武装したのばかり二、三〇はいましたね。そのころだと思いますよ、御頭が玄関から入ってきたのは。それでやっと赤ん坊の部屋にたどりつけたってわけです」もう一度、痛ましそうに頭を振る。「あいつら、赤ん坊の部屋に入るなり、フィオニューラを殺したんでしょうな。硫酸で死なすには時間がかかる。でもおれが行ったときには、もうあの娘さんは死んでましたからね」

ミックはうなずいた。「玄関で見張りについていたふたりは背後から殴られていた。つまり、殴った相手は屋敷のなかから出てきたということだ」

ハリーは怖い顔をした。「裏切り者がどいつかは知らないが、ひでえことをしやがる。あんな赤ん坊と罪もない女を殺させようとしたんですからね。フィオニューラが機転を利かせていなきゃ、赤ん坊も死んでいたでしょうよ」

「いや」ミックはひとり言のようにつぶやいた。「司祭は赤ん坊を生きたまま人質にしただろう。なんといってもわたしの子供だから、いい切り札になる。やつがそれを知っていたということ自体、内通者がいた決定的な証拠だ。司祭はメアリーのことも、赤ん坊がどの部屋で寝ているかということも、わたしが今夜は出かけているということも、すべて情報として得ていたわけだ。わたしが赤ん坊を孤児院に隠していたことも伝わっていたのかもしれないな」

ミックは机に手を置いて指を合わせ、指輪を見ながら考えた。誰が裏切ったのかは明らかだった。残念な気持ちもあるが、今はそんなことを考えている場合ではない。そいつはサイレンスとメアリーの身を危険にさらした。あとはどうやって落とし前をつけさせるかだ。見せしめとして殺すこともできる。あるいは気づかないふりをして泳がせ、司祭に偽の情報を流させるか……。

ミックは顔をあげ、机の前に黙って立っているハリーを見た。「急襲をかける。おまえはバートと一緒に厨房の修理を手配し、フィオニューラの葬儀の準備をしろ。立派な墓石をつくらせるんだ。裏切り者の話は他言無用だ。絶対、誰にもしゃべるんじゃないぞ」

「わかりました」ハリーはのろのろと応えた。「で、御頭はどうするんで？」

「サイレンスとメアリーのあとを追う」ミックはにやりとした。「司祭の裏の裏をかくんだ。やつは報復攻撃に備えているだろうから、こっちはしばらく待って油断させる作戦を取るという話を流せ。わたしがロンドンを離れれば信憑性《しんぴょう》が増すだろう。やつが気を抜いたところを狙って、ジンの製造所を襲うんだ。盛大に爆発させて炎上させろ。やつは自分が襲われることは警戒しているだろうが、まさか製造所を狙われるとは思っていないはずだ。資金源を断ってやる」

ミックは立ちあがり、机の上の書類をまとめた。明日の午前中にロンドンを発《た》つつもりなら、今夜中に金庫番のペッパーと話をする必要がある。ペッパーが推し進めてきた投資が重要になるからだ。

ハリーが黙りこんだ。なにか言いたいことがあるのだろうと思い、ミックは顔をあげた。

ハリーは悲しそうな表情をしていた。

「彼女のことは放っておいてやったらどうです？」

ミックはわからないふりはしなかった。「そうだな。そもそもわたしが彼女に関わらなければ、こんな目に遭わせることもなかった」皮肉なものだ。だが、今さらそんなふうに思っても手遅れだ。「ハリー、わたしがいないあいだ、こっちを仕切れるな」

「もちろんです」ハリーは厳しい顔つきになった。「あいつの製造所を空まで吹き飛ばしてやりますよ」

「うちの者を四人も殺され、それでいて赤ん坊は奪えなかったわけだな」チャーリーは大理石の墓石を見ながら、静かな声で隣にいるフレディに言った。

フレディはその声が聞こえるほどには近くにいるが、鉄拳《てっけん》が飛んできたら身をかわせる程度には離れていた。馬鹿な男ではない。

「赤ん坊はどこかに隠されてたんです」彼は言いわけをした。

「だったら見つけろ」チャーリーは墓石をなでた。グレイスは決して逆らわない、いい女だった。「絶対にさらってこいと言ったはずだが？」

フレディはきまりが悪そうにもじもじした。「わかってます」

「女のほうはどうなった？　硫酸で殺せと命じた女だ」

「それがチャーミング・ミッキー・オコーナーと一緒に馬車で出かけちまったんです。シルクのドレスを着て、めかしこんでました」

チャーリーはゆっくりと顔をあげた。「めかしこんでいただと？」

その口調にフレディは警戒心をあらわにした。「それがなにか？」

「おもしろい。やつはこれまで一度も女と出かけたことなどなかったのに」

「内通者の情報によれば、晩餐ではいつもやつの右隣に座っているそうです」

「だったら殺さなくて正解だ」チャーリーは深く息を吸いこんで空を見あげ、顔の右半分に陽光のぬくもりを感じた。左半分は麻痺している。指先で左側を触ってみた。ただれた跡が醜いしわ状に残り、眼窩《がんか》のくぼみだけが妙につるりとしていた。一六年前からずっとこうだ。目に憎しみをたたえた美しい少年に硫酸を浴びせられた、あの日からずっと。

「この日を待っていたんだ」チャーリーはぼそりと言った。

「はい？」

顔を戻し、怯えているフレディにほほえんだ。

「ミッキー・オコーナーに好きな女ができる日さ」

夢ばかり見る浅い眠りから目が覚めたときには、すっかり明るくなっていた。サイレンスは頭をあげ、肩こりの痛みに顔をしかめた。馬車の窓から外を見ると、地平線まで続く灰色の大地に太陽の光が降り注いでいた。

「今夜にはオックスフォードに着くわ」向かい側の席に座っているテンペランスが言った。

膝ではメアリーが新しい人形で遊んでいる。メアリーはサイレンスが目覚めたことに気づくと、人形を放り投げ、両腕を伸ばして抱っこをせがんだ。

「もうそんなところまで来たの？」彼女は赤ん坊を抱きあげた。ロンドンから出たことはほとんどないが、それでもかなりの距離を来たのはわかった。それだけマイケルからも遠くなったということだ。

「あなたは眠っていたけれど、チェッピング・ワイクームで馬を換えたのよ」テンペランスが説明した。「今度換えるときは昼食のための休憩も取ると夫が言っていたわ。次の町に、居心地のいい個室で食事のできる宿屋があるの。結婚式のあと、シュロップシャーにあるケールの領地に行く途中、そこに寄ったのよ」

「わたしはシュロップシャーに行くのね？」

「ええ。そこがいちばん安全だと思うから。ロンドンから遠いし、あなたとメアリーをしっかり守ることもできるわ」

自分の名前を呼ばれたメアリーはもぞもぞと動き、サイレンスの膝からおりて座席に座った。だが、どうせそこもすぐに飽きるだろう。メアリーがじっと座っているのは、マイケルがサイレンスに贈った挿し絵のある本を見ているときだけだ。その本に描かれているおかしな船や、コバルト・ブルーの海から出てくる変わった怪物たちを見るのが大好きなのだ。

サイレンスは胸が痛んだ。本は今も御殿にある。もう二度と、あの挿し絵を見ることもないだろう。

深いため息をつき、赤ん坊に人形を持たせた。「ケール卿はどこにいらっしゃるの？」

「御者と一緒に外の座席にいるわ」テンペランスは答えた。「あなたが姉だけに話したいこともあるだろう、と言って」

サイレンスは顔を赤らめ、洞察力の鋭い姉の目から視線をそらした。テンペランスの分別のよさは、たしかに大いなる助けになる。「感謝すべきだということはわかっているわ」

テンペランスが考えこむように唇を引き結んだ。「でも、そんな気分にはなれないのね?」

「そうじゃないの」サイレンスは深いため息をつき、混乱した頭を落ち着かせようと努めた。

「本当にありがとう」

「でも?」

「でも、助けてもらわなくてもよかったの」

テンペランスは黙って両眉をあげた。

「わかっているわ」サイレンスの感情がほとばしった。「彼は盗賊だし、ひどい人よ。一度はわたしも深く傷つけられたし、その彼にまた捕まってしまったわけだから――」

テンペランスがそっと咳払いをした。「二度目は決していやではなかったようね」

「ウィンターから聞いたの?」暗い声で尋ねる。

姉は唇の片端だけで小さく笑った。「エイサよ。頭の固い独身のおばあさんみたいに衝撃を受けていたわ」

サイレンスは腹部の前で両腕を重ね、高級馬車の座席に沈みこんだ。「エイサとコンコードも外なの?」

「いいえ」テンペランスが首を振る。「コンコードは仕事に戻ったの。エイサはチェッピング・ワイクームまで一緒に来たんだけど、急に商売のことが気になりだしたらしくて帰っていったわ」

「そう」サイレンスは複雑な気分になった。妹のことなどエイサにとっては優先順位が低いと知って傷つくべきなのか、それとも昼食で顔を合わせずにすむことを喜ぶべきなのかわからない。「ウィンターは?」

「孤児院をほったらかしにはできないでしょう?」テンペランスは穏やかに言った。「今は人手が足りないときだから」

それもわたしのせいだわ。サイレンスはそう思い、窓の外を流れる灰色の景色に目をやった。太陽は空高くのぼっているが、冬景色に負けて日差しは弱い。今日は寒い一日になりそうだ。

自分がいけなかったのだということはわかっている。ミッキー・オコーナーの屋敷に行った直後は相手の思いどおりになるまいと心に誓っていたのに、いつの間にか彼をマイケルと呼ぶようになり、最後にはあろうことか彼の寝室でキスまでしてしまった。

でも、それが現実なのだから仕方がない。わたしにとって、彼はもはや悪名高い盗賊王ではない。ひとりの人間として魅力的な人だと思っている。わたしは盗賊に惹かれたわけじゃない。

ひとりの男性を好きになったのだ。

「きれいなドレスね」テンペランスが抑揚のない慎重な口調で言った。

サイレンスは涙がこみあげそうになった。本当に美しいインディゴ・ブルーのドレスだ。だが、もう二度とこれを着ることはないだろう。彼はまたオペラへ連れていってくれると言ったけれど、ふたたびそんな機会が訪れるとは思えない。

「彼に言い寄られたのね？」テンペランスが静かに尋ねた。

「みんなが思っているような意味ではないわ」陰鬱な景色に目を向けたまま答えた。「ベッドはともにしていない。でも、そうね、口説かれてはいたと思う」

「どういう意味かよくわからないわ」

サイレンスはゆっくりと頭を振った。「彼はみんなが思っているような人じゃないの。つまり……世間で言われているような男性ではあるけれど、もっと魅力的で、強くて、賢いのよ。たしかに恥の概念はあまりないかもしれないけど、だからといって鈍感なわけじゃない。それどころか、深くて豊かな感情を持っているわ。そこに惹かれるの。表向きの顔と本当の顔はまったく違うのよ」

「今の話からでは、彼があなたに対して特別な感情を抱いていることは伝わってこないのだけど」

「そう？」サイレンスは自分の膝を見た。「彼はわたしを大切にしてくれた。間近で見ていればわかることよ。だけど結局のところ、どちらでもいいような気がするわ。それでわたしの気持ちが変わるわけではないから」

「そう」テンペランスの口調が厳しくなった。「でもね、わたしたちのミスター・オコーナーに対する評価は大きく変わるわ。彼がまたあなたを傷つけるようなことをしたのだとしたら許せない。そう思っているのはわたしだけではないわよ。コンコードがあんなに感情的になるのは初めて見たもの」

サイレンスは顔をしかめた。「そんなに怒っていたの?」

「あなたのことが心配で仕方ないのよ。コンコードは男性だから、それを怒りという形で表現するだけ。昨晩は大変だったわ。おとなしく家に帰るように、ウィンターが何時間もかけて説得したの。そうでなければ、今ごろミスター・オコーナーは目のまわりに痣《あざ》をつくっていたでしょうね」

「まあ」

「エイサはああいう人だから顔には出さないけれど、ずいぶん動揺していたみたい。それにウィンターはずっと怖い顔をしてたわ。彼は物静かな性格だから言葉にはしないだけで、あなたのことを本当に大事に思っているのよ。あなたがいなくなってから、ずっと心配しつづけていたんだと思うわ」

サイレンスは目を閉じた。「ごめんなさい。ウィンターにそんな思いをさせるつもりはなかったの。ただ、メアリーの身に危険が及んでいるとマイケルに言われたから……。それが彼の思い過ごしじゃなかったことは、ゆうべはっきりしたわ」フィオニューラの無残な顔を思いだし、唇が震えた。「メアリーの世話をしてくれていたメイドが司祭の手下に殺されたの」

「かわいそうに」テンペランスは心から同情している声で言った。「あなたを奪い返す機会はないかと、この二日間、ケールとエイサがミッキー・オコーナーの屋敷を見張っていたのよ。そこへあの火事騒ぎが起きたものだから、ウィンターとコンコードを呼びに行って、突入したというわけなの」

サイレンスはうなずいた。「正面玄関の見張りが殺されていたものね。そうでなければ屋敷のなかには入れなかったわ」

ふたりは黙りこんだ。サイレンスはフィオニューラの死を悼み、依然として敵に狙われているマイケルを心配した。メアリーはしばらく人形で遊んでいたが、やがてそれを床に放り投げ、座席に膝をついて窓の外を眺めはじめた。

サイレンスはため息をつき、姉に目をやった。テンペランスは以前よりも若く見えた。まだ三〇歳にもなっていないのだから実際に若いのだが、姉は昔から落ち着いていて、威厳があり、少し堅苦しい人だったのだ。「結婚して幸せそうね」

驚いたことに、姉が頰を紅潮させた。「ええ」

サイレンスは弱々しくほほえんだ。「愛する人に愛されるというのはいいものよね」

ケール卿は一見したところ恐ろしげな男性ではあるが、この世には妻しかいないという目でテンペランスを見つめる。サイレンスは急に恐怖に駆られた。ウィリアムはそこまで情熱的にわたしを愛してくれただろうか？　悲しいことだけれど、そうではなかった気がする。わたしにとっては夫が生活のすべてであり、夜は夫の夢を見たが、ウィリアムはわたしがいなくても生きていける人だった。

「ええ、本当に幸せだと思うわ」姉の言葉にサイレンスは現実に引き戻された。テンペランスは続けた。「ときどき、いつの間にかにこにこしながらケールを眺めていることがあるの。

彼ったら、それに気づくと不思議そうな顔をするのよ。それがおかしくて笑ってしまうんだけど、そうすると彼は……」頭を振って言葉を切る。「とにかく、結婚がこれほどいいものだとは知らなかったわ」

「亡くなった旦那様のことはそんなふうに愛していなかったのね?」サイレンスは力ない声で訊いた。姉はまだ若いころ、ほんのしばらく結婚生活を送っていた。

「そういうことよ」テンペランスが即答した。「誰かとこれほど深い人間関係を結べるなんて驚きだわ。でも、あなたにとってはそうじゃないわよね。あなたはウィリアムと愛しあっていたもの」

姉の口調は穏やかだったが、それでもサイレンスはウィリアムの名前が出たことにどきっとし、胸に矢が刺さったような激痛が走るのを覚悟した。だが、なぜだかそれほど鋭い痛みは感じなかった。もちろんウィリアムを亡くした悲しみが消えたわけではない。それはいつまでも残るのだろう。でも、いつの間にかその寂しさは和らぎ、彼のことを遠くに感じるようになっている。

それより今、胸をえぐられるようにつらいのは、マイケルとの別れだ。

そこまで考えて、サイレンスははっとした。たしかにわたしは彼に惹かれている。それは本当だ。でも、そんなものは一時的な感情だと思っていた。まさか彼のことをこれほど愛おしく思っているなんて……。ふいに激しい不安に襲われた。どうしよう、もう一生、彼には会えないかもしれないのに。

「大丈夫？」テンペランスが探るように尋ねた。

サイレンスはため息をつき、首を振った。「とんでもないことになってしまったみたい」

テンペランスがほほえむ。「そんなことはないわ。なんとかなるわよ」

彼女は姉の顔をじっと見た。「わたし……マイケルを愛しているんだと思うの」

テンペランスは目をしばたたいた。「まあ」

「自分でも驚きよ」サイレンスはクッションの効いた背もたれに頭を預けた。「きっとみんなに反対されるわよね。彼はウィリアムほど落ち着いてもいないし、親切でもないし――」

「それに善良でもない」テンペランスは冷ややかに言ってのけた。

サイレンスは助けを求めるように姉を見た。「どうしたらいいの？　彼にはもう二度と会えないかもしれないのよ」

「こんな忠告は聞きたくないでしょうけど……」テンペランスが静かに言う。

サイレンスは鼻の頭にしわを寄せ、ぷいと窓の外を見た。だが、姉の言葉を無視することはできなかった。

「彼のことは忘れなさい」

13

山の下に軍隊が現れました。甲冑をつけた騎馬兵と一般の歩兵が、それぞれ剣と盾を手にしています。賢者ジョンはすぐさま山をおり、軍隊を率いて国を守るために戦いました。男たちの怒声や馬のいななきが、何キロも先まで聞こえました。地面にできる影が長くなるころ、賢者ジョンはあたりを見まわし、自分たちが勝利したことを知りました。ふと見ると、自分が身にまとっている甲冑の右腕の継ぎ目に、青い羽根が挟まっていました。

『賢者ジョン』

当然のことながら、ケール卿が領地に所有している屋敷は圧倒されるほど豪華だった。サイレンスは、たとえいっときでもマイケルのことを忘れられるような気晴らしはないかと、ケール卿の広い図書室で物憂げに本を見てまわった。ガラス張りのフレンチドアから夕日が差しこみ、壁三面に並んだ大きな書架を照らしていた。

ロンドンを発って一週間が経つが、マイケルからはなんの連絡もない。

本当はこの状況にもっと感謝すべきなのだということはわかっていた。ハンティントン・マナーと呼ばれるケール卿の屋敷は広大で、食事はすばらしく、使用人たちがすべて身のまわりの世話をしてくれる。だが正直なところ、サイレンスは使用人を使うことに慣れていなかった。執事はいかめしい年配の男性で、彼と話をしなければいけないとなると、いつも気おくれがして顔が真っ赤になった。驚くべきことにテンペランスは、いたって自然に振る舞っていた。料理人とメニューの打ちあわせをしたり、家政婦に飾りつけの指示を出したりしているところは、すっかり若奥様ぶりが板についている。

サイレンスはやれやれと頭を振り、書物の背表紙を指でなぞった。この屋敷のほかの部分と同じく、蔵書のそろえは立派なものだ。歴史書、詩集、哲学書から、果ては小説まで並んでいる。ゆっくり本を読めるというのは本当は喜ぶべきことだ。ここではなんの雑用もないし、なんの心配もしなくていいのだから。

「ばっ!」メアリーがフレンチドアを叩いた。フレンチドアの前にはテラスがあり、その向こうにはきれいに刈られた芝生が広がっている。メアリーは芝生におり立った鳥を見ながら、ドアにつかまってよちよちと歩いていた。

サイレンスは書架へ顔を戻し、適当に一冊を抜きだした。それはラテン語で書かれた歴史書のようだった。ラテン語はお世辞にも得意だとは言いがたい。彼女は顔をしかめ、その本を棚に戻した。

もう一週間も経つというのにマイケルから連絡がない。でも、それが当然じゃないの?

彼はケール卿と兄たちにわたしを預けた。わたしの身の安全のためと言っていたが、じつはほっとしているのかもしれない。わたしがいなければ、またなんの気兼ねもなく娼婦をそばに置けるし、その気になればふたりでも三人でも寝室に連れていける。また自由気ままな盗賊の暮らしを満喫できるのだから。

サイレンスは書架を足で蹴った。

「わんわん！」背後でメアリーの声がした。

「それはわんわんじゃなくて鳥よ」サイレンスは振り返りもせずに言った。

「わんわん！」

フレンチドアのほうから鈍い音が聞こえた。

メアリーが転んだのかと思い、サイレンスはうしろを見た。メアリーはまだつかまり立ちをしていた。フレンチドアの向こう側では、見覚えのある犬が嬉しそうに尻尾を振っていた。

「ラッド？」サイレンスはフレンチドアに駆け寄り、あたりを見まわした。外は暗くなりかけていたが、芝生の向こうに並ぶ木々のあいだに人影が見えた気がした。「まさか……」

もちろん、この屋敷には警備の者が大勢いる。ケール卿はサイレンスを連れ帰ると、すぐに村の屈強な男たちを雇い、屋敷の敷地を巡回させるようにした。彼女は首を伸ばして周囲を見まわした。ちょうどふたりの警備の男性が敷地の端をかすめるように通っていった。これまでの経験からすると、敷地をぐるっとまわるので、彼らはあと一〇分は戻ってこないはずだ。

もし途中で気を変えて引き返してこなければの話だが……。

サイレンスは大急ぎで鉛筆を見つけ、先ほどのラテン語の本を抜きだし、白紙のページを探した。テンペランス宛ての伝言を書きつけ、そのページを開いたまま、本をテーブルに置く。そしてメアリーを抱きあげ、フレンチドアから外に出た。ラッドが怒った野兎のようにぴょんぴょんとサイレンスのまわりを跳ねまわった。幸いにも吠えないだけの知恵はあるらしい。

「彼はどこ？」彼女は小声で犬に尋ね、そんな自分をなんだかまぬけに思った。

ラッドがぴくっと耳をあげ、芝生の向こうに並ぶ木々のほうを見た。

間違いないわ。

サイレンスは芝生を走って横切った。心臓が速いリズムを刻んでいる。目を凝らして暗い木々のあいだを見まわしたが、人の姿はなかった。激しい落胆に襲われた。さっき人影を見たと思ったのは気のせいだったのだろうか。ラッドはロンドンからずっとわたしたちの馬車のあとをついてきただけかもしれない——。

誰かに口をふさがれた。

「しいっ」マイケルの声がした。

彼女はうなずいた。

マイケルが手を離し、サイレンスを見た。彼はまるで別人のようだった。いつもと違い、黒っぽい地味な格好をしている。上着は茶色で、帽子は黒い三角帽だ。豊かな黒髪はありふれた白いかつらに代わり、そのせいで顔が痩せて、頬骨が高く、険しい表情に見えた。

「一緒に来てくれるか？」マイケルがささやいた。

サイレンスは迷うことなく答えた。「ええ」


優雅なドレスを着た客人たちが〈恵まれない赤子と捨て子のための家〉のほうへ歩いてくるのを見ながら、ウィンターはひそかにため息をついた。今日のレディ・ピネロピは凝ったデザインの黄色いシルクのドレスに、刺繍を施した上着を合わせ、ベルベットのマントをはおっている。裾が汚れないようにスカートを持ちあげているため、靴を飾る宝石が太陽の光を受けてきらきらと輝いていた。そのうしろでは、レディ・ピネロピのコンパニオンであるミス・グリーブズがはるかに地味な服装で、白い子犬を抱いていた。ウィンターは靴の宝石を見て、苦々しい気分になった。その靴を買う金があれば、孤児院で使う石炭とろうそくの一年分をまかなえるだろう。


幸いにも、もうサイレンスの心配をする必要はなくなった。ケール卿とテンペランスが領地の屋敷にかくまっているからだ。しかし残念ながら、この薄っぺらな貴族女性たちの相手をして無駄な時間を過ごすという苦行からは解放されない。

「みなさん、おしゃれですね」メイドのネルがささやいた。

ウィンターは咳払いをした。「そうだな」

「子供たちはお客様のために歌うのを楽しみにしてますよ」ネルは言った。「ちゃんと声を合わせて歌うのも上手になったんです」

ウィンターは片眉をあげた。前回、子供たちの練習を耳にしたときには、とても聞くに堪える歌声だとは言いがたかった。

「ジョセフ・ティンボックスも自分が独唱する讃美歌の歌詞を覚えましたしね」ネルは続けた。「でも、お客様に振る舞うビスケットが足りるかどうか、それだけが心配です。最後に焼いた分が、あまりいい出来ではなくて」

〈恵まれない赤子と捨て子のための家〉では入所している女児たちが料理の大半を手がけるため、当然のことながら失敗も多い。その味に慣れているウィンターは、最後に焼いたビスケットがどんな具合だったのか容易に想像がついた。「大丈夫だよ」

ネルはちらりとほほえんだ。「そうだといいんですけど。お客様をがっかりさせたくはありませんからね」

「きみに手抜かりがあろうわけがないさ。それだけはたしかだ」レディ・ピネロピ・チャドウィックとその高価な靴を歓迎するために、彼は一歩前に出た。

「まあ、お出迎えありがとう、ミスター・メークピース」レディ・ピネロピは賑やかに挨拶し、スカートの裾をおろして鼻の頭にしわを寄せた。「この路地はなんとかしたほうがいいわ。この玄関の前だけでも敷石を直すというのはどうかしら」

「ここは仮の施設ですもの」ミス・グリーブズが控えめに言った。「それだったら、ずっとここに住んでいる人たちのために、路地全体の敷石を新しくしたほうがいいと思います」

ウィンターは感謝のまなざしを送った。ミス・グリーブズが恥ずかしげに笑みを返す。きれいな濃いグレーの目だと彼は思った。

「それが現実的かもしれないわね」レディ・ピネロピは唇をとがらせた。「でも、現実的なことって退屈だと思わないこと、ミスター・メークピース？」

あまりのくだらなさにウィンターは唖然としたが、ちょうど蹄《ひづめ》の音を立てながら馬が近づいてきたため、返事はせずにすんだ。

馬に乗った三人の兵士が孤児院の前で停まった。先頭の大きな黒い馬にまたがった将校が礼儀正しく会釈をした。

「お邪魔して申しわけありません。ミスター・ウィンター・メークピースにお会いしたいのですが」

いやな予感を覚え、ウィンターはその男の顔を見た。将校はふたりの部下と同じようなありふれた白いかつらをかぶり、知的な鋭いブルーの目をしていた。顔が長く、口の左右には深いしわが刻まれている。人生に鍛えられ、自分より能力の劣る相手には譲歩しない人物だという印象を受けた。

「ぼくがウィンター・メークピースですが？」

将校がうなずいた。「わたしは第四竜騎兵連隊のジョナサン・トレビロン大尉です」

「はじめまして」ウィンターは落ち着いた声で言った。貴族の女性たちが興味津々という顔で兵士たちを見あげているのはわかっていたが、あえて紹介の手間は省いた。

トレビロン大尉もそれに気づいた様子だった。いったん薄い唇を引き結んだあと、こう切りだした。「わたしたちは、このセントジャイルズで犯罪に手を染めている者たちを逮捕しろという命令を受けています。とくに、あるひとりの殺人犯を探しています。セントジャイルズの亡霊と呼ばれる男です」

「殺人犯ですって?」ネルが素っ頓狂な声をあげた。「でも、セントジャイルズの亡霊が犯人だと証明されたことは一度もありませんよ」

トレビロン大尉はじろりとネルをにらんだ。「彼が殺人を犯していないのならば、裁判でそう述べればいいのです。人にはみな、裁判の場で無実を主張する権利が与えられるのですから」

ウィンターはひそかに鼻を鳴らした。セントジャイルズの亡霊が法廷でなにかを主張するためには、執政官に賄賂を渡さなくてはいけない。ロンドンの裁判所は腐敗しきっているのだ。

「そこで、あなたにご協力を願いたいのです、ミスター・メークピース」大尉は冷ややかに続けた。「セントジャイルズで商売や事業を行っている人々には等しく同じことを要請しているのですが、とりわけあなたは高い教育を受けていらっしゃるだけに、ぜひとも頼りにさせていただきたい。どうでしょう、ご協力いただけますかな?」

「もちろんです」ウィンターは答え、ネルが余計なことを言わないように、そっと彼女の腕に手を置いた。「国のためなら、ぼくにできることはなんでもしましょう」

「ありがとう」トレビロン大尉はうなずいた。「では、セントジャイルズの亡霊や、ほかの犯罪者に関する噂を聞いたら、ぜひともお知らせください。どんな小さなことでも、大いなる助けになりますから」

「まあ、なんて勇気のあるお方かしら」女性の声がした。「セントジャイルズの亡霊を追うなんて、大変なお仕事だわ」

声の主が誰なのかはすぐにわかった。レディ・ベッキンホールだ。ウィンターは身をこわばらせて振り返った。トレビロン大尉との会話に気を取られ、彼女が近づいてきたのに気づかなかったことに衝撃を受けた。それ以上に、彼女の姿を目にして不覚にもほっとしたことにも動揺した。

今日のレディ・ベッキンホールは、銀糸を刺繍した真っ赤なドレスを着ていた。ウィンターは頬をぴくりと引きつらせた。おそらくレディ・ピネロピのドレスと同じくらいか、あるいはそれ以上の金額がかかっているのだろう。豊かなマホガニー色の髪がよく映えている。しかし、心がざわめいた理由はその贅沢なドレスではない。

腹立たしいことに、また彼女に会えたからだ。

レディ・ベッキンホールはにこやかにほほえみながら、なんのためらいもなく馬上の将校に手を差しだした。「お会いしたことはありませんわよね」

相手は彼女の手袋をした手を取り、礼儀正しくキスをした。「トレビロン大尉と申します。市民の安全を守るのはわれわれの職務ですから」

「まあ、頼もしいこと」レディ・ベッキンホールは思わせぶりにゆっくりと言った。大尉がいかつい頬を少し赤らめた。意外に純情なのかもしれない。「そう言っていただけると光栄です」

「本気でそう思っていますのよ」レディ・ベッキンホールは孤児院の前にいる人々を見まわした。「血に飢えた殺人鬼を捕まえようとするなんて、本当に勇敢ですわ」

レディ・ピネロピが小さな悲鳴をあげた。「まあ、血に飢えた殺人鬼ですって？　でも、ミスター・メークピース、セントジャイルズの亡霊は悪事など働かないとおっしゃったじゃないの」

ウィンターは肩をすくめた。「ええ、まあ。ぼくは彼がとくに危険な存在だと感じたことはなかったものですから」

「セントジャイルズの亡霊は、数件の殺人事件で容疑者になっていますよ」トレビロン大尉が口を挟んだ。

レディ・ピネロピがまた悲鳴をあげた。

ウィンターは顔をしかめた。

「そんなに怖がらなくても大丈夫よ」レディ・ベッキンホールがなだめる。「だって、こちらの将校がわたしたちを守ってくださるもの。そうでしょう、トレビロン大尉？」

「もちろんです」

「よかったわ。だって、このあたりには大尉ほど勇ましい殿方はいらっしゃいませんから」

レディ・ベッキンホールは目を丸くしてウィンターを見た。

あからさまな侮辱に彼は顔がこわばったが、それをレディ・ベッキンホールには気づかれないように努めた。そして将校を見あげた。「お話がそれだけでしたら、ぼくはこれで失礼して、こちらのお客人たちを建物のなかにご案内したいのですが」

トレビロン大尉はうなずいた。「では、淑女のみなさん、ごきげんよう」

将校は大きな黒い馬を旋回させ、ふたりの部下を従えて路地の角を曲がっていった。

「ああ、恐ろしいこと」レディ・ピネロピがわざとらしく嘆いた。「うちのシュガーちゃんも、きっと怖がっているわ」白い子犬のほうへひらひらと手を振る。子犬はコンパニオンの腕のなかですやすやと眠っていた。「こんなときはお茶をいただいて、お菓子を食べるのがいちばんよ。ミスター・メークピース、独身の方のお宅でも、お茶ぐらいは置いていらっしゃるわよね？」

独身の方のお宅だって？　馬鹿馬鹿しい。ウィンターは礼儀正しいほほえみを顔に張りつけ、たわけたことを言う女性に頭をさげた。「もちろんですよ」

玄関のドアを開け、レディ・ピネロピとミス・グリーブズをなかに入れた。レディ・ベッキンホールが隣に来た。

「もうここへはおいでにならないのかと思っていました」

「あら、そう？」レディ・ベッキンホールはいたずらっぽく両眉をあげた。「この孤児院はわたしの助けを必要としていると思ったものだから。まあ、あなたはそうは思われないでしようけど」

そう言うと、彼女はさっさと建物のなかに入った。あとに続きながら、ウィンターは眉をひそめた。

ケール卿の屋敷を出てから一週間近くが経った。サイレンスは靴下を編みながら顔をしかめた。かかとの部分はいつも編むのが難しいけれど、それにしてもこれは不格好すぎる。マイケルの馬車がひとつ大きく揺れ、そのまま速度を落とした。彼女は顔をあげて、窓の外を見た。馬車は角を曲がり、左右を並木に挟まれた小道へ入った。馬車の進みが遅くなったことに気づいたのか、ラッドが頭をもたげた。犬は床の大半を占拠して寝そべっている。

「ここはどこなの？　ロンドンには見えないけれど」

この一週間というもの、毎日、退屈を極めながら、でこぼこの道を馬車で走りつづけた。ときどき食事のために休憩を取り、小さな宿屋の食堂でそれなりにおいしい料理やひどくまずい食べ物を口に運んだ。夜は疲れきって宿屋のベッドに入り、メアリーと一緒に眠った。朝、目が覚めると、いったいどこで眠ったのかマイケルはすでに起きていて、いつも温かい紅茶を運んできてくれた。旅のあいだ、彼はずっと親切で、かいがいしく世話を焼いてくれたが、どこかよそよそしく見えた。

「グリニッジだ。やっと家に着いた」

サイレンスはマイケルの顔を見た。向かいの座席に座り、赤ん坊を膝に座らせている。彼を見ると、サイレンスはいまだに鼓動が速くなった。「家?」

マイケルはにやりとしただけで返事をしなかった。服装はケール卿の屋敷までサイレンスを迎えに来たときのままだ。地味で落ち着いた身なりの彼にも見慣れてきた。そんな格好をしていると、旅行中の商人か裕福な農場主に見える。

家ですって? 彼が家と呼ぶのはどういうところだろうと思いながら、サイレンスは窓の外を見た。並木に挟まれた小道が終わり、私道が円を描くように建物の玄関まで続いている。屋敷は赤色のれんが造りで、ひとつの角が蔦《つた》で覆われていたが、まだ寒いため葉はついていなかった。切妻《きりづま》屋根から五、六本の煙突が伸び、家の土台のまわりでは新芽が出かかっている。

サイレンスは驚いてマイケルを見た。たしかに〝家〟と呼びたくなる居心地のよさそうな屋敷だ。だが、どう考えても盗賊王には似つかわしくない。

そんな考えを読んだのか、彼が皮肉げな表情でちらりとサイレンスを見た。

「なかに入ろう」

マイケルはメアリーを抱きあげた。一週間も狭い馬車のなかであやしつづけたのだから、赤ん坊の扱いも手慣れたものだ。彼は馬車をおり、サイレンスに手を貸した。最後にラッドが馬車から飛びおりて、木におしっこを引っかけたあと、ぐるぐると大きく走りまわった。

サイレンスはスカートを振ってしわを伸ばし、顔をあげた。背の低い小太りの執事が玄関先に現れ、それに続いて若い娘がふたりと年配の女性が出てきた。

「ただいま、ビットナー」マイケルは玄関前の短い階段をのぼりながら、執事に声をかけた。

「おかえりなさいませ、ミスター・リバーズ」白いかつらをかぶった執事は赤ら顔に笑みを浮かべた。「ご旅行は快適でございましたか？」

サイレンスは目をぱちくりさせて隣を見た。マイケルは名前の間違いを指摘するようなことはせず、ただうなずいた。「まあまあだった。頼んでおいたことはどうなった？」

「万事、手配ずみでございます。妻が村でいちばんの子守りを連れてまいりましたから。こちらがローズ、そちらが妹のアニーと申します」

ふたりの娘ははにかみながら膝を曲げてお辞儀をした。姉は二〇代前半で、妹はまだ一〇代だろう。どちらもきれいなブルーの目をしており、素直そうに見える。

「ローズはミスター・ジョンソンのところで五年間も子守りとして働いていたんですよ」ミセス・ビットナーが説明した。彼女は夫より五、六センチほど背が高く、同じような赤ら顔をしている。

「なるほど」マイケルが応えた。

ミセス・ビットナーが大きくうなずいた。「なんといっても、あそこのお宅には七人も子供がいますからね。信じられます？」

「だったら、赤ん坊のひとりくらいわけないだろう」マイケルは娘を見おろした。メアリーは恥ずかしそうに父親の上着の襟に顔をうずめていた。彼は顔をあげ、サイレンスを引き寄せた。「こちらは友人のミセス・ホリングブルック。大切な客人だ。丁重におもてなしをしてくれ」

サイレンスは顔が赤くなった。独身男性の家にお供も連れずに滞在する女性は、いかがわしい職業を疑われても仕方がない。だが、使用人たちはいやな顔ひとつすることなく、歓迎の会釈とお辞儀をしてくれた。

「では、旦那様」ミセス・ビットナーが言った。「お客様をお部屋にご案内いたしましょうか？」

「ああ、そうしてくれ」

「マダム、こちらへどうぞ」

上品な造りの玄関ホールだった。床は板張りで、壁板は蜜蠟で艶出しをしてある。玄関ドアの両側と上部には窓があり、そこから差しこむ夕方の光が温かい雰囲気をかもしだしていた。玄関ホールの片端に、二階へと続く重厚な木製の階段があった。

「こちらでございます」ミセス・ビットナーは階段をのぼった。

あとに続きながら、サイレンスは家のなかを見まわした。階段わきの壁には油絵が何枚か飾られているが、マイケルがこういう絵を好むとは意外だった。風景画も二、三枚あるものの、それ以外はすべてさまざまな種類の帆船の絵だ。

「マダム？」ミセス・ビットナーが呼んだ。

サイレンスは港に停泊する帆船を描いた大きな絵画の前で立ちどまっていた。

「今、行きます」

急いであとを追うと、ミセス・ビットナーはこぢんまりとした明るい部屋のドアを開けて待っていた。サイレンスはなかに入り、室内を見まわした。そこは青色を基調とした美しい寝室で、マイケルの御殿で使っていた部屋に雰囲気が似ていた。ふと横を見たところ、隣室に続くドアがあった。

隣が誰の部屋なのかは尋ねるまでもないだろう。

「今、お湯を運ばせますから」ミセス・ビットナーが言った。「夕食は七時ですので、それまでしばらくお昼寝でもなさってくださいませ」

「ありがとう」サイレンスは礼を述べた。そして少しためらったあと、思いきって尋ねた。「ミスター・リバーズのことはいつごろからご存じなの？」

ミセス・ビットナーがカーテンをおろす手を止め、肩越しに振り返った。

「そうですね……わたしたち夫婦がこの風上の館《やかた》に雇われてから、五、六年になりましょうか」

「風上の館？」すてきな名前だ。「ここはそう呼ばれているの？」

ミセス・ビットナーは目尻にしわを寄せてほほえんだ。「ええ、地元では、このお屋敷は昔からそう呼ばれています。わたしたちは旦那様がリバーズ邸に変えたがるだろうと思っていたんですけど、風上の館でいいとおっしゃったもので」

「ミスター・リバーズはずっとここに住んでいらっしゃるの？」興味本位で訊いてみた。

「ええ、お戻りになったときはここでお暮らしになっています。でも、お仕事の関係で留守にされることが多いんですよ」

「お仕事というのは？」

「ご存じないんですか？」ミセス・ビットナーは驚いた顔をした。「造船業を営んでおられるんです。旦那様がおつくりになった立派な船が、テムズ川から海へ出ていくとのことですよ」

「まあ」ほかに返事のしようがなかった。造船業ですって？　マイケルったら、なんという突拍子もない職業を選んだのだろう。でも、たしかに地味な服装をして、ありふれた白いかつらをかぶっていれば、成功した造船業者に見えなくもない。

「ほかになにかございませんか？」ミセス・ビットナーが言った。

「いいえ。どうもありがとう」サイレンスはうわの空でほほえんだ。

家政婦はドアを閉めて出ていった。サイレンスは窓辺に寄り、カーテンを少し開け、外の景色を見た。

マイケルにはほかにどんな秘密があるのかしら？

窓の外には美しい裏庭があった。それを眺めていると、すぐに湯が運ばれてきた。熱すぎず、ぬるすぎもしない湯で顔と手を洗い、柔らかいベッドに横たわった。

けれど、ほんの数分で起きあがった。この屋敷のなかを見てまわりたい気持ちが勝り、とても横たわってなどいられなかったからだ。

寝室から廊下に出た。隣室が誰の部屋かはもうわかっている。ほかの部屋をのぞいてみると、どれも客用の寝室だった。

少しもおもしろみがない。

階段は上へも下へも続いていた。子供部屋はおそらく上階にあるのだろう。階段をのぼると廊下があり、南側に並んだ窓から夕暮れの優しい光が差しこんでいた。廊下の突きあたりにドアが見えた。

サイレンスはそのドアをわずかに開け、室内をのぞいた。

広くて美しい子供部屋の真ん中にメアリーが座っていた。そこは角部屋らしく、二面の壁に窓があり、真新しい柵で覆われていた。赤ん坊が窓から落ちないようにとの配慮だろう。子供用のベッドと小さな戸棚が据えられ、玩具は少ないものの、メアリーの人形がすでに枕元に置かれている。アニーがメアリーに、何頭か馬がついた荷車を見せていた。サイレンスが子供部屋に入ると、メアリーが顔をあげた。

「マムー！」メアリーが立ちあがり、よちよちと歩いてきた。

「こんにちは、ミス・メアリー」サイレンスはほほえんだ。メアリーもお湯できれいにしてもらったらしく、さっぱりした顔をして、新しい薔薇色の服を着せられていた。つやのある黒髪によく似合っている。慌てて立ちあがった子守りのふたりに、サイレンスは尋ねた。

「メアリーを散歩に連れだしてもいいかしら？」

「はい、マダム」

サイレンスは赤ん坊を抱きあげた。「おうちのなかを見に行きましょうね」

そうしてメアリーを抱いたまま階段をおりた。廊下で油絵の埃を払っていた小柄なメイドが、ふたりを見てびっくりした。おもしろい顔をしたスパニエル犬の絵をしばらく見たあと、さらに廊下を進んだ。しばらく行くと、右側にドアの開いている部屋があった。サイレンスはこっそりとなかに入った。男性的な内装と大きな机から察するに、どうやらマイケルの書斎らしい。壁にかかった船や帆の見取り図をしばらく眺めていたが、すぐにメアリーが飽きてしまった。

「はいはい。じゃあ、ほかのお部屋を見てみましょう」

廊下を挟んだ反対側に閉まっているドアがあった。居間かなにかだろうと思いながら、そっとドアを開けた。

そこは南側に面した広い部屋で、一面はすべてフレンチドアになっており、燦々《さんさん》と太陽の光が差しこんでいた。床はクリーム色とあんず色と若草色をあしらった落ち着いた色調の絨毯で覆われ、あちこちに座り心地のよさそうなフラシ天張りの椅子とつやのあるテーブルが配置されている。壁は蜂蜜のような色の板張りで、室内のいたるところに本があった。大型本、小型本、テーブルの上に置かれた本、たった今まで誰かが読んでいたかのようにページを開いてある本、古くて背表紙がぼろぼろになっている本、誰もまだ手をつけていないような新品の本……。どれもすべて挿し絵の入っている本ばかりだ。

「おんり！」メアリーの声に、サイレンスはうわの空で赤ん坊を床におろした。

なんと優雅で、それでいて居心地のよい部屋だろう。まるで御殿にあった蔵書をここに移し、何時間でも過ごしたくなるようにしつらえたような部屋だ。

いえ、何日でも……。

サイレンスは目をみはったまま、もう一度室内を見まわした。フレンチドアの前に簡素な書見台があり、とても大きな本が開いて置かれていた。そばまで行って、その本を見おろした。真っ青な羽の蝶の絵が描かれていた。繊細な羽がぴくぴくと動いて、今にも本のなかから飛びだしてきそうだ。そっとページをめくると、見たこともないような黒と白の縞《しま》模様の蝶が現れた。

これが以前、マイケルが話してくれた蝶の本なのだろう。彼が初めて所有し、世の中には美しいものがあるということを彼に教えてくれた本だ。これこそ、マイケルが大切に胸のうちに秘めてきた宝物なのかもしれない。

ふと顔をあげると、壁と天井の境目に蝶の彫刻が施されているのが目に入った。天井をぐるりと取り囲むようにたくさんの蝶が飛んでいる。

「気に入ってもらえたかな」

サイレンスははっとして振り返った。マイケルが犬を連れて戸口に立っていた。

「ええ。びっくりしたわ」

彼は笑みを浮かべ、窓につかまり立ちをしている赤ん坊を見た。「メアリーに花壇を見せてやろう」

「花壇があるの？」マイケルの家に庭園があると知り、サイレンスもにっこりした。

「夏はなかなかきれいだぞ。今はほとんどなにもないがね」

「ぜひ、見せていただきたいわ」

彼は部屋を横切り、フレンチドアを開けた。外へ出るとテラスがあり、常緑樹の低い生け垣の向こうに花壇が広がっていた。ほとんどの花壇にはなにも植わっていなかった。

「見てごらん」

サイレンスはいちばん近い花壇の前でしゃがみこんだ。そこだけはクロッカスの花が咲き乱れ、自然に増えた株が芝生のほうにまで広がっていた。早春のそよ風を受け、繊細な紫色の花びらがかすかに揺れている。

「ちょちょ！」メアリーがサイレンスのまねをして隣にしゃがみこみ、ぽっちゃりした指で真っ青な羽をした蝶を指さした。

蝶は驚いたように花から飛びたち、ひらひらと舞った。青い羽が陽光を受けてきらきらと輝いた。

サイレンスは感動を覚え、マイケルを見た。

彼がほほえんだ。「ようこそ、わが家へ」

ミックは首巻き《クラバット》の最後のひと結びをぎゅっと締め、化粧台の小さな鏡に映った自分をにらみつけた。風上の館はロンドンの御殿ほど派手ではないが、ひとつだけ同じにしたものがある。ベッドの大きさだ。彼は寝室を見まわした。この隠れ家を自分好みの住まいにするにはは何年もかかった。ここへ来れば、誰もわたしが悪名高い盗賊王のミッキー・オコーナーだとは知らない。そのせいで最初はひどく違和感を覚えた。いつもとは違う服を着て、異なるアクセントでしゃべり、まったく別人になるのだから当然だ。だが、どういうわけか何年かすると、その別人が自分の一部になってきた。今ではマイケル・リバーズの地味な服装をするのも、ミッキー・オコーナーの派手な格好をするのと変わらないくらい落ち着ける。

だから、こんなに緊張しているのは、そのもうひとりの自分をこれからサイレンスに見せるからだとしか思えない。この一週間、彼女とはすべての食事をともにしてきた。今さら少女のようにそわそわする理由などなにもないはずだ。

彼は悪態をついて鏡の前を離れた。だったらなぜクラバットを結ぶくらいで、こんなにぐずぐずしているのだ？　いつもはシルクやベルベットの服を平気で着こなしているというのに。

ミックは寝室を出て、足早に階段をおりた。もう七時をとうに過ぎている。料理人は彼が食事の席につくのが遅れるのをひどく嫌った。しかし、急いでいるのは料理人に気を遣ってのことではない。サイレンスに会えると思うからだ。ミックは鼻を鳴らした。わたしはいったいどうしてしまったのだ？　これではまるで、初めて娼婦を買う若造のようではないか。いや、娼婦なら、どう扱えばいいのかはよくわかる。だが、サイレンスはそういう相手ではない。立派なレディなのだ。あの生き生きとしたはしばみ色の目に隠された秘密を、一生かけて探りたいと思わせる女性だ。

ミックは食堂の前で息を整えた。大勢いる手下のなかでもハリーしか知らないこの秘密の隠れ家へ、サイレンスを連れてきた。つまり彼女に対して、わたしはおのれをさらけだしたということだ。でも、後悔はしていない。サイレンスと赤ん坊は身を隠さなければいけないし、それにはこの屋敷ほど安全でうってつけの場所はない。

そんなことを考えながら、食堂のドアを開けた。

サイレンスはすでにミックの右隣の席についていた。青色と白色の模様があるシンプルなデザインのドレスを着ている。彼女は義兄の屋敷を着の身着のままで飛びだしてきたので、ミックがそのドレスを用意させたのだ。自分が贈ったドレスを彼女が着ていると思うと嬉しかった。彼はほほえみながら自分の席へ進んだ。

サイレンスは頬を紅潮させながら、ずっとミックを見ていた。「おいでにならないのかと思っていたわ、ミスター・リバーズ」

ミックは首をかしげた。今、彼女がわざと偽名を強調して発音したように聞こえたのは気のせいだろうか？「きみのような美しい女性をひとりにしておくわけがないだろう」

「あら、そう」

彼は席につき、サイレンスのほうに顔を向けた。「メアリーはどうしている？」

「たっぷり遊んでお風呂に入ったら疲れたのか、今はぐっすり眠っているわ。あの子供部屋、すてきね」

「気に入ってもらえて嬉しいよ」

「ローズもアニーも赤ちゃんの扱いは手慣れたものだわ。それに、メアリーのことをかわいいと思ってくれているみたい。メアリーも、あのふたりにすっかりなついたのよ」

ミックはうなり声を漏らした。「わたしの娘をかわいいと思わない人間などいるものか」

サイレンスは笑みを浮かべた。「あら、初めてあの子に会ったときは、そんなふうに感じなかったくせに」

「メアリーはわたしに似て強情だ。だからお互いを知るのに、少しばかり時間がかかったのだ」

サイレンスがいぶかしげな目をした。「急にアイルランド訛りが消えたのはどういうわけかしら、ミスター・リバーズ？」

間違いない。彼女はわざとわたしの偽名を強調している。家政婦が湯気の立つ皿を手に食堂へ入ってきたのを見て、ミックは言葉に気をつけるようサイレンスに目で合図を送った。

ミセス・ビットナーは鶏肉のあぶり焼きや茹で野菜、ゼリーや果物をてきぱきとテーブルに並べた。小柄なメイドがあとについて、それを手伝った。

「さて」食卓が整うと、ミセス・ビットナーが言った。「ほかになにかお望みのものはございますでしょうか？」

「いや、充分だ」ミックは答えた。

ミセス・ビットナーは満足げにうなずき、小柄なメイドと一緒に食堂を出ていった。

「鶏肉のあぶり焼きを取り分けよう」ミックは皿に手を伸ばした。

「ええ、お願い」サイレンスは頼んだ。「あなた、ここでは別人のふりをしているの？」

彼女のことだ。単刀直入に訊いてくるであろうことは覚悟しておくべきだった。

手羽と胸肉をサイレンスの皿にのせた。「別人のふりというわけでもないのだが……。ミッキー・オコーナーだと知られていない場所があるのもいいかと思ってね」

彼が自分の皿に料理を盛るのを待って、サイレンスは鶏肉を口に運びはじめた。「じゃあ、この風上の館にいるときは普通の紳士なのね」

ミックはうなずいた。「まあ、そんなところだ」

「本当に船をつくっているの？」

「そうだ」

「どうやって？」

「それはどういう経緯で造船業を営むことになったのかという質問か？」ミックは鶏肉をナイフで切った。「数年前、わたしは金の管理をさせるためにペッパーを雇った。そのとき彼から提案されたんだ。せっかく金があるのだから、まっとうな事業に投資しておくのが賢明だとね」

「でも、どうして造船業を？　ほかに事業はいくらだってあるのに」

「それはだな」ミックは鶏肉をひと切れ口に入れ、嚙みながら考えた。「昔から、テムズ川で船を見るのが好きでね。子供のころは憧れのまなざしで何時間でも眺めていたものだ。だから、ごく自然に造船業を選んだ。ちょうどそんなころ、三代にわたって造船業を営んできた会社が資金難に陥っていることを知った。そこで、その会社に関わることを決めたんだ」

「投資は成功しているのね？」

彼は肩をすくめた。「十分の一税と同じくらいの稼ぎはある」

サイレンスは少し眉をひそめ、ワインをひと口飲み、グラスをそっとテーブルに置いた。ミックは身構えた。また盗賊をやめろと説得されると思ったからだ。ところが、彼女はまったく別の話題を持ちだした。

「御殿が襲撃された夜、ホワイトチャペルの司祭に硫酸を浴びせた話をしてくれたわよね。でも、どうしてそんなことをしたのかは言わなかった」サイレンスがミックを見た。蠟燭の明かりのせいで、はしばみ色の目が暗く見える。「理由はなんだったの？」

不意を突かれて、ミックは身をこわばらせた。この一週間というもの、いつその質問をされてもおかしくないと思っていた。けれど、彼女はこうして落ち着くまで訊くのを待ってくれたのだ。そのことには感謝すべきだろう。

口の乾きを覚え、彼はワインを飲んだ。フランス産の高級ワインだが、今夜は酢のような味に感じられた。

「わたしはまだほんの子供だった」口を開いてはみたものの、どう話せばいいのかわからなかった。あれはわたしの人生のなかでいちばんみじめな出来事だ。わたしにとっては深い傷なのだ。その傷口をどうやってさらせというのだ？

サイレンスは背筋を伸ばしたまま、澄んだ目でまっすぐにこちらを見つめ、次の言葉を待っていた。

「マイケル？　話せる？」

その声は甘い水となって彼の渇きを癒し、痛みを和らげた。

「まだ年端もいかない子供だったころの話だ」正面からサイレンスの目を見た。こんなひどい話は、そういうふうに伝えるしかないと思った。「母とわたしは、ある男と一緒に暮らしていた。チャーリー・グレイディ、つまりホワイトチャペルの司祭だ。あのころはまだ、その名前では呼ばれていなかったがね。チャーリー・グレイディはセントジャイルズでジンを密造し、一方ではわたしの母に売春をさせていた」

サイレンスは黙ったまま、目に悲しげな色を浮かべた。無邪気な少年だったわたしをかわいそうに思ったのだろう。その無邪気さはとうに消え失せた。

「母はたまに客をうちに連れてきたが、だいたいは通りで体を売っていた。わたしに愚痴をこぼすことはなかったけれど、一度だけ母が泣いているのを聞いたことがあって……」語尾がか細くなった。ミックはグラスを握る自分の指を見つめた。

当時のことを思いだすのはいやだった。だから、ずっとその記憶をわきへ押しやってきた。しかし、すっかり忘れてしまうことはできなかった。正直に言うと、今もこんな話はしたくない。だがサイレンスが知りたいというのなら、もう一度あの忌まわしい出来事と向きあうしかない。

口のなかの苦い味をワインで飲み下した。

「夜、商売に出かける前に、母はよく子守歌を歌ってくれてね。かすれた優しい声だった。母なりに精いっぱい、あの男からわたしをかばってくれたのだと思う。チャーリー・グレイディは怒ると手がつけられなくなり、わたしはたびたび殴られた。わたしのことが嫌いだったんだろう」ミックは肩をすくめた。セントジャイルズではよくある話だ。「わたしが一三歳かそこらのとき、母が病気になった。ちょうど冬時で、穀物は流通量が減り、高値がついていた。だが、穀物を買わないとジンをつくれない。でも母は病が重くて、とても仕事に出かけられる状態ではなかった」

ミックは言葉を切り、食堂は静けさに包まれた。厨房のほうから誰かの笑い声が聞こえた。心を決めて、彼は顔をあげた。サイレンスに弱い人間だと思われたくない。「わたしはきれいな顔をした子供でね。女の子にも負けないほどだった。世の中にはそういう美少年を好む連中がいるものだ」

さぞや沈鬱な表情をしていただろうに、サイレンスは目をそらすこともなく、理解を示すようにうなずいた。彼女こそ強い人だ。

「客のところへ行けとチャーリーに言われた。なんでもその男の望みどおりにしないと、死ぬほど殴られることになるぞ、と」ミックは息を吸いこみ、サイレンスの美しい目を見つめたまま話を続けた。「わたしはまだ純情で、女の子に触れたこともないくらいだったが、自分がなにをされるのかは想像がついた。それに一度ではすまないこともわかっていた。ひとたび応じてしまえば、その後もずっと客を取らされるに決まっている。そうなったら、あとは男娼として堕《お》ちていき、世間から蔑まれるようになるだけだ。それだけは死んでもいやだと思った。そこに硫酸があったんだよ。チャーリーの製造所で話をしていたんだが、ジンをつくるには硫酸を使うからね。硫酸が木片を溶かすところを見たことがあったから、その怖さも充分に承知していた。わたしはとっさに硫酸の入った容器を手に取り、中身をチャーリーに浴びせかけ、あとは必死に走って逃げたんだ」

サイレンスが震えながらため息をついた。「あなたに罪はないわ。そんなひどいことを求められたんだもの」

ミックは肩をすくめた。「そうだな。でも、母はわたしを許してくれず、こののちは一度しか口を利いてくれなかった」

「そんな！」その声には強い怒りがこもっていた。彼はそれに慰められた。「お母様があなたではなく司祭の側につくなんて、どう考えてもおかしいわ」

「理由があるのさ」ミックは言った。「チャーリー・グレイディはわたしの父親なんだ」

14

賢者ジョンの王国はどこからも攻撃されることがなくなりました。無敵軍隊のもと、国民は平和と繁栄に慣れていったのです。賢者ジョンはときおり退屈を覚えることもありましたが、そんなときは山にのぼり、自分が支配する国を眺めて満足しました。ところが軍隊を維持するには金がかかります。ある日、ふと気づくと、金を入れておく大箱が空っぽになっていました。賢者ジョンは軽い足取りで庭園に出るなり、大きな声で叫びました。「タマーラ!」

『賢者ジョン』

マイケルの最大の敵はじつの父親だった……。

その夜遅く、サイレンスはなかなか眠りにつくことができず、ベッドに横たわったまま、夕食のときにマイケルから聞いた話を何度も思い返していた。彼が父親からされたことも、心から愛していた母親が受けた仕打ちも、あまりにひどすぎる。話を聞き終えたときは衝撃を受け、なにも尋ねることができないまま、黙って食事を終えた。でも、今こうしてベッドの暗い天蓋をにらんでいると、さまざまな思いがこみあげてくる。母親にしてみれば、司祭がしていることはじつの息子にしていることだからという遠慮があったのかもしれない。だがたとえそうでも、幼い息子が暴力を振るわれるのをよくも黙って見ていられたものだ。ましてや、まだ少年だった息子が自分の身を守ったとき、彼女はなぜ大人である司祭の味方などしたのか。

サイレンスはぞっとした。これだけの過去を背負っていれば、マイケルが今のような性格になったのも説明がつく。ずっと気になっていた。どうして彼はすべてを冷ややかな目で眺め、誰かに同情するということができないのだろうと。でも、これで納得できた。彼が本来持っていたであろう同情心は、怪物のような父親によって焼きつくされてしまったのだ。チャーリー・グレイディは顔にひどい火傷を負ったかもしれないが、マイケルはそれよりはるかに深い傷を魂に負っている。

それでもまだ彼に訊いてみたいことがいくつかある。一三歳という若さで、その後、どうやって生き延びたのか。それに彼の母親はどうなったのだろう？

今夜はもう眠れそうにない。サイレンスはマイケルの寝室へと続くドアのほうを見た。ドアの下からかすかに明かりが漏れている。

衝動的にベッドから起きあがり、そっとドアへ近寄った。そしてなるべく音を立てずにドアを開けてみた。もし、もう眠ってしまったのなら……。

マイケルは上半身になにも身につけず、蜂蜜色をした巨大な木製のベッドに入り、上体を起こしていた。上掛けの上には書類が広がり、ベッドわきのテーブルには燭台《しょくだい》が置いてある。

彼が顔をあげた。

そして一瞬、凍りついたような目で戸口を見た。

手にしていた書類をおろす。「サイレンス」

彼女はばつの悪さを覚え、寝間着のスカートを片手でぎゅっとつかんだ。「ふたつ尋ねたいことがあるの」

マイケルがゆっくりとうなずいた。「なんだ?」

招かれはしなかったが、勝手に寝室へ入り、ベッドのそばの椅子に腰をおろした。

「父親から逃げたあと、あなたはどうやって生きてきたの?」

彼は書類を集めた。「ロンドンで家のない少年たちがするのと同じことをしてきたのさ。働いたんだ」

サイレンスは話の続きを待った。

マイケルは書類をそろえ、わきのテーブルに置き、彼女を見た。「チャーリーがまだ生きていることがわかったから、怖くなってセントジャイルズを出た。そのあとしばらくは物乞いをしたり、そうだな、盗みも働いたよ。だが、子供がひとりでそんなことをするのはとても危険なんだ。世の中には徒党を組んで窃盗やすりを生業にしているやつらがいて、縄張りを荒らされるのを嫌うからな。もちろん捕まる恐れもあった。そこでテムズ川へ行って、はしけの船頭に雇ってもらった。荷物の積みおろしや、船を漕ぐのを手伝ったんだ。ただし、それは昼間のことで、夜になると船頭に連れられて貨物船から盗めるものを盗んだ」

まるでなんでもないことのように、マイケルは淡々と語った。現在の彼はたくましい成人男性で、腕力も強く、荒くれ者の手下たちを束ねる能力もある。どんな状況であれ、どんな相手であれ、簡単に対処できそうだ。

でも、一三歳の彼はそうではなかったはずだ。孤児院で子供たちを世話してきたので、一三歳の少年がどんなものかはわかる。彼らはやんちゃで向こう見ずだけれど、とても愛らしく、それに傷つきやすい。頬はまだ柔らかくて、自分はもう大人だと生意気に主張しているときでさえ、目はごめんなさいと謝っている。

マイケルだって今でこそ広い胸をしているが、一三歳のころはまだ肩幅が狭く、胸板は薄くて、腕も細かっただろう。目は当時も濃い茶色だったろうが、顔が小さくて幼いから、もっとぎょろついて見えたかもしれない。そんな姿が目に浮かぶようだ。面倒を見てくれる人もなく、たったひとりで孤独を抱えながら、自力で生きていこうと決意している少年。

サイレンスは胸が張り裂けそうになった。

ひとつ息を吸いこみ、話を促した。「どこで寝泊まりをしていたの?」

マイケルは肩をすくめた。「川の上さ。頭をもたせかけられるところがあれば、どこでだろうが眠った。ひと晩とか、あるいは時間単位でベッドに寝かせてくれるような施設もあるが、子供ひとりではそういう場所に泊まるのも危ない。だから天気さえ許せば、たいていは船の上で寝たよ」

サイレンスはしみじみと彼を眺めた。こうして巨大なベッドに座っている姿は、まるで王様のようだ。腰より下は上掛けでしっかり覆われている。ふと、ズボンははいているのだろうかと気になった。

慌てて視線をあげる。「それからどうしたの？」

「あるとき、船頭とわたしは夜の仕事の最中に、テムズ川を縄張りとしているもっと大きな窃盗団と鉢あわせしてしまった。さんざん殴られて、その日の戦利品はすべて奪われたよ。このとき、物陰で傷口をなめながら、今のままでは生き延びられないと悟ったんだ」

「どういう意味？」

マイケルは両手を出して、てのひらを上に向け、当時の選択肢の重みを比較するようなしぐさをした。「わたしは狼にも兎にもなれる。それだけのことだ。わたしは狼になるほうを選んだ。翌晩、わたしはその窃盗団のところへ行き、仲間に入れてくれと頼んだ。やつらはまたわたしを殴った。いちばん下っ端だということを思い知らせるためだ。それでもわたしは仲間にしてもらい、一緒に盗みを働いた」

彼はサイレンスの視線に気づき、広げていた手を握りしめた。「やがて力が強くなり、ナイフの使い方を覚え、もういちばん下っ端ではなくなったころ、窃盗団の親分に喧嘩を吹っかけた。死ぬ気で相手を殴り、二度とまともには歩けない体にしてやった。そうやって、一五歳で窃盗団を乗っとった」

握りしめた手をおろし、それをじっと見る。「二年ほどで、わたしはテムズ川でいちばん恐れられる盗賊にのしあがった。そこでセントジャイルズに拠点を移したんだ。やがてチャーリーとも再会した。顔の火傷は癒えていたが、もう最盛期の彼ではなくなっていたよ。このときに殺すこともできたが、わたしはそうしなかった」

「どうして？」サイレンスは小さな声で尋ねた。

マイケルが顔をあげた。だが、その目が見つめているのは彼女ではなかった。なにかに取りつかれたような表情をしている。「母に……懇願されたんだ。七年ぶりに会った母は、あんな男のためにひざまずき、彼を殺さないでくれとわたしに泣きついた」

彼女は息をのんだ。母親のそんな姿を見るのは、さぞやつらかったことだろう。なんといっても命乞いをしている相手は、母親に売春をさせ、幼かった自分を殴った男なのだ。

「わたしは母の頼みを聞いた。それどころか母に哀願され、チャーリーと一緒にホワイトチャペルへ行き、そこに住まいを用意し、彼がまたジンを製造できるようにまでしてやった。その結果、チャーリーはホワイトチャペルの司祭と呼ばれるほどの力をつけたんだ」マイケルは自分を卑下するように頭を振った。「まったく馬鹿なことをしたものさ。あのときに叩きつぶしておけばよかったものを」

「それでもお母様はあなたを許してはくださらなかったの？」サイレンスは泣きたくなった。

マイケルが顔をあげた。「そんな機会もなかった。その後は二度と会えずに亡くなってしまったからな」

「会いには行った？」静かに尋ねる。

彼は苦々しげに鼻を鳴らした。「ああ、何度もね。だが、チャーリーがわたしを寄せつけなかったんだ。こっそり会おうとすれば母に迷惑が及ぶことはわかっていたから、それもできなかった。母はあの人間のくずを死ぬまで愛したんだ」

自分の息子よりも愛していたと、本当はそう言いたかったのだろう。サイレンスにはマイケルの気持ちが痛いほどわかった。

ふとうつむき、自分が寝間着のスカートをくしゃくしゃになるほど強く握りしめていることに気づいた。そっと手を開き、しわを伸ばす。

「お母様が亡くなられたのはいつ？」

「六週間ほど前だ」

彼女は驚いて顔をあげた。「そんなに最近だったなんて」

マイケルはうなずいた。「だから、きみとメアリーを御殿に連れてきたんだ。母が亡くなれば、もうチャーリーを止める者はいない。そうなったら、やつは必ずわたしに復讐しようとする。わたしに近しい人間を探しだし、その血で代償を支払わせようとするだろう。相手が女性なら大喜びだ。昔から女性をいたぶるのが好きな男だったからな」

「お母様が司祭を止めていらしたの？」

彼は顔をそむけて、うなずいた。

「だったら、お母様はあなたを愛していらしたのよ」

マイケルが感情をむきだしにした目で振り返る。

「そうとしか考えられないわ」サイレンスはささやいた。「お母様はたとえあなたに会えなくても、司祭に仕返しをさせたくないと思っていらしたんだもの」

彼は首を振った。とても信じる気にはなれないのだろう。それも仕方がない。ずっと人生のつらい一面しか見てこなかったのだから、今になって心を開き、誰かを受け入れるのは難しいはずだ。

低い声で、マイケルは話題を変えた。

「ふたつ尋ねたいことがあると言ったな」

サイレンスは視線をあげた。彼はまぶたを半ば閉じ、じっとこちらを見つめていた。彼女は顔が熱くなった。考えを読まれたのかしら?

「ええ」膝の上で両手を握りあわせ、落ち着いているように見せようと努めた。どうしてもこれだけは訊いておきたい。彼がどう答えるかによって、すべてが変わるのだから。「なぜわたしにその話をする気になったの?」

マイケルが目をしばたたいた。そんなことを訊かれるとは思ってもいなかったというように。唇にかすかながら悩ましい笑みが浮かんだ。

「もうわかっているだろう?」

彼とわたしは同じことを考えているのだろうか? 自分のことをわたしに知ってほしかったの? 自分の人生にわたしを関わらせたかったの? もしかして、という思いに息が苦しくなった。わたしが望むことを彼も求めているのかしら?

まるでそのとおりだというように、マイケルがベッドからおりた。

上掛けの下にはなにも身につけていなかった。

彼は背が高くて肩幅が広く、とても男性的な姿をしていた。肩の筋肉は盛りあがり、下腹部はサイレンスを欲していることがありありとわかる。

「わたしもきみに尋ねたいことがある」低くて危険な香りのする声だ。「今夜、わたしのベッドに来てくれるか、サイレンス？」

マイケルは全裸のまま、圧倒される雰囲気を放ちつつ、サイレンスのほうに近づいてきた。

彼女は顎をあげた。「ええ」

自分の耳を疑うように、彼は首を傾けた。「自分の言っていることがわかってるのか？」

サイレンスは唾をのみこんだ。彼の体温が伝わってくる。わたしの体も熱くなっている。

「ええ、わかっているわ」

マイケルはさらに一歩進み、目の前に立った。「ベッドに入ったら、もうわたしを止めることはできない。たときみが急に乙女らしい不安に襲われたとしてもだ。だが今なら、ここを出ていける」

彼女は腕を伸ばし、マイケルの胸にてのひらをあてた。ずっとこうしたかったのだ。彼の肌はなめらかで、焼き印を押されたのかと思うほど熱かった。もしこれが本物の焼き印なら、一生その印の痕を大切にして生きていこう。「不安はあるけれど、乙女のような振る舞いはしないわ。本当よ。わたしもあなたとそうなることを望んでいるの」

マイケルは野生動物のうなり声にも似た声を漏らした。気がつくとサイレンスはたくましい腕に抱きあげられ、ベッドへ運ばれていた。

彼はサイレンスの体を柔らかいベッドにおろし、マットレスに片膝をついた。肩の筋肉がぴくりと動いた。必死に自分を抑えているように見える。「わたしが怖いか?」

彼女はゆっくりと首を振った。相手の目にこちらを気遣うような表情が浮かんだのを見て、胸が締めつけられた。「怖くないと言ったら嘘になる。でもわたしの気持ちに変わりはないわ」

マイケルは目を閉じた。体が震えている。両手で上掛けを握りしめた。

「不安になったら、そう言ってほしい。きみに痛い思いをさせたくないんだ。わたしはただ――」

サイレンスは彼の唇を指先で押さえた。マイケルの体がこわばる。まぶたを開け、危うさをたたえた猛々しい目でサイレンスを見た。

でも、彼はわたしを傷つけない。

彼女には確信があった。理由はわからない。だが、骨の髄までそう感じる。マイケル・オコーナーはわたしの体を傷つけるようなまねはしない。そうさせる心はあるかもしれないけれど、わざとすることは絶対にない。野生動物が本能に従って行動したからといって、それを責めることはできないのだから。

マイケルの悲しみを見たような気がして胸が痛んだが、そのことは忘れ、目の前の彼に気持ちを集中させた。

彼の唇は柔らかかった。そっとなぞると、唇が開いて舌先が触れた。サイレンスはほほえみ、少し無精ひげの伸びた顎をなでた。マイケルはじっとしたまま動かない。なにかを待っているような目をしている。彼女はマイケルの首筋をなぞり、いちばんお気に入りの胸にたどりつくと、てのひらをなめらかな肌にあてた。胸の筋肉は硬く、少々押したくらいではへこまない。もっと知りたくなり、相手のそばへ寄って、両手で胸に触れた。どうして彼が動こうとしないのかはわからないが、それがかえって嬉しかった。はしたないとは思うけれど、男性はどんな体をしているのだろうと、ずっと興味があった。ウィリアムは慎み深い人だったので、その好奇心が満たされることはなかった。

だが、マイケルはいつまでも触れられていたいと思っているように見える。だから今日こそは、この男性の心も体もすべて知りつくしたい。

サイレンスは両方のてのひらを肩に滑らせ、首へと続く筋肉の隆起を感じた。女性はこんな体つきはしていない。なんと頼もしいのだろう。てのひらを両腕へおろし、筋肉がぴくりと動くのを感じてほほえんだ。

マイケルの表情は変わらなかったが、目が笑っているように見えた。獲物のわがままを許している獰猛《どうもう》な捕食動物の目だ。

彼女は上目遣いに見あげながら彼の手首に触れた。マイケルはどこまで好きにさせてくれるだろう？

胸から腹へと手を這わせ、へそのまわりにある体毛を指でなぞる。男性はこんなところにも毛が生えているのだ。サイレンスはちらりと目をあげた。まぶたを半ば閉じたマイケルが野生動物のように目をぎらつかせているのを見たとたん、彼女の鼓動が速まった。

慌てて視線を戻す。へそを過ぎると、体毛はいったん細くなり、黒い茂みへと続いた。肌との境目を両手でなぞりながら、なんと大胆なことをしているのだろうと思い、口のなかが乾いた。カールした茂みが誘うように指に絡みつく。両手のあいだには硬く屹立したものがあったが、それにはまだ触れず、腰に手をさまよわせては茂みに戻ることを繰り返し、相手をじらした。マイケルの呼吸が荒くなり、うめき声が漏れた。

ようやく肝心なところを両手で優しく包みこみ、サイレンスはまたほほえんだ。男性の情熱をてのひらに感じ、ぞくぞくした。表面は上等なキッド革のように柔らかいのに、皮膚の下は岩のようだ。片手では包めないほどの大きさがあり、女性としての本能をかきたてられる。もうすぐこれを自分の体で感じることができるのだ。

思わず大きく息を吸いこみ、それから先端に触れると、指先がわずかに濡れた。彼はどんな味がするのだろう。サイレンスは手を自分の唇へ近づけた。

それを見たマイケルが神を冒瀆するような言葉を吐き、彼女の手をつかんで、急に覆いかぶさってきた。わたしはなにかタブーを犯してしまったのだろうか？

彼はうなり声を漏らし、こちらを見た。「あとで好きなだけ触らせてやる。でも、それはあとでだ。今は……」サイレンスの寝間着を腰までたくしあげ、両脚を開かせるなり、そのあいだに膝をついた。「早くきみのなかに入りたい」

マイケルは頬をかすかに紅潮させ、口元に危険な表情を浮かべた。

彼女の太腿のあいだに手を伸ばし、ひだを開いた。サイレンスは目をみはった。自分でしか触ったことのない場所にマイケルが触れ、あろうことかそこを見ている。そう思うと顔が熱くなり、目をそむけたくなった。その一方で、自分が恥ずかしいほどに潤っているのもわかっていた。こんなときはどうするものなのだろう？　彼がベッドに誘った女性たちは、慣れた様子で艶然《えんぜん》とほほえみながら、こうした愛撫を受け入れるのだろうか？

マイケルがほかの女性たちとベッドをともにしているところを想像し、唇が震えた。彼はそれを見て、なにか誤解したらしい。

「痛かったのか？」砂利がこすれるような声だ。

マイケルは手を離し、サイレンスを抱いてくるりと回転した。気がつくと彼女は相手の顔を間近で見ながら、体の上にのっていた。

彼が顔をゆがめた。「わたしのやり方が荒っぽかったら、ちゃんと言うんだ。くそっ。きみに痛い思いをさせるつもりなどなかった――」

「違うの」サイレンスはてのひらを彼の口にあてて、怒った早口の言葉をさえぎった。

「じゃあ、なぜ顔をしかめたんだ？」

「それは……」どうしてこんな会話をしているのだろう。寝間着を腰までたくしあげられ、彼の猛りたったものを下腹部に感じながら。きっとこれは悪い夢だわ。

「こういう愛撫に慣れていなくて……」とりあえず思いついたことを口にした。

マイケルは黙りこんだあと、サイレンスの顎をあげさせ、じっと目を見つめた。まだ険しい表情で唇を引き結んではいたが、口から出てきた言葉は静かだった。「気の利かない無骨者ですまない。本当のことを言うと、わたしもこの手のことには慣れていないんだ」

彼女は眉をひそめた。だって、過去には何人も愛人がいたはずなのに……。「でも――」

「しいっ」彼は大きなてのひらでサイレンスの口をふさいだ。「体の力を抜いてごらん」

マイケルは彼女の腰をつかんで引き寄せ、両脚を自分の腰に巻きつかせた。その格好だと、ちょうど高ぶったものがサイレンスの感じやすくなっている箇所に触れる。

「ああ」口をふさがれたまま、彼女は声を漏らした。そして開いた唇から舌先を出し、相手の指の味を探った。

「くそっ」マイケルがうめく。

きっと今のは褒め言葉だろうとサイレンスは勝手に思った。

彼は両手でサイレンスの腰をつかみ、敏感な部分にこわばりをあてたまま、体を上下させた。

このうえない快感に突きあげられ、彼女は泣きそうな声をあげた。

顔をこわばらせたまま、マイケルがにやりとする。「そうだ、それでいい。わたしの体を使って、いい気持ちになるんだ」

サイレンスは頬を紅潮させた。まさか、彼ったらわたしに……。

ふたたびマイケルが動きはじめたので、もうそれ以上なにも考えられなくなった。荒々しい歓喜が体中を駆けめぐる。上体を起こされ、気がつくと彼の胸に両手をついて、みずから喜悦を求めて体を動かしていた。はちきれそうなものが潤ったところをリズミカルに刺激した。彼はどうすれば女性が歓ぶのかよくわかっている。ああ、だめ。こんなに感じるなんて、きっと罪だわ。でも、かまうものですか。サイレンスは唇を嚙み、マイケルの熱い手に腰を支えられながら——。

それは一気に来た。一瞬で最後の壁を越え、あとはめまいがするほどの速さで天に駆けのぼった。サイレンスは激しくあえいで彼の胸に倒れこんだ。果てしない至福のなか、一度、二度、三度と立てつづけに体がびくんと跳ねた。

くらくらしながら目を開けると、マイケルが満ち足りた顔で彼女を見ていた。これほど満足げな男性の顔は見たことがない。だが、苦しそうでもあった。彼の下腹部は今なおいきりたっている。

顔には玉の汗が浮かんでいた。「わたしの番だ」サイレンスの身を起こさせ、歯を食いしばって言う。「きみの体を感じさせてくれ」

彼女は驚きながらもマイケルの下腹部に手を伸ばし、みなぎる生命力に触れてみた。この大きさをわたしは受け入れられるのかしら? ちらりと彼の顔を見た。ここでやめるわけにはいかない。そっと手で誘導しようとしたとき、いまだ硬い蕾に彼の先端が触れた。

ふたりはともにうめき声を漏らした。

ゆっくりと体を沈めながら、サイレンスは手を離した。マイケルが苦悶の声を発し、野生動物のように目を細めている。彼女は唾をのみこみ、腰を少し傾けた。痛みはないが、限界まで押し広げられているのがわかる。

「ああ、マイケル」息が荒くなった。

「くそっ」彼は血管が浮きでるほどに首をのけぞらせた。

体をあげると、腰をつかむ彼の手に力がこもった。そのまま腰を少しまわす。

奥深くまでマイケルを受け入れ、サイレンスは彼の顔を眺めながら、何度か上下した。その快楽に耐える表情を見ていると、自分だけがこの苦しみから解放してあげられるのだという喜びと自信を感じた。

身をかがめ、顎に唇を這わせて腰を押しつける。

マイケルがなにかささやくのを聞きながら、ふたたび体を起こし、幾度も奥深くまで彼を受け入れた。そのたびに腰をつかんでいる彼の手が痙攣した。

今度はじらすように身を浮かせた。

そして、ゆっくりと腰を沈める。ああ、なんてきれいな顔をした人なのだろう。この男性はもうわたしのものだ。

だが、ふと思う。なにかやり方を間違えたのだろうか？　彼は本当に苦しそうな顔をしている。サイレンスはそっと唇を重ねた。

それがマイケルを駆りたてた。彼は舌を絡め、腰を浮かせると、彼女の体をつかんで続けざまに情熱のたけをぶつけた。その激しさに圧倒されながらも、サイレンスは彼に最高の瞬間を味わってほしい一心で動きを合わせた。

ふいにマイケルが唇を離し、歯を食いしばると、首をのけぞらせて叫び声を発した。この瞬間、サイレンスは自分のなかで彼が解放されたのを感じた。

驚き、とても信じられない思いでいっぱいになりながらマイケルを見つめる。男性がこんなふうに絶頂に達するのを目にしたのは初めてだ。悪魔に取りつかれたのか、あるいは天使が乗り移ったのか。いずれにしても、この世のものではない者がおりてきて、耐えがたい苦しみと抑えがたい歓びの両方を置いていったようだった。もしかすると、そのふたつは同じものなのかもしれない。

ようやくマイケルが腕をあげ、サイレンスの背中を指先で蝶のように軽くなでた。それは優しい感触で、愛情さえ感じられて、彼女は思わず涙をこぼした。

彼がこちらを見た。

サイレンスは目をしばたたいた。まだマイケルの上にのり、彼を受け入れたままだ。こんなとき、世慣れた女性はどうするものなのだろう？

「おいで」マイケルが彼女の体を自分のほうへ倒した。

「だめ、もう自分の部屋に戻らないと」サイレンスは弱々しく抵抗した。「わたし、重いもの」

「行くな」彼は短く言って反対したきり、片腕でサイレンスの体を抱き、もう一方の腕を自身の頭の下に敷いて、そのまま黙りこんだ。

彼女はマイケルの胸に頭をのせた。男性の上に横たわるというのは、なんと心地いいのだろう。肌が温かく、力強くて安定した鼓動の音が聞こえる。

彼の呼吸が深くなり、心臓の音がゆっくりになった。ウィリアムとベッドをともにするのは楽しかったが、今夜ほどの幸せを味わったことは一度もない。マイケルとの営みはすばらしく、荒々しくて、想像したこともないような悦楽をもたらしてくれた。

それなのに自分でもおかしいと思いながら、半刻後、サイレンスは泣いていた。


……濃い茶色の目に涙があふれ、頬を伝い落ちる。わたしはその涙で手や顔を火傷し、涙の味がする悲しみに引きずりこまれる。チャーリーが母の前に立ちはだかり、汚い言葉で怒鳴りつけたり、こぶしで殴ったりしているというのに、わたしはまだ子供で力がないから助けられない。

チャーリーの姿が少しずつ消え、母が顔をあげると、サイレンスに変わっていた。彼女も泣いているというのに、わたしは慰めることも、終わりのない悲しみを癒すこともできない。なぜなら、この自分こそが不幸と死をもたらしたのであり、涙の源なのだから。自分が欲深かったばかりに、ずっと求めていた女性を押しつぶしてしまった。

だが、それでもわたしは彼女を抱きしめる。泣いていようが、悲しみに打ちひしがれていようが、彼女はわたしのものだ。たとえ自分は彼女の心を癒すことができなくても、彼女の熱い涙はわたしの膿《う》んだ魂に染みこんだ毒を洗い流してくれるから……。

ミックは全身に汗をかきながら悪夢から目覚め、一瞬、いまだ夢のなかにいるのだろうかと思った。

サイレンスが泣いていた。

愛を交わしたばかりだというのに彼女は泣いている。

もしわたしに心というものがあれば、胸が締めつけられるのだろう。だがそんなものはないので、ただ手を差しのべることしかできない。ようやく彼女とひとつになれたのだから、そのことを後悔はしていない。わたしには愛することも、悲しみを和らげることもできないかもしれないが、それはどうしようもない。たとえそうであっても彼女を抱きしめ、頬に伝う涙に触れることぐらいはできる。

それに痛みを分かちあうことも……。

「どうした？」眠っていたせいで声がかすれた。あるいは、今までに経験したことのない感情にとらわれているのだろうか。

サイレンスがびくっとし、背中を丸めたが、ミックはそれで引きさがるようなことはしなかった。しょせん、わたしは盗賊だ。手に入れたものは放さない。彼女はわたしのものだ。彼女がそうと気づいているかどうかはわからないが。

サイレンスを腕のなかに抱いた。「話してくれないか？」

その体から力が抜けた。まるで負けを認めたとでもいうように。「わたしはずっと嘘をついていたの」

なんのことかさっぱりわからなかったが、ミックは慰めるような声を漏らし、首筋にキスをした。「どういう意味だ？」

ただ首を振るばかりで、なにも答えないので、顔を向けさせた。

太い鉄釘で体を貫かれたみたいな気分になった。さっきの夢と同じだ。サイレンスがはしばみ色の目にクリスタルのような涙を浮かべ、紅潮した頬を濡らしている。

「夫のことよ」

彼女はひとつしゃくりあげた。「ウィリアムとは心から愛しあっていたし、わたしたちの結婚生活は完璧だったと言いつづけてきたけれど、本当はそうではなかった」

ミックはため息を漏らし、頬を寄せた。そんなことは最初からわかっていたことだ。サイレンスの話から察するに、相手の男というのは傲慢なやつだったのだろう。だが、傲慢さではわたしも負けない。それに生前どんな人間だったとしても、身近な人の死はやはり悲しいものだ。

「わたしはただ……幸せだったと思いたかっただけ」彼女の声が震えていた。「夫は家を留守にしていることが多くて、わたしはいつも彼の帰りを待つしかなかった……。わたしたちはまともに一緒に暮らしたこともないの。だから、ふたりのあいだに問題が起きたとき

「……」みじめそうなため息をついた。「わたしたちはどうすればいいのかわからなかった。話しあう方法さえ、わからなかったのよ」

「かわいそうに」ミックは髪に口づけをしながら言った。

「今夜、あなたとこうなったことで……」涙で声がかすれている。「やっとわかったの。ウイリアムとのことは終わったと。わたしたちの結婚生活が完璧だったなんて、そんな嘘、もう自分にもつけない」

彼はサイレンスの背中をさすり、黙って話の続きを待った。

彼女が顔をあげた。美しい目がなおも濡れている。「馬鹿な女だと思うでしょう」

胸の奥をくすぐられ、ミックは笑みを浮かべた。「そんなことはない。きみは優しい人だ。それが嬉しくないわけないだろう？」

サイレンスもほほえんだが、まだ唇が震えていた。

ミックは彼女の髪を指ですいた。なんとつややかで美しい髪だろう。「きみにつらい思いをさせてしまったことは申しわけなく思うが、今夜のことは後悔していない」

「まあ」サイレンスは目をしばたたいた。「わたしだって、後悔していないわ」

「それはよかった」ミックはつぶやき、唇の端にキスをした。

彼女は熱い息をこぼし、おずおずと唇を開いた。ミックはためらうことなく温かい口のなかに舌を差し入れ、悲しみの残り香を味わった。

サイレンスの心のなかにほかの男がいるのは決して嬉しくないが、それを追いだす方法なら知っている。彼女に背中を向けさせ、その丸く膨らんだ尻を引き寄せた。下腹部はすでに硬くなっている。体に腕をまわして、柔らかな胸をてのひらで包みこんだ。

さっきは愛らしい胸をちゃんと堪能する暇もなかった。サイレンスも同じ気持ちだとわかったとたん、自分の欲望を抑えきれなくなったからだ。いずれ昼の光のなかで彼女の服を脱がせ、やっと手に入れた宝物を心ゆくまで愛でるとしよう。だが、今はただ手で感触を味わうだけだ。柔らかくて、よくてのひらになじむ乳房を。やがてサイレンスの甘い吐息が聞こえた。胸の先端が硬くとがっている。ミックは薄い布地の上からその突起を刺激し、彼女の体が震えるのを感じとった。

ゆっくりと時間をかけて乳首を愛撫したあと、手を上掛けの下へ滑りこませた。寝間着のスカートが太腿の上のほうまでめくれあがっている。ミックは茂みを手で覆った。これはもうわたしのものだ。わたしにだけ開かれる秘密の花園だ。蜂蜜のような湿りに指を差し入れると、サイレンスの息が乱れ、すすり泣くような声が漏れた。ミックは深い満足感を覚えた。少なくともこういう歓びなら、わたしでも与えてやることができる。茂みのなかに小さな芯を見つけ、そのまわりを指でなぞった。蕾には触れず、じらすように円を描いていると、サイレンスがもどかしそうに名前を呼んだ。「マイケル……」わたしをそう呼ぶのは彼女だけだ。

だが、わたしはそれを許している。サイレンスはようやく手に入れたすばらしい女性だから。この心優しき女性が今ではわたしのものだ。だったら、わたしも彼女のものになろう。

首筋に舌を這わせ、悩ましい香りを味わった。

サイレンスが懇願するように腰を押しつけてきた。ミックはくすりと笑った。ようやく彼女が望むところに触れられた。優しくなでたり、鋭く刺激したりしていると、やがてサイレンスは熱に浮かされたような声をあげた。ああ、これこそまさに、わたしの乾いた魂を潤す特効薬だ。

彼女が逃げないようにその腰を抱え、もっとも本質的な方法でつなぎとめた。彼女の脚を自分の腰に巻きつけさせ、温かく潤った場所へ身を沈めたのだ。

そして自分は動かず、サイレンスの肩を軽く嚙みながら、また愛撫に戻った。わたしの望みはかなったのだから、これでもう充分だ。こうして彼女を抱きしめ、ひとつにつながっている。彼はサイレンスのなかに深く自分をうずめたまま、彼女の敏感なところを探った。低いあえぎ声が聞こえる。ミックは肩を舌でたどり、耳たぶを口に含んだ。サイレンスが腰を動かそうとしたが、彼はやすやすとそれを押さえこんだ。

そして指だけで愛しつづけた。

サイレンスが高みにのぼりはじめたのがわかった。体の奥が痙攣している。ミックは拷問のような甘い享楽に身を任せ、彼女を、彼女の涙を、彼女のほかの人々への愛を慈しんだ。それほど大きな心なら、わたしの空っぽな胸のうちも埋めることができるかもしれない。そうしたら、彼女がわたしの心そのものになるだろう。

「マイケル……」サイレンスが懇願した。自分の歌声の甘美さに気づいていない海の精《セイレーン》のようだ。

「なんだい？」

「マイケル……お願い」

「顔をこちらに向けてくれ」

彼は今なお涙の味のする唇をむさぼり、舌を差しこみ、奪うように激しくキスを求めた。サイレンスが身をのけぞらせる。ミックはもう我慢できなくなった。腰を突きあげ、彼女の快楽の源を刺激しつづけて、甘い戦慄《せんりつ》を全身に感じた。サイレンスが口を開け、声にならない悲鳴をあげたとき、彼のなかでも至福の瞬間が爆発した。ミックは勝利の雄叫びをあげた。彼女は永遠にわたしのものだ。世界が終わり、海が涸れ果て、人が地上から姿を消しても。

わたしだけのものだ。

サイレンスがぐったりして、ふたりは情熱の濃厚な香りに包まれた。

「眠るといい」ミックは彼女のなかにうずもれたまま、その体を抱き寄せた。

もう二度と彼女を放しはしない。

15

虹色の鳥が空から舞いおり、賢者ジョンの頭のまわりを嬉しそうにぐるぐるまわったあと、地面におりて人間の姿になりました。そして虹色の髪をさっとうしろに払い、楽しそうに笑いました。「友人よ、ずいぶんと白髪が増えたし、少し腰も曲がったわね。もうそんなに歳月が経ったのかしら」だが、賢者ジョンはそれには答えず、心配そうな顔で自分の城を見ました。「三つ目の願い事だ。いつでも金貨と宝石でいっぱいになっている宝箱が欲しい」タマーラは少し寂しそうにほほえみ、両腕を空へ伸ばしました。

「お望みのままに！」

『賢者ジョン』

サイレンスはたくましい腕のなかで目を覚まし、満たされた気分で吐息をついた。大きな胸に温められながら眠るというのは、なんという贅沢だろう。足の裏がマイケルの脚に触れているのに気づき、そっと爪先を動かしてみた。

そのわずかな動きで、彼がまだ自分のなかに入っているのを感じた。サイレンスはびっくりして体をこわばらせ、目を丸くした。ひと晩中、こうしていたのかしら？　とても退廃的ね。

でも、幸せだわ。

マイケルとはたったひと晩で、多くのことを分かちあった。ウィリアムとでさえ、これほどのことはなかったというのに。単にベッドでの行為がすばらしかったというだけではない。女性の涙は男性にとって面倒なものだろうに、マイケルはわたしの話を聞き、背中をなでて慰めてくれた。そのときに感じたのだ。この人とならうまくやれるかもしれない、と。わたしが泣いたり落ちこんだりしたときに話を聞けるなら、意見が食い違ったときでも耳を貸してくれるだろう。ウィリアムのようにそっぽを向いたりはしないはずだ。

それなら、これからずっと一緒にやっていけるかもしれない。

だけど、マイケルにその気があるとはかぎらないわ。サイレンスはそう思い、顔をしかめた。求婚されたわけではないし、それどころか恋人になってほしいとさえ言われていない。彼はわたしのことをどう思っているのだろう？

マイケルの寝息が浅くなったのに気づいたとき、ふいに不安がこみあげた。わたしが泣いたのを見て、彼はなんと思ったかしら？　昨夜は感情的になりすぎた。だが、あれはどうしようもなかったことだ。あまりに長いあいだ、ウィリアムとは心の底から愛しあっていたと信じていた。だから、それが間違いだったと認めるのはとてもつらい。

「ごめんなさい」サイレンスはささやいた。

「なにが？」マイケルが眠そうな声で応えた。

「泣いたことよ。いらいらしたでしょうね」

「苛立ってなどいないさ」肩に彼の息がかかった。「この部屋であったことはなにひとつ謝るな」頭をのせていた腕を引き抜かれて、サイレンスは気持ちが沈んだ。だが、マイケルはすぐに彼女の体を自分のほうへ向けさせ、上にのしかかってきた。そしてこともなげに脚を開かせると、そのあいだに膝をつき、熱くこわばったものを突き入れた。

不意のことにサイレンスは驚いたが、すぐにうっとりした。マイケルが顔を近づけ、大きなてのひらで彼女の頬を包みこんだ。

「わたしが欲しいのは……」物憂げに言う。「きみだけだ」

どういう意味か尋ねようとしたが、唇を重ねられて、サイレンスはキスに夢中になった。

マイケルはゆっくりと味わうようにキスをしたあと、両手をついて上半身をあげた。この体勢なら、彼女にもなじみがある。それでも相手がマイケルだと、自分をさらけだしているような気分になった。彼は尊大なほどに落ち着き払った様子で体を動かしはじめた。

「きみはわたしのものだ」半ば目を閉じてマイケルがささやく。「わかるか、サイレンス？」

さっぱりわからない、と彼女は思った。〝わたしのもの〟とはどういう意味なの？　いっときの遊びのつもり？　それとも一生をともにしたいと？　もっと具体的に説明してほしいと言いたかったが、恍惚感《こうこつかん》にのみこまれ、うまく言葉にならなかった。

今、話をするのはあきらめ、両腕をあげて流れに身を任せた。マイケルが乳房が揺れるのをじっと見ている。

「ずっと見たかったんだ」そうつぶやくと彼は寝間着の襟をつかみ、びりびりと引き裂いた。

サイレンスは息をのんだ。こういう強引さはとても官能的だ。

「ああ、これだ」

体の動きを止めることなく、マイケルは震える胸の先端を口に含んだ。

ふいにサイレンスは、相手を欲する気持ちがこみあげた。必ずしも体だけではなく、わたしは別のなにかも求めている。こうしてマイケルとつながるのは幸せだけど、これだけで充分だと思えるかしら。彼は人の愛し方がわからない。それでもわたしは満足できる？

サイレンスは生まれたばかりの考えをわきへ押しやり、彼の髪に指を差し入れると、そのまま軽く肩へと手を滑らせた。その感触に刺激されたのか、マイケルがリズムを速めた。サイレンスは彼の頭をあげさせて目を見たいと思った。そこには単なる欲求以上のものが浮かんでいるだろうか？

けれども体の奥から突きあげるような快感がこみあげ、それどころではなくなった。ぎゅっと目をつぶって、荒い息をこぼす。そして脚を開き、爪先を立てて、彼が与えてくれるものをすべて享受した。まるで異教徒からの贈り物を受けとるように。

マイケルがサイレンスの胸に顔をうずめたまま、うめき声を漏らし、大きな体をびくんと跳ねさせた。背中を抱きしめる彼女の手に、張りつめた筋肉が痙攣するのが伝わってくる。

目を開けたときには、きっとすべてうまくいくと思えるようになっていた。空気が黄金に輝いて見えた。

そして彼が倒れこんできた。

だがマイケルはすぐにわきへ転がり、片肘をついてサイレンスのほうを見た。無精ひげが伸びている。まだ気だるそうな表情をしていたが、その目には優しさが浮かんでいた。これは愛なの？　あるいは愛そのものではなくとも、充分にそれに近い感情かしら？　けれど、それを尋ねるのはためらわれた。顔を見ていることさえ気恥ずかしい。そんなふうに悩ましげな表情でじっと見つめられると、自分が彼の目にどう映っているのか気になる。きっと髪は寝乱れ、ゆうべ泣いたせいで目がはれているだろう。サイレンスは上掛けを胸元まで引きあげた。

それを見て、マイケルが唇の片端だけで笑った。なんて色気のある、きれいな顔なのかしら。「執事が湯を用意させているはずだ。わたしが朝風呂を好むのを知っているからね。きみの部屋にも運ぶように言おうか？」

「ええ、ぜひお願い」彼女ははにかみながら頼んだ。朝も早くから風呂に入れるとは、なんという贅沢だろう。

マイケルは満面に笑みを浮かべ、熱いキスをした。

ノックの音が聞こえた。

サイレンスは小さく悲鳴をあげた。使用人にこんな姿を見られるのは恥ずかしい。「どうしましょう」

彼は頭を振り、ベッドから出た。「普段、うちの者たちは眠っているわたしを起こしたりしない。なにかよほどの用事だろう」

体を隠そうともせず、マイケルは部屋を横切ってドアを開けた。

誰が来たのかベッドからは見えなかったが、声は聞こえた。

「御頭、ちょっといいですか」ハリーだ。

なにか緊急の事態が起きたのだとサイレンスは察した。

「やつは昨晩の夜中に屋敷を出ました」ハリーはミックについていきながら説明した。行き先は屋敷の裏手にある馬小屋だ。「それで御頭に言われたとおり、あとをつけました。どこに行くのかと思っていたら、ここに着いたんです。やつを捕まえて突然連れていくのもなんだからと思い、相方に見張らせて、御頭を呼びに行ったというわけです」

ミックの足取りが速くなった。これから裏切り者と対面するのだ。「よくやった」

厨房に入り、山ほどの皿を洗っていたメイドが声をあげて驚いたのも無視して外へ出た。空はどんよりと曇っている。まるでミックの陰鬱な気分を映しだしているようだ。玉石を踏み鳴らしながら馬小屋へ向かう。なかに入ると、馬たちが挨拶をするようにいななないた。ブランは馬のいない馬房に立ち、それをバートが鋭い目でにらんでいた。

ミックはかつての腹心の部下に目をやった。もう若造には見えなかった。数日分の無精ひげが顎を覆い、口の左右にはしわができて、目は暗い陰りを帯びている。ブランはミックのほうを見たが、すぐに気まずそうに視線をそらした。

「おまえたちは外で待っていろ」ブランを見据えたまま、ハリーとバートに命じた。

ふたりは出ていった。

ミックは大股で前に進み、力任せにブランの顎を殴りつけた。

ブランはよろめいて壁にぶつかり、その場に座りこんだ。

「なぜだ？」ミックの声はかすれていた。

ブランが片手で顎を押さえた。骨が折れてもおかしくないほどの一発だった。運が悪ければ、生涯、食事や会話が難しくなるだろう。

かまうものか、とミックは思った。「わたしは浮浪児だったおまえを拾ってやった。うちに住まわせ、腹いっぱい食わせ、新しい服も与えた。その結果がこれか？　わたしを敵に売り、司祭の手下を屋敷に引きこんで、哀れな娘をひとり殺させたのか？」

ブランが唇から垂れた血をなめた。「まさかフィオニューラを殺すなんて思わなかったんだ」悲しみで涙がこみあげたのか、声が割れている。

ミックは頭を振った。「だったら、いったいなにをすると思っていたんだ？」

ブランは肩をすくめ、馬房のなかをぼんやりと見まわした。「あんたを殺すと思ってた」

「そうやってわたしを亡き者にし、おまえが後釜《あとがま》に座るつもりだったんだな」

ようやくブランがミックのほうを見た。その目になお反抗心が残っているのを見て、ミックは驚いた。「あんた、おれに何度も言ってきたじゃないか。どうやってのしあがったのか、まだ子供みたいなあんたがどんなふうに親分を倒したのか。おれが同じことをしようと思うのは当然だろう？」

心底疲れを覚え、ミックは座りこんだ。「わたしはおまえに忠誠心を見せてほしかった」

「忠誠心だって？」ブランは頭を振り、痛みに顔をゆがめた。「あんたはおれに誰も信じるなと教えた。相手を信じるようなやつは馬鹿だ、自分の身は自分で守れ、自分のことだけを考えろと。あんたから教わったことは寝ていたって言えるさ。忠誠心なんて、一度も口にしなかったじゃないか。それなのに、今さらそんなことを言いだすのか？」

「そうだ！」たしかにブランにはそう教えた。船を襲撃している最中や、手下を評価するとき、敵の力を分析しているときに、なにげなく思いついたことを口にしてきたのだ。だが、それはブランをかわいがっていたからだ。自分の右腕であり、友人だとさえ思っていた。くそっ。それがこんなふうに自分に返ってくるとは思いもしなかった。「わたしは配下の者たち全員に忠誠心を求める。おまえに対しても同じだ」

「配下の者！　まさにそれだ！」ブランが言った。「おれにはのしあがる機会なんてない。でも、おれはあんたのようになりたかったんだ」

「おまえはすでにそうなっている」ミックはうめいた。「わたしはおまえを男にしてやり、ほかの人間には言わないこともしゃべってきた。それ以上、なにを望むんだ？」

「自由さ！」ブランは怒鳴った。「あんたはおれたちを顎で使い、あんたの屋敷に住まわせ、あんたと同じテーブルで食事をさせる。あんたはいいように自分の判断で戦利品を分配し、誰にもなにも相談しない。いつまで経っても、おれはあんたの子分のままじゃないか。おれはあんたと対等になりたかったんだ」

ミックは目の前の男を凝視した。わたしはずっと、次はいつ食べ物が口に入るかわからない暮らしをしてきた。あんな要塞のような御殿をつくったのは、財産を守るためだけではない。手下たちの生活も守りたかったからだ。それなのに、こんなふうに恩をあだで返されるのか？

やりきれない気持ちになり、ミックは顔をそむけて立ちあがった。

「自分が裏切ったことをわたしのせいにしたいのなら好きにしろ。だが、その理屈は通じない。フィオニューラが死んだのはおまえのせいだ。おまえがひとりでやったことだ」

「うるさい」ブランは固く目をつぶり、そばへ寄らないと聞きとれないくらい低い声で続けた。「そんなこと言われなくても、いやというほどわかってるさ。かわいい顔をしていたのに、あんなに無残に焼けただれてしまって……。毎晩、夢に出てくるんだ。もう眠ることもできやしない」

ミックはうめき声を漏らした。「この屋敷のことはどうやって知った？」

ブランは頭を振った。「ペッパーの帳面を盗み見た」

「司祭にしゃべったのか？」鋭い口調で尋ねる。

「そんなことはしていない」

「どうしてここへ来た？」

ブランは目を開けた。涙が目からこぼれ落ちた。

「あんたに警告しに来たんだ。司祭はミセス・ホリングブルックを狙っている。今じゃ、やつが話すことといえばそればかりだ」

ミックは冷ややかに笑った。「わたしがそれに気づいていないと本気で思っているわけではあるまい。ここへ来た本当の目的はなんだ？」

「謝りたかったんだ」ブランは弱々しく答えた。「あんな男だとは思ってもいなかった。もし、あんたがちゃんと教えてくれていれば……」

「なに？」ミックはため息をついた。「それを教えていれば、わたしを父親に売ったりはしなかったと言う気か？」

ブランが目をみはり、蒼白な顔をした。「父親だって？　司祭はあんたの父親なのか？」

「そうだ」ミックは顔を傾け、皮肉げに笑った。「これで一巡したわけだ。ひどい父親からやっとの思いで逃げたのに、またその父親のところに売られたんだからな。あいつはさぞや大喜びしていることだろう」

「おれは――」

片手をあげてさえぎった。「殺されないうちに、さっさとわたしの前から失せろ」

ブランはよろめきながら立ちあがった。「許してくれるのか？」

そのひと言で胸のうちにあったなにかが音を立てて切れ、悲しみがあふれだした。ミックは相手が気づかないほどのすばやさでナイフを喉元に押しあてた。

ブランが凍りついた。喉からひと筋の血が垂れる。

ミックは友人だと思っていた若者の目をじっと見た。「それは無理だ。サイレンスとメアリーを危険にさらしたやつを許すことなどできない。おまえの愚かさのせいで、あのふたりは今ごろ死んでいたかもしれないんだ。その一点だけでも、おまえをこの場で殺し、腐った死体をテムズ川に投げ捨てる理由になる」

ナイフを喉にあてたまま、若者の明るいブルーの目をにらんだ。かつてはともに笑い、ともに酒を飲み、一緒に襲撃の計画を練った相手だ。弟のように……いや、息子のようにさえ思っていたというのに。

だが、顔に硫酸をかけられたのはサイレンスだったかもしれない。

彼はナイフを喉元から離し、馬小屋の出入り口へ向かった。

「ハリー！」ミックは怒鳴った。

ハリーはすぐに姿を見せ、ブランがまだ生きているのを見て目をしばたたいた。当然だろう。もっとささやかな裏切り行為であっても、これまでは容赦なく殺してきたのだから。「連れていけ」ミックはブランのほうへ顎をしゃくった。

「連れていけとは？」ハリーが探るように尋ねる。

ミックは顔をしかめた。ブランを殺すという重荷をハリーに背負わせるつもりはない。ブランのことはわたしが自分で始末をつける。みずからの手で、このイングランドから追いだすのだ。

ミックは首筋を伸ばした。「地下の貯蔵室に閉じこめておけ。今夜わたしがロンドンに連れていき、どこか遠くへ行く船に乗せるつもりだ」

ハリーはあからさまにほっとした顔をしたが、すぐにまた厳しい表情に戻り、ミックに負けないほど冷たい目でブランを見た。

「来い」ブランの腕をつかみ、馬小屋を出ていった。

ブランは肩越しに振り返り、情けない顔でこちらを見た。だが、ミックはそれを無視した。もう心は決まっている。

三人の足音が遠ざかってからも、怒りを静めるために、しばらく馬小屋にいた。サイレンスには悟られたくない。まったく別の境遇で育った彼女には理解できないからだ。彼女にとっては、人々が許しあうのは自然なことだ。しかしわたしにとっては、自分が手塩にかけて育てた男の裏切りを許すのは弱さ以外の何物でもない。

ミックは天井の汚れた垂木をぼんやりと見あげた。わたしは変われない。なんといっても、あの人間の皮を着た悪魔の種から生まれ落ちた息子なのだから。人間らしさなど、最初からほんのわずかしか持ちあわせていないのだ。

「マイケル?」

優しく甘い声が聞こえた。一瞬マイケルは、どこかに隠れてしまいたい気分になった。自分の病んだ魂など彼女に触れてはいけないような気がした。わたしは罪にまみれ、汚れきっている。

だが、彼女があきらめて立ち去るはずもなかった。サイレンスは馬小屋をのぞきこんだ。

「ここにいたのね」

「ああ」ミックは壁際から離れた。

サイレンスは馬小屋に入るのをためらっていた。本当に清らかな人間は体のなかにコンパスがあり、汚れたものに近づくと、その針がくるくるとまわるのかもしれない。

「ハリーはなんの用事だったの？」

彼は首を振った。「きみの耳に入れるようなことじゃない」

そう返して馬小屋を出ようと戸口に向かったが、サイレンスはそれをさえぎるように立ちはだかったまま動かなかった。腕を組み、美しい目でミックのほうを見ている。「あなたのことが心配だと言ったら？　あなたの悩みを分かちあいたいと頼んだら？」

ミックは困惑した。これまでベッドに連れこんだ娼婦とは、一度もこんなややこしい状況になったことがない。いっそのこと、質問を無視して、わきをすり抜けて行ってしまおうかとも思ったが、それをすると取り返しのつかないことになりそうな気がした。

彼はため息をついた。「ハリーがブランを連れてきた」

サイレンスはじっとしたまま、先を促すように両眉をあげた。

「くそっ」ミックはサイレンスの華奢な両肩をつかんだ。「なぜ放っておいてくれないんだ？　これは男同士の問題だ。きみには関係ない」

「そんなことはないわ」彼女は負けじと顎をあげて見返してきた。頑固な女性だ。「わたしはあなたに身も心も許したの。だから、お返しに少しくらい秘密を教えてくれてもいいんじゃない？」

「わたしを試しているのか？」また怒りがこみあげてきた。サイレンスにはなんの罪もないとわかっているが、それでも八つあたりしたい気分だった。

「そうかもしれないわね」彼女はゆっくりと答えた。「わたしは自分がただのベッドの相手ではないかどうか知りたいの」

「そんなことはよくわかっているはずだ」ミックは怒りにうめいた。「いったい、わたしになにを求めているんだ？」

「真実よ」穏やかだが、力強い声だ。「正直さ、友情、それにできれば愛も」

冷たい恐怖が腹に突き刺さった。船を疾走させることや、人間に刃物を突きたてることや、野蛮な手下どもを束ねることなら、わたしにもできる。だが、サイレンスが求めているものを差しだすのは無理だ。わたしはチャーリー・グレイディの子だ。同情心などかけらもなく、ましてや誰かを愛したことなど生涯に一度もない男の息子なのだ。もしかすると子供のころのわたしにはいくばくかの優しさがあったかもしれないが、それは一六年前、チャーリー・グレイディの顔に硫酸をかけたときに消え失せた。それからは生き延びるために硬い鎧《よろい》を幾重にも身にまとい、必死になってここまでのしあがってきた。それなのになんだ？　その鎧を脱げというのか？　白日のもとに裸のわが身をさらせと？

サイレンスは澄んだ瞳でまっすぐにこちらを見据え、返事を待っていた。わたしに言うべき言葉などなにもないというのに。

「くそっ」ミックはサイレンスの唇を奪った。

女性とは一四歳のときからベッドをともにしてきた。だから女性を喜ばせる術ならよく知っている。サイレンスはそれで満足するしかない。彼女をつなぎとめておくためにわたしにできることは、これしかないのだから。


マイケルのキスは圧倒されるほど情熱的だった。彼はまだ質問に答えていないのよ、とサイレンスは自分に言い聞かせようとしたが、ひと晩ですっかり体が反応するようになってしまったらしく、気がつくと背中を弓なりにして唇を開き、彼のつややかな髪に指を滑りこませていた。すでに期待に胸が高鳴っている。

だめよ、ブランがなにをしに来たのか、マイケルはまだ話していないのだから。きみには関係ない、と彼は言った。それはつまり、日常の出来事をわたしと分かちあうのを拒否したということだわ。わたしがただのベッドの相手ではないと言うなら、もっと心を開くことを覚えてもらわないと――。

マイケルがスカートをめくりはじめたことに気づき、それまで考えていたことがどこかに吹き飛んだ。

慌てて唇を離す。「誰か来たらどうするの！」

「静かに」彼は低い声で制した。「誰も来ないさ」

マイケルはサイレンスを馬小屋の壁にもたれさせ、スカートを高くめくりあげて脚をあらわにすると、そのままひざまずいた。

「マイケル！」

「スカートを持っていろ」

「嘘でしょう」彼女は言われたとおりにスカートをつかみ、人の姿はないかと首を伸ばして戸口の外を見た。もしハリーが戻ってきたらどうするの？　あるいはブランとか。馬丁は置いていないのかしら？

彼はサイレンスのふくらはぎに手を置き、それを膝へ滑らせて、太腿へと這わせた。

彼女はぞくぞくした。マイケルはなにをするつもりなの？　太腿の合わせ目が熱くなった。もし、そこに触れられたら――。

サイレンスは小さな悲鳴を漏らした。彼が太腿の内側にキスをしたからだ。

「もう少しスカートを持ちあげるんだ」

彼女は声を出さずにうめいた。これ以上そんなことをしたら、恥ずかしいところが丸見えになってしまう。暗闇のなかで大胆になるのと、こんな明るい昼間にそんなことをするのとではまったく話が違う。

だが、マイケルの声は官能的で誘惑に満ちていた。期待に震える手で、言われたとおりにスカートを持ちあげ、太腿にひんやりした空気を感じた。

「それでいい」彼が満足そうに言う。「ついでに脚をもうちょっと開いてくれ」

サイレンスは唾をのみこみ、その言葉にも従った。

「いい感じだ」マイケルは言った。太腿にかかる熱い息に、彼女はぞくっとした。彼は肝心な部分には触れず、まるで時間は永遠にあるとでもいうように、ゆっくりとそのまわりにキスをしたり、舌を這わせたりした。サイレンスは首をのけぞらせ、じらされる責め苦に耐えた。マイケルが少しずつ中心部に近づいてくる。

彼女は必死に唇を噛んだ。声を出したりしたら、誰かに気づかれてしまうかもしれない。

彼の指が茂みをかき分け、ひだを開いて湿った場所をあらわにした。

「マイケル！」小声で叫んだ。

彼はそれを無視して、茂みをふっと吹いた。その感覚にサイレンスは背筋がぞくりとした。寒かったからではない。やがてマイケルが上体をかがめ、熱くなっている中心部に舌で触れた。

彼女はびくんとして、壁に頭をぶつけそうになった。マイケルはなにをしているの？

「ちょっと！」

彼は低い声でくすりと笑い、サイレンスの震える体を両手で押さえつけると、敏感なところを舌で愛撫した。

扉の開いた馬小屋にいることも、彼女が体をぴくぴくさせていることも、ひどく不道徳な振る舞いをしていることも、マイケルは意に介していないようだ。あまりの刺激の強さに、サイレンスは頭がどうかなりそうだった。ぎりぎりのところまで押しあげられ、息は荒くなり、全身が震えている。

いつの間にか先ほどより脚を開き、腰を浮かせていた。ああ、死んでしまうかもしれない。でも、最高に幸せな死に方だわ。古い馬小屋の壁に頭をこすりつけるように首をのけぞらせて、朦朧《もうろう》とした意識で天井の垂木を眺めた。きっとわたしはこの馬小屋に入るたびに、顔を赤らめることになるのね。

そのときマイケルが蕾を口に含み、強く吸った。サイレンスはさらに背中をそらし、断崖絶壁から落ちるような衝撃を感じた。声を出さないように慌てて口を押さえ、そのあとは自由に空をさまよう心地よい感覚に身を任せた。

立ちあがったマイケルの腕に抱かれたときも、まだ体が震えていた。満ち足りた気持ちで抱きしめられながらも、全身の力が抜けて、ちゃんと自分の足で立てるか不安だった。スカートをおろそうとすると、彼が茂みに手を押しあてた。

「よかったか？」物憂げな声だ。

「わかっているくせに」舌がはれている感じがして、口調がゆっくりになった。「わたしの気をそらせるために、こんなことをしたのね」

マイケルが体を引き、サイレンスをじっと見た。「あきらめの悪いやつだな」

「話してほしいの」

彼は首を振り、遠くを見ながら茂みをもてあそんで、内側に指を滑らせた。

サイレンスは声を漏らし、彼の上着をつかんだ。

茂みに触れているうちに欲望が高まったのだろう。マイケルの息遣いが速くなった。

「きみはとても熱くなっている」

敏感になっている部分に触れられ、彼女はびくりと腰を動かした。「マイケル――」

「きみを楽しませるためだけにやったことだ。紳士らしくここでやめておこうと思ったが、我慢できなくなってきた」マイケルはズボンの前を開けはじめた。「きみが欲しい」

サイレンスはとろんとした目でそれを見ていた。本当は抵抗するべきなのかもしれない。彼を促して家のなかに入り、なぜブランに会ったことでそんなに暗い顔をしているのか、聞きだしたほうがいいのだろう。でも、それができなかった。

彼が求めているときに拒絶したくはない。

「おいで」マイケルが彼女の片脚を自分の腰に巻きつけさせた。

だが、ひとつになるには腰の高さが合わない。

じれったさに、サイレンスはうめき声を漏らした。

「しいっ。今、ちゃんとするから」マイケルは彼女の体を抱きあげて壁にもたれさせ、もう一方の脚も自分の腰にまわさせた。

彼の力は強く、サイレンスは落とされるかもしれないという不安はまったく感じなかった。

お互いの腰の高さもちょうどいい。

「きみのなかへ導いてくれ」マイケルがささやいた。

彼女はふたりの体のあいだへ手を滑りこませ、こわばったものを握りしめたが、誘惑に負けて軽く愛撫した。

「やめておいたほうがいいぞ」彼が警告する。

サイレンスも、もう待てなかった。唇を噛みながら、高ぶったものを自分のなかに導いた。そして深い満足を覚えつつ、しばらくじっとしていた。もしもいつかマイケルに捨てられる日が来たら、わたしは立ち直れるだろうか。きっと心にぽっかり穴が開いてしまうだろう。

ひとつに結びついている喜びを噛みしめて、サイレンスは顔をあげた。

マイケルが苦しげな表情で、じっとこちらを見ていた。

サイレンスは彼の頬をなで、ささやいた。「いっぱい愛して」

彼はひとつ大きく息を吐き、激しく体を動かしはじめた。サイレンスは彼の肩にしがみつき、声が出そうになるのを必死にこらえた。

ああ、なんと力強いのだろう。マイケルの顔を見た。唇を引き結び、一滴の汗がこめかみを伝っている。彼にキスをして、その体を抱きしめ、あなたはわたしのすべてよと伝えたかった。だが、突きあげてくる快感に耐えるのが精いっぱいだ。歓喜が炸裂した。

熱い衝撃が怒《ど》濤《とう》のごとく押し寄せてきた。まるで彼そのもののような荒々しさだ。自分が宙に放り投げられ、粉々に砕け散った感じがする。

マイケルも首をのけぞらせ、うなり声をあげながら、最後に一度深く突き入れた。サイレンスはそれを見ていた。畏怖の念さえ覚えるほどの圧倒的な存在感だ。そして一抹の寂しさを感じた。この行為は彼にとって、なにか少しでも意味があるのだろうか？

マイケルがサイレンスの肩に頭をのせ、荒い息をつきながらなにか言った。最初はそれが聞きとれなかった。

だが、次の言葉ははっきりと耳に入った。「ブランに裏切られたんだ」

16

すると高さも長さも馬ほどあろうかという巨大な宝箱が現れました。蓋を開けると、金貨や、親指大の真珠を連ねた長いネックレスや、さまざまな宝石が詰まっていました。賢者ジョンはそれを眺めたまま、しばらく呆然《ぼうぜん》としていました。ふとタマーラのことを思いだし、礼を言おうと顔をあげました。でも、タマーラはもういません。賢者ジョンは庭園に宝箱とともにぽつんと立っていました。そのとき、風に乗ってオレンジ色の羽根がひらひらと落ちてきました。

『賢者ジョン』

「ホワイトチャペルにある司祭んとこのジンの製造所、四箇所をぶっ壊しましたよ」その日の午後遅く、ハリーがミックに報告した。「ジンの樽を運んでいた荷馬車もひっくり返してやりました」

壁にもたれていたバートが嬉しそうにうなった。「ありゃあ、見ものだったなあ。道中にジンが流れだしてひでえもんだったんですがね、それをまた酔っ払いがどぶに顔を突っこんで飲もうとしてたんでさあ。兵士が来て、追っ払いましたけどね」

ミックは顔をしかめた。ジンを製造販売している輩も嫌いだが、どぶにこぼれた汚いジンを飲もうとしている酔っ払い連中は異様としか思えない。

「なぜ兵士が来たんだ？」

ハリーはぽりぽりと頭をかいた。「この二週間ほどかな、セントジャイルズを巡回してるんですよ」

ミックは眉をひそめた。兵士はなにもないところからわいて出てくるものではない。誰か送りこんだ人間がいるはずだ。「指揮官は誰だ？」

「トレビロン大尉ってやつです」バートが答える。

「そいつは誰の命令を受けてるんだ？」

「それがわからないんで」ハリーが言った。「誰も知らないんですよ。トレビロンってのはいけ好かないやつで、ジンを密売しているやつを見つけると、情け容赦なくとっつかまえてます。まあ、そのほとんどは売春宿の女主人ですがね」

ミックは鼻を鳴らした。「司祭はおもしろくないだろうな」

ハリーは笑った。「そのとおり。やつんとこの手下も逮捕されましたからね」

ミックは椅子の背にもたれかかった。司祭も今はそのトレビロンという男に悩まされているかもしれないが、すぐになんとかしてしまうだろう。以前も兵士を買収したことがあるのだ。いつまでもぐずぐずしてはいないはずだ。

ミックは椅子の脚をかたんと床におろした。「よくやった。おまえたちにもうひとつ頼みがある。重要な仕事だ」ふたりの顔をじっと見る。「ミセス・ホリングブルックとメアリーの警護をしてくれ。命がけで」

ハリーとバートはちらりと目を見あわせた。

「わかりました」バートが答える。「でも、御頭はどこへ行くんで？」

ミックは険しい表情で言った。「ブランをロンドンに連れていき、どこか遠くへ向かう船に乗せるつもりだ。それから司祭を殺しに行く」

バートがもじゃもじゃの眉をふたつともつりあげた。「誰か手下を行かせればいいんじゃないですか？」

「いや、この件に関しては筋を通したい。だからわたしが自分で行く」

ハリーは不安そうに唇をなめた。「それにしても、いったいなんでまた急に？」

「ブランが言っていた。司祭はミセス・ホリングブルックかメアリーを殺すまで絶対にあきらめないだろうとな。わたしはあいつの言葉を信じる」

バートが咳をして痰《たん》を吐きだそうとしたが、書斎を見まわして思いとどまった。

「敵に寝返ったようなやつですぜ。信用できるもんか。御頭をおびきだす罠かもしれませんよ」

ミックは机の上に置かれた書類を見るともなくぱらぱらとめくった。馬小屋でブランは真っ青な顔をして汗をかいていた。わたしの判断が間違っていなければ、あれは後悔の念からだ。「たしかにあいつは裏切り者だ。だが、この情報に関しては本当のことをしゃべっていると思う。司祭のところの者にフィオニューラを殺されているからな」

その事実を思いだしたのか、バートとハリーは暗い顔をした。

ハリーが言った。「ミセス・ホリングブルックと赤ん坊のことはおれたちに任せてください」

「ああ、よろしく頼む」ミックは静かに言った。「わたしにとってはこの世でいちばん大切なふたりだ」

「わかってます」

「ふたりは子供部屋にいるはずだ。決して目を離すな。わたしは今夜、食事をしてから出発するつもりだ」

ハリーはうなずき、バートとともに書斎を出ていった。

ミックはため息をつき、書類にぼんやりと視線を落とした。ハリーとバートを護衛に残し、ブランもいないとなれば、司祭の住まいに侵入するのは難しい仕事になるだろう。ミックは椅子の背にもたれ、計画を練った。

食堂へ向かうために書斎を出るころには、なんとか考えもまとまった。だが、絶対的に信用できる手下が少ないというのは根本的な問題だ。

食堂に入ると、サイレンスはすでに席についていた。その姿を見たとたんに憂いは吹き飛んだ。ブランの件を知ると、彼女はわたしのことを心から心配してくれた。彼女には本当に慰められる。

今夜のサイレンスは薄緑色のドレスを着ていた。ミックが用意したものだ。レースのスカーフを肩にはおり、端を襟ぐりの広い胸元に入れているため、彼が意図したよりは慎み深くなっているが、それでも自分が贈ったものを着てくれたことがとても嬉しい。大いに満足して目を細め、しばしその美しい姿を愛でた。もっとたくさんドレスを注文しよう。それに最低でも一着は、歌劇場へ着ていけるような優雅なドレスも必要だ。

サイレンスがほほえんだ。それを見ただけで、彼の胸のうちに温かいものが広がった。

「どうしてそんなふうにわたしのことを見ているの？　ここはどぎまぎすべき場面なのかしら？」

ミックは向かい側の席に腰をおろした。「きみにたくさんドレスを贈ることを考えていたんだ」

彼女は笑みこそ絶やさないものの、目が寂しげに陰っているように見えた。

「本当に？　つまり、わたしに少なくともしばらくはこの家にいてほしいと思っているわけ？」

ワイングラスを持ちあげたまま、彼は手を止めた。「わたしがきみを追いだすとでも思ったのか？」

サイレンスは肩をすくめた。「さあ、あなたがどう考えているのかはわからないわ。そういった話はしていないもの。それに、あなたは心を読むのがとても難しい人だわ、ミスター・リバーズ」

ミックはワインをひと口飲みながら、今の言葉の意味を考えた。彼女はここに住むのがいやだとは言わなかった。ただ、わたしの考えはわからないと言っただけだ。

「ぜひ、ここにいてほしい」彼はゆっくりと言い、ワイングラスをテーブルに置いた。「ドレスならいくらでも贈ろう。きみが望むなら、部屋いっぱいでもいい」

「まあ、気前のいい方ね」

ミックはじろりとサイレンスを見た。今の言葉にはなにか裏の意味がありそうだ。わたしはなにを見落としているのだ？「メアリーとふたりでここに住めばいい。馬車を買ってやろう。気が向いたら庭いじりでもすればいいさ」

「あら、ご親切だこと」

彼は唇を引き結んだ。サイレンスはいつもわたしに多くを求める。今朝のブランのこともそうだ。だが、わたしは自分自身もこの屋敷も彼女に与えた。「これ以上、なにを望むんだ？きみの亡くなったご亭主はこんなに贅沢はさせてくれなかっただろうに」

「ええ」サイレンスが冷ややかに答えた。「でも、わたしと結婚してくれたわ」

頬でも打たれたような気がして、ミックは顔をそむけた。なにか言おうと口を開きかけたが、そこへ家政婦とメイドが料理を持って入ってきた。

使用人が立ち去るのを待ちながら返事を考えた。

ようやくドアを閉まると、彼は言った。「きみの元ご亭主のことで言い争いはしたくない。

きみにとっては大切な人だろうからな」

サイレンスがうなずく。「ありがとう」

「もしなにか欲しいものがあれば……」そこまで言ってから、慎重に言葉をつけ足した。「本とか、服とか、侍女でもいい。なんでも言ってくれ。わたしにできることなら、なんでもしよう」

今度こそ見間違えようもないほどはっきりと、彼女は寂しげな表情をした。

「ええ、わかったわ」

「きみは風上の館の女主人だ。この屋敷を好きに仕切ってくれればいい」ミックは狼狽《ろうばい》し、あせりを覚えた。「わたしもなるべくこちらで過ごすようにする。週に三、四日は来られるだろう」

サイレンスはそっとフォークをテーブルに置いた。「ずっとここにいらっしゃるわけではないの？」

「それは無理だ。きみにもわかるだろう」彼は険しい顔をした。「ロンドンには仕事がある」

「それ、盗賊のお仕事のことかしら？」

困惑と苛立ちを覚え、ミックは彼女をじろりとにらんだ。「そうだ」

「自分が生きるために他人から奪うようなまねを、まだお続けになるつもりなのね」サイレンスの表情は大理石の彫像のように硬かったが、美しいはしばみ色の目は燃えていた。

母の目と同じだ。わたしは母を助けることができなかった。愛するに値する息子だと証明できないままに終わってしまったのだ。

ミックは堂々と顔をあげた。母が愛してくれなかったからといって、今さら愚痴を言うつもりはない。「わたしは盗賊だ。それを隠したことは一度もない」

「そうね。あなたは自分の罪業の数々を隠そうとはしない」彼女は張りつめた表情で唇を引き結んだ。「でも、今はメアリーとわたしがいるのだから、そんなお仕事はやめてくれるかと思ったの。わたしたちのために。いえ、わたしのために」

「わたしはもう充分に変わったじゃないか」ミックは短く笑った。「この屋敷や、食べ物や、そのドレスのための金はどこから来ていると思ってるんだ？　その罪業の数々とやらからだろう！」

「わたしは贅沢など望んでいないの、マイケル」サイレンスは室内を見まわした。「ここはすてきな食堂だけど、別に必要ではないわ」

「きみにとってどうかは知らないが、わたしにとって贅沢は欠かせないものだ」彼は苛立った。「わたしは貧乏のどん底で生きてきた。たとえきみのためであっても、もうあんな人生に戻るつもりはない」

「そんなことにはならないわよ」彼女の声が高ぶった。「玉座の間にはたっぷりと高級な品物があるでしょう。あれだけでも王様のような暮らしができるわ。それに造船のお仕事のほうからだって、お金は入るし」

「だめだ」ミックは首を振った。飢えた子供時代の記憶が亡霊のように取りついている。造船業からの収入だけでは足りない。それを言うなら、富はいくらあっても充分ではないのだ。「きみにはわからない。理解しろと言っても無駄だろう。わたしにとっては金が……いや、盗賊でいることがすべてなんだ。それがわたしの力の源だから。あっさりやめることなどできるわけがない」

「どうして？　あなたはわたしの亡夫のような人々から物を奪っているのよ！」サイレンスは大声をあげ、椅子から立ちあがった。「あなたのせいで罪もない人々がどれほど苦しんでいるか、よく考えてみなさいな」

ミックは笑った。「罪もないだと？　きみはそう思いたいのだろうが、たいていは結構なことをしてきたやつらばかりだ」

彼女はテーブルに両手をつき、身を乗りだした。「ウィリアムはなにも悪いことなどしていなかったわ。わたしもよ。わたしがあなたのところに助けを乞いに行かなかったら、ウィリアムは牢獄に入るところだった。あなたの仕事は被害者を生むだけよ。そのことから目をそむけないでちょうだい。あなたのせいで、わたしたちがどれほど苦しんだことか。他人の不幸を商売にしているような人と一緒に暮らすことはできないわ！」

ミックは怒りに燃えた熱い目でサイレンスをにらんだ。今すぐ彼女をテーブルに押し倒し、男が女にできるもっとも原始的な方法で、この議論を終わらせてしまいたい。

けれどもそうはせずに、ひとつ大きく息を吸った。「すまない」

サイレンスが気を落ち着けようとするようにうつむいた。

「わたしにどうしてほしいんだ？」精いっぱい感情を抑えながら尋ねる。

彼女が顔をあげ、まっすぐにミックを見た。いつものことながら勇気ある女性だ。

「メアリーの父親になって。それに、わたしの夫にも」

「わたしに女々しい男になれというのか？」ミックは静かに言った。「平凡な男になりさがり、小指を立てて紅茶でも飲めと？」

「違うわ」彼女はゆっくりと首を振った。「別に小指を立てて紅茶を飲めと言っているわけじゃない。ただ、もっと普通の生き方をしてほしいだけなの。お願い、盗賊なんてもうやめて。わたしのためにそうしてちょうだい。ここで一緒に暮らしましょう。結婚して、家族を持つのよ。わからない？　わたしたちにはそれができる。あとはあなたがどちらの道を生きるか決めるだけ。だったら、わたしを選んでほしいの」

ミックは胸に隙間風が吹いたような気分になった。サイレンスにとっては簡単なことかもしれない。だが、わたしにとっては金こそが身を守る術だ。盗賊として生きることが、二度と飢えずにすむ唯一の手段なのだ。盗賊になったからこそ、親から捨てられても生き延びることができた。腹を空かせているときでも食べ物を得られた。絶望の淵《ふち》に落とされても、また這いあがることができたのだ。母には捨てられ、ブランにも裏切られた。彼女もいつかわたしのもとを去るかもしれない。だがこの生き方をしていれば、少なくとも金に不自由することだけはない。

金は力だ。たとえ彼女に懇願されようとも、弱い男にはなりたくない。

ミックはサイレンスを見た。意志の強そうな顔だ。「それはできない」

彼女は黙ってじっとこちらを見ていた。その目に絶望が浮かんだように見えた。

サイレンスは顔をそむけると、食堂を出ていった。


その夜、ようやく涙の乾いたサイレンスがベッドで眠りかけたとき、マイケルが寝室に入ってきた。彼は化粧台の上にナイフ一式とピストルを置き、武装しはじめた。

「なにをしているの？」

彼女が目覚めているとは思わなかったのか、マイケルが動きを止めた。「ブランをロンドンへ連れていき、そのあと用事をひとつすませてくる。それほど時間はかからないはずだ。わたしが戻るまで、ハリーとバートがきみたちの警護につく」

もう日付が変わろうかという時刻だ。今からロンドンに行き、その用事とやらをすませるとなると、ここへ帰ってくるのは早くても夜が明けてからになるだろう。

「なんの用事なの？」

ほんの一瞬、マイケルは手を止めた。じっと見ていなければ気づかなかっただろう。そして彼は首を振った。話す気はないらしい。

サイレンスの気持ちは沈んだ。

「ちゃんと挨拶をしてから行こうと思ってね」マイケルは小さな短剣を持ってベッドへ近づいた。「それに、きみに渡したいものもある」

彼女は眠い目をしばたたき、その短剣に視線を向けた。わたしに盗賊になれというのかしら？

「短剣の使い方を覚えてほしい。きみ自身とメアリーの身を守るためだ」マイケルは穏やかに言った。「おいで。教えてあげよう」

サイレンスはベッドからおり、そばへ寄った。

「これは突き刺す武器だ。すばやく、鋭く突きだすんだ。むやみやたらに振りまわしてはいけない」

マイケルは目にも止まらぬ速さで短剣を突きだしてみせた。

彼女は眉をひそめた。「わたしにはとてもできそうにないわ」

「練習すれば大丈夫だ。明日、刃物で刺しても傷つかないように詰め物をした服を持って帰ってくるから、わたしを相手に稽古《けいこ》をするといい」

サイレンスは両眉をつりあげた。「わたしにあなたを刺せというの？」

「そうだ」彼は真面目な顔で答えた。「息の根の止め方を覚えるんだ」

背筋が寒くなり、彼女は首を振って腕を組んだ。「わたしは人殺しなんてしないわ」

「だったら、決定的な傷を負わせろ。目や喉や腹を狙うことだ。そうすれば頭のどうかした男でも、とりあえずひるむ」

サイレンスはぞっとした。司祭は頭がどうかしているの？　おそらくそうなのだろう。だからこそ、執拗にマイケルを追いかけるし、硫酸で女性を殺そうとするのだ。そんな野獣からメアリーを守るためには、やはりきちんと短剣の使い方を覚えたほうがいいのかもしれない。

「ほら」マイケルが短剣を手渡した。「重みを確かめろ。スペインの有名な刀鍛冶《かたなかじ》がつくったものだ」

どこでそれを入手したのか、サイレンスは尋ねなかった。美しい短剣だった。刃には花の模様が彫られ、柄は握りやすい曲線になっている。大きさのわりには重かった。

マイケルは彼女の背後にまわり、右手をつかんで腰に手を添えると、短剣の突きだし方や体の動かし方を指導した。ものの数分で、サイレンスは息が切れた。マイケルは平然としている。

「短剣はスカートのなかのポケットに入れておくか、靴下留めに差し挟んでおくといい」

彼女は鼻にしわを寄せた。「そんなことをして自分がけがをすることはないの？」

「大丈夫だ。きみのきれいな肌が傷つくのは見たくないからね」

サイレンスは短剣を落とし、マイケルの腕のなかで体の向きを変えて視線をあげた。彼の目には疲れがうかがえ、顔には心配が見てとれる。うっすらと無精ひげが伸びて、唇が少し開いていた。彼女はカールした長い黒髪に指を滑らせた。ロンドンの用事がどんなものか言わなかったということは、それが盗賊としての仕事であり、危険が伴うということだ。彼はけがをするかもしれないし、悪くすれば命を落とすかもしれない。もう二度と会えなくなるかもしれないのだ。

そう思うとサイレンスは体が震えた。この世にマイケルがいなくなったら、どれほど寂しいだろう。たとえ離れて暮らしたとしても、彼にはどこかで元気に生きていてほしい。

爪先立ちになり、温かい唇に口づけをした。食事のときに飲んだワインの味がした。

彼は小さく悪態をつき、サイレンスを抱きあげるとベッドへ連れていった。

「なぜだ？」ベッドに片手をつき、彼女のほうへ身を乗りだしてささやく。「どうしてわたしの夢に取りつく？　きみを御殿からしどけない姿で帰したあのときから毎晩、きみが泣いている夢を見る。もし、今また同じことをしなくてはいけないとしたら、きみを傷つけるくらいなら、わたしは自分の腕を切り落とすだろう。あのことは一生、許してもらえないのか？」

「もう許しているわ」サイレンスはマイケルの頬をなでた。「とっくの昔に」

その言葉に嘘はなかった。今なら、あのときの彼も、現在の彼も理解できる。どちらもマイケルだ。残酷で優しく、横暴で親切。優しく親切なほうの彼を愛しているのなら、残酷で横暴なほうの彼も愛さなくてはいけないのかもしれない。

「サイレンス」マイケルが温かい唇で頬から顎へとキスをした。

「マイケル」彼女はひと筋の希望にしがみついた。「お願いだから――」

「しいっ」マイケルは顔をそむけ、頬を寄せた。「今はその話はやめよう」

口から出かかった言葉を、サイレンスはのみこんだ。たしかに食堂でも、話は平行線をたどったままだった。彼が盗賊をやめることを拒んだからだ。もういくら説得しても無駄だろう。それに彼はこれから危険な仕事に出かけるのだから、その前に喧嘩はしたくない。

彼女は震える唇でほほえもうと努め、マイケルの美しい髪を手ですいた。

「しばらく一緒に寝ていってほしいわ」

彼が顔をあげ、サイレンスを見つめた。その目には愛に近い感情が浮かんでいた。

「もし死の入り口に立ったとしたら、きみのために必ずここに帰ってくるから」

わたしは一生、この人を愛するだろう。サイレンスはそう思い、体を起こすと寝間着を脱いだ。そして再度ベッドに横たわり、両手を差しのべた。「だったら、来て」

それ以上、促す必要はなかった。マイケルは盗賊らしい荒々しさで唇を奪った。サイレンスは喜んで口を開き、相手の舌を受け入れた。彼はうめき声とともに覆いかぶさってきた。素肌に上着やズボンの生地が触れる感覚が新鮮に思え、サイレンスは少し体を動かして、太腿や下腹部でそれを感じた。そして、押し寄せる悲しみを追い払おうと努めた。わたしにマイケルを変えることはできない。彼が自分で変わろうとしないかぎり無理だ。彼にその気がないのなら、わたしは現実を受け入れるしかない。

マイケルは片方の胸の先端に口づけしたあと、もう一方を口に含み、軽く噛んだ。サイレンスはシーツをつかみ、甘いため息を漏らした。

「脚を広げて」マイケルが体を起こし、ズボンの前を開けはじめた。

サイレンスは言われたとおりにして彼を見つめた。

マイケルは硬くなったものをてのひらで包みこんだ。「これが欲しいのか?」

「ええ、お願い」彼女はささやいた。わたしと愛を交わそうとしているマイケルの姿をまぶたに焼きつけておきたい。

彼はうなずき、サイレンスの腰を引き寄せて自分の膝にのせた。

彼女は期待に吐息をこぼした。彼とひとつになれる……。

マイケルがゆっくりと身をうずめはじめた。いつもと少し違う姿勢のせいで、体の内側のどこか敏感なところが強く刺激された。サイレンスは一瞬で快感に突きあげられた。まだ深くつながりきっていないというのに。

「気持ちがいいか？」マイケルが荒い息で尋ねる。

声を出すこともできず、サイレンスはただ熱い息を吐いた。

マイケルは奥深くまで入ると、ふいに覆いかぶさってきた。「答えるんだ。わたしが欲しかったのか？」

彼が本当はなにを訊いているのか、サイレンスにはよくわかっていた。マイケルが荒々しく体を動かす。彼女は重いまぶたを開けた。「ええ、そうよ。あなたのことが欲しかったの」

彼は赤い顔で歯を食いしばった。「どうだ、満足か？」

めくるめく歓びに包まれ、サイレンスは涙が出そうになった。「わかっているくせに」

「よかった」マイケルのたくましい胸が大きく上下した。「わたしもだ。きみのなかに入っているときほどいいものはない。この世の至福のひとときだ。このためにきみとわたしは創られたのだと思う」

彼女はまばたきをして、涙があふれそうになるのをこらえた。マイケルはわたしへの思いを精いっぱいの形で伝えているのだ。

マイケルのリズムが情熱のたけをぶつけてきた。

彼女は目を閉じて、その激情に身を任せた。

「サイレンス」彼が苦しい息の下でささやく。

必死の思いでまぶたを開け、彼女はなんとかほほえんだ。

「愛しているわ」

その言葉にマイケルは目を見開いて咆哮《ほうこう》した。彼の自制心を失ったような激しさを受け、サイレンスもまた感情が高ぶり、一気に高みへのぼりつめた。体の奥で温かい泡がはじけ、それが腹部から胸へ、腕から指先へと広がり、ぴくぴくと全身が震えた。

この絶頂感とせつなさで、わたしは死んでしまうかもしれない。

マイケルが息を切らせて倒れこんできた。敏感になっている胸の先端に上着の生地が触れ、サイレンスはびくんとした
「ありがとう」彼が言った。「ありがとう」

だが、彼女は顔をそむけた。悲しみを悟られたくなかったからだ。

しばらくするとマイケルは起きあがり、身なりを整えた。サイレンスは体が夜気で冷たくなるのを感じた。

「明日の昼時までには帰ってくるつもりだ」彼は低い声で言い、身をかがめてキスをした。

サイレンスは必死に笑みを顔に張りつけた。寂しい顔が彼の記憶に残るのはいやだ。

マイケルが眉をひそめる。「どうかしたのか？」

彼女は両眉をあげ、軽い口調で答えた。「今夜のあなた、とてもよかったわ」

彼は笑みを浮かべた。その顔をサイレンスは心に刻みつけた。

「わたしの体にきみの香りが移っている。これを嗅ぐたびに、きみが家で待っていることを思いだすとしよう」

マイケルは軽い足取りで寝室を出ていった。

サイレンスは横たわったまま、ゆっくりと一〇〇まで数えた。

そしてベッドから出ると手早く体を洗い、茶色い地味なドレスを身につけた。ケール卿の屋敷からここへ来るときに着ていたものだ。もうずいぶん昔のことのような気がする。まとめるほどの荷物もなかった。スペイン製の短剣と、メアリーのものが少しだけ。勇敢な船乗りたちの挿し絵付きの本はどうしようか迷ったが、結局は鞄に入れた。この本はマイケルがメアリーに贈ったものだからだ。

マイケルの寝室に入り、廊下へ続くドアを開けた。ハリーが椅子でうとうとしていた。サイレンスが一歩足を踏みだすと、彼は目を開けた。

「真夜中の散歩かい？」ハリーは愛想よく言った。だが、あなどってはいけない。彼はしっかり、サイレンスが手にしている小さな鞄に目をやっていた。

彼女は肩を怒らせた。「わたし、家に帰るわ、ハリー」

明け方、ミックは心身ともに疲れきり、風上の館へ戻る道を進んでいた。ブランを乗せる船はわりと容易に見つかった。西インド諸島行きだから、長い船旅になるだろう。ロンドンに着くまで、ブランはひと言もしゃべらなかった。顎だけでなく心にも傷を負っているからだろう。ミックも話しかける気になれなかった。

だが、順調に進んだのはそこまでだった。そのあとは金にものを言わせ、巧みな嘘をつき、ときには容赦なく腕力を振るい、なんとか司祭の住まいに乗りこんだ。ところが、チャーリー・グレイディは留守だった。誰かから警告されたのか、あるいは運に恵まれていたのだろう。仕方なく屋敷をあとにした。また別の機会を狙うしかない。そんなこんなで風上の館が見えたときには、心の底からほっとした。

馬を止め、つかの間、屋敷を眺めた。朝日のせいで赤れんががピンクがかったオレンジ色に見える。家の土台のまわりに出かかっていた小さな芽は黄緑色の葉が開いていた。しばらくすれば、きれいな水仙の花が咲くだろう。ミックはほほえんだ。花が咲いたら、メアリーに見せてやろう。ふたりで花を摘み、サイレンスに贈るのだ。それから三人で昼食だか夕食だかをとりながら、サイレンスがこんな贅沢な料理は体に悪いと小言を言うのを聞きつつ、ゆっくりと彼女を誘惑する。

ああ、家はいいものだ。

屋敷の裏手にまわり、まだ眠そうな馬丁にさっさと手綱を渡した。厨房へ入って、朝の紅茶を飲んでいるビットナー夫妻に手を振る。調理用の炉の前でうとうと眠っていたラッドが立ちあがり、嬉しそうに尻尾を振った。

「旦那様――」執事に呼びとめられたが、ミックは無視した。

階段を一段飛ばしに駆けあがり、二階の廊下で立ちどまった。なぜハリーの姿がないんだ？　ハリーとバートのやつ、もし眠っていたりしたら、次の仕事で戦利品の分配を減らしてやる。

急いでサイレンスの寝室に入り、すぐに足を止めた。ベッドが空っぽだ。隣室へ続くドアを開け、自分の寝室を確かめた。そこにも彼女の姿はなく、枕の上に靴下が一足、きれいに並べて置かれていた。

いやな予感が背筋を這いのぼった。ゆっくりと靴下を手に取る。左右の大きさが違うし、片方はかかとの形が不格好だ。ケール卿の屋敷から風上の館に来るとき、馬車のなかで編んでいたものだろう。ここに着いたときにはまだ編みかけのように見えたが、いつの間にか完成させたらしい。

靴下を凝視したまま、頭のなかが真っ白になった。重い足取りで階段をのぼり、子供部屋を確かめた。

空っぽの子供用ベッドの隣で子守りが眠っていた。

彼は子守りを揺り起こした。「ふたりはどうした？」

子守りは目をこすった。「ミスター・ハリーとミスター・バートと一緒に出ていかれました」

ミックはすでに返事の途中で背を向けて部屋を出た。まさかという思いに、めまいさえ覚えた。

サイレンスがこの屋敷を出ていった。メアリーを連れて、わたしのもとを離れたのだ。

17

今や賢者ジョンは欲しいもの――大きくて豊かな国、無敵の軍隊、決して底を突くことのない宝箱――をすべて手に入れました。幸運に恵まれ、大金持ちになったのです。各国の王様たちは娘を送りこみ、偉大なる賢者ジョン王の妃《きさき》にさせようとしました。でも賢者ジョン王はどれほど美しい娘を見ても顔をそむけ、虹色の鳥の姿はないかと空を見あげるばかりでした。

『賢者ジョン』

ロンドンのケール邸は、領地の屋敷よりさらに贅沢にしつらえられていた。あれから一週間後、サイレンスは豪奢な邸宅のなかではいくらか慎《つつ》ましい居間で座り、身動きするのすらためらっていた。室内は優雅な家具や壊れやすそうな骨董品がずらりと並び、フラシ天の絨毯が敷かれて、同じくフラシ天のカーテンがかかっている。マイケルの御殿を思いだし、胸が痛んだ。

ただし、こちらのほうがすべてにおいて上品だ。

メアリーは家政婦が見つけてきた木製の積み木で遊んでいる。健康な赤ん坊が元気に遊んでいる姿を眺めていれば幸せな気分になりそうなものなのに、どういうわけか気分は浮かなかった。なにを見てもそうだ。サイレンスはため息をつき、頬杖をついた。わたしはどうしてしまったんだろう。マイケルと出会う前は、それなりに幸せに暮らせたのに。

メイドが入ってきた。「お茶でもお持ちしましょうか？」

サイレンスは笑みを顔に張りつけた。「ええ、気分転換になりそうだわ。ミスター・ハリーとミスター・バートにも、お茶を差しあげてくださらないこと？」

若いメイドは頬を紅潮させ、目をぐるりとまわした。「あのおふたりは、朝からもうポット二杯分の紅茶を飲んでるんですよ。料理人が甘くって」

ハリーとバートがうまく女性の料理人の機嫌を取り、パンや菓子を出させているところを想像して、サイレンスはくすりと笑った。今では彼らだけではなく、ほかに五、六人の男性が邸宅を護衛している。サイレンスが義兄邸の玄関ドアをノックするやいなや、どこからともなくぞろぞろと現れたのだ。姉のテンペランスと義兄のケール卿は不在だったが、家政婦が顔を覚えていたおかげで、邸宅には入ることができた。

ずっと着ている茶色いドレスの糸がほつれているのを見て、サイレンスは顔をしかめた。どうやらマイケルは、わたしたちが館を出たことを知ってすぐに、安全策を施してくれたらしい。心に痛みを感じつつも、それには心から感謝していた。メイドが出ていったときに開いたドアの隙間から、護衛の男性たちの姿が見える。

マイケルが司祭と決着をつけるまでは絶対にケール邸から出ないようにと、ハリーから強く言われている。以前なら反発しただろうが、今はなにをするにも気力がわかない。

廊下のほうから騒がしい物音が聞こえ、メアリーが顔をあげた。

姉のテンペランスが勢いよく居間に入ってきた。「あの野蛮そうな男の人たちはどこからわいてきたの？」

「わたしとメアリーの護衛なの」サイレンスは申しわけないというように鼻の頭にしわを寄せた。「マイケルが送ってよこしたのよ」

「ちゃんとあなたたちを守ってくれることを願いたいものね」テンペランスは妹に歩み寄り、ぎゅっと抱きしめた。「元気だった？」

サイレンスは唇を嚙んで、涙をこらえた。「ええ。勝手に居座ってごめんなさい」

「なにを言っているの」テンペランスが応える。

メイドが紅茶のセットがのったトレーを手に、居間に入ってきた。テンペランスは、それを長椅子の前の低いテーブルに置くように頼んだ。

「ありがとう、パーキンズ」テンペランスはサイレンスと並んで長椅子に座った。メイドが居間を出ていくと、妹に顔を向けた。「つまり、あなたたちの身はまだ安全ではないということなのね？」

サイレンスは顔をしかめた。「司祭が生きているかぎり、ずっとそうかもしれないわ」

「それで思いだしたわ。領地の屋敷を出ていったのは、どういう成り行きだったの？」テンペランスが尋ねた。

サイレンスは目を伏せた。「ごめんなさい」

「何時間もあなたたちのことを探したのよ」テンペランスはお茶を注ぎながら、不自然なほど落ち着いた口調で言った。「そのうちにメイドのひとりが、じつは窓からあなたたちを見たと言ったの。あなたが長身でハンサムな男性と一緒に歩いているところをね。それでようやく事態がのみこめたというわけ。わたしはすぐにでもロンドンへ戻るつもりだったんだけど、ケールにしばらく待つよう説得されたのよ」姉はひがんだような顔をした。「わたしがあなたになにをするかわからないと思ったみたい」

「心配をかけるつもりはなかったの」サイレンスは急いで言った。「だから伝言を残しておいたのよ」

「あんな走り書きで安心しろというほうが無理よ」テンペランスが暗い声で応じる。

「一緒に来てくれるかとマイケルに言われたから――」

「ついていったのね」テンペランスはため息をつき、紅茶のカップを持って、長椅子の背にもたれかかった。「わたしたちのことは考えもせずに」

「そう言われても仕方がないわ」声がか細くなった。

テンペランスは紅茶をひと口飲んだ。「彼は悪人なのに、あなたはうしろを振り返りもせず、彼と一緒に行ったというわけね」

紅茶のカップを顔の近くに寄せ、サイレンスは香りを嗅いだ。「別れたの」

テンペランスがカップをテーブルに置く。「本当?」

サイレンスは黙ってうなずいた。

「そう……それはいいことだわ」

サイレンスは目を閉じた。

「そうなのよね?」テンペランスは念を押した。

「わからないわ」

「どうして別れることになったの?」

サイレンスは頭を振り、湯気の立つ紅茶を見つめながら、一週間前は当然のことのように思えた決意を言葉にしようと努めた。「盗賊をやめようとしなかったから。わたしの目から見れば、今でも死ぬまで楽をして暮らせるくらいの富を持っているのに」

「やめてほしいと彼に頼んだの?」

「ええ」

「そう」テンペランスはまた紅茶のカップを手に取り、ひとり言のようにつぶやいた。「それだけでも別れるに値するわね」

「そう?」サイレンスはカップの縁を指でなぞった。「以前なら、わたしも同じように思ったでしょうね。でも、彼と暮らしてみて考えが変わったの」

「どんなふうに?」

「今は……」サイレンスは身を乗りだし、胸のうちを理解してもらおうと姉の顔を見た。

「彼が悪い人には見えなくなってしまった。たしかに彼はチャーミング・ミッキー・オコーナーではあるけれど、わたしにとってはマイケルという名のひとりの男性なの。蝶を愛し、不幸な子供時代を送り、オペラに連れていってくれた、うっとりと音楽を聴く人よ。娘のために子守歌だって歌うわ。わからない？　彼がチャーミング・ミッキーなら、たとえ惹かれることはあったとしても愛することはできなかった。でもマイケルなら……愛せるの」

テンペランスはじっと妹を見た。「たとえ相手が盗賊でも？」

しっかりと姉の視線を受けとめ、サイレンスは顎をあげた。「ええ。その稼ぎ方はいやで仕方がないけれど、彼のことは愛しているわ」

テンペランスがため息をつく。「だったら、どうして別れたの？」

「彼にとって、わたしは対等な相手ではないから。信頼して愛する女性としては見てくれなかったからよ。わたしにも人間として彼と同じ権利があるのだということが、彼にはわからないの。自分を変えてでも誰かのために生きることができない人なのよ」声が震えた。「盗賊などやめて、わたしとの人生を選んでほしかったのに……。それはできないと言われたわ」

「かわいそうに」

サイレンスは笑みを浮かべようとしたが、うまくいかなかった。「彼を愛しているの。そんな自分を止められないのよ」

テンペランスがうなずく。「人を愛する気持ちは自分で抑えられるものではないわ」

「亡くなった夫のときとはまったく違う」サイレンスは目を閉じた。「ウィリアムへの気持ちは、もっと軽くて甘かった。少女が夢見るような愛だったの。でも、マイケルへの思いは……感情が激しすぎて苦しいのよ。彼のことを嫌いだと思うときさえあるわ。そんなことってある？」姉を見あげる。「相手を嫌いなのに愛しているだなんて、おかしいわよね」

「さあ、どうかしら」テンペランスは言った。「だけど、わたしもケールに対して同じような気持ちになるときがあるわよ。たまに、彼の言葉や行動に苛立つの。それでも彼を愛していることに変わりはないし、愛されているという自信もあるわ」唇を噛んだ。「オコーナーはあなたを愛しているの？」

「そうね……」サイレンスは言葉を切り、ハンカチで涙を拭いた。「多分、愛してくれているんだと思う。そう言ってもらったことはないけれど。彼はそういう人なのよ。わたしとメアリーにはすごく優しいわ。アーティチョークの食べ方を教えてくれたし、それから変な顔の大きな犬がいるんだけど、その犬は彼にとてもなついていて、それに……」

まさかベッドで激しく愛してくれるなどという話を姉にするわけにはいかない。サイレンスは顔を赤らめた。

「メアリーにも優しいの？」テンペランスがゆっくりと尋ねた。

「ええ！　信じられないほどかわいがっているわ」

「だったら、メアリーは置いてくるべきだったんじゃないかしら？」

「それも考えたの」サイレンスは静かに答えた。「彼はとてもいい父親よ。でも、盗賊をやめる気はない。そんな環境でメアリーが育つのが望ましいことだとは思えなくて」

「だったらいいわ」テンペランスは言った。「きっとあなたは正しいことをしたのよ」

「そう思う？」

「ええ」姉は優しくほほえんだ。「今はもう人生に希望なんてないような気がしているかもしれないけれど、きっと時間が解決してくれるわ。そのときは一緒にいい人を見つけましょう。優しくて、あなたを愛してくれる人をね」

廊下からマイケルが寄こした護衛たちの怒っているような騒がしい声が聞こえた。

テンペランスはため息をついて立ちあがった。「どうやらお宅の護衛たちが、うちのお客様を追い払ったようね。ちょっと様子を見てくるわ」

サイレンスはぼんやりとうなずいた。姉の気持ちは嬉しいが、わたしはほかの人なんて望んでいない。ええ、彼と別れたのは正しかった。頭ではわかっている。だけど、心は納得していない。いい人なんていなくてもいい。

わたしが愛しているのは、悪人と呼ばれる彼だけなのだから。

ミックはほとんど空っぽになったブランデーの瓶をわきに置き、玉座にだらしなく座って、指のあいだからこぼれ落ちる金貨や銀貨をぼんやりと眺めていた。イングランドのギニー金貨やシリング銀貨もあるが、外国の通貨もたくさんまじっている。鷲《わし》をデザインしたものや、国王や王子の顔を彫ったもののほかに、なんの模様かわからないものもあった。

子供のころ、世界にはさまざまな金があるのだと知ってびっくりした覚えがある。船乗りはしばしば寄港した国の通貨を土産に持ち帰るため、襲った船を物色していると、そういった硬貨が見つかることが多い。それをちょうだいし、あとで硬貨の裏や表に刻まれた人物の顔や珍しい模様をためつすがめつ眺めるのが一種の楽しみだった。それらの硬貨はすべて、ある船長室から奪った彫刻の美しい象牙《ぞうげ》の箱に貯めてある。

その象牙の箱は今、膝の上にあった。ミックは手を入れ、硬貨をかきまぜてみた。国王の身代金ほどにはなるのだろうが、数えてみたことがないのでよくわからない。親指の長さくらいあろうかという大きさの一枚をつまみあげてみた。メアリーがこれを見たらさぞや喜ぶだろう。つまらない物を集めるのを趣味としている人間のように、嬉々《きき》として象牙の箱に手を突っこむに違いない。

だが、メアリーはもうここにはいないのだ。

衝動的に象牙の箱を膝で蹴った。硬貨が飛んで大理石の床に散らばり、箱は大きな音を立てて半分に割れた。玉座のわきで居眠りをしていたラッドが驚いて飛びあがり、尻尾を丸めて、古代ローマの女性像のうしろに隠れた。

玉座のうしろにある戸口からペッパーの咳払いが聞こえた。

「うるさい、出ていけ」ミックは力なく言った。果てしない寂寥感に包まれ、怒鳴る気力もわいてこない。

御殿には一週間前に戻ってきた。サイレンスのいない風上の館が耐えられなかったからだ。

どの部屋にも彼女の思い出が残っていた。目の端に彼女の姿が見えたような気がして、何度振り返ったかわからない。このままでは気が変になりそうだと思い、御殿へ戻り、あとは酒に溺れた。しかしどれほど酔っても、夜になると必ず泣いているサイレンスの顔を夢に見た。わたしのもとを離れていったくせに、いまだに夢にだけは取りついているというわけだ。くそっ。

「出ていってもいいんですけどね。この前もそうしましたし」ペッパーが淡々と言った。「ただ、みんなが心配しているということを、ひと言伝えておこうかと思いまして」

ミックは頬杖をついた。「いったいなにを心配しているというのだ?」

ペッパーはもう一度、咳払いをした。「次の仕事はいつになるんだろうとか、あなたは近いうちにまた食堂でみんなと一緒に食事をするんだろうかとか、そんなことですよ」

右のこめかみがずきずきと痛んだ。「わたしがいつ仕事をしようが、どこで食事をとろうが、余計なお世話だと言っておけ」

「まあ、あなたがそうおっしゃるのなら」ペッパーが気遣うように言う。この男のこんな口調を聞くのは初めてだ。「だったら投資の話でもしましょうか。この五カ月で金の価格は五倍に跳ねあがっているんですよ。今のうちに金を少し売って宝石にでも変えておいたら、莫大な利益を見こめます」

「そんなもの、くそくらえだ」ミックはつぶやいた。

ペッパーが首をかしげた。「はい?」

「くそくらえと言ったんだ!」ミックは怒鳴り、玉座から立ちあがった。「もうけなんかどうでもいい。銀の皿、宝石、毛皮、シルク、磁器、書物、胡椒《こしょう》、紅茶、それに家具もだ」

「でも……」ペッパーは面食らった。

「財産なんか知るもんか!」ミックは吠えた。「もう、どうでもいいんだ!」

思いきり樽を蹴飛ばした。丁子《ちょうじ》が樽からこぼれ、盛大に床に散らばった。ラッドが女性像のうしろで悲しげに鳴いた。

ペッパーは沈痛な面持ちでミックを見た。

そのときドアが開き、ボブがおずおずと顔を見せた。「手紙が来てます」

ボブは手紙だけを突きだしたまま、ドアの陰に隠れた。

ペッパーが足早に戸口へ寄り、手紙を受けとって封を開いた。なにかがはらはらと床に落ちた。

ミックは磁器の壺を蹴った。壺が割れ、破片が丁子の上に散らばるのを見て、苦々しい満足感を覚えた。

「ご自分で読まれたほうがいいかと」ペッパーがそばに来て、手紙を差しだした。

ミックはちらりとそれを見た。

〝ふたりは預かった。おまえの母親が眠るところで会おう〟

文字を凝視しつづけるミックの手に、ペッパーがなにかを握らせた。ミックは凍りついた。

それは黒い巻き毛だった。

どうやらハリーもバートも、それにわたしが送りこんだほかの男たちも、ふたりを守ることに失敗したらしい。

「馬に鞍《くら》をつけろ」ミックはつぶやいた。恐怖で胸が押しつぶされそうだ。

ペッパーが大急ぎで部屋を出ていった。

ミックは足早に寝室へ戻り、顔と首筋に水をかけた。いつものとおり複数のナイフを隠し持っていることを確かめ、ピストルを取りだして弾を込めた。そして腰に太いベルトをつけ、ピストルを差しこんだ。急いで階段を駆けおりながら、自分に言い聞かせる。落ち着け、ミック。ふたりは絶対に生きているから。

もしそうではなかったら、司祭には血の雨で報復してやる。

玄関を出ると馬が待っていた。手綱を手渡してくれた少年には声もかけず、馬にまたがった。

ペッパーが心配そうな顔でわきに立っていた。「誰か手下を連れていかないんですか？」

「いや」ミックは馬を旋回させた。「これはわたしと司祭の問題だ」

午後の賑やかな人通りを縫うように馬を走らせた。ものの五分でセントジャイルズ・イン・ザ・フィールズ教会に着き、馬を柵につないだ。

墓地は静かだった。通路を曲がると、母親の墓石のそばに司祭が立っているのが見えた。ほかには誰もいなかったが、だからといって護衛をつけていないということにはならない。

ミックは大股で司祭に歩み寄り、胸ぐらをつかんだ。「ふたりはどこにいる？」

司祭は醜くゆがんだ顔で彼を見据えた。「さあ、知らないな」

ミックはポケットから髪の房を取りだし、相手の顔に突きつけた。

「だったら、これは誰のだ？」

「おまえの母親さ」司祭は落ち着き払って答えた。「交際しはじめたころに彼女がくれたものを取っておいたんだ。あいつは黒々とした髪をしていたからな。赤ん坊はおばあちゃん似のようじゃないか」わざとらしくウィンクをする。「ミッキー、おまえのほうから孫娘に会わせてくれればよかったものを。仕方がないから、こっちから会いに行くとするよ」

「その前に、あんたを地獄に落としてやる」ミックは相手を押しやった。

背後から砂利を踏む音が聞こえた。

ミックははっとして振り返った。だが司祭に気を取られていたせいで、一瞬反応が遅れた。手にしていたナイフを叩き落とされ、両腕をつかまれた。気づいたときには、墓地は兵士でいっぱいだった。

司祭がたしなめるように舌打ちした。「お互い地獄に落ちる運命からは逃れられない。だから、おまえが先に行ってろ」

「死ね」ミックは唾を吐いた。

白いかつらをかぶった将校がゆっくりと近づいてきた。「ミッキー・オコーナー、盗賊行為の罪で逮捕する」

「逮捕ですって！」サイレンスは声をあげ、メアリーのパンにバターを塗っていたナイフをテーブルに置いた。ケール邸の居間には日光が明るく差しこみ、銀製の紅茶のセットを照らしていた。サイレンスはめまいを覚え、バートとハリーを凝視した。ふたりは険しい顔で肩を寄せあって立っている。「でも、どうして？　これまでずっと捕まらなかったのに、なぜ急にそんなことに？」

ハリーが落ち着かない顔でバートにちらりと目をやり、それから背筋を伸ばした。

「司祭の野郎が罠にはめたって話だ。なんでも、マダムと赤ん坊を預かったという手紙を寄こして、御頭をおびきだしたらしい」

「そんな……」サイレンスは絶句した。わたしたちを助けに行ったせいで、罠にかかってしまったというの？　彼女は唾をのみこみ、美しい磁器の皿にのったパンをにらんだ。胃がよじれた。

「急いでここを出たほうがいいわ」テンペランスが戸口から言った。知らせを聞いて慌てて居間へ駆けつけたらしく、肩で息をしている。「きっと司祭は次にあなたを狙うわ。今、馬車の支度をするように言いつけてきたから、暗くなる前にロンドンを出ましょう」

「いやよ！」サイレンスは立ちあがった。「わたしはどこにも行かない」

ハリーが心配そうな顔をした。「司祭がまだ、あんたと赤ん坊の行方を探してるんだ」

「わかっているわ」サイレンスは応えた。「もちろん行動には気をつけるわ。だからマイケルが監獄にいるあいだは、ロンドンにいさせてちょうだい」

「でも……」テンペランスの大きな目が不安そうに陰る。

「いくら説得しても無駄よ」サイレンスは姉の顔を見つめ、震える声で言った。「だって、裁判の結果は見えているもの」

テンペランスは目を閉じ、それ以上なにも言わなかった。ミッキー・オコーナーの運命がわかっていたからだ。

盗賊行為を犯した者は死刑に処せられる。


「〈恵まれない赤子と捨て子のための家〉の新しい建物の完成に乾杯！」レディ・ヘロがシェリー酒の入った小さなグラスを掲げた。

「乾杯！」〝〈恵まれない赤子と捨て子のための家〉を支える女性たちの会〟の参加者たちも、それぞれがグラスを掲げた。

イザベル・ベッキンホールは笑みを浮かべ、シェリー酒をひと口飲んだ。一カ月前、初めて会合に参加したときは、まさかこんなに楽しくなるとは思わなかった。

彼女はメアリー・ウィットサンが緊張気味に持っているトレーからスコーンをつまみ、レディ・ヘロに顔を向けた。「子供たちはいつ新しい施設に移るの？」

「多分、来週かしら」レディ・ヘロは相変わらず嬉しそうに頬を紅潮させている。「昨日、レディ・ケールと一緒に新築の建物を見てきたところなの。お引越しはミスター・メークピースに最後の検分をしてもらってからよ。どなたか彼と一緒に行ってくださらないかしら」

「あなたはお忙しいの？」レディ・ピネロピが困惑したような顔で鼻の頭にしわを寄せた。

「明日、夫と旅行に出るのよ」レディ・ヘロの顔がまた赤くなった。「北のほうの領地にある遺跡を見せてくれるんですって」

レディ・ヘロの義妹であるレディ・マーガレットが、わざとらしく鼻を鳴らした。

「兄の目的はきっとほかにもあるのよ。だって新婚だもの」

「まあ！」レディ・ヘロは驚いた声をあげながらも、くすくすと笑った。「あなた、どれだけシェリー酒を飲んだの？」

レディ・マーガレットが目を細めてグラスを見る。「まだ二杯目よ」

「乾杯するなら、お酒ですわよね」ミス・グリーブズがさりげなくあいだに入った。

レディ・ヘロは目顔でミス・グリーブズに感謝した。

「そうね」イザベルはもうひとつスコーンをつまんだ。孤児の女の子たちが焼いたにしては最高の出来だ。「シェリー酒はおいしいけれど、ミスター・メークピースの目をかすめて持ちこまなくてはいけなかったというところが残念ね」

「別にこっそり持ってきたわけではないわ」レディ・ヘロは威厳を持って応えた。

「でも、なにも書かれていない箱に入れてきたじゃない」レディ・マーガレットが指摘する。

レディ・ヘロは顔をしかめた。「だってミスター・メークピースは……なんていうか……」

「気難しい人よね」イザベルは言った。

「厳しい方なのよ」レディ・フィービーが甲高い声でつけ加える。

「きっと信心深いんだわ」レディ・ピネロピがぞっとしたような顔をした。

「冗談のひとつも言わないし」イザベルは締めくくり、スコーンをひと口かじった。

「でも、とてもハンサムな方ですわ」ミス・グリーブズが真面目な顔で言う。

レディ・ピネロピは自分のコンパニオンのほうへ顔を向けた。「あなた、ああいういかめしくて頑固そうな男性が好みなの？」わたしは違うわよ、という笑みを浮かべる。「それにしても、ミセス・ホリングブルックがいらっしゃらないから、なんだかこの孤児院は女性らしい温かみに欠けるわね」

「あら、わたしたちがいるじゃないの！」レディ・マーガレットが憤然として反論した。

「でも、わたしたちは常にいるわけではないもの」レディ・ピネロピは指摘した。「それは大きな違いだわ」

「メイドがいるわよ」イザベルは口を挟んだ。ミスター・メークピースが孤児院を切りまわすのに女性の力を必要としているとは思えないが――それを言うなら誰の助けもいらないだろう――レディ・ピネロピの偏見に満ちた風変わりな考え方には興味を覚えた。

「メイドではね」レディ・ピネロピは、あとは言わずともわかるでしょうというように鼻を鳴らした。

イザベルは笑いだしそうになるのをこらえ、スコーンの残りを頬張った。

「どちらにしても」レディ・ヘロが早口で言った。「明後日、ミスター・メークピースが検分に行かれるから、どなたかご一緒してほしいのよ。彼の……その、いかめしさに対応できるほど如才がなくて、美しい方といえば……」

イザベルを見て、にっこりする。

「あなたがぴったりだわ、レディ・ベッキンホール」

18

それからさらに歳月が流れ、賢者ジョンはすっかり年を取りました。若いころは黒々としていた髪は白髪に変わり、昔はたくましかった肩は前かがみになり、かつては力強かった手は震えています。三つ目のお願いをして以来、タマーラには一度も会っていません。やがて、賢者ジョンは自分の死期が近いことを悟りました。豪奢な宮殿のなかで金色の玉座におさまり、すぐそばには宝石があふれだしている宝箱があるというのに、賢者ジョンが見ていたのは膝に置いた五色の羽根でした。

『賢者ジョン』

ミックはニューゲート監獄でもっとも頑丈な独房で、藁《わら》のベッドに横たわり、おのれの人生について考えた。

明朝には終わるかもしれない人生だ。

投獄されていた一カ月のあいだに、死刑を逃れる計画を練りあげた。ずっと策を弄して生きてきたのだから、計画を考えるのはお手のものだ。この建物を破壊するのは不可能だし、トレビロン大尉の部下たちが昼夜を問わず厳しい監視についている。だが、誰とも面会できないわけではないため、ペッパーが資産管理報告の名目で何度か訪ねてきた。おかげで計画を手下たちに伝えるのは簡単なことだった。

いちばん成功する可能性が高いのは、明朝、自分が乗った荷車が処刑台に着く直前だと思われた。処刑場には大勢の見物客や、ミートパイや果物を売る行商人たちがいる。もちろん兵士も多く見張りにつくが、群衆に阻まれれば思うように身動きは取れないはずだ。荷車がタイバーン処刑場に近づいたとき、手下の一団が騒ぎを起こして兵士や群衆を引きつければ、そのあいだに別の一団がわたしを助けだせるかもしれない。

一か八《ばち》かの計画だが、これしか方法はない。昔も人生の賭けでは勝っているのだから、今度もうまくいくかもしれないではないか？

おのれの人生にそれほどの後悔はない。盗賊になったことも、何人かの男たちを殺したことも悔いてはいないし、とりわけ一三歳のときにチャーリーの顔に硫酸を浴びせかけ、ひもじい生活から抜けだしたことは誇らしくさえ思っている。

ただ、ひとつだけ、思い残したことがあった。風上の館で暮らすようサイレンスを説得したとき、精いっぱい言葉をつくさなかったことだ。それで彼女を引きとめられるのなら、盗賊はやめるし、御殿も手放すと、嘘のひとつもつけばよかったのだ。いや、本当に盗賊などやめればよかったのかもしれない。わたしはただ、サイレンスと同じテーブルにつき、異国の食べ物を彼女の口に運び、彼女が目を丸くする姿を見ていたかっただけなのだから。そして夜になれば、また別の意味で彼女に目を見開かせる。あのなめらかな肌を愛撫し、耳元でささやくのだ。

なにを？

もちろん、きみを愛している、と。母親を除けば、わたしが生涯で愛したただひとりの女性だ。

ミックは目を閉じ、どこからか聞こえてくるほかの囚人たちの笑い声や泣き声、叫び声を無視した。もしやり直せるものならば、今度はサイレンスをベッドに鎖で縛りつけ、あなたなしでは生きられないと彼女が言うまで愛を交わすだろう。

わたしこそ、彼女なしには生きていけない。

サイレンスと一緒に暮らし、彼女が望むなら結婚もしよう。家庭的なチャーミング・ミッキー・オコーナーなど笑えるだけだが。そしていつか赤ん坊ができ――。

ミックははっとして目を開けた。

まさかサイレンスがわたしのもとを去るとは思っていなかったから、これまで考えたこともなかったが、もしかすると彼女はすでにわたしの子を宿しているかもしれない。

なんということだ。ミックは動揺して立ちあがり、足枷《あしかせ》についた一八〇センチの鎖が許すぎりぎりまで独房を行ったり来たりした。もし妊娠などしているとわかったら、彼女はきっと取り乱すだろう。わたしからすれば、わが子が婚外子として生まれるかどうかなどはどうでもいい。問題はサイレンスだ。彼女は世間から白い目で見られ、のけ者にされるかもしれない。家族は彼女を愛しているようだが、道徳観念も厳しいように見える。サイレンスはそんな家族から勘当され、家を追いだされたりはしないだろうか。もしそんなことになったら、メアリーとこれから生まれる赤ん坊を抱えて、どうやって生きていくというのだ？　寄るべない女性が稼ぐ方法といえばひとつしかない。くそっ。

「絞首台のことでも考えているのか？」看守が嫌味ったらしく尋ねた。薄汚い小男で、天下のミッキー・オコーナーを見張っていることが誇らしくて仕方ないらしい。もちろん、本当に監視しているのはトレビロン大尉の部下たちだ。だが、そんなことは気にしていないようだった。看守は首筋をぽりぽりとかきながら、ドアにある鉄格子のはまった小さな窓からのぞきこんだ。「そういや、このあいだ処刑したやつは、首がありえないほど長く伸びたっけかな」

ミックは看守を無視して、法外な金を払った新しい藁のベッドに腰をおろすと、両手に顔をうずめた。しばらくすると看守のおしゃべりがやんだ。反応が返ってこないため、皮肉を言うのにも飽きたのだろう。

だが、そんなことはどうでもいい。今は自分がサイレンスにしてしまったかもしれないことしか考えられない。

ミックは目を閉じ、一三歳のとき以来、初めて神に祈った。

日がのぼる一時間ほど前、サイレンスは暗い道をニューゲート監獄へ向かった。

「こんなのは正気の沙汰じゃないぞ」バートがうめいた。「こんな真っ暗ななか、あんたを外に出したと知れたら、御頭に首を切られちまう」

「大丈夫だ、そんなことにはならない。今、御頭がどこにいるのか考えてみろ」ハリーが真面目な顔で言った。

「彼に会わなくてはいけないの、バート。お願い、わかって。彼を愛しているのよ。このまま一度も会わずに彼を絞首台へなんて――」

サイレンスは言葉を切り、涙をのみこんだ。今はだめ。すべてが終われば、いくらでも泣く時間はある。でも、今はマイケルのために強くならなくては。彼とは、もう一カ月以上も会っていなかった。裁判が行われているあいだは、ウィンターとテンペランスにニューゲート監獄へ行くのを止められていたからだ。死刑が決まったことでようやくふたりは、最後にもう一度だけ会っておくのがいいかもしれないと言ってくれた。

ハリーがぎこちなくサイレンスの肩に手を置いた。「わかってるさ。おとぎばなしみてえな話だ。あんたが御頭のことを愛してるだなんてな。ちゃんと会わせてやるから安心しろ。御頭が絞首台の階段をのぼる前にな」

ハリーは涙をこらえるように、ごくりと唾をのみこんだ。

サイレンスにはわかっていた。ハリーとバートは強がっているが、本当は悲嘆に暮れている。マイケルに死刑判決が下されたと知らせに来たときは蒼白な顔をしていた。それ以来、ハリーの顔には深い悲しみのしわが刻まれた。バートはひとりになると、よく目頭を拭いている。

ふたりにしっかりと警護され、サイレンスはニューゲート監獄へ近づいていった。ランタンは彼女が持っていた。不測の事態が起きたとき、彼らは手が空いているほうがいいからとの判断だ。

ふいにニューゲート監獄の巨大で不気味な建物がぬっと眼前に現れ、サイレンスはぞっとしてマントの前をかきあわせた。古い建物の隣にいくらか新しい建物があり、明かりを手にした守衛が大きな両開きのドアの前で居眠りをしていた。三人が近づくと、守衛は顔をあげて、三人をにらんだ。

「ミッキー・オコーナーに会いたいんだがね」ハリーが愛想よく言った。

「やつとの面会は禁止だ」

ハリーが硬貨を投げ渡すと、守衛はさっとそれをつかんだ。「一シリングか？」

バートが怒った。「一シリングももらえりゃ充分だろうが」

なにか言おうとした守衛に、ハリーはため息をつき、もう一枚硬貨を手渡した。

今度は守衛もにやりとした。「いい線まで来たぞ」

「おまえは追いはぎか！」バートが怒鳴り、守衛に近づいた。

「わかった、わかった」守衛は一歩あとずさりした。「会わせてやるよ。だが、これは特別な計らいだからな」

バートがぶつぶつ悪態をついたが、幸いにも守衛には聞こえなかったらしい。守衛は大きなドアを開き、薄暗い廊下を先に立って歩きはじめた。まだ外は暗いので囚人の大半は眠っていたが、ときおりため息やひとり言、いびきや咳をする音が聞こえた。

中庭を抜け、いくつか階段をのぼると、片側に独房の並ぶ廊下があり、突きあたりに鍵のかかったドアが見えた。そのドアを開けると小部屋があり、十数人の武装した兵士がただ立っていたり、あるいは椅子でうとうとしたりしていた。

守衛は独房のドアへ近づき、鍵束を窓の鉄格子にぶつけて大きな音を立てた。鍵を開けると、なかに入って怒鳴る。「おい、オコーナー、客が――」

暗闇から腕が伸びて守衛の喉をつかんだ。マイケルが現れ、守衛の喉に手をかけたままサイレンスを見た。

黒い髪が肩にかかっていた。独房のなかは肌寒いというのに、上半身はシャツしか身につけていない。首元と袖口の上等なレースが独房には不釣りあいだった。両足に足枷をはめられているため、マイケルが動くと重い鎖の音がした。

独房内は驚くほど清潔で、藁のベッドだけではなく、テーブルと椅子、それに羽根ペンとインクと紙までそろっていた。藁のベッドのそばには火鉢まで置かれている。マイケルは初めて会ったときと変わらず、傲慢で力強く見えた。ニューゲート監獄でさえ、彼をおじけづかせることはできなかったようだ。

その野性的なたくましさを見て、サイレンスは嬉しくなった。

濃い茶色の瞳がランタンの明かりを受けて輝いている。「バート、この蛆虫《うじむし》に案内させて、ここの教戒師を呼んできてくれ」

マイケルが手を離すと、守衛はふらふらとあとずさりして、肩で息をした。兵士たちが立ちあがり、そのうちのひとりが近づいてきた。「どうした、ミッキー？」

マイケルは首を振った。「あんたを困らせるようなことはなにもないよ、ジョージ。面会人が来ただけだ」

ジョージと呼ばれた兵士は眉をひそめた。「トレビロン大尉はお気に召さないと思うぞ」

「大尉殿はここにいないんだから、かまわないだろう？」マイケルは無造作に指から月長石《ムーンストーン》の指輪を引き抜き、それを兵士のほうへ放り投げた。目はサイレンスをじっと見つめたままだ。

まるで、わたしのすべてを記憶に刻みつけようとしているみたい。

サイレンスは泣けてきたが、頬の内側を噛んで涙をこらえた。今は強くならなくてはいけない。

「来てくれないかと願っていたんだ」マイケルが低い声で言った。

兵士は、逃げる気がないならまあいいかという顔をし、指輪をポケットに入れ、少しうしろにさがってハリーと並んだ。

サイレンスはマイケルに近づいてささやいた。「ここから出る方法はないの？　ハリーとバートに頼んで、みんなを引き連れて助けに来ることもできるわ」

マイケルは首を振り、かすかにほほえんだ。「ニューゲートのなかでも、とくにこの独房から脱獄するのは不可能だ。そのうえ、わたしが逃げるのを恐れて兵士が束になって見張っている。わたしを助けに来れば、手下たちは犬死にするだけだ」

彼女は言葉を失い、ただマイケルを見つめることしかできなかった。

「ここに入ってから、いろいろと考えたよ。そこできみにひとつ大切なお願いがあるんだ」

彼は優しい口調で言った。

「なんでもするわ」サイレンスは彼の顔をのぞきこんだ。

マイケルがにやりとした。「きみの悪い癖だな、内容がなにかも聞かずに承諾してしまうのは」

ため息をつき、彼女は震える手をマイケルの肩に置いた。「あなたのお願いを断れるわけがないでしょう。そんなのわかっているくせに」

「風上の館で暮らすこと以外なら、ということか?」マイケルは一歩前に出ようとしたが、足枷が邪魔になった。

サイレンスは首を振った。その拍子に涙がひと筋、頬を流れ落ちた。もうなにを言っても手遅れだ。「それは……また話が違うわ。あのときは、もしあなたが――」

温かい人差し指がサイレンスの唇に押しあてられた。「その話はもうよそう。すまない、きみを苦しめるつもりはなかったんだ」

彼女は黙ってマイケルの顔を見つめた。どうしても涙があふれるのを我慢することができない。

「おいで」彼は腕のなかにサイレンスを抱き寄せ、額を合わせた。「風上の館ではせっかくうまくいきかけていたのに、わたしがすべてを台なしにしてしまって本当に申しわけなかった。わたしにとって大切なのはきみとメアリーだけだと、もっと早くに気づくべきだったんだ。金も、それに盗賊という生き方も、わたしにとってはただの鎧にすぎないとね。あのときのわたしは選択を誤った」

「ああ、マイケル」サイレンスは涙をこらえようと目をつぶった。そんなふうに正直に打ち明けられたら、今よりもっとあなたを愛してしまう。これがわたしたちにとって最後の時間でなければいいのに。せめてあと数週間、できれば何年か、お互いのことをもっと知りあいたかった……。

「だから、どうしてもきみに言っておきたいことがある」優しい口調だった。「さっき口にしかけた、きみへの大切なお願いだ。どうか、わたしの妻になってくれないだろうか？」

サイレンスは驚いて体を引き、彼の顔をまじまじと見た。「だから教戒師を呼びにやったの？」

「そうだ」マイケルはほほえんだ。頰にえくぼができた。「彼は金さえ渡せば、たいていの望みを聞き入れてくれる。きみの耳に入れるような話ではないが、ここでは金がものを言うんだよ。サイレンス・ホリングブルック、わたしと結婚してほしい」

こんなときに不謹慎だと思いつつも、求婚の言葉を聞いて、彼女は胸が高鳴った。そして、なんのためらいもなく返事をした。

「ええ、喜んで」

マイケルは満面に笑みを浮かべ、短く熱いキスをした。ちょうどそこへバートが看守とともに年配の男性を連れて戻ってきた。眠っているところを叩き起こされたのか、白髪はくしゃくしゃで、目がぼんやりしている。

ひとたび口を開くと、その教戒師は朗々とした美しい声の持ち主だった。サイレンスは夢見心地のまま、気がつくと数分後にはマイケルと結婚していた。

「ほら」彼は濃い赤色のルビーがついた金の指輪を指から引き抜き、サイレンスの親指にはめた。「これを見て、わたしを思いだしてほしい」

サイレンスはその傷のついた指輪を眺めた。たしかこれは、マイケルにとって初めての戦利品だったはずだ。親指でも彼女には少し大きすぎたため、糸で親指と結びつけた。幸福な夢と不幸な夢を、いっぺんに見ているような気分だった。これでわたしたちは夫婦になった。でも、彼は数時間後には処刑されてしまう。

マイケルは先ほどのジョージという名の兵士を呼び寄せ、なにかひそひそと話したあと、残りの指輪をすべて手渡した。

「一時間だけだぞ」ジョージが言った。

マイケルはサイレンスに手を差しのべた。「短い時間だが、どうかわたしと一緒にいてほしい、ミセス・オコーナー」

サイレンスはマイケルの腕のなかに喜んで身を預けた。独房のドアが閉められ、鍵がかけられた。

彼女はため息を漏らして、温かい胸にもたれかかった。力強い鼓動の音が聞こえる。だが、髪をすくマイケルの指はかすかに震えていた。ふいに、彼が死刑になるという悲嘆や、ふたりが結婚したという事実、これからずっと彼のいない人生を送るのだという現実に、サイレンスは押しつぶされそうになった。

「ああ、マイケル」絶望感にさいなまれ、固く目を閉じる。「あなたがいなくなったら、わたしは生きていけるかどうか――」

「大丈夫だ」マイケルはきっぱりとそう言い、両方のてのひらでサイレンスの頰を包みこんだ。薄暗いなかでも、その瞳に浮かんだ情熱ははっきり見てとれた。「きみはちゃんと生きていく。わたしのために、メアリーのために、そしてきみ自身のために。どうか約束してくれ。明日なにが起ころうとも、たくましく生き抜いていくと」

サイレンスは涙をのみこんだ。彼がわたしに強さを求めているのなら、気弱な姿など見せられない。「ええ、約束するわ」

「それでいい」マイケルは額にキスしてくれた。「それでこそ、きみらしいよ」

涙があふれだし、ぽろぽろと頰を伝った。「愛しているわ、マイケル」

彼は頰を寄せた。「遺書をペッパーという男に預けてある。わたしの資産を管理している人間だ」

サイレンスはずっと肌を触れあっていたかったが、マイケルは顔を離し、暗い表情でまっすぐに目を見つめてきた。「大事な話だから、ちゃんと聞いてくれ。わたしの遺産はきみのものだ。それをきちんと管理するよう、ペッパーには指示しておいた。メアリーと一緒に風上の館に住むといい。あそこなら、うるさいことを言う人間は誰もいない。館の使用人とハリーとバートがきみたちの世話をする。わたしがいなくなれば、それで司祭は満足すると思いたいが、あの男のことだからなにをするかわからない。手下の者たちには、司祭が死ぬまできみたちを警護するように言いつけてある」

サイレンスは胸がいっぱいになった。彼は自分がこの世からいなくなったあとも、わたしとメアリーがちゃんと暮らせるように、いろいろと手配してくれたのだ。はっきり言葉にはせずとも、これを愛と言わずしてなんと呼ぼう。

「サイレンス。なにか手抜かりはないかな？」

「あるわけがないわ」嗚咽が漏れそうになった。

彼が今度は額を寄せた。「きみたちには幸せになってほしいんだ。きみにも、そしてメアリーにも」

サイレンスは涙で声が詰まった。今、心に思っていることをすべて伝えられる美しくて崇高な言葉があったらいいのに。

こちらの気持ちが伝わったのか、彼が寂しそうな目をした。「一緒に横になろう」

彼女はマイケルの首に両腕をまわし、力いっぱい抱きしめた。

だが、彼が独房の奥にある藁のベッドへ行こうとしているのに気づいて、思わずシャツを引っぱった。「兵士の人たちが見ていたらどうするの？」

マイケルは首を振った。「のぞき見なんかしないさ。それだけのものは渡してある。それにハリーとバートが目を光らせているから大丈夫だ」

サイレンスは肩越しに振り返った。たしかに鉄格子のはまった窓の前には誰もいない。独房に明かりが入るのは外に面した小さな高窓からだけだが、ベッドはその真下にあるため、ほとんど真っ暗でなにも見えない。

マイケルは暗い顔でじっとサイレンスを見ていた。

彼女の手を握りしめ、低い声で言う。「本当の意味で、わたしの妻になってほしい」

彼はわたしの夫なのだ、とサイレンスは改めて思った。

ここは悲しみに満ちているし、もうすぐ彼の身に起こることを考えると絶望的な気分になるけれど、それでもマイケル・オコーナーと結婚したことは嬉しい。

心から愛する人の妻になれたのだから。

もうあまり時間は残されていない。サイレンスは爪先立ちになり、彼の顔を引き寄せてキスをした。

「愛しているわ」唇に向かってささやく。「あなたの声が好き。あなたのアイルランド訛りもいいわ。あなたがとんでもないことを言いだすときに、ちらりとわたしを見る目がぞくっとする。あなたが優しくメアリーを抱いている姿は、本当に見ていて嬉しかった。妻になってくれと言ったあなたは最高だった。マイケル・オコーナー、あなたを愛しているわ」

彼はサイレンスの腰にあてていた手を止め、彼女を抱きしめた。「きみが出ていったとわかったとき、心臓を半分もぎとられたような苦しみを味わった。だが今、こうしてきみは、その痛みを止めてくれた」

もう我慢できないというように、マイケルは荒々しく唇を奪った。サイレンスはすぐそばに多くの兵士がいるのはわかっていたが、それを忘れようと努めた。今は慎み深さなど、どうでもいい。それより彼に愛を伝えたい。

これからもずっと彼を愛していくということを。

サイレンスは彼のたくましい喉元へ唇を滑らせた。マイケルは彼女の腰から肩へ手を移したが、彼女を止めようとはしなかった。サイレンスはシャツからのぞいている胸に舌を這わせながら、彼の下腹部がこわばっていることをてのひらで感じたあと、ズボンの前ボタンを外しはじめた。

「サイレンス？」マイケルがささやく。

「しいっ」いつか彼が自分にそうしたように、サイレンスはマイケルを黙らせた。「声を出してはだめよ」

そして膝をついた。

彼が息をのむのがわかった。暗闇のなか、ズボンの前を開けて、硬くなっているものに触れた。最後にひと目、この美しさを見ておけないのが残念だ。そして行動することに決めた。今は淑《しと》やかにしたり恥ずかしがったりしている余裕はない。これが彼と過ごせる最後の時間なのだから……。

いいえ、今はそのことを考えるのはやめよう。せめて手にその形を覚えさせようと、ゆっくりとてのひらですべてをなぞった。

マイケルがくぐもった声を漏らした。彼も感じているようだ。でも、ここで終わらせるつもりはない。これが最後の……。

だめ。そのことは考えないのよ。

サイレンスは張りつめたものに唇をつけた。

マイケルが体をこわばらせる。

彼女の髪に両手を触れたまま、身動きひとつしない。サイレンスはマイケルのものを口に含んだ。彼はこぶしを握りしめたあと、サイレンスの頭に手をかけた。引き離そうとしているようにも感じられたが、マイケルの力は弱々しかった。彼女はそれに逆らい、今度は舌で感触を味わった。温かくて、しなやかな肌だ。

軽く歯を立ててみた。高ぶったものがぴくりと動き、押し殺したうめき声が聞こえた。サイレンスはほほえみ、もう一度それを口に含んだ。これほどたくましい男性を、今は自分が意のままにしているのだと思うとぞくぞくする。ひざまずいている姿は奴隷のようだが、隷属しているような気分ではなく、女性としての力をひしひしと感じている。屹立したものをあまねく口で愛した。マイケルの手は彼女を引き離そうか、それとも引き寄せようか、迷っているように感じられた。

ふいに彼が身をかがめ、サイレンスの腰をつかんで立たせた。マイケルは鎖の音をさせながら彼女を藁のベッドに寝かせると、その上に覆いかぶさった。スカートのなかに手を入れ、てのひらを太腿に走らせて、潤ったところに触れたあと、はちきれそうになったものをそこに押しあてた。

誰かが咳をする声が聞こえ、サイレンスははっとした。ドア一枚を隔てた向こう側には、十数人の兵士がいるのだ。

マイケルがゆっくりと腰を沈めた。サイレンスは唇を噛んだ。最後に愛を交わしてから、まだ一カ月ほどしか経っていないというのに、改めて彼の大きさを感じる。マイケルが体を動かしはじめた。その満たされた甘い感覚にサイレンスは息を詰めた。声を漏らしてしまいそうだ。

彼はサイレンスの腰の位置を直し、太腿の下に両手を入れて、脚を大きく開かせた。そして潤いのなかに深々と分け入った。

サイレンスはマイケルの息が頬にかかるのを感じた。彼の呼吸に合わせ、胸が上下するのもわかる。いつまでもずっとこうしていたい。まるで世界から切り離された小島にふたりきりでいるような気分だ。

首にしがみつくと、マイケルは唇を重ね、舌を絡めてきた。そのキスのあまりの優しさに、サイレンスは泣きたくなった。彼がいなくなったら、どうやって生きていけばいいの？　誰かをこれほど近くに感じることは、二度とないというのに。

ようやく楽園を見つけたのに、もうすぐ手放さなくてはいけない。だったら、今のうちにこの幸せを精いっぱい味わっておこう。サイレンスはマイケルを抱きしめた。ふたりとも服など身につけていなければいいのに。でも、こんな時間を持てたことだけでも喜ばなくてはいけない。キスのなかにしょっぱい味がまじった。わたしの涙？　それとも彼の涙？　あの世間を恐れさせたチャーミング・ミッキー・オコーナーが、わたしのために泣いているの？　彼女はマイケルの舌を軽く噛み、口に含んで吸った。こうしてつながっていれば、彼はずっとわたしのもとにいられるかもしれない。

この瞬間を、わたしは一生忘れないだろう。

彼の肩の筋肉に力が入ったのがてのひらに伝わってきた。マイケルがふたたびゆっくりと動きはじめた。まるで自分のためだけに咲いた花を愛でるように。この一瞬一瞬を味わいつくそうとするように。サイレンスの体の奥に火がつき、それがどんどん大きくなった。

これがわたしたちの絆だ。わたしたちを永遠につなぐ鉄の鎖。教戒師に導かれた誓いの言葉などより、はるかに荘厳で神聖な結婚の儀式なのだ。

マイケルを強く抱きしめ、体のなかの炎が燃えさかるのを待った。彼がふたりのあいだに手を滑りこませて、サイレンスの小さな蕾に触れた。一気に炎が爆発した。まるでつぼに落とされたように、ふたりは絶頂感という熱い炎のなかで溶けあった。マイケルは最後にもう一度、彼女のなかに深く身を沈め、唇で唇をふさぎ、互いの声をのみこんだ。

焼きつくされ、灰と化したふたりの体の上に、サイレンスは虹が浮かぶのを見た。はかなく、色鮮やかな虹だ。ふたりの愛は人間のつくった監獄という建物さえ破壊した。わたしたちは自由だ。

どこまでも自由だ。

だが、すべてのものには終わりが来る。虹は消えた。サイレンスは目を開け、愛する夫の心地よい体の重みを感じながら、独房の天井を見た。

もうすぐ夜が明ける。

19

賢者ジョンは料理人にサクランボのパイをつくるように言いつけ、玉座の間でそれができあがるのを待ちました。サクランボのパイが運ばれてくると、年老いてしわがれた弱々しい声で名前を呼びました。「タマーラ……」すぐに美しい虹色の鳥が飛んできて、窓から玉座の間に入り、人間の姿になりました。タマーラは初めて会ったときと少しも変わりなく、若くて愛らしいままでした。でも、その表情に笑みはありませんでした。タマーラは悲しそうな顔で尋ねました。「どうしてわたしをお呼びになったの？」

『賢者ジョン』

夜が明けると、別の兵士たちが到着し、トレビロン大尉の部下たちと交代した。その兵士たちが独房のドアを開けて入ってきた。ミックは両手首を体の前で縛られるあいだも、サイレンスから目を離さなかった。今朝は彼女の手を借り、いちばん見栄えのする服装に着替えた。レースに縁取られたシャツにズボン、金色のブロケード地のベストに青いベルベットの上着という姿だ。靴下はサイレンスが編んだものをはいている。形は不格好だが、ミックにとってはこれがいちばん大切なものだ。手にはもう指輪はひとつもなかった。サイレンスと最後の一時間を過ごすために、すべて手放したからだ。だが、おかげでもうこの世に思い残すことはなくなった。

それはあの世に行っても同じだろう。

ミックは兵士に連れられて独房をあとにし、長い廊下を進み、ニューゲート監獄の外へ出て、朝日のまぶしさに目を細めた。

サイレンスも建物から出た。ハリーとバートがそれに続く。

「ここでさよならだ」ミックは穏やかな声で彼女にそう言い、ハリーにうなずいてみせた。手下のふたりはうなだれていた。だが、大丈夫だ。ハリーはちゃんと心得たという顔をしている。

公開処刑は残酷なものだ。わたしが吊されて脚をばたばたさせている姿を、わざわざサイレンスに見せる必要はない。運がよければ、そうはならずにすむかもしれない。手下たちが救出してくれるからだ。しかし、彼女にはその計画のことは話していない。失敗する可能性もあることを考えると、余計な期待を抱かせるのは酷というものだ。

サイレンスが黙ってこちらを見た。もう涙はないが、目が充血している。その愛らしい顔に浮かんだ表情を見るだけで、気持ちは充分に伝わってきた。わたしはなんと幸せな男なのだろう。彼女ほどの女性から愛されたのだから。

数時間後には再会できることを願っているが、たとえ計画が失敗したとしても、わたしは満足して死ねる。

荷車のほうへ引きたてられながら、サイレンスにうなずいてみせた。荷車にはすでに教戒師がおり、棺《ひつぎ》がのっていた。「元気でな」

「なんとも涙をそそられる美しい場面じゃないか」ぞっとするような声がした。

司祭と五、六人の手下が監獄の建物から出てきた。

振り返ろうとしたハリーが手下のひとりに殴られ、地面に倒れこんだ。バートは二丁のピストルを胸に突きつけられて、うしろにさがった。チャーリーがまるで犬でも扱うようにサイレンスの首をつかんだ。彼女は必死でその指を引き離そうともがき、絶望的な顔でミックを見た。

「これがおまえの女だな、ミッキー」司祭は醜い顔を少し傾けながら尋ねた。

やめてくれ！

ハリーを見ると、頭から血を流しながらも体を起こそうとしていた。少なくとも意識はあるらしい。バートは捕まってこそいないが、銃口を向けられているため、サイレンスに近づくことができずにいた。

「彼女はもうあんたの役には立たない」ミックは感情を抑え、努めて冷静な声で言った。なぜ今なんだ？　鵞鳥《がちょう》のように手首を縛られ、彼女を助けることさえできないこんなときに！

「だから放してやってくれ、チャーリー」

「そうだな」司祭が応える。「ちゃんと奉仕するように教えこんだら、少しは自由にさせてもいいかもしれない。おまえの母親が死んでしまったから、代わりが欲しいんだよ。ああ、待っていた甲斐があるというものだ。おまえが逮捕されてから今日まで長かったぞ。だがおかげで、おまえにもこの瞬間をたっぷり楽しんでもらえるというものだ」

苦いものが喉元にこみあげ、ミックはサイレンスの目を見た。

恐怖に大きく見開かれてはいるが、先ほどよりは落ち着いている。「愛しているわ、マイケル」彼女が言った。

ミックはぎゅっと目をつむり、まぶたを開けて司祭をにらみつけた。

ふいにサイレンスが司祭に体あたりをした。司祭は不意を突かれてよろめいたものの、あっという間に足を踏ん張り、彼女を引き寄せて腕のなかに抱いた。

そして顔面の片側だけに醜い笑みを浮かべた。「これでようやくけりがついたな。おまえは死ぬし、おまえの女はこっちのものだ。そのうちに孫娘も奪いとってやるよ。まあ、赤ん坊は甘い菓子のようなものだが、この女は……」首をつかんだままサイレンスを揺さぶる。「まさにうまい肉料理だ」

ミックは咆哮をあげ、司祭につかみかかろうとした。けれど、周囲を取り囲む兵士たちに膝を蹴られた。

「おまえら兵士のくせに、女性が誘拐されるのを黙って見ている気か!」ミックは怒鳴った。だが、兵士たちはなにも見えないし、なにも聞こえないという顔で突っ立っていた。

司祭が声をあげて笑った。「たっぷりと金を握らせてあるのさ。トレビロンのところのやつらとは違って、こいつらは金貨が大好きだからな。相手が誰だろうが喜んで受けとる。ミッキー、首に縄をつけられたら思いだせ。おまえが息絶えるとき、この女はベッドのなかだ」

不吉な言葉を残し、司祭は手下たちとともに立ち去った。最後にサイレンスが振り返り、怯えた目でミックを見たが、すぐに司祭の手で乱暴に引き戻された。

ミックは荷車に乗せられた。教戒師はあらぬほうを見ていた。誰も彼もが司祭に賄賂をつかまされているらしい。助けを求められる相手はどこにもいない。手下たちはタイバーン処刑場へ向かう支度をしているだろう。だが手下が出払ってしまえば、サイレンスを助けに行く人間がいなくなる。

わたしが生き延びれば彼女が死ぬ。

わたしが死を選べば、彼女は助かるかもしれない。

「行け！」バートとハリーに怒鳴った。「ウィンター・メークピースを見つけて事情を話せ。うちの者を全員引き連れて、彼女を助けに行かせろ。これまでの命令はすべて取り消しだ。わかったか？　彼女を救出することを最優先させろ！」

荷車が出発した。ミックは首を伸ばしてうしろを見た。ハリーは相方の助けを借りて立ちあがったものの、まだ足元がおぼつかなかった。あれではあまりあてにならないかもしれない。バートはうちに来てもう五年以上が経つし、そのあいだずっと忠実に仕えてくれた。だが、裏切り者のブランもそうだったではないか。バートが逃げださないという保証はどこにある？　もし当初の計画どおり手下たちがタイバーン処刑場に姿を現したら、バートが裏切ったという証拠だ。

そのとき犠牲になるのはサイレンスだ。

神よ、どうかわたしを死なせてくれ。

タイバーン処刑場へ向かう地獄の行進がはじまった。オックスフォード通りに入ると、荷車は動けなくなった。道は群衆で埋めつくされ、同情の声や罵倒の叫びが飛んできた。のろのろと進む荷車の上で、ミックはよろめかないように足を踏ん張り、堂々と顔をあげた。若い娘が荷車に花輪を投げこみ、それが足元に落ちた。ミックは悪名高い盗賊だが、貧しい者たちのなかには彼を英雄として見る向きもある。彼自身もそのことは知っていた。

生涯、盗みしか働いてこなかったわたしが英雄だとは、皮肉な話だ。

腐った果物や、もっと汚いものまで投げこまれたが、ミックは見向きもしなかった。サイレンスはどこにいるのだろう。今ごろは司祭に力ずくでいいようにされているのではないか。あのはしばみ色の瞳から希望や優しさが失せるのかと思うと、胸が引き裂かれる。今すぐにでも大暴れをして、司祭を殺しに行きたい。だが、わたしは動物のように縄で縛られ、どうすることもできない。

荷車が場末の酒場の前で停まった。死刑囚が望めば、ここで最後の一杯を飲むことが許される。ミックは酒を飲みながら、自分が助からないことを祈った。サイレンスが無事でいられるのなら、こんな命など引き換えにしてもいい。司祭が女性たちにどんな冷たい仕打ちをするのかはよく知っている。母親が泣く姿を見て育ったのだ。サイレンスが無事に助かり、幸せに生きてくれさえすれば、わたしはどうなってもかまわない。

ようやくタイバーン処刑場が見えてきた。灰色の空を背景に三角形の処刑台がそびえ立っている。木製の観覧席が設けられていたが、ほとんどの見物客はそんなところには座らず、道にひしめきあっていた。女の行商人がパイを積んだトレーを頭にのせ、人込みのなかを縫うように歩いていた。そのパイを買う客を狙ったすりもうろうろしている。数人の少年が何匹かの犬を連れ、はやしたてながら荷車のそばを駆け抜けた。その先では大道芸人が野次馬を相手に、帽子とオレンジとナイフと花束でお手玉をしている。なかなか達者な芸だが、それでも酔っ払った見物人たちは平気で悪口を浴びせていた。

皮肉なものだ、とミックは思った。これなら手下たちが現れさえすれば、計画はうまくいくだろう。死刑囚の姿をひと目見ようと押しあいへしあいする見物客に囲まれ、荷車は何度も停止せざるをえなかった。何本もの手が伸び、上着やズボンを引っぱった。死刑囚の衣服の切れ端でも持ち帰れれば今日のよい土産になるし、そういったものを集めている収集家に売ることもできるからだ。もちろん護衛は大勢いて、馬に乗った兵士たちもついているが、群衆にもまれて、荷車に近づくことさえできない状況だった。

荷車が絞首台の真横で停まった。手下の姿が見えないことを確かめ、ミックは安堵の吐息を漏らした。バートの伝言を聞き、今ごろはウィンター・メークピースと一緒にサイレンスを救出しているのだろう。

どうか彼女が無事であってほしい。

ミックは荷車からおろされ、絞首台の階段をのぼらされた。教戒師が祈りの言葉をつぶやいている。愚かな見物客たちが怒声を飛ばしていた。

ミックは長身で猫背の絞首刑執行人にうなずき、金貨を一枚握らせた。頭巾をかぶせられ、両足首を縛られて、首に縄をかけられた。頭巾で息苦しさを覚えつつも、彼は落ち着いて深呼吸をした。

足元の板がなくなり、なにもない空間に体が落ちた。

口を開いて息をしようとしたが、空気が喉を通らない。

体が回転し、痙攣が走り、真っ暗ななかに星が散った。苦しさにもがきながら、これで自分は死ぬのだと思った。耳のなかで雑音が響き渡り、ふいにサイレンスの美しい顔がはっきりとまぶたに浮かんだ――。

そのとき、体が地面に打ちつけられた。

わけがわからず、必死に空気を吸いこんでいると、首にかかった縄が緩められた。頭巾を外されたとき、初めて自分はまだ生きているのだと悟った。セントジャイルズの亡霊がそこにいた。

「こんなところでなにをしているんだ！」ミックはかすれた声で怒鳴った。

「おまえが死んだら彼女が悲しむ」セントジャイルズの亡霊が応えた。亡霊は膝をつき、ミックの両足首を縛っている縄をナイフで切った。「誤解するな。おまえのためにしていることではない。おまえのところの者たちはサイレンスを助けに行かせた。おまえもさっさと行くんだ」

「傲慢なやつだ」ミックはつぶやいた。亡霊は振り返り、死刑囚を捕らえる英雄になろうと襲いかかってきた男ふたりを押しやった。

「行け！」亡霊が怒鳴る。

ミックは群衆のなかに飛びこんだ。まだ手首は縛られているので、袖のなかに隠し持っていたペンナイフを引き抜いた。人込みに押され、脚を二度ばかり蹴られながらも、なんとか手首の縄を切断した。その縄を放り投げて顔をあげると、クルミ売りの行商人が驚いた顔でこちらを見ていた。ミックはその男を地面に押し倒した。クルミが盛大に散らばる。手早くベルベットの上着を脱ぎ、行商人が着ていた地味な茶色い上着を剝ぎとった。そしてその着古した上着に腕を通し、行商人から三角帽も奪いとって、顔と白いシャツに泥を塗った。

見物客たちはみな、セントジャイルズの亡霊のほうを見ていた。亡霊は四人の兵士を相手に戦っていた。ひとりの女性がミックに気づき、悲鳴をあげようと口を開いた。

ミックは叫んだ。「盗賊はあっちへ逃げていったぞ！」そしてセントジャイルズの亡霊がいるのとは反対の方向を指さした。

群衆は口々に、あっちだ、あっちだと叫びながら、そちらの方向へ流れていった。亡霊は人込みに押されて転んだが、すぐに立ちあがった。なかにはその場に残り、せっかくの楽しみを邪魔しやがって、と悪態をついている者もいた。ミックは、たいしたものだと思いながら亡霊を見た。亡霊は人波に紛れこみ、姿を消した。

ミックは上着の襟を立てて顔を隠し、群がる人々の端で馬にまたがっている兵士に近づいた。

響き渡る怒声や行き交う群衆のせいで、馬はすでに興奮状態に陥っている。彼は力任せに兵士を馬から突き落とした。

ミックがまたがると、馬は驚いてうしろ脚で立ちあがった。群衆は叫び声をあげて、ちりぢりに逃げた。彼は馬の腹を蹴り、駆け足で走らせた。

チャーリー・グレイディが暮らすホワイトチャペルへ全速力で向かう。途中で、タイバーン処刑場に向かう兵士の一隊や、暴徒と化した群衆のわきを駆け抜けたが、誰ひとりとして彼のほうを見る者はいなかった。

サイレンスの顔を思い浮かべながら、ミックは必死に馬を駆った。鐘が鳴る音が聞こえた。司祭が彼女をさらってから三時間は経っているということだ。

頼む、生きていてくれ。

サイレンスは身動きもせず、椅子に座っていた。毒蛇と対峙しているような気分だ。ただし、目の前にいる男性は毒蛇よりもっと怖い。

でも、ここで死ぬわけにはいかない。

たとえマイケルはもうこの世にいなくても、たとえこの男性に襲いかかられたとしても、わたしは生き延びなくてはいけない。メアリーを守るために。司祭が執拗にあの子を狙っているのは間違いない。

司祭はマイケルが関わったすべての人間に対し、病的なまでに執着している。

ふたりはまだ病人のすえた匂いが残る寝室にいた。化粧台にのっている女性物の装飾品から察するに、マイケルの母親の部屋だったのだろう。

彼の母親は、この寝室で亡くなったのだ。

サイレンスはぶるっと震えた。

それに気づいたのか、司祭が恐ろしげな顔をサイレンスに向けた。彼女は凍りついた。司祭は向かいの椅子に座り、気味の悪いさいころを二個、ずっと左手でもてあそんでいた。頭の左半分は髪がほとんどなく、まばらに灰色の長い毛が垂れている。左耳と鼻の左側は原形をとどめておらず、顔の左半分は皮膚が焼けただれ、茶色い革のように変色し、ところどころが引きつれていた。これが通りですれ違った相手なら、気の毒に思い、じろじろ見ないように気をつけたことだろう。

だが今は恐怖に凍りつき、顔をそむけることもできない。

ふたりが座っている椅子は、火の入っていない小さな暖炉の前に置かれていた。部屋には時計がないので正確にはわからないが、もう三時間ほどはこうしているような気がする。そのあいだ、司祭はずっと低い声でしゃべっていた。外から入ってきた人間が見れば、サイレンスに話しかけていると思うだろう。でも、そうではない。彼女のことなど、一脚の椅子ぐらいにしか見えていないようだ。

司祭はここにはいない息子に話しかけていた。

「あいつをここから連れだすつもりだったんだろう?」唇の片側だけが動いた。「そんなことができると本気で思っていたのか? グレイスは裏切るということを知らない女だ。ここを出ていくわけがないだろう。思いどおりにならなくて残念だったな。今やおまえの女がこっちのものだ。赤ん坊もそのうちに奪いとってやる。そうなったら、もう笑えないぞ。この女はおまえの母親と同じ運命をたどるんだからな」

司祭が積年の恨みを延々と語るのを聞いているのは奇妙なものだった。こんな状況でなければ哀れにさえ思ったかもしれない。だが、司祭が自分のことをどうするつもりなのか知った今では、同情など感じている余裕はなかった。ドアの向こう側の部屋では、司祭の手下が数人、のんびりと過ごしている。この部屋に入るとき、司祭からぞっとするような冷たい声で言われた。逃げようなどという小ざかしいまねをすれば、あの男たちにおまえをくれてやるぞ、と。

遠くで鐘が鳴りはじめた。

司祭は首を傾け、その音を聞いた。「そろそろ、あいつが首をつられるころだ。さて、おまえの運勢でも占ってみるか」

サイレンスは背筋が凍りついた。これは今からなにかがはじまるということだろうか。恐怖に怯え、相手から目を離すことができなかった。司祭は暖炉の上でさいころを転がした。

三と四の目が出た。

「ふむ」首を振る。「最悪だな」

司祭は立ちあがり、ズボンの前を開きはじめた。

20

タマーラがパイに指を突っこむのを見ながら、年老いた賢者ジョンは答えました。「わたしはよくよく考えて三つの願い事を決めたつもりだった。だが、どうやら大きな間違いを犯してしまったらしい」タマーラは考えこむような顔でサクランボを食べ、ゆっくりとうなずきました。「わかっていたわ。でも、わたしにはどうすることもできなかったの。あなたは願い事を三つともかなえてしまったのだから」賢者ジョンは疲れたように目をつぶりました。「だったら、せめておまえの羽根を一枚、わたしにくれないか。紫色の羽根だ。そうしたら、わしは虹色の羽根をすべて持ってあの世に行ける」

『賢者ジョン』

ミックは馬を駆り、チャーリー・グレイディの住まいがある通りに入って、すぐに状況を察した。手下の者たちが司祭の家を襲撃していた。怒声やうめき声が飛び交い、地面に倒れて死にかけている者が何人かいた。司祭の家から次々と飛びだしてくる敵を相手に、手下たちが必死に戦っている。

ミックは馬が止まるのも待たずに飛びおりた。

「短剣を寄こせ！」かすれた声で手下のひとりに怒鳴り、宙を舞って飛んできた短剣をつかみとった。

司祭のせいで、わたしは逮捕された。

大切な女性もさらわれた。

くそっ、わたしは首までつられたんだぞ。

自分とサイレンスのあいだに立ちはだかる者は、相手が誰であれ容赦するものか。ひとり目の肩をつかみ、腹に短剣を突きたてた。男は目をむいた。ミックは短剣を引き抜き、男の体を蹴りやった。

ふたり目が棍棒を振りおろした。ミックはすばやくそれをかわし、男の膝を力任せに蹴りつけた。骨の砕ける音が聞こえ、男は悲鳴をあげて倒れこんだ。

三人目はミックを見るなり逃げだした。そんなやつは放っておけばいい。

「家に入れ！」ミックは自分の手下に怒鳴った。

玄関に駆けこむと、数人の敵に出くわした。ひとりがピストルの銃口をこちらへ向けた。銃声が響き渡り、彼は頬に鋭い痛みを感じた。そのピストルを取りあげ、棍棒代わりに使って、撃った男の頭を殴りつけた。

「全部の部屋を探すんだ！」ミックは指示を出した。

そうして彼自身は二段飛ばしに階段を駆けあがった。不安で鼓動が速くなっている。もしここにサイレンスがいなければ、次はどこを探せばいいのかわからない。ほかに司祭が彼女を連れこみそうな場所に心あたりがなかった。

階段をあがると部屋があり、テーブルと何脚かの椅子が置かれていた。見張りの男が飛びかかってきた。ミックはわきへよけ、男を階段から突き落とした。男は頭から転がり落ちた。さらに階段を駆けのぼるとまた部屋があり、向こう側の壁にふたつのドアが見えた。ひとつを押し開けると、そこは空っぽの寝室だった。もうひとつは鍵がかかっていた。思いきり蹴ると、ドアは大きな音を立てて向こう側に倒れた。

サイレンスがいた。

ミックは凍りついた。

彼女は暖炉の前の敷物に座りこんで泣いていた。髪は乱れ、ドレスは腰まで引き裂かれて、コルセットから胸の膨らみがのぞいている。

乳房に赤い血がついていた。

遅かったか。

マイケルが部屋に飛びこんできたのを見たとき、サイレンスは自分の頭がどうかなったのかと思った。今日は朝から次々と恐ろしいことが続いたせいで心が弱くなり、夫の幻を見ているに違いないと思ったのだ。

幻が口を開いてしゃべった。「すまない」

声はひどくかすれていたが、そんなことはどうでもよかった。サイレンスは古びた敷物から立ちあがり、自分があられもない格好をしていることも、相手の顔が泥で汚れ、銃で撃たれたとおぼしき傷があることもかまわず、夫の腕のなかに飛びこんだ。そして首に腕をまわすなり、しっかり抱きしめた。

「すまない」彼はもう一度謝り、唇でそっと頬に触れた。「許してくれ。きみをこんな目に遭わせてしまうなんて……」

サイレンスがキスをしようとすると、マイケルは顔を離した。驚いたことに、彼の目には涙があふれていた。「あの男はわたしが必ず息の根を止めてやる。心配するな。だから……どうかわたしのことをあきらめないでほしい。きみの面倒はわたしが見る。だから体を治そう。絶対によくなるから」

彼女は困惑した。「なんのこと?」

「司祭に……」マイケルは歯を食いしばった。「傷つけられたんだろう?」

「いいえ」

「本当か?」

サイレンスは夫の手を引いてベッドの向こう側にまわりこみ、下には目を向けずに床を指さした。そういったものは一度見れば充分だ。

ごくりと唾をのみこみ、彼女が小さな声で言った。「司祭はわたしに……言わなくてもわかるわよね。わたしは観念したふりをして、彼が油断するのを待ったの。そしてあなたにもらった短剣を靴下から取りだして……殺したわ」

もう一度、床に倒れている死体を指さした。「教えてもらったように目や腹部を狙うことはできなかったから、背中を刺したの」

「きみが……」マイケルは唖然とした顔で、何度も彼女と死体を見た。「こいつを……」

「ええ、刺したのよ」サイレンスは自分の体を抱きしめた。なんといっても、チャーリー・グレイディはマイケルの父親だ。衝撃を受けるだろうし、悲しみさえ感じているかもしれない。

マイケルが首をのけぞらせて、ふいに大声で笑いだした。「きみがホワイトチャペルの司祭を殺ったのか？」

「ええ……」彼女は当惑した。

「誰もが恐れる、この頭のどうかした男を、きみがひと突きで始末したとはな」彼は涙をぬぐいながら、まだ大笑いしている。

「えっ？」

マイケルは短く熱いキスをして、嬉しそうな顔でサイレンスを抱きしめた。

そして彼女の手を引き、死体から遠ざかった。「きみという人には本当に驚かされるよ。ひどく優しいくせに、冷静で、恐ろしく強い。それにしても、だったらなぜ泣いていたんだ？」

「あなたのことを考えていたの」サイレンスは夫の頬をてのひらで包みこんだ。「もう死んでしまったと思ったから。どうやって逃げてきたの？」

「セントジャイルズの亡霊に助けられた」マイケルは考えこむような顔をした。「わたしを吊していた縄を、彼が切ってくれたんだ」

「まあ」夫が命を落とす寸前だったことを知り、サイレンスはぎゅっと目をつぶった。

「きみのほうはあれからなにがあった？　さらわれてからずいぶん時間が経っているが」

「さらわれてからほとんどの時間は、司祭がひとりでずっとしゃべりつづけていたわ」彼女は唾をのみこんだ。「わたしをここに連れこみはしたけれど、鐘の音が聞こえるまで手を出そうとしなかったの」ふいに恐ろしいことに思いあたった。「あなた、信じていないのね？」

マイケルは破顔した。「神の存在などくそくらえだが、きみの言葉は信じるよ」

「そんなことを言ってはだめよ」夫をたしなめつつも、思わずサイレンスも笑ってしまった。

「別に神を冒瀆しているわけじゃない」彼は真面目な顔になった。「わたしはきみの言葉なら耳を傾けるし、信じることもできる。きみを愛しているから」

サイレンスは言葉を失い、ただマイケルの顔を見つめた。怖くて聞き返すことができない。

彼はうなずき、サイレンスを抱きしめた。「わたしは真っ黒な心の持ち主だが、この心の底からきみを愛している」

「黒くなんてないわ」涙が自然にあふれだしてきた。彼女はほほえんだ。「わたしもよ。あなたを愛してる」

爪先立ちになり、夫の唇にキスをした。その唇が温かいことが、そして彼がちゃんと息をしていることが嬉しくて仕方がない。ふいにあることに気づき、慌てて顔を離した。「きっと兵士たちが追いかけてくるわ」

「そうだな」マイケルは質素な上着を脱ぎ、破れたドレスの上から着せかけた。そして彼女の手を引いて寝室を出た。ちょうどバートが階段をのぼってきたところだった。

「司祭んとこのやつらは全員やっつけましたぜ」バートは肩で息をしていた。「でも、うちの者が言うには、兵士の一隊がこちらへ向かってくるのを見たとかで」

マイケルはうなずいた。「その寝室で司祭が死んでいる。ふたりほど使って死体を運びださせろ。それと、すまないがちょっとそれを貸してくれ」手を伸ばして灰色のかつらを奪いとる。バートの頭ははげていた。

「捕まれば死刑よ」サイレンスは不安になった。「国外へ逃げないと」

「その手もあるが……」マイケルはにやりとして、バートのかつらをかぶった。「ミスター・リバーズなら死刑にはならない」

「どういう意味？」彼女は手を引かれて階段をおりながら尋ねた。

「これからチャーミング・ミッキー・オコーナーは非業の死を遂げる。残念ながら、そのためには御殿に火をつけなくてはいけないが、わたしが死んだと思わせるためには仕方がない。司祭の死体を御殿へ運ばせて、火災を起こすんだ」

「火事で焼け死んだことにするわけね」サイレンスは身震いした。「でも、どこに逃げるの？」

マイケルは玄関ドアの内側で立ちどまり、彼女の両手を握りしめた。「逃げる必要はない。真面目で正直なイングランド人の造船業者、マイケル・リバーズになるだけさ。メアリーも連れていって、三人一緒に風上の館で暮らそう」

彼の言葉は、すでにイングランドのアクセントになっていた。

サイレンスは夫を見つめてささやいた。「もう盗賊はやめるのね？」

マイケルは咳払いした。「尊敬してやまない愛する人が、わたしでも変わることはできると言ってくれたからだ」

「ああ、マイケル」彼女は感極まった。この人はわたしの頼みをすべて聞き入れてくれた。メアリーと三人で家族になるんだわ。

玄関から通りへ出た。手下たちのなかにハリーの姿を見つけ、サイレンスは安堵した。頭に包帯を巻いているが、見たところ大事には至らなかったらしい。これなら怪我をした英雄のふりをして、メイドからいくらでも菓子をもらうことができるだろう。

サイレンスは残ったピンで手早く髪を結いあげた。マイケルは手下のひとりから上着を召しあげた。

バートが馬を引いてきた。先にマイケルがまたがり、彼女もバートの手を借りて夫の前に乗った。

マイケルはバートにうなずき、その場をあとにした。

不安を隠せず、サイレンスは周囲を見まわした。遠くから兵士たちのものとおぼしき怒鳴り声と蹄の音が聞こえる。自分の頭を触り、ちゃんと髪が結えているかどうか確かめた。首筋にほつれ毛が垂れているが、それはもうどうしようもない。

「落ち着け」マイケルがささやいた。「わたしたちはただのリバーズ夫妻だ。ふたりでロンドン見物に来て、今から帰るところだ」

「御殿を焼いてしまうのは寂しくないの？」サイレンスはささやき返した。「あの金色の壁や大理石の床が恋しくならないかしら」

「そんな気持ちはまったくない。金貨やシルク、それに挿し絵の入った本や彫像がなくても大丈夫だ。だが、サイレンス・リバーズがそばにいてくれないと生きていけない。愛しているよ、奥様」

「わたしもよ、旦那様。ただのミセス・リバーズになるのが楽しみだわ」彼女は夫にもたれかかり、そっとささやいた。「でも……寝室ではやんちゃなミッキー・オコーナーでいてくれるほうが嬉しいかもしれない」

マイケルは片目をつむり、サイレンスの唇に軽くキスをした。「それは任せてくれ」

エピローグ

素足で近づいてくる足音が聞こえ、賢者ジョンは目を開けました。するとタマーラがかたわらで膝をついていました。

「どうして紫色の羽根が欲しいの？」タマーラは優しく尋ねました。「欲しいものはすべて手に入れたのに、今さら一本の羽根をなにに使われるのかしら？」

賢者ジョンは年老いた震える手で、タマーラのなめらかな頬に触れました。「虹色の羽根は、わたしが願うべきだったものの思い出の品だからだ」

「願うべきだったものとはなに？」

「きみだよ、わたしのタマーラ」賢者ジョンは言いました。「今になれば、きみだけを望むべきだったと後悔している。きみがいなくては、山ほどの財産も骨と灰のようなものだ」

「それは本心からおっしゃっているの？」タマーラはささやいた。

「もちろんだ」賢者ジョンは寂しそうに答えました。「望みさえすれば人生の幸せが手に入っただろうに、わたしはその機会を逃してしまった愚かな老人だ」

そう言い終わるやいなや、一陣の風が舞いあがり、王国も、無敵の軍隊も、宝箱も、すべてが消え去りました。気がつくと賢者ジョンはおじの庭園に立っていました。体は若返り、髪も黒色に戻っています。そばにはタマーラがいました。夜明けの太陽に照らされて、虹色の髪が美しく輝いています。

賢者ジョンは天を仰ぎ、大きな声で笑いました。「いったいなにをしたんだ?」嬉しくてたまらず、タマーラの腰をつかみ、ぐるりと一回転しました。「きみはこんなことができるのか?」

タマーラはにっこりと笑いました。「あなたは願い事を三つともかなえてしまったけれど、わたしの願い事は残っていたもの」

ふたりは王様を起こしに行き、サクランボを盗み食いした者を捕まえたと報告しました。こうして賢者ジョンはおじの跡を継ぎ、新しい国王となりました。

海のそばの国は小さく、それほど豊かでもなかったことを、賢者ジョンは寂しく思わなかったのでしょうか? いいえ、賢者ジョンは世界でいちばん幸せでした。なぜならタマーラを妃に迎えることができたからです。

愛する人の存在はあらゆることを変えるのです。

『賢者ジョン』

道化師は肩で息をしながら壁に寄りかかった。もうセントジャイルズの近くまで来ているような気もするが、はっきりとはわからない。気性の荒い雄牛のような群衆に追われ、ここまで逃げてきた。

道化師は寒さに震えた。太腿の傷口からあふれだした血でズボンが濡れ、それが晩春の空気で冷たくなっている。時刻を知ろうと空を見あげたけれど、厚い雲に覆われて太陽が見えないため、判断のしようがなかった。

怒り狂った群衆から逃げきるのに一時間ほどかかった。みな、処刑を見に来た見物客たちだ。彼らは晴れ着を着て、いそいそとタイバーン処刑場まで出かけてきたのに、最後の瞬間にお楽しみを奪われたわけだ。

その怒りが楽しみを奪った相手に向かうのは当然のことかもしれない。

道化師は壁から離れ、立っていられるかどうか試してみた。すぐに風景がぐるぐるとまわり、胸のむかつきを覚えてどぶに吐いた。きっとどこかで頭を打ったか、殴られたかしたのだろう。視界までぼやけてきた。

頭の隅で〝警戒しろ〟という小さな声がした。

道化師は歩きだしたが、壁に手をつかないと、まっすぐに立っていることもできなかった。ものの数歩で、その壁さえ役に立たなくなった。視界が黒く狭まり、彼は膝をついた。近くで馬の蹄の音が聞こえた。必死の思いで振り返ると、馬車が通りの角をこちらへ曲がってくるのが見えた。

手から剣が滑り落ち、音を立てて敷石の上に転がった。頬に汚れた敷石の冷たさを感じた彼は、薄目を開けて近づいてくる馬車を見た。

遠のく意識のなかで、セントジャイルズの亡霊の正体がぼくだとわかったら世間は驚くだろうな、と思った。

ウィンター・メークピースの意識は真っ暗闇のなかへ落ちていった。

訳者あとがき

ベストセラー作家エリザベス・ホイトの《メイデン通り》シリーズ、第三作をお届けします。このシリーズは、米国ではどの作品もニューヨーク・タイムズ紙とUSAトゥデイ紙のベストセラー・リストに載る大人気となっています。また、本作品はリタ賞の最終候補にも残りました。

舞台は一八世紀のロンドン。セントジャイルズと呼ばれる貧民街です。今回の主人公は一作目から登場している悪名高き盗賊王〝チャーミング〟・ミッキー・オコーナーと、セントジャイルズで孤児院を運営する真面目で一途な女性、サイレンス・ホリングブルックです。前作を読んでいらっしゃらない読者のために少し補足説明をしましょう。およそ一年前、サイレンスは船長を務める男性と結婚をしていました。ところが夫はミッキー・オコーナーに船荷を奪われ、船主から窃盗罪で訴えると脅されます。そんなことになれば死罪になるのは目に見えています。サイレンスは夫の命を助けようと、ミッキー・オコーナーのもとへ船荷を返してほしいと懇願しに行きました。その結果、盗賊王の屋敷で一夜を過ごすことになり、船荷は返してもらえたものの、夫からあらぬ誤解を受けます。夫婦関係がぎくしゃくしたまま夫は航海に旅立ち、海難事故で亡くなりました。

悲嘆に暮れるサイレンスの家の前に、ある朝、赤ん坊が捨てられていました。サイレンスはその赤ん坊をわが子のようにかわいがり、愛しんで育てました。その子のおかげで、また生きる気力を取り戻すことができたのです。

この赤ん坊がさらわれたところから今回の物語ははじまります。誘拐した相手はミッキー・オコーナーでした。サイレンスは赤ん坊を取り戻すために、盗賊王の屋敷に乗りこみます。

しかし、すんなり赤ん坊を返してもらえるはずはありませんでした。二作目に登場したジンの密造業者〝ホワイトチャペルの司祭〟ことチャーリー・グレイディは、じつはミッキー・オコーナーの古くからの仇敵でした。この司祭がミッキーに子供がいることを突きとめ、その赤ん坊の命を狙っていたのです。身の安全のため、赤ん坊は手元に置くとミッキー・オコーナーはサイレンスに告げました。ただし、もし赤ん坊の世話をしたいのなら、きみがここで暮らすのはかまわないと。サイレンスは自分を母親だと思っているいたいけな幼子をひとり置いていくことができず、ミッキー・オコーナーの屋敷で暮らすことを承諾しました。

それでも彼の言いなりにはなるまいとささやかな抵抗を試みたものの、やがてミッキー・オコーナーのつらい過去を知り、優しさに触れるうちに、自分が彼に惹かれていることに気づきます。ただし、心に傷を持ち、犯罪に手を染め、人の愛し方がわからない男性を愛するのは並大抵のことではありませんでした。